Terry

Le plus grand hum
Wodehouse est un aut
du hasard ? Terry Pratchett est né en 1948 dans le
Buckinghamshire ; nous n'en savons pas davantage.
Son hobby, prétendait-il, était la culture des plantes
carnivores. Que dire encore de son programme
politique ? Il s'était engagé sur un point crucial :
augmenter le nombre d'orangs-outans sur la surface
du globe, et les grands équilibres seraient restaurés.
Sa vocation fut précoce : il publia sa première
nouvelle en 1963 et son premier roman en 1971.
D'emblée, il s'affirma comme un grand parodiste :
La Face obscure du soleil (1976) tourne en dérision
L'Univers connu de Larry Niven ; *Strate-à-gemmes*
(1981) ridiculise une fois de plus la hard SF en partant
de l'idée que la Terre est effectivement plate.
Mais le grand tournant est pris en 1983. Pratchett
publie alors le premier roman de la série du *Disque-Monde*, brillant pastiche héroïcomique de Tolkien
et de ses imitateurs. Traduites dans plus de trente
langues, *Les Annales du Disque-Monde* ont donné
lieu à nombre de produits dérivés ainsi qu'à des
adaptations télévisées. Terry Pratchett a également
coécrit une série avec Stephen Baxter, composée de
La Longue Terre (L'Atalante, 2013 ; Pocket, 2016),
La Longue Guerre (L'Atalante, 2014 ; Pocket, 2017),
La Longue Mars (L'Atalante, 2015 ; Pocket , 2018), *La
Longue Utopie* (L'Atalante, 2016 ; Pocket, 2019) et *Le
Long Cosmos* (L'Atalante, 2017 ; Pocket, 2020). Terry
Pratchett est décédé en mars 2015.

**Retrouvez le site consacré à l'auteur sur :
www.terrypratchett.co.uk**

PROCRASTINATION

DU MÊME AUTEUR
CHEZ POCKET

IMAGINAIRE

Collection dirigée par Charlotte Volper

TERRY PRATCHETT

LES ANNALES DU DISQUE-MONDE

PROCRASTINATION

*Traduit de l'anglais
par Patrick Couton*

L'ATALANTE

Titre original :

THIEF OF TIME

Patrick Couton a obtenu le Grand Prix de L'Imaginaire 1998 pour l'ensemble de ses traductions des *Annales du Disque-Monde*.

© 2002, Terry & Lyn Pratchett
© 2005, Librairie L'Atalante pour la traduction française
ISBN 978-2-266-20349-4

Selon le premier manuscrit de Wen l'Éternel Surpris, Wen sortit de la caverne où il avait eu l'illumination pour émerger dans l'aube du premier des jours lui restant à vivre. Il fixa un moment le soleil qui se levait car il ne l'avait encore jamais vu.

Il poussa du bout de sa sandale la forme assoupie de Maremotte, l'apprenti, et déclara : « J'ai vu. Maintenant je comprends. »

Puis il s'interrompit et regarda la chose auprès de Maremotte.

« Quelle est cette chose étonnante ? demanda-t-il.

— Euh... euh... c'est un arbre, maître, répondit un Maremotte pas encore tout à fait réveillé. Vous vous souvenez ? Il était là hier.

— Il n'y a pas eu d'hier.

— Euh... euh... je crois que si, maître, rétorqua Maremotte en se relevant péniblement. Vous vous souvenez ? On est montés ici, je vous ai préparé un repas, c'est même moi qui ai épluché votre sklang parce que vous vouliez pas manger la peau.

— Je me souviens parfaitement, dit Wen d'un air songeur. Mais le souvenir est maintenant dans ma tête. Hier était-il réel ? Ou seulement son souvenir ? À la vérité, hier je n'étais pas né. »

La figure de Maremotte ne fut plus qu'un masque torturé d'incompréhension.

« Mon cher gros bêta de Maremotte, j'ai tout appris, dit Wen. Dans les lignes de la main, il n'y a ni passé ni avenir. Il n'y a qu'aujourd'hui. Pas d'autre temps que le présent. Nous avons beaucoup à faire. »

Maremotte hésita. Son maître n'était plus tout à fait le même. Une lueur habitait son regard et, quand il se déplaçait, d'étranges lumières bleu argenté flottaient autour de lui, comme des reflets de miroirs liquides.

« Elle m'a tout dit, poursuivait Wen. Je sais que le temps a été créé pour les hommes, et non l'inverse. J'ai appris comment le modeler et l'infléchir. Je sais faire durer un moment éternellement, parce que ça s'est déjà produit. Et je peux enseigner ces talents, même à toi, Maremotte. J'ai entendu battre le cœur de l'univers. Je connais les réponses à un grand nombre de questions. Tu n'as qu'à demander. »

L'apprenti posa sur lui un regard larmoyant. Il était trop tôt de chez trop tôt. C'était sa seule certitude.

« Euh… qu'est-ce que le maître veut pour son petit déjeuner ? », demanda-t-il.

Wen baissa les yeux depuis leur camp, par-dessus les champs de neige et les montagnes violacées, vers la lumière dorée du jour qui créait le monde et médita sur certains aspects de l'humanité.

« Ah, dit-il. Une difficile, celle-là. »

8

Pour que quelque chose existe, il faut qu'on l'observe.

Pour que quelque chose existe, il lui faut occuper une position dans l'espace et dans le temps.

Ce qui explique pourquoi les neuf dixièmes de la masse de l'univers ne sont pas pris en compte.

Ces neuf dixièmes sont la connaissance de la position et de la direction de tout ce que contient le dernier dixième. Chaque atome a sa biographie, chaque étoile son dossier, chaque échange chimique l'équivalent d'un inspecteur armé d'une écritoire à pince. Ils ne sont pas pris en compte parce que ce sont eux qui font les comptes pour tout le reste et qu'on ne peut pas se voir l'arrière du crâne[1].

Les neuf dixièmes de l'univers sont en fait la paperasse.

Et si vous voulez connaître l'histoire, rappelez-vous alors qu'une histoire ne se déroule pas. Elle sinue. Des événements qui démarrent en des lieux différents et à des époques différentes foncent tous vers ce tout petit point de l'espace-temps qui est l'instant idéal.

Imaginez qu'un empereur se soit laissé convaincre de porter un nouveau costume au tissu si fin qu'il reste invisible à l'œil du commun des mortels. Et imaginez qu'un petit garçon le fasse remarquer d'une voix forte et claire…

Vous avez alors l'histoire de « l'empereur qui ne portait pas de vêtements ».

---

1. Sauf dans de très petits univers.

Mais si vous en saviez un peu plus long, ce serait l'histoire du « gamin qui a reçu de son père une fessée bien méritée pour avoir manqué de respect à la royauté et qui s'est fait enfermer dans sa chambre ».

Ou l'histoire de tous les badauds que les gardes ont cernés avant de leur dire : « Tout ça n'est jamais arrivé, vu ? Des objections ? »

Ce pourrait être aussi l'histoire d'un royaume qui a soudain compris les avantages des « nouvelles tenues » et s'est enthousiasmé pour les sports excellents pour la santé[1] dans une agréable insouciance, lesquels sports ont gagné une multitude de nouveaux adeptes chaque année et conduit à une récession due à la crise du secteur de la confection classique.

Ce pourrait même être une histoire sur la grande épidémie de pneumonie de l'année 09.

Tout dépend de l'étendue de vos connaissances.

Supposons que vous ayez observé la lente accumulation de la neige au fil des millénaires, sa compression, sa poussée sur la couche rocheuse jusqu'à ce que le glacier mette bas ses icebergs dans la mer, que vous ayez observé la dérive de l'un d'eux sur les eaux glaciales, que vous ayez fini par connaître sa cargaison bienheureuse d'ours polaires et de phoques impatients d'entamer une nouvelle vie meilleure dans l'autre hémisphère où, à ce qu'on raconte, les glaces flottantes regorgent de manchots croustillants, et alors... *boum !* La tragédie se profile à l'horizon sous la forme de milliers de tonnes d'acier flottant inexplicablement et d'une bande-son poignante...

... Vous voudriez savoir le fin mot de l'histoire.

---

1. Qui nécessitent la plupart du temps de très, très gros ballons de plage.

Et celle-ci commence dans des bureaux.

Il s'agit en l'occurrence du bureau d'un professionnel. Il est clair que son travail, c'est sa vie. On y reconnaît des… touches humaines, mais de celles qu'autorise le strict usage dans un monde froid de responsabilités et de routine.

Elles se trouvent principalement sur le seul objet de couleur véritable dans ce décor de noirs et de gris. Une chope à café. Quelqu'un, quelque part, a voulu en faire une chope joyeuse. Elle s'orne de la représentation peu convaincante d'un ours et de la légende « Au meilleur papi du monde ». La légère différence de lettrage dans le mot « papi » révèle indiscutablement que le récipient provient d'une de ces boutiques qui en exposent des centaines d'autres toutes pareilles affirmant qu'elles sont destinées aux meilleurs papi/papa/maman/mamie/tonton/tata/autre du monde. Seul un être qui a peu reçu de l'existence attacherait une quelconque valeur à une pareille camelote.

Pour l'heure, la chope contient du thé dans lequel flotte une tranche de citron.

Sur le bureau austère sont également posés un coupe-papier en forme de faux et des sabliers.

La mort prend la chope d'une main squelettique…

… et but une gorgée, ne marquant une pause que pour contempler encore la dédicace déjà lue des milliers de fois avant de la reposer.

« Très bien, dit-il[1] d'une voix aux accents de cloche des morts. Fais voir. »

Le dernier objet sur le bureau était un appareil mécanique. « Appareil » était le terme approprié. Il se com-

---

1. La mort est un cavalier, non une cavalière, de l'Apocalypse. (*N.d.T.*)

posait essentiellement de deux disques. Le premier, horizontal, était tapissé d'un petit cercle de carrés miniatures, visiblement en moquette. Le second, vertical, se hérissait d'un grand nombre de bras supportant chacun une petite tranche de pain grillé et beurré. Chaque tranche était posée de façon à pivoter facilement lorsque la rotation de la roue la descendait vers le disque de bouts de moquette.

« JE CROIS QUE JE COMMENCE À COMPRENDRE LE PRINCIPE », dit la Mort.

La petite silhouette près de la machine salua promptement et se fendit d'un grand sourire, pour autant qu'un crâne de rat puisse sourire. Elle abaissa une paire de lunettes sur ses orbites vides, remonta sa robe d'une saccade et se hissa dans la machine.

La Mort se demandait toujours pourquoi il permettait à la Mort aux Rats d'avoir une existence indépendante. Après tout, quand on était la Mort, on l'était pour tout, y compris les rongeurs de toutes espèces. Mais on a peut-être tous besoin qu'une petite partie de soi puisse, métaphoriquement, courir nu sous la pluie[1], nourrir des pensées impensables, se cacher dans les recoins d'où épier le monde, se livrer à des actes interdits mais agréables.

Lentement, la Mort aux Rats appuya sur les pédales. Les roues se mirent à tourner.

« Passionnant, hein ? », lança une voix éraillée près de l'oreille de la Mort. Celle de Dit, le corbeau, qui s'était lui-même attaché à la maisonnée en tant que moyen de transport personnel et copain de la Mort aux

---

1. Un passe-temps très surfait.

Rats. Sa seule motivation, répétait-il toujours, c'était les yeux.

Les carrés de moquette se mirent à tourner. Les toutes petites tartines grillées s'abattaient brutalement, parfois avec un bruit mou de beurre, parfois sans. Dit n'en perdait pas une miette, au cas où des yeux seraient de la partie.

La Mort vit qu'on avait consacré du temps et des efforts à concevoir un mécanisme pour rebeurrer chaque tartine qui revenait. Un autre encore plus tarabiscoté comptabilisait le nombre de moquettes beurrées.

Au bout de deux tours complets, l'aiguille du mécanisme dénombrant le pourcentage de moquettes beurrées indiquait 60, et les roues s'arrêtèrent.

« ALORS ? fit la Mort. SI TU RECOMMENÇAIS, IL SE POURRAIT BIEN QUE TU... »

La Mort aux Rats déplaça un levier de vitesses et se remit à pédaler.

« COUII », ordonna-t-il. La Mort se pencha docilement plus près.

Cette fois, l'aiguille ne monta qu'à 40 pour cent.

Les huit bouts de moquette beurrés à ce second essai étaient tous sans exception ceux qui ne l'avaient pas été au premier.

Des roues dentées comme des araignées ronronnaient dans la machine. Un écriteau surgit en tremblotant sur des ressorts, produisant un effet équivalant visuellement à *boing*.

Un instant plus tard, deux cierges magiques s'allumèrent en crachotant par à-coups et continuèrent de grésiller de chaque côté du mot MALFAISANCE.

La Mort hocha la tête. Tout à fait ce qu'il avait subodoré.

Il traversa son cabinet, la Mort aux Rats trottinant devant lui, et s'approcha d'un miroir en pied. Un miroir sombre comme le fond d'un puits. Un motif de crânes et de tibias en ornait le cadre pour sauver les apparences ; la Mort ne pouvait pas se regarder au fond des orbites dans un miroir entouré de chérubins et de roses.

La Mort aux Rats grimpa le long du cadre dans un grattement de griffes et observa la Mort depuis le sommet, comme en attente. Dit s'amena en voletant et picora un bref instant son propre reflet, partant du principe que ça ne coûtait rien d'essayer.

« MONTRE-MOI, dit la Mort. MONTRE-MOI... MES PENSÉES. »

Un échiquier apparut, mais triangulaire et si grand qu'on n'en voyait que la pointe la plus proche. Sur cette pointe se trouvait le monde : tortue, éléphants, le petit soleil en orbite et tout le toutim. Le Disque-monde, qui n'existe que de ce côté-ci de l'invraisemblance totale, qui occupe donc une région frontalière, une marche. La frontière d'une marche est souvent franchie, et parfois se glissent dans l'univers des choses qui ont en tête davantage qu'une vie meilleure pour leur progéniture et un avenir radieux dans la cueillette des fruits et les emplois de maison.

À perte de vue, sur chacun des petits triangles noirs ou blancs composant l'échiquier, se dressait une petite silhouette grise, un peu comme une robe à capuchon sans personne dedans.

Pourquoi maintenant ? songea la Mort.

Il les reconnaissait. Ce n'étaient pas des formes de vie. Plutôt des... formes de non-vie. Les observateurs de la bonne marche de l'univers, ses commis, ses *contrôleurs*. Ils veillaient à ce que tout tourne rond et à ce que les rochers tombent à pic.

Et ils croyaient, pour qu'une chose existe, qu'elle devait occuper une position dans le temps et l'espace. L'arrivée de l'humanité avait été un sale coup. L'humanité se composait de sentiments n'occupant en fait aucune position dans le temps ni l'espace, tels que l'imagination, la pitié, l'espoir, l'histoire et la croyance. Qu'on les lui enlève, et il ne restait plus que des singes qui dégringolaient des arbres plus souvent qu'à leur tour.

La vie intelligente était donc une anomalie. Elle fichait la pagaille dans le classement. Les Contrôleurs détestaient ça. Régulièrement, ils s'efforçaient de remettre un peu d'ordre.

L'année précédente, des astronomes du Disque-Monde entier avaient vu d'un œil intrigué les étoiles effectuer une lente conversion dans le ciel tandis que la tortue porteuse exécutait un tonneau. L'épaisseur du monde leur interdisait de comprendre le but de la manœuvre, mais la tête ancestrale de la grande A'Tuin avait jailli et plongé pour happer en plein ciel l'astéroïde fulgurant à cause duquel, s'il avait percuté le monde, plus personne n'aurait plus jamais eu besoin de faire l'emplette d'un agenda.

Non, le monde pouvait se charger de menaces si grossières. Aussi les robes grises préféraient-elles maintenant des escarmouches plus subtiles, plus lâches, dans leur désir insatiable d'un univers où rien ne se passerait qui ne soit parfaitement prévisible.

L'effet « côté beurré dessous » n'était qu'un indicateur sans importance mais éloquent. Il signalait un regain d'activité. Leur sempiternel message était : renoncez. Revenez au stade de gouttes dans l'océan. Les gouttes ne posent pas de problèmes.

Mais la partie géante se jouait à des tas de niveaux,

la Mort le savait. Et il était souvent difficile d'en connaître les participants.

« CHAQUE CAUSE A SON EFFET, dit-il tout haut. DONC CHAQUE EFFET A SA CAUSE. »

Il hocha la tête à l'adresse de la Mort aux Rats. « MONTRE-MOI, reprit-il. MONTRE-MOI… UN COMMENCEMENT. »

Tic

C'était une nuit d'hiver glaciale. L'homme tambourina à la porte de derrière, suite à quoi de la neige glissa et tomba du toit.

La jeune femme qui admirait son nouveau chapeau dans le miroir tira sèchement sur le décolleté déjà plongeant de sa robe afin de dévoiler un peu plus d'appas, au cas où le visiteur serait du genre masculin, puis elle alla ouvrir la porte.

Une silhouette se découpait sur fond de clarté stellaire glacée. Des flocons s'amoncelaient déjà sur sa cape.

« Madame Ogg ? La sage-femme ? demanda l'inconnu.

— Mademoiselle, rectifia fièrement mademoiselle Ogg. Et aussi sorcière, évidemment. » Elle montra du doigt son nouveau chapeau noir pointu. Elle en était encore au stade de le porter chez elle.

« Il faut venir tout de suite. C'est très urgent. »

La jeune femme parut soudain prise de panique. « C'est madame Tisserand ? J'croyais qu'elle en avait encore pour deux sem…

— Je viens de loin, dit la silhouette. Il paraît que vous êtes la meilleure au monde.

— Quoi ? Moi ? J'ai accouché qu'une seule femme ! s'étonna mademoiselle Ogg qui avait maintenant l'air aux abois. Gaga Spective a bien plus d'expérience que

16

moi ! Et la vieille Minnie Lefranque ! Madame Tisserand allait être mon premier accouchement en solo parce
qu'elle est taillée comme une arm...

— Je vous demande pardon. Je ne vais pas abuser
de votre temps. » L'étranger se retira dans les ténèbres
mouchetées de flocons.

« Hého ? lança mademoiselle Ogg. Hého ? »

Mais il n'y avait plus rien sinon des empreintes
de pas. Qui s'interrompaient au milieu du sentier
enneigé...

Tac

On tambourina à la porte. Madame Ogg reposa
l'enfant qu'elle avait sur les genoux et alla soulever le
loquet.

Une silhouette sombre se découpait sur fond de ciel
d'été par une chaude soirée. Elle avait de curieuses
épaules.

« Madame Ogg ? Vous êtes mariée maintenant ?

— Ouaip. Deux fois, répondit joyeusement madame
Ogg. Qu'esse j'peux faire pour v... ?

— Il faut venir tout de suite. C'est très urgent.

— J'savais pas que quelqu'un...

— Je viens de loin », dit la silhouette.

Madame Ogg marqua un temps. Il y avait quelque
chose dans la façon dont il avait prononcé *loin*... Elle
s'apercevait maintenant que la cape du visiteur devait
sa blancheur à la neige qui fondait rapidement. Un
vague souvenir s'agita.

« Bon, ben, fit-elle car elle avait beaucoup appris au
cours de la vingtaine d'années écoulées, c'est fort possible, et j'fais toujours du mieux que j'peux, demandez

17

autour de vous. Mais j'dirais pas que j'suis la meilleure. J'arrête pas d'apprendre, moi.

— Oh. Dans ce cas, je repasserai à un... moment plus opportun.

— Pourquoi vous avez d'la neige sur... ? »

Mais, sans avoir vraiment disparu, l'étranger n'était déjà plus là...

Tic

On tambourina à la porte. Nounou Ogg reposa soigneusement son petit verre d'eau-de-vie d'avant-coucher et regarda fixement le mur un moment. Toute une vie de sorcellerie marginale[1] lui avait affûté des sens dont la plupart de ses contemporains ne se savaient pas dotés, et un rouage sous son crâne s'enclencha. *Clic.*

Sur la plaque du foyer, l'eau pour sa bouillotte commençait juste à bouillir dans la bouilloire.

Elle reposa sa pipe, se leva et ouvrit la porte sur la nuit printanière.

« Vous venez de loin, m'est avis, dit-elle en ne montrant aucune surprise devant la silhouette sombre.

— C'est vrai, madame Ogg.

— Tous ceux qui m'connaissent m'appellent Nounou. »

Son regard tomba sur la neige fondue qui s'égouttait de la cape. Il n'avait pas neigé dans la région depuis un mois.

---

1. Une marginalité qui la place à la marge, une marge soumise aux conditions de toute frontière : entre la vie et la mort, la lumière et les ténèbres, le bien et le mal, et, danger suprême, aujourd'hui et demain.

« Et c'est urgent, j'suppose ? lança-t-elle alors que le fil de la mémoire se dévidait.

— Effectivement.

— Et maintenant vous devez dire : "Il faut venir tout de suite."

— Il faut venir tout de suite.

— Bon, ben, j'avoue que… oui, j'me défends pas mal comme sage-femme, même si c'est moi qui l'dis. J'en ai vu des centaines venir au monde. Même des trolls, et c'est pas du boulot pour les débutantes. J'sais accoucher par la tête, par le siège et des fois quasiment par les bras. Mais j'suis toujours prête à apprendre de nouveaux trucs. » Elle baissa modestement les yeux. « J'dis pas que j'suis la meilleure, reprit-elle, mais j'vois personne de plus compétent, faut bien reconnaître.

— Vous devez m'accompagner tout de suite.

— Oh, je dois, hein ?

— Oui ! »

Une sorcière marginale réfléchit vite parce que les marges peuvent changer en un rien de temps. Elle a aussi appris à sentir quand une mythologie est à l'œuvre et que le mieux à faire c'est de lui emboîter le pas et de courir pour ne pas se laisser distancer.

« J'vais prendre…

— Pas le temps.

— Mais j'peux pas sortir comme…

— Tout de suite. »

Tendant le bras derrière la porte, Nounou empoigna sa trousse de sage-femme qu'elle gardait là pour de telles occasions et qui renfermait ce qu'elle savait indispensable ainsi que quelques autres bricoles dont elle espérait n'avoir jamais besoin.

« D'accord », fit-elle.

Puis elle partit.

Tac

La bouilloire chantait quand Nounou revint dans sa cuisine. Elle la contempla un moment puis la retira du feu.

Il restait encore une goutte d'eau-de-vie dans le verre près de son fauteuil. Elle l'avala avant de saisir la bouteille et de refaire le plein du verre à ras bord.

Elle ramassa sa pipe. Le fourneau en était encore chaud. Elle tira dessus et les braises grésillèrent.

Puis elle sortit quelque chose de sa trousse maintenant bien moins pleine et, son verre d'eau-de-vie à la main, s'assit pour l'examiner.

« Ben ça, dit-elle enfin, ça... sortait drôlement de l'ordinaire... »

Tic

La Mort regarda l'image s'estomper. Quelques flocons de neige soufflés par le vent hors du miroir avaient déjà fondu sur le plancher, mais il flottait encore une odeur de fumée de pipe.

« AH, JE VOIS, dit-il. UNE MISE AU MONDE DANS DES CIRCONSTANCES ÉTRANGES, MAIS S'AGIT-IL DU PROBLÈME PASSÉ OU EST-CE LA SOLUTION À VENIR ?

— COUII, fit la Mort aux Rats.

— EXACTEMENT. TU AS PEUT-ÊTRE RAISON. JE SAIS QUE LA SAGE-FEMME NE ME DIRA JAMAIS RIEN. »

La Mort aux Rats parut surpris. « COUII ? »

La Mort sourit. « LA MORT ? DEMANDER DES NOUVELLES D'UN ENFANT ? NON. ELLE NE ME DIRAIT RIEN.

— 'scusez, intervint le corbeau, mais comment ça se fait que mademoiselle Ogg soit devenue madame

Ogg ? Ça m'a l'air d'une combine de la campagne, si vous me suivez.

— LES SORCIÈRES SONT MATRILINÉAIRES. ELLES TROUVENT BEAUCOUP PLUS FACILE DE CHANGER D'HOMME QUE DE NOM. »

La Mort regagna son bureau et ouvrit un tiroir.

S'y trouvait un livre épais à reliure de nuit. Sur la couverture, là où un tel ouvrage aurait pu afficher « Notre mariage » ou « Album des plus belles photos », s'étalait le mot *Souvenirs*.

La Mort feuilleta les lourdes pages avec précaution. Certains souvenirs en profitèrent pour s'échapper et former des images fugitives dans l'espace avant que la page soit tournée, puis ils prirent leur envol et disparurent dans les angles obscurs au fond du cabinet. Des bribes sonores les accompagnaient, des rires, des pleurs, des cris et, pour une raison inconnue, de brèves notes de musique jouées au xylophone. La Mort marqua un temps.

Un immortel doit emmagasiner une foule de souvenirs. Il vaut parfois mieux les mettre en lieu sûr.

Un très ancien souvenir, brun et aux bords craquelés, s'attarda un instant au-dessus du bureau. Cinq silhouettes : quatre à cheval et une dans un char, sortant visiblement toutes d'une tempête. Les chevaux se déplaçaient à un galop régulier. On voyait beaucoup de fumée et de flammes ainsi qu'une grande agitation.

« AH, LE BON VIEUX TEMPS, commenta la Mort. AVANT LA MODE DES CARRIÈRES EN SOLO.

— COUIII ? fit la Mort aux Rats.

— OH OUI, NOUS ÉTIONS CINQ AUTREFOIS. CINQ CAVALIERS. MAIS TU SAIS CE QUE C'EST. IL Y A TOUJOURS UNE DISPUTE. DES DÉSACCORDS DE FOND, DES SALLES SACCAGÉES, CES CHOSES-LÀ. » La Mort soupira. « ET DES

MOTS ONT ÉTÉ ÉCHANGÉS QU'IL AURAIT PEUT-ÊTRE MIEUX VALU GARDER POUR SOI. »

Il tourna d'autres pages et soupira encore. Quand on avait besoin d'un coup de main et qu'on était la Mort, sur qui pouvait-on vraiment compter ?

Son regard songeur tomba sur la chope à l'ourson.

Évidemment, il y avait toujours la famille. Oui. Il avait promis de ne plus recommencer, mais les promesses n'étaient pas son fort.

Il se leva et retourna devant le miroir. Il ne restait pas beaucoup de temps. Ce que montrait le miroir était plus proche qu'il y paraissait.

Suivirent un chuintement de dérapage, un instant de silence haletant puis un fracas comme un sac de quilles tombant par terre.

La Mort aux Rats grimaça. Le corbeau s'empressa de s'envoler.

« AIDE-MOI À ME RELEVER, S'IL TE PLAÎT, dit une voix dans la pénombre. ET ENSUITE JE TE DEMANDERAI DE ME NETTOYER CETTE SALETÉ DE BEURRE. »

Tac

Ce bureau-ci était un champ de galaxies.

Des objets scintillaient. Des spirales et des rouages compliqués brillaient sur fond de ténèbres...

Jérémie aimait toujours cet instant où s'étalait une horloge entièrement démontée, chaque rouage et chaque ressort minutieusement disposés sur le carré de velours noir devant lui. C'était comme contempler le temps, un temps démantelé, discipliné, dont chaque composant était identifié...

Il aurait voulu que sa vie ressemble à ça. Ce serait merveilleux de la démonter elle aussi, d'étaler toutes les pièces sur la table, de les nettoyer et les graisser soigneusement, puis de les remonter pour qu'elles s'enroulent et tournent comme il faut. Mais Jérémie se demandait parfois si sa vie n'avait pas été assemblée par un artisan incompétent qui avait laissé un certain nombre d'éléments sauter – *ping* – dans tous les coins de son atelier.

Il aurait voulu aimer davantage ses semblables mais, pour une raison inconnue, il ne s'entendait pas avec eux. Il ne savait jamais quoi dire. Si la vie avait été une réception privée, il n'aurait même pas eu sa place à l'office. Il enviait ceux qui parvenaient déjà à mettre le pied dans la cuisine. Il y restait sûrement un peu de hors-d'œuvre à se mettre sous la dent, voire une ou deux bouteilles de piquette apportées par un invité et encore buvables une fois débarrassées des mégots de cigarette noyés dedans. Peut-être aussi une fille, même si Jérémie connaissait les limites de son imagination.

Mais il ne recevait jamais ne serait-ce qu'une invitation.

Les horloges, elles... c'était autre chose. Il savait ce qui les faisait marcher.

Son nom complet était Jérémie Lhorloge et ce n'était pas par hasard. Il était membre de la Guilde des Horlogers depuis ses premiers jours, et tout le monde savait ce que ça voulait dire. À savoir que sa vie avait commencé dans un panier, sur un pas-de-porte. Tout le monde connaissait le processus. Les guildes recueillaient les enfants abandonnés qui arrivaient avec le lait du matin. C'était une ancienne forme de charité, et il existait des sorts bien pires. Les orphelins y gagnaient la vie, une certaine éducation, un métier, un avenir et un nom. Beaucoup de grandes dames, de maîtres artisans ou d'édiles portaient des patronymes révéla-

23

teurs tels que Ludd, Galette, Lablague ou Lhorloge. Ils avaient reçu le nom d'un héros dans un métier donné ou d'un dieu tutélaire et étaient entrés du même coup dans ce qui ressemblait à une famille. Les plus âgés se rappelaient d'où ils venaient et, au moment du Porcher, offraient généreusement le vivre et l'habillement aux divers jeunes frères et sœurs du panier. Ce n'était pas l'idéal, mais l'idéal existe-t-il ?

Jérémie était donc devenu adulte, doté d'une bonne santé, d'un caractère étrange et, quant à son métier d'adoption, d'un talent qui n'était pas loin de compenser toutes les qualités qui lui faisaient défaut.

La cloche de la boutique retentit. Il soupira et reposa son monocle d'horloger. Il ne se pressa pas, pourtant. Il y avait beaucoup à voir dans la boutique. Il lui fallait même parfois tousser pour attirer l'attention du client. Cela dit, il lui fallait parfois tousser pour attirer l'attention de son reflet dans le miroir quand il se rasait.

Jérémie faisait de gros efforts pour être intéressant. Il était hélas de ces gens qui, décidés à être intéressants, cherchent d'abord à dénicher le manuel *Comment devenir intéressant* puis à voir s'il n'existe pas de cours en la matière. Il n'en revenait pas qu'on tienne manifestement sa conversation pour assommante. Alors qu'il pouvait parler de toutes sortes d'horloges. D'horloges mécaniques, d'horloges magiques, d'horloges à eau, d'horloges à feu, d'horloges florales, d'horloges à bougie, d'horloges à sable, d'horloges à coucou, des rares horloges à scarabée malabiennes… Mais, pour une raison inconnue, il se trouvait toujours plus vite à court d'auditeurs que d'horloges.

Il passa dans la boutique et s'arrêta.

« Oh… excusez-moi de vous avoir fait attendre », dit-il. Il s'agissait d'une femme. Et deux trolls s'étaient

24

postés à la porte du magasin, à l'intérieur. Leurs lunettes fumées et leurs costumes noirs mal taillés les classaient dans la catégorie de ceux qui arrangeaient les portraits. L'un fit craquer ses phalanges en s'apercevant que Jérémie le regardait.

La femme disparaissait dans un immense et luxueux manteau de fourrure blanche qui expliquait peut-être la présence des trolls. De longs cheveux noirs lui cascadaient sur les épaules, et son maquillage était si pâle que son visage se rapprochait de la teinte de son manteau. Elle était... plutôt jolie, se dit Jérémie qui était très mauvais juge en la matière, à condition d'aimer le genre monochrome. Il se demandait si elle était une zombie. La ville comptait maintenant un certain nombre de leurs congénères ; les plus prudents avaient emporté leurs biens avec eux à leur mort et avaient sûrement les moyens de s'offrir un tel manteau.

« Une horloge à scarabée ? », s'étonna-t-elle. Elle s'était détournée de la cloche de verre.

« Oh, euh... oui... le scarabée juriste malabien a un emploi du temps très régulier, expliqua Jérémie. Je... euh... la garde uniquement pour... hum, l'intérêt qu'elle représente.

— Très... organique », commenta la femme. Elle observait le jeune homme comme s'il relevait d'une autre espèce de scarabée. « Nous sommes Myria Ligion. »

Jérémie tendit docilement la main. Des professeurs patients de la Guilde des Horlogers avaient passé un temps fou à lui apprendre comment établir des rapports avec les gens avant de renoncer, désespérés, mais il en restait quelque chose.

Sa Seigneurie regarda la main en attente. Un des trolls finit par s'approcher d'un pas pesant.

« Madame serre pas main, chuchota-t-il d'une voix retentissante. Aime pas contacts corporels.

— Oh ? fit Jérémie.

— Il est peut-être inutile de s'étendre là-dessus, dit dame Ligion en reculant. Vous faites des horloges, et nous... »

Un tintinnabulement s'échappa de la poche de chemise de Jérémie. Il sortit une grosse montre.

« Si votre montre a sonné l'heure, elle avance, fit observer la femme.

— Euh... hum... non... ce serait peut-être une bonne idée de... hum, vous boucher les oreilles... »

Il était trois heures. Et toutes les horloges de la boutique les sonnèrent en même temps. Les coucous firent coucou, les clous tombèrent des horloges à bougie, les clepsydres gargouillèrent et oscillèrent lorsque les godets se vidèrent, les cloches tintèrent, les gongs tonnèrent, les carillons carillonnèrent et le scarabée juriste malabien exécuta un saut périlleux.

Les trolls s'étaient plaqué leurs paumes monstrueuses sur les oreilles, mais dame Ligion resta debout, les mains sur les hanches, la tête penchée jusqu'à ce que le dernier écho se fût éteint.

« L'heure exacte, à ce que nous voyons, commenta-t-elle.

— Quoi ? », fit Jérémie. Il était en train de se demander : peut-être une vampire, alors ?

« Vous avez toutes vos pendules à l'heure exacte, répéta dame Ligion. Vous êtes très pointilleux de ce côté-là, non, monsieur Jérémie ?

— Une horloge qui ne donne pas l'heure exacte est... une erreur », dit Jérémie. Il aurait maintenant bien aimé que la femme s'en aille. Ses yeux le mettaient mal à l'aise. Il avait entendu dire que certaines per-

26

sonnes avaient les yeux gris, et les siens étaient indu-
bitablement gris, comme ceux d'une aveugle, mais elle
les braquait manifestement sur et à travers lui.

« Oui, ça vous a valu quelques ennuis, non ? insista
dame Ligion.

— Je... je ne... je ne... je ne vois pas de quoi
vous...

— À la Guilde des Horlogers ? Guillaumet, qui
réglait toujours sa pendule cinq minutes en avance ? Et
vous...

— Je vais beaucoup mieux maintenant, la coupa Jérémie avec raideur. Je prends des médicaments. La Guilde
a été très compréhensive. À présent, allez-vous-en, s'il
vous plaît.

— Monsieur Jérémie, nous voudrions que vous nous
fabriquiez une horloge qui soit précise.

— Toutes mes horloges sont précises », répliqua
Jérémie en se fixant les pieds. Il ne devait pas prendre
son médicament avant cinq heures et dix-sept minutes,
mais il sentait qu'il en avait besoin tout de suite.
« Maintenant, je vous demanderai de...

— Précises de combien, vos horloges ?

— Moins d'une seconde en onze mois, répondit aussitôt Jérémie.

— Et c'est bien ?

— Oui. » Très bien, même. Voilà pourquoi la
Guilde s'était montrée si compréhensive. On permet
toujours quelques écarts au génie, une fois qu'on lui a
arraché le marteau des mains et fait disparaître le sang.

« Nous voulons davantage de précision.

— C'est impossible.

— Oh ? Vous voulez dire que c'est impossible pour
vous ?

« — Oui. Et si c'est impossible pour moi, ça l'est pour tous les autres horlogers de la ville. Je le saurais s'ils pouvaient faire mieux !

— Ça, c'est de la fierté ! Vous êtes sûr ?

— Je le saurais. »

Ce qui était vrai. Il le saurait forcément. Les horloges à bougie et les horloges à eau... c'étaient des jouets qu'il conservait plus ou moins par respect pour les premiers âges du chronométrage, mais il avait tout de même passé des semaines à expérimenter différentes cires, divers godets, et avait produit des horloges primitives sur lesquelles on aurait presque pu, disons, régler sa montre. Ça ne gênait pas qu'elles manquent d'une grande précision. Il s'agissait d'articles simples, organiques, de parodies de mesure du temps. Elles ne lui grinçaient pas sur le système. Mais une véritable horloge... ben, c'était un mécanisme, une affaire de nombres, et il fallait que les nombres soient parfaits.

Elle pencha encore la tête de côté. « Comment vérifiez-vous cette exactitude ? », demanda-t-elle.

On lui avait souvent posé la question à la Guilde, une fois son talent reconnu. Il ne savait déjà pas y répondre parce qu'elle n'avait pas de sens. On fabriquait une horloge pour qu'elle soit exacte. Un portraitiste peint des portraits. Si le portrait ressemble au sujet, c'est un portrait exact. Quand on fabriquait l'horloge dans les règles, elle était exacte. Pas besoin de procéder à des vérifications. On le savait.

« Je le sais, voilà, dit-il.

— Nous voulons que vous nous fabriquiez une horloge très précise.

— Précise comment ?

— Précise.

— Mais je ne peux fabriquer que dans les limites

de mon matériel, dit Jérémie. J'ai… mis au point certaines techniques, mais il y a des impondérables comme… les vibrations de la circulation dans la rue, les petits changements de température, tout ça. »

Dame Ligion examinait maintenant une gamme de grosses montres mues par des démons. Elle en prit une et en ouvrit le fond. La toute petite selle et les pédales étaient là, mais seules et abandonnées.

« Pas de démons ? demanda-t-elle.

— Je les conserve pour leur intérêt historique, répondit Jérémie. Elles variaient à peine de quelques secondes par minute et elles s'arrêtaient complètement la nuit. Elles intéressaient uniquement ceux pour qui "vers les deux heures en gros" est un horaire précis. » Il grimaça en prononçant l'expression. Il avait l'impression d'entendre des ongles crisser sur un tableau noir.

« Et l'invar ? », demanda la dame qui continuait, semblait-il, d'examiner le musée de pendules.

Jérémie parut ébranlé. « L'alliage ? Je n'avais pas idée qu'on puisse connaître ça en dehors de la Guilde. Et ça vaut très cher. Beaucoup plus que son poids en or. »

Dame Ligion se redressa. « Le prix est sans importance, dit-elle. Est-ce que l'invar vous permettrait d'obtenir une exactitude parfaite ?

— Non. Je m'en sers déjà. Il est vrai qu'il ne réagit pas à la température, mais il y a toujours des… obstacles. Des interférences de plus en plus petites génèrent des problèmes de plus en plus grands. C'est le paradoxe de Xénon.

— Ah, oui. Le philosophe éphébien qui affirmait qu'on ne pouvait pas atteindre un fuyard avec une flèche, non ?

— En théorie, parce que…

« — Mais Xénon a proposé quatre paradoxes, je crois. Qui supposaient l'existence de la plus petite unité de temps possible. Et elle existe forcément, non ? Prenez le présent. Il a obligatoirement une certaine longueur, parce qu'un bout se rattache au passé et l'autre à l'avenir, et, s'il n'avait pas cette longueur, il ne pourrait pas exister. Il n'y aurait pas de temps pour qu'il y soit présent. »

Jérémie tomba soudain amoureux. Il n'avait pas éprouvé ce sentiment depuis le jour où il avait ôté le fond de l'horloge de la crèche à l'âge de quatorze mois.

« Là, vous parlez du fameux "tic-tac de l'univers", dit-il. Et aucune fraise ne pourrait tailler des engrenages aussi petits...

— Ça dépend de ce que vous appelez "engrenages". Avez-vous lu ceci ? »

Dame Ligion agita la main à l'adresse d'un des trolls qui s'approcha lourdement et lâcha un paquet oblong sur le comptoir.

Jérémie le déballa. Il contenait un petit livre. « *Les contes de Crime* ? s'étonna-t-il.

— Lisez l'histoire de l'horloge de verre de Bad Schüschein, conseilla dame Ligion.

— Des histoires pour enfants. Qu'est-ce qu'elles peuvent m'apprendre ?

— Allez savoir ! Nous repasserons demain, vous nous direz ce que vous comptez faire. En attendant, voici un petit gage de notre bonne foi. »

Le troll déposa sur le comptoir un gros sac de cuir. Qui rendit un tintement, celui lourd et opulent de l'or. Jérémie ne lui prêta guère attention. Il avait déjà de l'or plus qu'il n'en fallait. Même les maîtres horlogers venaient acheter ses pendules. L'or était utile parce qu'il lui donnait le temps de travailler sur davantage

30

d'horloges. Qui lui rapportaient davantage d'or. L'or était en quelque sorte un bouche-trou entre deux horloges.

« Je peux aussi vous obtenir de l'invar, et en grosses quantités, dit la femme. Ce sera une partie de votre paiement, mais, j'en conviens, l'invar ne fera pas votre affaire. Monsieur Jérémie, vous comme moi savons que votre paiement pour la fabrication de la première horloge vraiment précise sera l'opportunité de fabriquer la première horloge vraiment précise, non ? »

Il se fendit d'un sourire nerveux. « Ce serait… merveilleux si c'était faisable, dit-il. Franchement, ce serait… la fin de l'horlogerie.

— Oui, confirma dame Ligion. Personne n'aurait plus besoin de fabriquer de pendules. »

Tic

Ce bureau-ci est impeccablement rangé.

Une pile de livres est posée dessus, ainsi qu'une règle.

Et, pour l'instant, une horloge en carton.

Mademoiselle la prit.

Alors que les autres enseignantes de l'école se faisaient appeler par leur prénom de Stéphanie et de Jeanne, elle restait pour sa classe strictement mademoiselle Suzanne. D'ailleurs, « strict » était le qualificatif qui s'appliquait le mieux à l'ensemble de sa personne ; en classe, elle insistait sur le « mademoiselle » de la même façon qu'un roi insiste sur le « Votre Majesté » et plus ou moins pour des raisons semblables.

Mademoiselle Suzanne s'habillait de noir, ce que désapprouvait la directrice qui ne pouvait pourtant pas le lui interdire car le noir reste tout de même une couleur respectable. Elle était jeune mais donnait une impression indéfinissable d'âge mûr. Elle rassemblait ses cheveux blond pâle balafrés d'une mèche noire en un chignon serré. La directrice désapprouvait aussi sa coiffure : elle évoquait une image archaïque de l'Enseignement, disait-elle avec l'assurance de qui se fait fort de prononcer une majuscule. Mais elle n'osait pas désapprouver la manière de se déplacer de mademoiselle Suzanne, car mademoiselle Suzanne se déplaçait comme une tigresse.

On avait en vérité toujours du mal à désapprouver mademoiselle Suzanne en sa présence parce que, dans ce cas, elle jetait au critique un de ses Regards. Il ne s'agissait en aucune façon d'un regard menaçant. Il restait calme et serein. On avait seulement envie de ne plus le voir.

Le Regard faisait aussi effet en classe. Prenez par exemple les devoirs à la maison, autre pratique archaïque contre laquelle s'élevait en vain la directrice. Aucun chien ne mangeait les devoirs d'aucun des élèves de mademoiselle Suzanne, parce qu'il y avait quelque chose de mademoiselle Suzanne qui les suivait chez eux ; le chien leur apportait plutôt un crayon et les observait d'un air implorant le temps qu'ils les terminent. Par ailleurs, mademoiselle Suzanne bénéficiait, semblait-il, d'un instinct infaillible pour repérer la paresse et l'effort. Contrairement aux instructions de la directrice, elle ne laissait pas les enfants agir à leur guise. Elle les laissait agir à sa guise à elle. Le résultat s'était révélé plus profitable pour tout le monde.

Mademoiselle Suzanne brandit la pendule en carton et demanda : « Qui peut me dire ce que c'est ? »

Une forêt de mains jaillit.

« Oui, Miranda ?

— C'est une pendule, mademoiselle. »

Mademoiselle Suzanne sourit, évita soigneusement la main qu'agitait un garçon du nom de Vincent, qui poussait en outre des « ouu, ouu, ouu » avec une ferveur frénétique, et désigna un autre élève derrière lui.

« Nous n'en sommes pas loin, dit-elle. Oui, Samuel ?

— C'est du carton auquel on a donné une forme de pendule, répondit le gamin.

— Exact. Voyez toujours ce qui est réellement là. Et je suis censée vous apprendre à lire l'heure avec ça. » Mademoiselle Suzanne ricana et jeta l'objet.

« Est-ce qu'on essaye une autre méthode ? demanda-t-elle en claquant les doigts.

— Oui ! », s'écria en chœur la classe qui poussa alors un grand « aah ! » lorsque les murs, le plancher et le plafond disparurent et que les pupitres planèrent en altitude au-dessus de la ville.

Tout près s'étalait l'immense cadran fissuré de l'horloge en haut de la tour de l'Université de l'Invisible.

Les enfants échangèrent des coups de coude excités. Que leurs pieds reposent sur près de cent mètres de vide n'avait pas l'air de les inquiéter. Tout aussi curieusement, ils n'avaient pas l'air surpris non plus. Ce n'était qu'une expérience intéressante. Ils réagissaient en connaisseurs qui en avaient vécu d'autres. Ce qui était normal quand on suivait les cours de mademoiselle Suzanne.

« Bon, Mélanie, dit l'institutrice alors qu'un pigeon se posait sur son bureau. La grande aiguille est sur le douze et l'immense aiguille presque sur le dix, donc il est... »

La main de Vincent fusa. « Ouu, mademoiselle, ouu, ouu...

— Presque midi, parvint à répondre Mélanie.

33

— Bravo. Mais ici... »

Le décor devint flou. Les pupitres, toujours en formation impeccable, se retrouvèrent plantés sur les pavés d'une place dans une autre ville. Comme la plupart du reste de la classe : les placards, la table de sciences naturelles et le tableau noir. Mais les murs restaient toujours en arrière.

Nul sur la place ne prêtait attention aux visiteurs, mais, curieusement, nul n'essayait non plus de traverser la classe. Le fond de l'air était plus chaud, et il flottait des odeurs de mer et de marais.

« Quelqu'un peut me dire où nous sommes ? demanda mademoiselle Suzanne.

— Ouu, moi, mademoiselle, ouu, ouu... » Vincent n'aurait pu grandir davantage qu'en décollant de terre.

« Qu'en penses-tu, Pénélope ?

— Oh, mademoiselle », fit un Vincent démonté.

Pénélope, fillette jolie, docile et franchement bornée, promena un regard proche de la panique sur la place grouillante de monde, sur les bâtiments blanchis à la chaux et tendus d'auvents.

« On est déjà venus ici la semaine dernière en cours de géographie, rappela mademoiselle Suzanne. Une ville entourée de marécages. Sur le fleuve Old Woman. Réputée pour sa gastronomie. Beaucoup de fruits de mer... ? »

Le front ravissant de Pénélope se creusa. Le pigeon niché sur le bureau de l'institutrice voleta jusqu'à terre pour se joindre à la volée de ses congénères qui cherchaient des restes sur les pavés et leur adressa doucement des roucoulades en pidgin de pigeon.

Consciente qu'on pouvait mettre à profit le temps nécessaire à Pénélope pour mettre en œuvre un processus de pensée, mademoiselle Suzanne agita la main en direction d'une horloge à la façade d'une boutique de l'autre côté de la place et demanda : « Et qui peut me dire quelle heure il est ici, à Genua, s'il vous plaît ?

— Ouu, mademoiselle, mademoiselle, ouu... »

Un garçon du nom de Gordon reconnut prudemment qu'il était peut-être trois heures, à la grande déception sonore d'un Vincent toujours prêt à remonter en selle.

« C'est vrai, dit mademoiselle Suzanne. Quelqu'un peut-il me dire pourquoi il est trois heures à Genua alors qu'il est midi à Ankh-Morpork ? »

Impossible d'y échapper, cette fois. La main de Vincent n'aurait pas pu se lever plus vite sans griller par le simple frottement de l'air. « Oui, Vincent ?

— Ouu mademoiselle la vitesse de la lumière mademoiselle elle va à mille kilomètres à l'heure et en ce moment le soleil monte au-dessus du Bord près de Genua alors midi met trois heures pour arriver jusque chez nous mademoiselle ! »

Mademoiselle Suzanne soupira. « Très bien, Vincent », dit-elle avant de se lever. Tous les regards la suivirent tandis qu'elle se dirigeait vers le cagibi des fournitures. Il avait voyagé avec la classe, et maintenant, s'il s'était trouvé un élève pour remarquer pareil détail, il aurait aperçu dans l'espace de légers traits qui délimitaient des portes, des murs et des fenêtres. Et s'il avait été particulièrement intelligent, il se serait dit : Donc... cette classe est d'une certaine façon toujours à Ankh-Morpork et en même temps à Genua, non ? Est-ce une illusion ? Est-ce réel ? Ou imaginaire ? À moins que, pour cette institutrice-là, ça ne fasse pas grande différence.

L'intérieur du cagibi était également présent, et c'était dans ses profondeurs obscures sentant le papier qu'elle remisait les étoiles.

Des étoiles d'or et des étoiles d'argent. Une étoile d'or en valait trois d'argent.

La directrice désapprouvait aussi cette méthode. Pour elle, cela encourageait la compétition. Pour Suzanne, c'était justement le but, et la directrice prenait la fuite avant d'avoir à essuyer un Regard.

Les étoiles d'argent n'étaient pas souvent décernées et les étoiles d'or moins d'une fois par quinzaine. Elles se gagnaient de haute lutte. Cette fois-ci, Suzanne sélectionna une étoile d'argent. Vincent le Fervent en aurait une galaxie rien que pour lui. Pour être juste avec lui, il s'intéressait peu à la couleur de l'étoile. La quantité, voilà tout ce qu'il aimait. Mademoiselle Suzanne l'avait catalogué en son for intérieur comme « le garçon que sa future épouse risque fort de trucider un jour ».

Elle regagna son bureau et posa l'étoile devant elle d'un geste de tentatrice.

« Et une question exceptionnelle, dit-elle avec une pointe de malice. Faut-il en déduire que là-bas c'est "ensuite" quand ici c'est "maintenant" ? »

La main ralentit à mi-parcours dans son ascension.

« Ouu… commença Vincent avant de s'arrêter. Ç'a pas de sens, mademoiselle…

— Les questions ne sont pas obligées d'avoir du sens, Vincent, dit mademoiselle Suzanne. Mais les réponses, si. »

Pénélope lâcha une espèce de soupir. À la grande surprise de l'institutrice, la figure qui pousserait sûrement un jour son père à engager des gardes du corps émergeait de son habituelle rêverie béate et se concentrait sur une réponse. Sa main d'albâtre se leva à son tour.

La classe l'observa, dans l'expectative.

« Oui, Pénélope ?

— C'est…

— Oui ?

— C'est toujours maintenant partout, mademoiselle ?

— Tout juste. Bravo ! Très bien, Vincent, tu as droit à l'étoile d'argent. Et pour toi, Pénélope… »

Mademoiselle Suzanne regagna le cagibi d'étoiles. Arriver à tirer Pénélope de son nuage assez longtemps pour qu'elle réponde à une question valait une étoile, mais une réponse aussi profondément philosophique méritait l'or.

« Vous allez tous ouvrir vos cahiers et copier ce que vient de dire Pénélope », annonça-t-elle d'un ton joyeux en s'asseyant.

Elle vit alors l'encrier sur son bureau commencer à se lever comme la main de Pénélope. C'était un encrier en céramique conçu pour se loger impeccablement dans un trou circulaire ménagé dans le bois. Il monta en douceur, et l'institutrice Suzanne s'aperçut qu'il reposait en équilibre sur le crâne rigolard de la Mort aux Rats.

Qui cligna d'une orbite bleutée à l'adresse de mademoiselle Suzanne.

À petits gestes vifs, sans même baisser les yeux, elle écarta l'encrier d'une main et tendit l'autre vers un épais recueil d'histoires. Elle plaqua le livre si fort sur le trou que de l'encre bleu-noir en éclaboussa les pavés.

Puis elle souleva le dessus du bureau et jeta un coup d'œil à l'intérieur.

Elle n'y vit rien, bien entendu. Du moins, rien de macabre…

… sauf si l'on tient pour macabres le bout de chocolat à demi rongé et un billet écrit en grosses lettres gothiques disant :

Signé du symbole familier alpha et oméga suivi de GRAND-PÈRE.

Suzanne prit le billet et le roula en boule, consciente qu'elle tremblait de rage. Comment ose-t-il ? Et il m'envoie le rat, par-dessus le marché !

Elle jeta la boule dans la corbeille à papier. Elle ne la ratait jamais. Parfois la corbeille se déplaçait à cet effet.

« Maintenant, allons voir quelle heure il est en Klatch », dit-elle aux enfants qui l'observaient.

Sur le bureau, le livre s'était ouvert à une page précise en tombant. Et ce serait bientôt l'heure de raconter une histoire. Et mademoiselle Suzanne se demanderait, trop tard, pourquoi le livre s'était trouvé sur son bureau alors qu'elle ne l'y avait encore jamais vu.

Et une tache d'encre bleu-noir allait rester sur les pavés de la place de Genua jusqu'à ce que la pluie torrentielle du soir la fasse disparaître.

Tac

Les premiers mots que lisent ceux qui cherchent la révélation dans les vallées secrètes hantées par les yétis et les échos des gongs, près du Moyeu du monde, sont les mots qu'ils découvrent quand ils mettent le nez dans *La vie de Wen l'Éternel Surpris.*

La première question qu'ils posent est : « Pourquoi "l'éternel surpris" ? »

Et on leur répond : « Wen s'est penché sur la nature du temps et a compris que l'univers est recréé à chaque nouvel instant qui passe. Donc, en a-t-il déduit, il n'existe en vérité pas de passé, seulement un souvenir du passé. Clignez des yeux, et le monde que vous allez voir ensuite n'existait pas quand vous les aviez fermés. Donc, a-t-il conclu, la seule attitude que l'esprit doive adopter est la surprise. Et la seule attitude pour le cœur est la joie. Le ciel que vous voyez maintenant, vous ne l'avez encore jamais vu. L'instant idéal est l'instant présent. Il faut s'en réjouir. »

Les premiers mots que lut le jeune Lou-tsé quand il chercha la confusion dans la ville sombre, grouillante et inondée de pluie d'Ankh-Morpork furent : « Chambres à louer, prix raisonnables. » Et il s'en réjouit.

Tic

Qui dit pays propice aux céréales dit agriculteurs. Ils savent le goût d'une bonne terre. Ils cultivent des céréales.

Qui dit bon pays pour l'acier dit hauts fourneaux qui embrasent le ciel d'un soleil couchant à longueur de nuit. Les marteaux ne s'arrêtent jamais. On fabrique de l'acier.

Il existe des pays houillers, de bovins, d'herbage. Le monde abonde en régions dont une activité façonne le paysage et les habitants. Et dans les hautes vallées autour du Moyeu du monde, là où la neige n'est jamais très loin, se trouve le pays de la révélation.

Y vivent ceux qui savent qu'il n'y a pas d'acier, seulement l'idée de l'acier[1]. Ils donnent des noms à des choses nouvelles et même à des choses qui n'existent

---

1. Mais ils se servent quand même de fourchettes, ou du moins de l'idée de fourchette. Il n'y a peut-être pas de cuiller, comme dit le philosophe, mais il faut alors se demander pourquoi il y a l'idée de soupe.

pas. Ils cherchent l'essence de l'être et la nature de l'âme. Ils fabriquent de la sagesse.

Des temples dominent toutes les vallées chapeautées de glaciers, où le vent souffle des particules de glace même au plus fort de l'été.

Là résident les moines de l'écoute qui cherchent à discerner dans le vacarme du monde les faibles échos des sons qui ont mis l'univers en branle.

Là résident les moines d'Alacoule, une secte timide et cachottière qui croit qu'on ne peut comprendre l'univers qu'en restant parfaitement impassible, que le noir va avec tout et que le chrome ne passera jamais de mode.

Dans leur temple vertigineux entrecroisé de cordes raides, les moines équilibristes vérifient la tension du monde et entreprennent ensuite de longs voyages périlleux afin d'en rétablir l'équilibre. On peut voir leur travail sur de hautes montagnes et des îlots isolés. Ils se servent de petits poids en cuivre dont aucun ne dépasse la grosseur du poing. Ils travaillent. C'est d'ailleurs évident qu'ils travaillent. Le monde n'a pas encore basculé.

Et dans la vallée la plus élevée, la plus verte, la plus aérée de toutes, là où poussent les abricotiers, où de la glace flotte au fil des cours d'eau même par grosse chaleur, se dresse le monastère d'Oi Dong et des moines combattants de l'ordre de Wen. Les autres sectes les appellent les moines de l'Histoire. On ne sait pas trop ce qu'ils fabriquent, mais certains ont fait remarquer un détail étrange : chaque journée dans la petite vallée est merveilleusement printanière et les cerisiers toujours en fleur.

Selon la rumeur, les moines ont plus ou moins le devoir de veiller à ce que le lendemain arrive selon une

40

espèce de plan mystique conçu par un gars perpétuellement surpris.

En fait, depuis quelque temps, et il serait impossible
autant que ridicule de préciser depuis quand, la vérité
est plus étrange et redoutable.

La tâche des moines de l'Histoire est de veiller à ce
que le lendemain arrive tout court.

Le maître des novices rencontra Rinpo, acolyte en
chef du père supérieur. Le poste d'acolyte en chef restait encore pour l'instant très important. Dans son état
actuel, le père supérieur avait besoin qu'on l'aide beaucoup, et sa concentration était de courte durée. Dans
ces circonstances-là, il y a toujours quelqu'un prêt à se
charger du fardeau. On trouve des Rinpo partout.

« C'est encore Ludd, dit le maître des novices.

— Oh, là, là ! Ce n'est sûrement pas un garnement
qui va vous inquiéter, si ?

— Un garnement ordinaire, non. D'où vient celui-
ci ?

— Maître Soţo nous l'a envoyé. Vous savez ? De
notre section à Ankh-Morpork ? Il l'a trouvé en ville.
Le garçon a un talent inné, à ce que j'ai compris », dit
Rinpo.

Le maître des novices parut scandalisé. « Un talent !
C'est un sale voleur ! Il a été élève à la Guilde des
Voleurs !

— Et alors ? Les enfants chapardent de temps en
temps. Une petite correction, et ils arrêtent. Le B.A.-BA
de l'éducation, dit Rinpo.

— Ah ! Il pose quand même un problème.

— Oui ?

— Il est très, très rapide. Autour de lui, des objets
disparaissent. Des bricoles. Des choses sans impor-

tance. On a beau le surveiller de près, on ne le voit jamais les barboter.

— Peut-être qu'il ne les barbote pas, alors.

— Il passe dans une salle, et des trucs s'envolent ! dit le maître des novices.

— Il est si rapide que ça ? Tant mieux si Soto a mis la main dessus, alors. Mais un voleur est...

— Ils réapparaissent plus tard là où on ne les attend pas, avoua le maître des novices comme à contrecœur. Il fait ça par pure méchanceté, j'en suis sûr. »

La brise balaya la terrasse d'un parfum de cerisiers en fleur.

« Écoutez, j'ai l'habitude de la désobéissance, reprit le maître des novices. Ça fait partie de la vie d'un novice. Mais il est aussi en retard.

— En retard ?

— Il arrive à ses cours en retard.

— Comment un élève peut-il arriver en retard chez nous ?

— Monsieur Ludd se fiche de tout, on dirait. Monsieur Ludd a l'air de croire qu'il peut faire comme ça lui chante. C'est aussi un... petit malin. »

L'acolyte hocha la tête. Ah ! Un petit malin. L'expression avait un sens très particulier ici, dans la vallée. Un petit malin se figure en savoir plus long que le professeur, il lui répond avec impertinence, il l'interrompt. Un petit malin, c'était pire qu'un petit imbécile.

« Il n'accepte pas la discipline ? demanda l'acolyte.

— Hier, alors que j'emmenais la classe dans la salle de pierre pour un cours de théorie temporelle, je l'ai surpris en train de contempler le mur. Il ne suivait visiblement pas la leçon. Mais quand je l'ai interpellé pour répondre au problème que j'avais écrit au tableau, alors que je savais pertinemment qu'il n'y arriverait pas, il m'a donné la solution. Sans hésiter. Sans une erreur.

— Et après ? Vous dites que c'est un petit malin. »

Le maître des novices parut gêné. « Sauf... que ce n'était pas le bon problème. J'avais fait cours plus tôt aux agents de terrain du cinquième *djim* et j'avais laissé une partie de l'épreuve au tableau. Un problème d'espace-phase extrêmement compliqué mettant en jeu les harmoniques résiduelles dans des milliers d'histoires. Personne n'avait trouvé la solution. Moi-même, j'avais dû chercher la réponse.

— J'imagine donc que vous l'avez puni pour n'avoir pas répondu à la bonne question ?

— Bien entendu. Mais son attitude est perturbante. La plupart du temps, j'ai l'impression qu'il n'est pas tout à fait présent. Il ne suit jamais, il connaît toujours la réponse et il ignore comment il la connaît. On ne va pas lui flanquer sans arrêt des corrections. Il montre le mauvais exemple aux autres élèves. C'est impossible de donner des cours à un petit malin. »

L'acolyte observa d'un air songeur un vol de colombes blanches qui décrivaient des cercles autour des toits du monastère. « On ne peut pas le renvoyer maintenant, dit-il enfin. Soto affirme l'avoir vu faire la posture du coyote ! C'est comme ça qu'on l'a découvert. Vous vous rendez compte ? Il n'avait suivi aucune formation ! Vous imaginez ce qui arriverait si un individu doté d'un tel talent était lâché dans la nature ? Heureusement que Soto ouvrait l'œil.

— Mais c'est sur moi qu'il a reporté le problème. Ce gamin sème le désordre. »

Rinpo soupira. Le maître des novices était un bon professeur, très consciencieux, il le savait, mais ça faisait un bail qu'il ne s'était pas aventuré dans le monde extérieur. Des hommes comme Soto passaient tous leurs jours dans le monde du temps. Ils apprenaient la flexibilité : quand on était raide dans le monde extérieur, c'est qu'on était mort. Les hommes comme Soto... Tiens, ça, c'était une idée...

Il tourna la tête vers l'autre bout de la terrasse où deux serviteurs balayaient les fleurs de cerisier tombées à terre. « Je vois une solution harmonieuse, dit-il.

— Ah oui ?

— Un garçon aussi exceptionnellement doué que Ludd a besoin d'un maître, non de la discipline d'une classe.

— Possible, mais... »

Le maître des novices suivit le regard de Rinpo.

« Oh ! » Il se fendit d'un sourire un peu méchant. Un sourire de mauvais augure laissant présager que de gros ennuis risquaient d'arriver à une certaine personne qui, de son point de vue, les méritait largement.

« Il me vient un nom, dit Rinpo.

— À moi aussi, fit le maître des novices.

— Un nom que j'ai trop souvent entendu, poursuivit Rinpo.

— À mon avis, soit il va dresser le gamin, soit c'est le gamin qui va le dresser, mais il est toujours possible qu'ils se dressent l'un l'autre... songea tout haut le maître.

— Donc, comme on dit, il n'y a pas de contre-indication.

— Mais est-ce que l'abbé sera d'accord ? demanda le maître qui cherchait les points faibles d'une idée séduisante. Il témoigne d'une certaine estime assez agaçante pour... le balayeur.

— L'abbé est un homme charmant, mais en ce moment ses dents le font souffrir et il a du mal à marcher, dit Rinpo. Et les temps sont difficiles. Je suis sûr qu'il sera ravi d'accepter notre recommandation commune. Enfin, quoi, c'est pour ainsi dire un point de détail dans le train-train quotidien. »

Ainsi décida-t-on de l'avenir.

Ce n'étaient pas de mauvais hommes. Ils travaillaient dur dans l'intérêt de la vallée depuis des siècles. Mais il est possible, à la longue, de contracter certaines habitudes de pensée dangereuses. Par exemple que, même si toutes les entreprises importantes ont besoin d'une organisation minutieuse, c'est l'organisation qu'il faut organiser plutôt que l'entreprise. Ou que la tranquillité a toujours du bon.

Tac

Des réveille-matin s'alignaient sur la table près du lit de Jérémie. Il n'en avait pas besoin parce qu'il se réveillait quand il le voulait. Ils n'étaient là que pour vérification. Il les réglait sur sept heures et se réveillait à six heures cinquante-neuf pour voir s'ils se déclenchaient à temps.

Ce soir-là, il alla se coucher tôt avec un verre d'eau et *Les contes de Crime*.

Les histoires ne l'avaient jamais beaucoup intéressé, à aucun âge, et il n'en avait jamais vraiment compris le concept de base. Il n'avait jamais lu une œuvre de fiction jusqu'au bout. Il se rappelait qu'étant petit l'illustration de « Quelle heure est-il, madame Persil ? » dans un livre de comptines sur toile l'avait profondément agacé, parce que la pendule représentée ne collait pas avec l'époque.

Il essaya de lire *Les contes de Crime*. Chacun portait un titre du style « Comment la méchante reine dansa dans des chaussures chauffées au rouge » et « La vieille dame dans le four ». On ne parlait d'horloges dans aucun. On aurait dit que les auteurs évitaient soigneusement de les mentionner.

« L'horloge de verre de Bad Schüschein », d'un autre côté, mettait bien en scène une horloge. Si on veut. Et l'histoire était... étrange. Un homme méchant – les lecteurs voyaient bien qu'il était méchant parce que c'était écrit noir sur blanc dans le livre – fabriquait une horloge de verre dans laquelle il gardait le Temps prisonnière[1], mais l'affaire tournait mal parce qu'une pièce du mécanisme – le ressort, qu'il ne pouvait pas confectionner en verre – s'était cassée sous la tension. Le Temps avait été libérée, l'horloger avait vieilli de dix mille ans en l'espace d'une seconde et était tombé en poussière. Après quoi – ce qui ne surprenait pas Jérémie – on ne l'avait jamais revu. L'histoire se terminait par une morale : les grandes entreprises reposent sur de petits détails. Jérémie ne comprenait pas pourquoi on avait préféré cette morale plutôt que : ce n'est pas bien d'enfermer des femmes immatérielles dans des horloges. Ou : ça aurait marché avec un ressort de verre.

Mais même pour l'œil inexpérimenté de Jérémie, quelque chose clochait dans l'histoire. On aurait dit que l'auteur s'efforçait de trouver un sens à quelque chose qu'il avait vu, ou qu'on lui avait dit, et qu'il avait mal compris. Et – bah ! – alors que ça se passait des siècles plus tôt où même en Uberwald il n'existait que des horloges à coucou naturel, l'illustrateur avait dessiné une pendule à gaine d'un modèle commercialisé depuis moins de quinze ans ! Fallait-il que les gens soient

1. Oui, le Temps est une femme. Et qui n'aime pas attendre, dit-on. *(N.d.T.)*

bêtes ! On aurait éclaté de rire si ça n'avait pas été aussi tragique !

Jérémie repoussa le livre et passa le reste de la soirée à tracer quelques croquis pour la Guilde. Elle le payait grassement pour cette tâche dès lors qu'il promettait de ne pas se présenter personnellement.

Puis il posa son travail à côté des pendules sur la table de chevet. Il souffla la bougie. Il s'endormit. Il rêva.

L'horloge de verre égrenait son tic-tac. Dressée sur le plancher au milieu de l'atelier, elle émettait une lumière argentée. Jérémie en fit le tour, ou alors ce fut elle qui tournoya doucement autour de lui.

Elle dépassait la taille d'un homme. À l'intérieur de sa gaine transparente, des lumières rouges et bleues scintillaient comme des étoiles. Il flottait une odeur d'acide.

Puis son point de vue plongea dans l'appareil, dans l'appareil cristallin, s'enfonça dans les couches de verre et de quartz. Elles s'élevaient à toute allure près de lui, leur surface lisse se muait en murs de centaines de kilomètres de haut, et il chutait néanmoins entre des plaques qui devenaient rugueuses, granuleuses...

... pleines de trous. La lumière rouge et bleu était là, elle aussi, elle défilait en trombe.

Et seulement alors le son se fit entendre. Il provenait des ténèbres plus loin, un battement régulier ridiculement familier, une pulsation cardiaque amplifiée un million de fois...

... tchum... tchum...

... chaque battement plus lent que des montagnes et plus grand que des mondes, d'un rouge sombre de sang. Il en entendit quelques autres puis sa chute se ralentit, s'arrêta, et il se mit à remonter en flèche à travers la

cascade de lumière jusqu'à ce qu'un éclat lumineux au loin devienne une salle.

Il fallait qu'il se rappelle tout ça ! Tout était si limpide une fois qu'on l'avait vu ! Si simple ! Si facile ! Il voyait toutes les pièces du mécanisme, comment elles s'imbriquaient les unes dans les autres, comment elles étaient conçues.

Tout s'estompait peu à peu.

Bien sûr, ce n'était qu'un rêve. Il se le répéta et s'en sentit réconforté. Mais ce rêve-là était allé très loin, il lui fallait bien le reconnaître. Par exemple, il y avait une chope de thé qui fumait sur l'établi tout proche et des échos de voix de l'autre côté de la porte...

On frappa chez lui. Jérémie se demanda si le rêve allait s'arrêter dès que la porte s'ouvrirait, mais elle disparut tandis qu'on continuait de frapper. Les coups venaient du rez-de-chaussée.

Il était six heures quarante-sept. Jérémie lança un coup d'œil aux réveils afin de s'assurer qu'ils indiquaient la bonne heure, puis il s'enveloppa dans sa robe de chambre et descendit en hâte. Il entrebâilla la porte de devant. Personne.

« Nan, en d'sous, m'sieur. »

Il y avait quelqu'un plus bas. Un nain.

« Z'appelez Lhorloge ? demanda-t-il.

— Oui ? »

Une écritoire à pince fut poussée par l'interstice.

« Signez là où c'est marqué "signez ici". Merci. D'accord, les gars... »

Derrière lui, deux trolls firent basculer une charrette à bras. Une grosse caisse de bois s'écrasa sur les pavés.

« Qu'est-ce que c'est ? demanda Jérémie.

— Colis express, répondit le nain en récupérant son

écritoire. Vient d'Uberwald. Dû coûter bonbon. Regardez-moi tous ces tampons et autocollants.

— Vous ne pourriez pas l'apporter chez moi... ? »,
hasarda Jérémie, mais déjà la charrette s'en repartait
dans un tintinnabulement joyeux d'objets fragiles.

Il se mit à pleuvoir. Jérémie s'efforça de déchiffrer
l'étiquette sur la caisse. Elle portait effectivement ses
nom et adresse, libellés d'une belle écriture ronde, et
elle était surmontée du cachet à la chauve-souris bicé-
phale d'Uberwald. On n'y voyait pas d'autres inscriptions à part, dans la partie inférieure, l'indication :

HAUT

Puis la caisse se mit à lâcher des jurons. Des jurons
assourdis dans une langue étrangère, mais tous les
jurons rejoignent un certain fonds international.

« Euh... salut ? », fit Jérémie.

La caisse tangua et atterrit sur le flanc dans un redou-
blement d'obscénités. Des chocs sourds retentirent à
l'intérieur, d'autres jurons fusèrent, et la caisse se
redressa en chancelant, le prétendu « haut » dans le bon
sens.

Un bout de planche coulissa et un pied-de-biche
tomba dans la rue dans un bruit de ferraille. La voix
qui avait précédemment juré lança :

« Feriez-vous affez faimable... ? »

Jérémie introduisit le pied-de-biche dans un interstice d'aspect prometteur et tira.

La caisse s'ouvrit d'un coup. Il lâcha le pied-
de-biche. Il y avait une... un être à l'intérieur.

« Fe comprends pas, dit l'inconnu en se débarrassant
de fragments de garniture pour colis. Huit faletés de
fours fans problème, et fes fidiots fe gourent à l'arri-

vée. » Il adressa un signe de tête à Jérémie. « Bonfour, monfieur. Fe fuppofe que vous fêtes monfieur Férémie ?

— Oui, mais…

— Fe m'appelle Igor, monfieur. Mes fertificats, monfieur. »

Une main comme un accident du travail raccommodé tendit brusquement une liasse de papiers. Jérémie eut un mouvement de recul avant de se sentir gêné et de la prendre.

« Je crois qu'il y a erreur, dit-il.

— Non, pas d'erreur, assura Igor en sortant un sac de voyage des décombres de la caisse. Vous favez befoin d'un affiftant. Et, pour fe qui est des faffiftants, vous pouvez pas vous tromper avec un Igor. Tout le monde fait fa. On pourrait pas rentrer fe mettre à l'abri, monfieur ? La pluie me rouille les fenoux.

— Mais je n'ai pas besoin d'assistant… », protesta Jérémie qui s'interrompit aussitôt. C'était complètement faux. Il n'arrivait pas à les garder, voilà. Ils s'en allaient toujours au bout d'une semaine.

« Bonjour, monsieur ! », lança une voix joyeuse.

Une autre charrette venait de s'arrêter. Peinte d'un blanc hygiénique éclatant, chargée de bidons de lait, elle affichait sur le flanc la raison sociale « Ronald Soak. Crémier ». Jérémie leva un regard éperdu sur la figure rayonnante de monsieur Soak qui tenait une bouteille de lait dans chaque main.

« Un demi-litre, chef, comme d'hab'. Et peut-être un autre si vous avez de la compagnie ?

— Euh… euh… euh… oui, merci.

— Et le yaourt est très bien cette semaine, chef, ajouta monsieur Soak d'un ton encourageant.

— Euh… euh… je ne crois pas, monsieur Soak.

50

— Pas besoin d'œufs, de crème, de beurre, de babeurre ni de fromage ?

— Pas vraiment, monsieur Soak.

— Bon, très bien, fit monsieur Soak, nullement décontenancé. À demain, alors.

— Euh… oui », dit Jérémie tandis que la charrette se remettait en route. Monsieur Soak était un ami, ce qui, dans le vocabulaire social limité de Jérémie, signifiait « quelqu'un à qui j'adresse la parole une ou deux fois par semaine ». Il avait bonne opinion du crémier parce qu'il était régulier, ponctuel et déposait ses bouteilles sur le pas de la porte tous les matins à sept heures pétantes. « Euh… euh… au revoir », ajouta-t-il.

Il se tourna vers Igor.

« Comment saviez-vous que j'avais besoin… », lança-t-il. Mais l'étrange bonhomme était entré, et Jérémie, fou d'inquiétude, se lança à sa poursuite dans l'atelier.

« Oh, oui, très foli, disait Igor qui faisait le tour du propriétaire avec des airs de connaisseur. Fa, f'est un micro-tour Tourneboul modèle III, non ? Fe l'ai vu dans leur catalogue. Très foli, vraim…

— Je n'ai pas demandé d'assistant, le coupa Jérémie. Qui vous a envoyé ?

— Les Figor f'est nous, monfieur.

— Oui, vous l'avez déjà dit ! Écoutez, je ne…

— Non, monfieur. "Les Figor Fé Nous", monsieur. L'afenfe, monfieur.

— Quelle agence ?

— De plafement, monfieur. Vous voyez, monfieur, le fait est que… un Igor fe trouve fouvent fans femploi, entre deux maîrtres, fans que fe foit de fa faute, vous voyez. Et faut pas perdre la main…

— … vous avez deux pouces, fit dans un souffle

51

Jérémie qui venait de s'en apercevoir et n'avait pas pu se retenir. Deux à chaque main !

— Oh oui, monfieur, très pratique, confirma Igor sans même baisser les yeux. Et faut pas perdre la main alors qu'on trouve de moins fen moins de fens qui veulent un Igor. F'est pourquoi ma tante Igorina a ouvert notre petite afenfe particulière.

— Pour... des tas d'Igor ?

— Oh, nous fommes un fertain nombre. Nous formons une grande famille. » Igor tendit une carte à Jérémie.

Les Igor C Nous
Prêt de main-forte

Le vieux Rathaus
Bad Schüschein
Clacourrier : ouimairtre.uberwald

Jérémie s'arrêta sur l'adresse sémaphorique. Son ignorance habituelle de tout ce qui ne touchait pas aux horloges ne s'appliquait pas en la circonstance. Il s'intéressait beaucoup aux sémaphores transcontinentaux depuis qu'il avait entendu dire que ce nouveau système nécessitait une grande quantité de mécanismes d'horlogerie pour accélérer le flux de messages. On pouvait donc envoyer un message par clac pour embaucher un Igor ? Voilà qui expliquait la rapidité, au moins. « Rathaus, dit-il. C'est comme une salle du conseil municipal, non ?

— Normalement, monfieur... normalement, répondit Igor d'un ton rassurant.

« — Vous avez vraiment des adresses sémaphoriques en Uberwald ?

— Oh, oui. On est prêts fà empoigner l'avenir des deux mains, monfieur.

— … et avec quatre pouces…

— Oui, monfieur. Perfonne fait empoigner comme nous.

— Et alors vous vous êtes envoyé ici ?

— Tout fuste, monfieur. Nous fautres les Figor, on craint pas l'inconfort. »

Jérémie baissa les yeux sur les papiers qu'on lui avait remis, et un nom attira son regard.

La feuille du dessus était signée. Enfin, si on veut. On y lisait un message écrit en capitales impeccables, aussi impeccables que les caractères imprimés, suivi d'un nom.

IL VOUS SERA UTILE
LIGION

Il se souvint. « Oh, dame Ligion est derrière tout ça. C'est elle qui vous envoie chez moi ?

— F'est egfact, monfieur. »

Sentant qu'Igor attendait davantage de lui, Jérémie fit mine de lire le reste de ce qui n'était que des références. Certaines étaient écrites avec ce qu'il espéra une encre brune séchée, une autre au crayon, et plusieurs étaient roussies sur les bords. Elles étaient toutes excessives. Mais, au bout d'un moment, on notait une tendance chez les signataires.

« Celle-là est signée par un certain docteur Dément Lebol, dit-il.

— Oh, il fappelait pas vraiment "dément", monfieur. F'était plutôt un furnom, comme qui dirait.

— Il était dément, alors ?

— Allez favoir, monfieur, répondit calmement Igor.

— Et le baron Dingue Haha ? Je lis comme motif de départ qu'il a été écrasé sous un moulin en feu.

— Un cas de confufion d'identité, monfieur.

— Ah bon ?

— Oui, monfieur. Fi f'ai bien compris, la populafe l'a pris pour le docteur Hurlant Foufurieux, monfieur.

— Oh. Ah, oui. » Jérémie baissa à nouveau les yeux sur les papiers. « Pour qui vous avez aussi travaillé, je vois.

— Oui, monfieur.

— Et qui est mort d'un empoisonnement du sang ?

— Oui, monfieur. Dû à une fourfe pas propre.

— Et... Pincemi l'Empaleur ?

— Euh... fi fe vous dis qu'il tenait un reftaurant de kebab, vous le croirez, monfieur ?

— C'est vrai ?

— Pas comme on l'entend, monfieur.

— Vous voulez dire qu'il était fou lui aussi ?

— Ah. Ben, il avait fes petites manies, fe dois reconnaître, mais fun Igor porte famais de fufements fur fes maîrtres et fes maîrtreffes, monfieur. F'est le code des Figor, monfieur, ajouta-t-il d'un ton patient. Fa ferait un drôle de monde fi on était touf pareils, monfieur. »

Jérémie ne savait plus ce qu'il devait faire à présent. Discuter avec les gens n'avait jamais été son fort, et cette conversation, en dehors de l'entretien avec dame Ligion et d'une prise de bec avec monsieur Soak à propos d'un fromage non désiré, était la plus longue qu'il tenait depuis un an. Peut-être parce qu'on hésitait à classer Igor dans la rubrique des gens. Jusqu'à ce jour, la définition des gens, pour Jérémie, ne s'appliquait pas à des individus plus couturés qu'un sac à main.

54

« Seulement je ne suis pas sûr d'avoir du travail pour vous, dit-il. J'ai une nouvelle commande, mais je vois mal comment... De toute façon, je ne suis pas fou !

— F'est pas obligatoire, monfieur.

— J'ai d'ailleurs un certificat qui le prouve, vous savez.

— Bravo, monfieur.

— Peu de gens peuvent s'en vanter !

— Très fufte, monfieur.

— Je me soigne, vous savez.

— Bravo, monfieur. Fe vais préparer le petit défeuner, d'accord ? Le temps que vous paffiez des vêtements... maîrtre. »

Jérémie serra sa robe de chambre mouillée.

« Je redescends tout de suite », dit-il avant de monter l'escalier sans traîner.

Igor embrassa du regard les râteliers d'outils. On n'y voyait pas un grain de poussière ; limes, marteaux et pinces étaient rangés par ordre de taille, et la disposition des objets sur l'établi répondait à une exactitude géométrique.

Il ouvrit un tiroir. Des vis s'alignaient en rangées rectilignes.

Il parcourut les murs des yeux. Ils étaient nus à l'exception des étagères de pendules. Ce qui avait de quoi surprendre – même le docteur Baveux Lambiance avait un calendrier au mur qui apportait une touche de couleur. Bien sûr, c'était un calendrier de la « Compagnie des bains d'acide, entraves et bâillons » à Ugli, et la couleur qu'il apportait était essentiellement rouge, mais il témoignait au moins d'une certaine reconnaissance de l'existence d'un monde extérieur aux quatre murs.

Igor était intrigué. Il n'avait jamais encore travaillé pour un employeur sain d'esprit. Il avait travaillé pour un certain nombre de… d'aliénés, comme on les qualifiait, ainsi que pour plusieurs personnes normales en ceci qu'elles ne s'autorisaient que des démences négligeables et socialement acceptables, mais il ne se rappelait pas avoir jamais servi quelqu'un parfaitement sain d'esprit.

À l'évidence, se dit-il, si s'enfoncer des vis dans le nez relevait de la démence, à l'inverse, les numéroter et les ranger soigneusement dans des compartiments dénotait un esprit sain…

Ah. Non. On ne pouvait pas dire ça, pas vrai… ?

Il sourit. Il commençait déjà à se sentir dans son élément.

Tic

Le balayeur Lou-tsé, dans son jardin des Cinq Surprises, cultivait méticuleusement ses montagnes. Son balai reposait contre la haie.

Au-dessus de lui, dominant les jardins du temple, se dressait la statue de Wen l'Éternel Surpris, le visage aux yeux écarquillés figé dans sa sempiternelle expression de… de surprise jubilatoire, quoi.

Les montagnes, en tant que loisir, attirent des amateurs auxquels on attribue d'ordinaire beaucoup de temps devant eux. Lou-tsé, lui, n'avait pas de temps du tout. Le temps concernait surtout les autres ; il le voyait du même œil que les touristes sur le rivage voyaient la mer. C'était grand, c'était ailleurs, et parfois vivifiant d'y tremper un orteil, mais on ne pouvait pas vivre dedans en permanence. Et puis ça lui ridait la peau.

Pour l'heure, en cet instant éternel sans cesse renouvelé de la petite vallée paisible inondée de soleil, il tripotait les miroirs, pelles, résonateurs morphiques et autres articles miniatures encore plus étranges, nécessaires pour faire croître une montagne sans qu'elle dépasse une altitude d'une quinzaine de centimètres.

Les cerisiers étaient encore en fleur. Ils l'étaient toujours ici. Un gong retentit quelque part dans le temple derrière lui. Une volée de colombes blanches décolla du toit du monastère.

Une ombre tomba sur la montagne.

Lou-tsé jeta un coup d'œil au visiteur qui venait d'entrer dans le jardin. Il offrait au jeune garçon à l'air contrarié dans sa robe de novice l'image machinale de la servitude.

« Oui, maître, fit-il.

— Je cherche un certain Lou-tsé, dit le jeune homme. Personnellement, je ne crois pas qu'il existe réellement.

— J'ai réussi la glaciation, poursuivit Lou-tsé en ignorant la remarque. Enfin. Voyez, maître ? Le glacier n'est pas grand, mais il creuse déjà sa propre petite vallée. Magnifique, non ?

— Oui, oui, c'est très bien, confirma le novice dans un souci d'amabilité envers les subalternes. Ce n'est pas le jardin de Lou-tsé ?

— Vous parlez du Lou-tsé célèbre pour ses montagnes bonsaïs ? »

Le regard du novice passa de la rangée de plateaux au petit bonhomme ridé qui lui souriait. « C'est vous, Lou-tsé ? Mais vous n'êtes qu'un balayeur ! Je vous ai vu nettoyer les dortoirs ! Je vous ai vu recevoir des coups de pied ! »

Lou-tsé, qui ne paraissait pas l'avoir entendu, prit un plateau d'une trentaine de centimètres de large sur lequel fumait un petit cône de scories. « Qu'est-ce que vous pensez de ça, maître ? demanda-t-il. Un volcan. Vachement dur à faire, si vous me passez l'expression. »

Le novice s'avança, se pencha et regarda le balayeur droit dans les yeux.

Lou-tsé n'était pas souvent décontenancé, mais cette fois si.

« C'est vous, Lou-tsé ?

— Oui, mon gars, c'est moi. »

Le novice prit une inspiration profonde et tendit un bras maigre. Sa main serrait un petit rouleau de papier de riz.

« De la part de l'abbé... euh... mon vénérable ! »

Le rouleau tremblotait entre les doigts nerveux.

« La plupart des gens m'appellent Lou-tsé, mon gars. Ou "balayeur". Avant de mieux me connaître, certains m'appellent "tire-toi de là", ajouta-t-il en enveloppant soigneusement ses outils. Je n'ai jamais été très vénérable ni vénérien du tout. »

Il chercha du regard parmi les soucoupes la pelle miniature dont il se servait pour son travail sur les glaciers et ne la vit nulle part. Il était sûr de l'avoir reposée un instant plus tôt, non ?

Le novice l'observait avec un air de crainte mêlée de respect et d'une pointe de doute résiduel. Une réputation comme celle de Lou-tsé circulait. Voilà l'homme qui... disons qui avait presque tout fait, s'il fallait en croire la rumeur. Mais il n'en donnait pas l'impression. Ce n'était qu'un petit bonhomme chauve au léger sourire aimable surmontant une barbiche comme une ficelle.

Lou-tsé tapota l'épaule du jeune homme dans un effort pour le mettre à l'aise.

58

« Voyons ce que veut l'abbé, dit-il en déroulant le papier de riz. Oh. Vous devez m'emmener le voir, je lis ici. »

Un vent de panique figea la figure du novice. « Quoi ? Comment je peux faire ça ? Les novices n'ont pas le droit d'entrer dans le temple intérieur !

— Ah bon ? Dans ce cas, je vous emmène, moi, pour que vous m'emmeniez, vous, le voir, lui, dit Lou-tsé.

— Vous avez le droit d'entrer dans le temple intérieur ? s'étonna le novice qui se plaqua alors la main sur la bouche. Mais vous n'êtes qu'un bal... Oh...

— C'est vrai ! Même pas un vrai moine, encore moins un *dong,* dit le balayeur d'un ton joyeux. Étonnant, non ?

— Mais tout le monde parle de vous comme si vous étiez aussi important que l'abbé !

— Oh là là, non. Je suis loin d'être un aussi saint homme. Jamais compris grand-chose à l'harmonie cosmique.

— Mais vous avez fait des choses incroyables qui...

— Oh, je ne dis pas que je suis mauvais dans ce que je fais, le coupa Lou-tsé en s'éloignant tranquillement, son balai sur l'épaule. Mais pas un saint homme. On y va ?

— Euh... Lou-tsé, fit le novice tandis qu'ils suivaient l'ancien chemin de brique.

— Oui ?

— Pourquoi ça s'appelle le jardin des Cinq Surprises ?

— Comment vous appeliez-vous quand vous étiez encore dans le monde, jeune empressé ? demanda Lou-tsé.

— Porteneuve. Porteneuve Ludd, vén... »

Lou-tsé leva un doigt de mise en garde. « Ah ?

— Balayeur, je veux dire.

— Ludd, hein ? Petit gars d'Ankh-Morpork ?

— Oui, balayeur », confirma le jeune homme. Le ton abattu laissait entendre qu'il savait déjà ce qui allait venir ensuite.

« Élève de la Guilde des Voleurs ? Un "gars de Ludd" ? »

Le jeune homme précédemment connu sous le nom de Porteneuve regarda le bonhomme droit dans les yeux et, quand il répondit, ce fut de la voix chantante de qui a répondu trop souvent à la question. « Oui, balayeur. Oui, je suis un enfant trouvé. Oui, on nous appelle les Gars et les Filles de Ludd d'après le nom d'un des fondateurs de la guilde. Oui, c'est mon nom de famille d'adoption. Oui, c'était la belle vie et je la regrette de temps en temps. »

On aurait dit que Lou-tsé n'avait pas entendu. « Qui vous a envoyé ici ?

— Un moine du nom de Soto m'a découvert. D'après lui, j'avais du talent.

— Marco ? Le chevelu ?

— C'est ça. Moi, je croyais que la règle imposait aux moines de se raser le crâne.

— Oh, Soto dit qu'il est chauve sous ses cheveux. Selon lui, son système capillaire est une entité à part qui se trouve vivre sur son crâne. On lui a vite confié un poste sur le terrain après qu'il nous a sorti ça. Travailleur, remarquez, et gentil comme tout du moment qu'on ne touche pas à ses cheveux. On peut en tirer une grande leçon : on ne survit pas sur le terrain en obéissant à toutes les règles, y compris celles qui concernent la façon de raisonner. Et quel nom vous a-t-on donné quand on vous a enrôlé ?

— Lobsang, vén… euh… balayeur.

— Lobsang Ludd ?

— Euh… oui, balayeur.

— Étonnant. Donc, Lobsang Ludd, vous avez voulu compter mes surprises, hein ? Comme tout le monde. La surprise est dans la nature du temps, et cinq est le bon chiffre.

— Oui, balayeur. J'ai trouvé le petit pont qui bascule et fait tomber le promeneur dans la mare aux carpes…

— Bien. Bien.

— … et la sculpture en bronze d'un papillon qui bat des ailes quand on souffle dessus…

— Ça fait deux.

— Il y a les petites marguerites étonnantes qui projettent du pollen vénéneux…

— Ah. Oui. Elles en ont étonné plus d'un.

— Et je crois que, la quatrième surprise, c'est le phasme iodleur.

— Bravo, le complimenta Lou-tsé qui rayonnait. C'est excellent, non ?

— Mais je ne vois pas la cinquième.

— Ah bon ? Prévenez-moi quand vous l'aurez trouvée. »

Lobsang Ludd réfléchit au problème tout en se traînant à la suite du balayeur. « Le jardin des Cinq Surprises est une épreuve, finit-il par dire.

— Oh, oui. Comme presque tout. »

Lobsang hocha la tête. Ainsi le jardin des Quatre Éléments. Tous les novices repéraient les symboles en bronze de trois d'entre eux – dans la mare aux carpes, sous un rocher, peint sur un cerf-volant – mais aucun élève de la classe de Lobsang n'avait trouvé le feu. Il n'y avait manifestement de feu nulle part dans le jardin.

61

Au bout d'un moment, Lobsang avait fait le raisonnement suivant : il existait en réalité cinq éléments, ainsi qu'on le leur avait enseigné. Les quatre premiers composaient l'univers, et le cinquième, la surprise, lui permettait de perdurer. Personne n'avait dit que les quatre dans le jardin étaient les quatre éléments matériels, donc le manquant pouvait être la surprise, vu que le feu n'y était pas. D'ailleurs, le feu n'avait pas sa place dans un jardin, et les autres signes se trouvaient véritablement dans leur élément. Il s'était donc rendu à la boulangerie, avait ouvert les fours, et là, d'un rouge ardent sous les miches de pain, se trouvait le feu.

« Alors... j'imagine que, la cinquième surprise, c'est l'absence de surprise, dit-il.

— Pas mal, mais à côté de la plaque, commenta Lou-tsé. Et n'est-il pas écrit : "Oh, tu es si ficelle que tu risques de te pendre tout seul un de ces jours" ?

— Hum, je n'ai pas encore lu ça dans les textes sacrés, avoua Lobsang d'un ton incertain.

— Non, ça m'étonnerait », répliqua Lou-tsé.

Ils quittèrent l'éclat friable du soleil pour pénétrer dans la fraîcheur profonde du temple, puis ils franchirent d'anciennes salles et descendirent des escaliers taillés dans le roc. Les échos de chants lointains les suivirent. Lou-tsé, qui n'était pas un saint homme et pouvait donc entretenir des pensées impies, se demandait parfois si les moines vocalistes chantaient de vraies paroles ou s'ils se contentaient de proférer des « aahaaahahah ». On ne savait jamais avec tout cet écho.

Il quitta le couloir principal et tendit les mains vers les poignées de deux grandes portes laquées de rouge. Puis il regarda derrière lui. Lobsang s'était arrêté net à quelques pas.

« Vous venez ?

« — Mais même les *dongs* n'ont pas le droit d'entrer là ! dit Lobsang. Faut être au moins un *ting* de troisième *djim* !

— Ouais, c'est vrai. C'est un raccourci. Venez, on est en plein courant d'air ici. »

Avec beaucoup de réticence, s'attendant à tout moment à entendre le cri outragé de l'autorité, Lobsang se traîna à la suite du balayeur.

Et ce n'était qu'un balayeur ! Un des serviteurs qui balayait les sols, lavait le linge et nettoyait les cabinets ! Personne n'y avait jamais fait allusion ! Les novices entendaient parler de Lou-tsé dès leur premier jour – comment il avait pénétré dans certains des nœuds les plus enchevêtrés du temps et les avait démêlés, comment il avait sans cesse esquivé la circulation aux carrefours de l'Histoire, comment il pouvait détourner le temps d'un mot, ce dont il s'était servi pour développer un art martial des plus subtils...

... et on découvrait un petit bonhomme maigrichon, qui avait l'air d'appartenir à une ethnie universelle, de venir de n'importe où, affublé d'une robe autrefois blanche avant qu'elle se dégrade en une loque tachée et rapiécée, chaussé de sandales rafistolées avec de la ficelle. Et la figure fendue d'un grand sourire amical, comme dans l'attente perpétuelle d'un événement amusant sur le point de se produire. Et il ne portait pas de ceinture, rien qu'un autre bout de ficelle pour maintenir sa robe fermée. Même certains novices atteignaient le niveau de *dong* gris dès leur première année !

Le dojo était animé. Des moines de haut niveau s'entraînaient. Lobsang dut faire un écart lorsque deux combattants passèrent près de lui en tournoyant, bras et jambes à peine visibles tandis que chacun d'eux cherchait une ouverture, réduisait le temps en lamelles de plus en plus minces...

« Toi ! Le balayeur ! »

Lobsang se retourna, mais le cri s'adressait à Lou-tsé. Un *ting,* tout juste promu au troisième *djim* vu l'air neuf de sa ceinture, s'avançait vers le petit homme, la figure cramoisie de rage.

« Qu'est-ce que tu viens faire ici, ramasseur de saleté ? C'est interdit ! »

Lou-tsé conserva son petit sourire. Mais il plongea la main dans sa poche pour en tirer une petite bourse.

« C'est un raccourci », expliqua-t-il. Il sortit une pincée de tabac et, tandis que le *ting* le dominait de toute sa taille, entreprit de se rouler une cigarette. « Et je vois de la saleté partout. Je vais en toucher un mot sans faute au responsable de l'entretien des sols.

— Comment oses-tu proférer de telles insultes ! braillа le moine. Retourne aux cuisines, le balayeur ! »

Tapi derrière Lou-tsé, Lobsang s'aperçut que tout le dojo s'était arrêté pour suivre l'esclandre. Deux ou trois moines échangeaient quelques mots à voix basse. Celui en robe brune de maître du dojo observait la scène d'un œil impassible depuis son fauteuil, le menton appuyé sur la main.

Avec une grande délicatesse et une patience exaspérantes, tel un samouraï disposant des fleurs, Lou-tsé rassembla les brins de tabac dans le mince papier à cigarette.

« Non, je pense que je vais prendre la porte là-bas, si vous n'y voyez pas d'objection, dit-il.

— Quelle impudence ! Tu cherches à te battre, ennemi de la poussière ? »

L'homme bondit en arrière et leva les mains dans la posture du « combat du merlu ». Il pivota sur place et décocha un coup de pied si puissant sur un lourd sac de cuir que la chaîne qui le soutenait se brisa. Puis il revint face à Lou-tsé, les mains tendues dans la posture de la « promotion du serpent ».

« Ai ! Shaol Hai-ee… », commença-t-il.

Le maître du dojo se leva. « Attendez ! ordonna-t-il. Ne voulez-vous pas connaître le nom de l'homme que vous allez démolir ? »

Le combattant, sans modifier sa position, jeta des regards mauvais à Lou-tsé. « Je n'ai pas besoin de connaître le nom d'un balayeur », dit-il.

Lou-tsé roula sa cigarette en un mince cylindre et lança un clin d'œil à l'homme furibard, ce qui ne fit qu'attiser sa rage.

« Il est toujours bon de connaître le nom d'un balayeur, mon garçon, dit le maître du dojo. Et ma question ne s'adressait pas à vous. »

Tac

Jérémie regardait, les yeux écarquillés, les draps de son lit. Ils étaient couverts d'inscriptions. De sa propre écriture.

Elles couraient sur l'oreiller jusque sur le mur. On y voyait aussi des croquis gravés profondément dans le plâtre.

Il retrouva son crayon sous le lit. Il l'avait même taillé. Il avait taillé un crayon durant son sommeil ! Et il avait visiblement écrit et dessiné pendant des heures. Il avait voulu représenter un rêve.

Sur tout un côté de son édredon s'alignait une liste d'éléments divers.

Elle lui avait paru parfaitement sensée lorsqu'il l'avait parcourue. Un marteau, une tige, l'échappement gravitationnel de Brilleroue… C'était comme retrouver un vieil ami. Et maintenant… Il fixa les lignes griffonnées. Il avait écrit si précipitamment qu'il en avait sauté la ponctuation, voire des lettres. Mais il reconnaissait une certaine cohérence dans l'ensemble.

Il avait entendu parler de tels phénomènes. De grandes inventions naissaient parfois de rêves et de rêvasseries. Hepzibah Panaris n'avait-il pas eu l'idée de la pendule à balancier réglable grâce aux pendaisons qu'il effectuait comme bourreau municipal ? Vilframe Calverton n'avait-il pas toujours répété que l'idée de l'échappement en queue de poisson lui était venue après avoir trop mangé de homards ?

Oui, tout lui était clairement apparu dans le rêve. À la lumière du jour, il allait falloir un peu plus de travail.

Des plats s'entrechoquèrent dans la petite cuisine derrière son atelier. Il se dépêcha de descendre en traînant le drap derrière lui. « D'habitude je prends… commença-t-il.

— Des toafts, monfieur, dit Igor en se détournant du fourneau. Léfèrement grillés, f'imafine.

— Comment vous savez ça ?

— Un Igor apprend à antifiper. Une merveilleufe petite cuifine, monfieur. F'est la première fois que fe vois un tiroir libellé "cuillers" contenir uniquement des cuillers.

— Est-ce que vous êtes bon dans le travail du verre, Igor ? demanda Jérémie en ignorant la réflexion.

— Non, monfieur, répondit Igor en beurrant le toast.

— Ah bon ?

— Non, monfieur, fe fuis carrément ftupéfiant, monfieur. Beaucoup de mes maîtres ont eu befoin… d'appareils très fpéfiaux qu'on a du mal à trouver ailleurs, monfieur. Qu'est-fe que vous défirez ?

66

— Comment doit-on s'y prendre pour fabriquer ça ? » Jérémie étala le drap sur la table.

La tranche de pain grillé tomba des doigts aux ongles noirs d'Igor.

« Quelque chose ne va pas ? demanda Jérémie.

— F'ai d'un coup fenti le froid du tombeau, monfieur, répondit Igor qui paraissait toujours secoué.

— Euh… vous n'avez pas encore vraiment connu de tombeau, dites ?

— Fufte une fafon de parler, fufte une fafon de parler, fit un Igor à l'air blessé.

— C'est une idée qui… qui m'est venue pour une horloge…

— L'horlofe de verre. Oui. Fe connais. Mon grand-père Igor a donné un coup de main pour fabriquer la première.

— La première ? Mais c'est un conte pour enfants ! J'en ai rêvé, et…

— Mon grand-père Igor a toufours trouvé fa très bifarre. L'explofion et tout.

— Elle a explosé ? À cause du ressort métallique ?

— Pas vraiment une explofion. On connaît fa, les explofions, nous fautres les Figor. F'était… très bifarre. Et on connaît fa auffi, le bifarre.

— Seriez-vous en train de me dire qu'elle a vraiment existé ? »

La question parut embarrasser Igor. « Oui, répondit-il, et non.

— C'est l'un ou l'autre, ça existe ou ça n'existe pas, dit Jérémie. Je suis formel là-dessus. Je prends des médicaments.

— Elle a ecfifté, et enfuite elle a famais ecfifté. F'est fe que m'a dit mon grand-père, et il a fabriqué l'horlofe de fes mains-là ! »

Jérémie baissa les yeux sur les mains noueuses d'Igor. Maintenant qu'il les voyait de plus près, il s'apercevait qu'une grosse quantité de tissu cicatriciel entourait les poignets.

« On croit vraiment aux féritafes dans notre famille, expliqua Igor en notant son regard.

— Comme qui dirait des... secondes mains, ahahaha », fit Jérémie. Il se demanda où était son médicament.

« Très drôle, monfieur. Mais grand-père Igor difait toufours qu'après f'était comme... un rêve, monfieur.

— Un rêve...

— L'atelier était différent. L'horlofe était pas là. Le docteur fou Vindel, fon maîrtre à l'époque, travaillait pas du tout fur l'horlofe mais fur un fyftème pour ecftraire le foleil des foranfes. Tout était différent, et depuis toufours, monfieur. Comme fi rien f'était paffé.

— Mais ça vient d'un livre pour les enfants !

— Oui, monfieur. Une drôle d'énigme, monfieur. »

Jérémie contempla le drap couvert de griffonnages. Une horloge précise. Voilà de quoi il s'agissait. Une horloge à balancer toutes les autres au rebut, avait dit dame Ligion. Fabriquer une telle merveille signifiait que son horloger entrerait dans l'histoire du chronométrage. C'est vrai, le livre disait que le temps était resté piégé dans l'horloge, mais Jérémie ne portait aucun intérêt à tout ce qui sortait de l'imaginaire. Et puis une horloge se bornait à mesurer. La distance ne se laissait pas entortiller dans un mètre à ruban. Tout ce que faisait une horloge, c'était compter les dents d'un rouage. Ou... de la lumière...

De la lumière avec des dents. Il avait vu ça dans son rêve. De la lumière qui n'était pas une brillance dans le ciel, mais une ligne agitée qui montait et descendait comme une vague.

« Est-ce que vous pourriez… fabriquer quelque chose comme ça, vous ? », demanda-t-il.

Igor étudia encore le dessin. « Oui », répondit-il en hochant la tête. Puis il montra du doigt plusieurs grands récipients en verre autour du dessin de la colonne centrale de l'horloge. « Et fe fais fe que f'est, fa, ajouta-t-il.

— Dans mon rê… je veux dire, j'ai imaginé que ça pétillait, fit-il.

— Une fienfe très, très fecrète, fes bocaux, dit Igor en ignorant soigneusement la remarque. Est-fe que vous pouvez trouver des tifes de cuivre par ifi, monsieur ?

— À Ankh-Morpork ? Facilement.

— Et du finc ?

— Des tas, oui.

— Afide fulfurique ?

— De pleines bonbonnes, oui.

— Fe fuis fûrement mort et au paradis, dit Igor. Mettez-moi affez près d'un peu de cuivre, de finc et d'afide, monfieur, et fa va faire des fétinfelles. »

Tic

« Je m'appelle… dit Lou-tsé en s'appuyant sur son balai tandis que le *ting* en fureur levait la main, Lou-tsé. »

Le silence se fit dans le dojo. L'agresseur marqua un temps au milieu d'un rugissement.

« … Ai ! Hao-gng ! *Gnh ? Ohchiiiiiiohchiiiiiii…* »

L'homme ne bougea pas mais donna plutôt l'impression de rentrer en lui-même, abandonnant sa posture martiale pour s'affaisser en une espèce de tas horrifié et repentant.

Lou-tsé se pencha et gratta une allumette sur son menton soumis.

« Et toi, quel est ton nom, mon garçon ? demanda-t-il en allumant sa cigarette informe.

— Son nom est gadoue, Lou-tsé », intervint le maître du dojo en s'avançant à grands pas. Il flanqua un coup de pied au provocateur immobile. « Très bien, Gadoue, vous connaissez le règlement. Affrontez l'homme que vous avez défié ou renoncez à la ceinture. »

La silhouette resta parfaitement immobile un moment puis, tout doucement, d'un geste presque théâtral pour éviter toute offense, se mit à tripatouiller sa ceinture.

« Non, non, pas besoin de ça, dit Lou-tsé d'un ton aimable. C'était un bon défi. Le "ai !" était correct et le "hai-eee !" fort convenable, j'ai trouvé. Du bon baragouin de combat, comme on n'en entend pas très souvent ces temps-ci. Et on n'a pas envie que son pantalon lui tombe aux chevilles en un moment pareil, pas vrai ? » Il renifla et ajouta : « Surtout en un moment pareil. »

Il tapota l'épaule de l'homme craintif. « Souviens-toi du règlement que t'a appris ton professeur le premier jour, hein ? Et... pourquoi ne vas-tu pas te laver ? Tu comprends, il y en a parmi nous qui vont devoir nettoyer. »

Après quoi il se tourna vers le maître du dojo.

« Pendant que j'y suis, maître, je voudrais montrer au jeune Lobsang le lanceur de balles excentriques. »

Le maître du dojo s'inclina très bas. « Il est à vous, Lou-tsé le balayeur. »

Tandis que Lobsang suivait Lou-tsé déjà reparti d'un pas tranquille, il entendit le maître du dojo qui, comme tous les enseignants, ne ratait jamais une occasion d'inculquer une leçon, dire : « Dojo ! Quelle est la règle numéro un ? »

Même l'agresseur recroquevillé joignit son marmonnement au chœur :

« Ne pas agir sans réfléchir face à un petit vieux chauve qui sourit !

— Une bonne règle, la règle numéro un, commenta Lou-tsé en conduisant son nouvel acolyte dans la salle suivante. J'ai connu beaucoup de gens qui auraient pu l'appliquer à leur profit. »

Il s'arrêta sans regarder Lobsang Ludd et tendit la main.

« Et maintenant, s'il te plaît, tu vas me rendre la petite pelle que tu m'as volée quand tu es venu me voir.

— Mais je ne me suis jamais approché de vous, maître ! »

Le sourire de Lou-tsé ne vacilla pas. « Oh. Oui. C'est vrai. Toutes mes excuses. Les divagations d'un vieil homme. N'est-il pas écrit : "J'oublierais ma tête si elle n'était pas vissée sur mes épaules" ? Continuons. »

Du plancher recouvrait le sol de la salle, mais les murs étaient hauts et matelassés. On voyait des taches brun rougeâtre ici et là.

« Euh… on en a une pareille dans le dojo des novices, balayeur, dit Lobsang.

— Mais les balles y sont en cuir souple, non ? », lança le vieil homme en s'approchant d'un grand cube en bois. Une rangée de trous montait jusqu'à mi-hauteur du côté face à la longueur de la salle. « Et elles se déplacent assez lentement, si je me souviens bien.

— Euh… oui », dit Lobsang en le regardant abaisser un très gros levier. On entendit en dessous un frottement de métal contre métal puis un brusque jaillissement d'eau. De l'air se mit à siffler par des joints dans la boîte.

« Celles-ci sont en bois, dit tranquillement Lou-tsé. Attrapes-en une. »

Quelque chose toucha l'oreille de Lobsang et, derrière lui, le rembourrage frémit lorsqu'une balle s'y enfonça profondément avant de tomber par terre.

« Peut-être un poil plus lentement… », fit Lou-tsé en tournant un bouton.

Après quinze balles perdues, Lobsang en prit une dans le ventre. Lou-tsé soupira et repoussa le gros levier.

« Bravo, fit-il.

— Balayeur, je n'ai pas l'habitude de… dit le jeune homme en se relevant.

— Oh, je savais que tu n'en attraperais pas une. Même notre ami braillard de tout à l'heure au dojo n'arriverait pas à en attraper une à cette vitesse.

— Mais vous l'avez ralentie, vous avez dit !

— Uniquement pour qu'elle ne te tue pas. Une épreuve, tu vois. Tout est épreuve. Allons-y, mon garçon. On ne fait pas attendre l'abbé. »

Laissant derrière lui un sillage de fumée, Lou-tsé s'en repartit de son pas tranquille.

Lobsang le suivit, de plus en plus nerveux. C'était Lou-tsé, le dojo en avait apporté la preuve. Et il le savait, de toute façon. Il avait posé les yeux sur la petite figure ronde qui observait d'un air aimable le combattant en colère et avait tout de suite su. Mais… un simple balayeur ? Pas d'insigne ? Pas de titre officiel ? Enfin si, manifestement, parce que le maître du dojo n'aurait pas pu s'incliner plus bas devant l'abbé, mais…

Et il suivait maintenant le bonhomme dans des couloirs où même un moine n'avait pas accès sous peine de mort. Tôt ou tard, ça allait sûrement mal tourner.

« Balayeur, il faudrait vraiment que je retourne à mon travail aux cuisines... commença-t-il.

— Ah, oui. Le travail aux cuisines, dit Lou-tsé. Pour t'inculquer les vertus de l'obéissance et du labeur, c'est ça ?

— Oui, balayeur.

— Et c'est efficace ?

— Oh, oui.

— Vraiment ?

— Ben, non.

— Ça n'est pas aussi formidable qu'on le prétend, je dois dire. En revanche, ce qu'on a ici, mon gars... (il passa sous une voûte) c'est de l'éducation ! »

Jamais Lobsang n'avait vu de salle aussi vaste. Des traits de lumière piquaient depuis des trous vitrés dans le toit. Et par terre, faisant plus de cent mètres de diamètre, entretenu par des moines qui circulaient au-dessus en empruntant de délicates passerelles en fil de fer, s'étendait...

Lobsang avait entendu parler du Mandala.

C'était comme si on avait pris des tonnes de sable coloré pour les jeter par terre en un grand tourbillon de chaos bariolé. Mais il y avait dans ce chaos un ordre luttant pour sa survie tandis qu'il s'élevait, retombait et s'étalait. Des millions de grains de sable dégringolant au hasard formaient malgré tout un motif qui allait se reproduire et se propager dans le cercle, rebondissant sur d'autres motifs ou se mêlant à eux pour finir par se dissoudre dans le désordre général. L'opération sans cesse renouvelée faisait du Mandala le siège d'une guerre silencieuse et acharnée de couleurs.

Lou-tsé s'engagea sur un pont de bois et de corde à l'air délicat. « Alors ? lança-t-il. Qu'est-ce que tu en penses ? »

Lobsang prit une inspiration profonde. Il sentait que s'il tombait du pont il plongerait dans le déferlement de couleurs et ne toucherait jamais le sol. Il battit des paupières et se frotta le front.

« C'est... malfaisant, répondit-il.

— Ah bon ? fit Lou-tsé. C'est rare qu'on dise ça la première fois. On emploie plutôt des adjectifs comme "merveilleux".

— Quelque chose ne va pas !

— Quoi ? »

Lobsang agrippa le garde-fou de corde. « Les motifs... commença-t-il.

— L'Histoire qui se répète, dit Lou-tsé. Ils sont toujours là.

— Non, ils sont... » Lobsang s'efforça d'embrasser l'ensemble d'un seul regard. Il y avait des motifs sous les motifs, déguisés en éléments du chaos. « Je veux dire... les autres motifs... »

Il s'affaissa en avant.

Il faisait froid, le monde tournoyait, le sol montait à toute vitesse pour l'envelopper...

... et s'arrêta tout près.

Il entendit des grésillements autour de lui comme si on faisait frire l'atmosphère à feu doux.

« Porteneuve Ludd ?

— Lou-tsé ? fit-il. Le Mandala est... »

Mais où étaient les couleurs ? Pourquoi respirait-il

un air humide et sentait-il l'odeur de la ville ? Puis les souvenirs fantômes s'estompèrent. Au moment de disparaître, ils dirent : Comment pouvons-nous être des souvenirs quand nous ne nous sommes pas encore produits ? À coup sûr, ce que tu te rappelles, c'est avoir grimpé jusque sur le toit de la Guilde des Boulangers et avoir découvert qu'on avait descellé toutes les pierres de faîtage, parce que ça vient juste d'arriver, non ?

Et un dernier souvenir agonisant lança : Hé, ça s'est passé il y a des mois, ça...

« Non, nous ne sommes pas Lou-tsé, jeune gamin mystérieux qui vient de tomber chez nous, dit la voix qui s'était adressée à lui. Peux-tu te retourner ? »

Porteneuve parvint au prix de grandes difficultés à bouger la tête. Il se sentait comme englué dans du goudron.

Un jeune homme massif en robe jaune crasseuse se tenait assis sur une caisse retournée à quelques pas de lui. Il rappelait un moine, en dehors de ses cheveux qui donnaient l'impression d'un organisme jouissant d'une autonomie entière. Dire qu'ils étaient noirs et noués en queue-de-cheval priverait de l'occasion d'employer le qualificatif d'« éléphantesque ». C'étaient des cheveux qui avaient une personnalité.

« Mon nom, c'est le plus souvent Soto, reprit l'homme en dessous. Marco Soto. Pas la peine que je mémorise le tien tant que je ne sais pas si tu vas vivre ou non, hein ? Alors dis-moi, est-ce que tu songes parfois aux récompenses de la vie spirituelle ?

— Là maintenant ? Sûrement ! » fit... oui, Porteneuve, se dit-il, c'est mon nom, pas vrai ? Alors pourquoi est-ce que je me souviens de Lobsang ? « Euh... je pensais à la possibilité de changer de branche !

75

« — Une excellente étape dans un plan de carrière, dit Soto.

— Est-ce que c'est une espèce de magie ? » Porteneuve tenta de bouger, mais il restait en suspension en tournant doucement sur lui-même au-dessus du sol qui l'attendait.

« Pas exactement. On dirait que tu as façonné le temps.

— Moi ? Comment j'ai fait ?

— Tu n'en sais rien ?

— Non !

— Hah, écoutez-moi ça, fit Soto comme s'il s'adressait à un compagnon génial. Ça coûte sans doute la réserve de temps de tout un procrastinateur d'empêcher ta petite blague de causer du tort au monde entier, et tu ne sais pas comment tu as fait ?

— Non.

— Alors on va te former. C'est la belle vie, et qui offre d'excellentes perspectives d'avenir. Du moins, ajouta-t-il en reniflant, plus intéressantes que celles auxquelles tu dois faire face maintenant. »

Au prix d'un gros effort, Porteneuve tourna la tête un peu plus. « Me former à quoi, exactement ? »

L'homme soupira. « Toujours à poser des questions, petit ? Tu viens, oui ou non ?

— Comment… ?

— Écoute, je t'offre la chance de ta vie, tu comprends ?

— Pourquoi c'est la chance de ma vie, monsieur Soto ?

— Non, tu m'as mal compris. On, à savoir moi, t'offre à toi, Porteneuve Ludd, la chance d'avoir une vie. Ce qui ne sera peut-être plus le cas sous peu. »

Porteneuve hésita. Il eut conscience de picotements

qui le parcouraient. D'une certaine façon, il continuait de tomber. Il ignorait comment il le savait, mais c'était aussi réel que les pavés sous lui. S'il faisait le mauvais choix, la chute se poursuivrait. Jusqu'ici, ça s'était passé sans dommage. Les derniers centimètres risquaient de faire pour la dernière fois très mal.

« Je dois avouer que je n'aime pas la vie que je mène en ce moment, dit-il. Ce serait peut-être judicieux de me lancer dans une nouvelle direction.

— Bien. » L'homme chevelu sortit quelque chose de sa robe. On aurait dit un boulier replié, mais, lorsqu'il l'ouvrit, certains de ses éléments s'évanouirent dans de petits éclairs de lumière, comme s'ils passaient ailleurs, là où on ne les voyait pas.

« Qu'est-ce que vous faites ?

— Tu sais ce qu'est l'énergie cinétique ?

— Non.

— C'est ce que tu as en bien trop grande quantité. » Les doigts de Soto dansaient sur les billes, parfois disparaissaient avant de réapparaître. « D'après moi, tu pèses dans les cinquante-cinq kilos, non ? »

Il rempocha le petit appareil et se dirigea nonchalamment vers une carriole non loin de là. Il fit quelque chose que ne put voir Porteneuve et revint.

« Dans quelques secondes, tu vas terminer ta chute, dit-il en passant la main sous lui pour déposer un objet sur les pavés. Tâche de voir ça comme un nouveau départ dans la vie. »

Porteneuve tomba. Il toucha terre. Des éclairs violets fulgurèrent et la carriole pleine de l'autre côté de la rue tressauta avant de s'écraser lourdement. Une roue disparut au loin en rebondissant.

Soto se pencha et secoua la main soumise de Porteneuve. « Ça va ? demanda-t-il. Pas de bobo ?

— Ça fait un peu mal, répondit un Porteneuve secoué.

— Tu pèses peut-être un peu plus lourd que tu n'en as l'air. Si tu permets… »

Soto empoigna Porteneuve sous les bras et entreprit de le tirer dans la brume.

« Est-ce que je peux aller… ?

— Non.

— Mais la Guilde…

— Tu n'existes pas à la Guilde.

— C'est idiot, j'y suis inscrit.

— Non. On va s'en occuper.

— Comment ça ? Vous ne pouvez pas réécrire l'Histoire !

— Tu veux parier une piastre ?

— Dans quoi je suis entré ?

— On forme la société la plus secrète que tu puisses imaginer.

— Ah oui ? C'est qui, "on", alors ?

— Les moines de l'Histoire.

— Huh ? Jamais entendu parler !

— Tu vois ? Ça prouve notre efficacité. »

Et ça prouvait bien leur efficacité.

Ensuite le temps s'était écoulé.

Et maintenant le présent revenait.

« Ça va, petit ? »

Lobsang ouvrit les yeux. Il avait l'impression qu'on lui disloquait l'épaule. Son regard parcourut la longueur de son bras jusqu'à Lou-tsé qui le tenait, allongé à plat ventre sur le pont agité de tremblements.

78

« Qu'est-ce qui s'est passé ?

— Je crois que tu as dû te laisser emporter par l'émotion, mon gars. Ou par le vertige peut-être. Évite de regarder en bas, c'est tout. »

Un rugissement montait de sous Lobsang, comme un essaim d'abeilles en fureur. Machinalement, il commença à tourner la tête.

« Je t'ai dit de ne pas regarder en bas ! Détends-toi. »

Lou-tsé se remit debout. Il hissa Lobsang à bout de bras comme s'il s'agissait d'une plume, jusqu'à ce que les sandales du jeune homme se retrouvent au-dessus des planches de bois du pont. En contrebas, les moines cavalaient sur les passerelles et criaient.

« Maintenant, garde les yeux fermés... ne regarde pas en bas !... et je vais nous conduire tous les deux jusque de l'autre côté, d'accord ?

— Je... euh... je me suis souvenu... quand j'étais en ville et que Soto m'a trouvé... je me suis souvenu... dit Lobsang d'une petite voix en titubant derrière le moine.

— Il fallait s'y attendre, vu les circonstances.

— Mais... Mais je me souviens qu'à ce moment-là je me souvenais être venu ici. De vous et du Mandala !

— N'est-il pas écrit dans le texte sacré : "À mon avis, il se passe des tas de choses dont on ne sait rien" ? dit Lou-tsé.

— Je... n'ai pas encore lu ça non plus, balayeur. » Lobsang sentait une fraîcheur autour de lui, ce qui laissait entendre qu'ils avaient atteint le tunnel dans la roche à l'autre bout de la salle.

« Malheureusement, dans les écritures qu'ils ont ici, tu ne le liras sans doute pas, dit Lou-tsé. Ah, tu peux maintenant ouvrir les yeux. »

Ils poursuivirent leur route. Lobsang se frottait la tête dans l'espoir d'effacer l'étrangeté de ses pensées.

Derrière eux, les tourbillons livides dans la roue de couleurs, centrés là où Lobsang aurait dû tomber, s'atténuèrent peu à peu et se refermèrent.

Selon le premier manuscrit de Wen l'Éternel Surpris, Wen et Maremotte pénétrèrent dans la verte vallée entre les hautes montagnes, et Wen dit : « Nous y sommes. Ici se dressera un temple dédié au pliage et dépliage du temps. Je le vois.

— Moi pas, maître », avoua Maremotte.

Wen dit : « Il est là-bas. » Il pointa le doigt et son bras disparut.

« Ah, fit Maremotte. Là-bas. »

Quelques pétales de fleurs de cerisier tombèrent en planant sur le crâne de Wen depuis un des arbres qui poussaient à l'état sauvage le long des ruisselets.

« Et ce jour parfait durera éternellement, dit-il. L'air est vif, le soleil éclatant, il y a de la glace dans les cours d'eau. Chaque jour dans cette vallée sera ce jour parfait.

— Ça peut devenir un peu répétitif, maître, objecta Maremotte.

— C'est parce que tu ne sais pas encore t'y prendre avec le temps. Mais je t'enseignerai à traiter le temps comme un manteau que tu portes quand tu en as besoin et que tu mets au clou dans le cas contraire.

— Il faudra que je le lave ? », demanda Mare-motte.

Wen lui jeta un long regard patient. « Soit il s'agit d'une réflexion très profonde de ta part, Maremotte, soit tu essayes bêtement de dévelop-per une métaphore. À ton avis, laquelle des deux explications ? »

Maremotte se regarda les pieds. Puis il regarda le ciel. Puis il regarda Wen. « Je crois que je suis bête, maître.

— Bien, dit Wen. C'est une chance que tu sois mon apprenti en ce moment, car si je peux te don-ner un enseignement, Maremotte, je peux en don-ner à tout le monde. »

Maremotte, la mine soulagée, s'inclina. « Vous me faites trop d'honneur, maître.

— Il y a une seconde partie à mon plan, ajouta Wen.

— Ah, fit Maremotte en prenant un air qu'il pensait avisé alors qu'en réalité il évoquait quelqu'un qui se souvient de selles douloureuses. Un plan avec une seconde partie est toujours un bon plan, maître.

— Trouve-moi du sable de toutes les couleurs et un rocher plat. Je vais te montrer le moyen de rendre visible le courant du temps.

— Oh, d'accord.

— Et mon plan a ensuite une troisième partie.

— Une troisième partie, hein ?

— Je peux apprendre à quelques élus présen-tant des dispositions à maîtriser leur temps, à le ralentir, à l'accélérer, à le mettre en réserve et à le diriger comme l'eau de ces ruisseaux. Mais la plu-part des gens, je le crains, ne voudront pas que je le leur enseigne. Nous devons les aider. Nous devons fabriquer… des appareils qui emmagasineront et distribueront le temps là où on en a besoin, parce que les hommes ne peuvent pas progresser s'ils sont emportés comme des feuilles au fil du courant. Les gens ont besoin de gaspiller le temps, de s'en créer, d'en perdre et d'en acheter. Voilà quelle sera notre tâche principale. »

La figure de Maremotte se fripa sous l'effort de compréhension. Puis il leva lentement la main.

Wen soupira. « Tu vas demander ce qui est arrivé au manteau, c'est ça ? », dit-il.

Maremotte hocha la tête.

« Oublie cette histoire de manteau, Maremotte. Le manteau n'est pas important. Souviens-toi seulement que tu es la feuille vierge sur laquelle je vais écrire… » Wen leva la main alors que Maremotte ouvrait la bouche. « Une autre métaphore, une autre métaphore. Et maintenant, s'il te plaît, prépare le déjeuner.

— Métaphoriquement ou réellement, maître ?

— Les deux. »

Une volée d'oiseaux blancs jaillit des arbres et décrivit des cercles dans le ciel avant de piquer à travers la vallée.

« Il y aura des colombes, dit Wen tandis que Maremotte s'empressait d'allumer un feu. Tous les jours, il y aura des colombes. »

Lou-tsé laissa le novice dans l'antichambre. Ses détracteurs auraient peut-être été surpris de le voir prendre un moment pour rajuster sa robe avant de se présenter devant l'abbé, mais Lou-tsé se souciait de ses semblables à défaut de se soucier des règles. Il éteignit aussi sa cigarette entre ses doigts et se la colla derrière l'oreille. Il connaissait l'abbé depuis presque six cents ans et il le respectait. Peu de gens avaient droit au respect de Lou-tsé. La plupart du temps, Lou-tsé les supportait.

D'habitude, le balayeur s'entendait avec les gens en proportion inverse de leur importance locale, et le contraire était vrai. Les moines de haut rang... ma foi, les mauvaises pensées n'avaient pas leur place chez des êtres aussi éclairés, mais il est vrai que le spectacle de Lou-tsé déambulant d'un pas insolent dans le temple ternissait quelques karmas. Pour un certain type de penseur, le balayeur équivalait à une insulte personnelle à cause de son manque d'éducation scolaire et de statut officiel, de ses petites manières ridicules et de ses succès incroyables. Il était donc surprenant que l'abbé l'apprécie car aucun résident de la vallée n'avait été aussi différent que le balayeur, aussi érudit, aussi peu réaliste, aussi fragile. Mais, d'un autre côté, la surprise est dans la nature de l'univers.

Lou-tsé hocha la tête à l'adresse des acolytes subalternes qui ouvrirent les grandes portes vernies.

« Comment va monsieur l'abbé aujourd'hui ?

— Ses dents le travaillent toujours, ô Lou-tsé, mais il maintient le cap et vient de faire ses premiers pas avec des résultats satisfaisants.

— Oui, j'ai cru entendre les gongs. »

Le groupe de moines rassemblé au centre de la salle s'écarta lorsque Lou-tsé s'approcha du parc. C'était hélas nécessaire. L'abbé n'avait jamais maîtrisé l'art de l'âge continu. Il avait donc été contraint d'acquérir sa longévité d'une manière plus traditionnelle, par la réincarnation en série.

« Ah, balayeur, marmonna-t-il en repoussant maladroitement une balle jaune et en s'animant. Et comment vont les montagnes ? *Veux âteau veux âteau !*

— J'ai compris le volcanisme, monsieur l'abbé. C'est très encourageant.

— Et vous êtes continuellement en bonne santé ? lança l'abbé tandis que sa petite main potelée donnait des coups de girafe en bois sur les barreaux.

— Oui, monsieur l'abbé. Je me réjouis de vous revoir sur pied.

— Je ne fais encore que quelques pas pour le moment, hélas *âteau âteau veux âteau*. Malheureusement, les tout jeunes organismes ont des caprices. *ATEAU !*

— Vous m'avez envoyé un message, monsieur l'abbé ? Il disait : "Faites passer l'épreuve à celui-là."

— Et qu'est-ce que vous pensez de notre *veux âteau veux âteau veux âteau AINTENANT* jeune Lobsang Ludd ? » Un acolyte s'amena à toute allure avec une assiettée de biscottes. « Ça vous dit, une biscotte, au fait ? ajouta l'abbé. *Mmmm bon âteau !*

— Non, monsieur l'abbé, j'ai toutes les dents qu'il me faut, répondit le balayeur.

— Ludd est une énigme, non ? Ses professeurs m'ont *bon âteau mmm mmm âteau* dit qu'il a beaucoup de talent mais qu'il est curieusement un peu demeuré. Vous-même ne l'avez jamais rencontré avant aujourd'hui et vous ne connaissez pas son passé, donc *mmm âteau* vos observations objectives m'importent beaucoup *mmm ATEAU.*

— Il est plus que rapide, dit Lou-tsé. Je le crois

84

capable de commencer à réagir avant que les événements se produisent.

— Comment peut-on affirmer ça ? *Veux nounours veux nounours veux veux* NOUNOURS *!*

— Je l'ai mis devant le lanceur de balles excentriques dans le dojo de haut niveau, et il se déplaçait vers le bon trou une fraction de seconde avant que la balle en sorte.

— Une espèce de *areu-areu* télépathie, alors ?

— Si une vulgaire machine a un esprit, je crois qu'on est dans un sale pétrin », dit Lou-tsé. Il inspira un bon coup. « Et dans la salle du Mandala, il a vu les motifs dans le chaos.

— Vous avez laissé un néophyte voir le Mandala ? s'exclama avec horreur Rinpo, le chef des acolytes.

— Quand on veut voir si quelqu'un sait nager, on le pousse dans la rivière, dit Lou-tsé en haussant les épaules. Il n'y a pas d'autre solution.

— Mais qu'il le regarde sans avoir été correctement formé…

— Il a vu les motifs, répéta Lou-tsé. Et il a réagi au Mandala. » Il n'ajouta pas : Et le Mandala a réagi au gamin. Il voulait y réfléchir. Quand on regarde dans l'abîme, il n'est pas censé répondre d'un geste de la main.

« C'était *nounoursnounoursnounoursouinouin* quand même strictement interdit », dit l'abbé. Maladroitement, il farfouilla parmi les jouets sur son tapis de sol, saisit une grosse brique de bois ornée d'un éléphant bleu jovial et la jeta gauchement vers Rinpo. « Vous vous permettez parfois trop de libertés, balayeur *egarde léphant !* »

Les acolytes se fendirent de quelques applaudissements devant la prouesse de l'abbé en matière de reconnaissance animale.

« Il a vu les motifs. Il sait ce qui se passe. Mais il n'a pas conscience de ce qu'il sait, insista Lou-tsé avec obstination. Et il ne me connaissait que depuis quelques secondes quand il m'a volé un petit objet de valeur, et je me demande encore comment il s'y est pris. Peut-il vraiment être aussi rapide sans avoir reçu de formation ? Qui c'est, ce gars ? »

Tac

Qui c'est, cette fille ?

Madame Frout, directrice de l'école Frout et pionnière de la méthode Frout de l'enseignement en s'amusant, se surprenait souvent à se poser cette question quand elle devait interroger mademoiselle Suzanne. Évidemment, la fille était une employée, mais... eh bien, la discipline n'était pas le point fort de madame Frout, raison probable pour laquelle elle avait inventé sa méthode qui n'en requérait aucune. Elle tablait le plus souvent sur le système consistant à parler aux gens d'un ton joyeux jusqu'à ce qu'ils abandonnent, gênés par sa conduite.

Mademoiselle Suzanne, elle, ne paraissait jamais gênée par quoi que ce soit.

« La raison qui m'a fait vous appeler, Suzanne, c'est que... euh... la raison, c'est... bredouilla madame Frout.

— Vous avez eu des plaintes ? demanda mademoiselle Suzanne.

— Euh... non... euh... quoique mademoiselle Lefèvre m'ait dit que les enfants issus de votre classe sont... euh... agités. En matière de lecture, ils sont à son avis fâcheusement en avance...

— Pour mademoiselle Lefèvre, le seul bon livre parle d'un jeune garçon et de son chien courant après

86

un ballon rouge, dit mademoiselle Suzanne. Mes élèves ont appris à exiger une intrigue. Pas étonnant s'ils sont impatients. Nous lisons en ce moment *Les contes de Crime.*

— Vous êtes plutôt injurieuse, Suzanne.

— Non, madame. Je suis plutôt polie. J'aurais été injurieuse si j'avais dit qu'un cercle de l'Enfer est réservé aux institutrices comme mademoiselle Lefèvre.

— Mais c'est épouv... » Madame Frout s'arrêta et reprit : « Vous ne devriez pas leur apprendre déjà à lire du tout ! », lança-t-elle d'un ton cassant. Mais cassant comme une brindille gorgée d'eau. Madame Frout se tassa dans son fauteuil quand mademoiselle Suzanne leva les yeux. La jeune femme avait la capacité terrible d'accorder toute son attention à ses interlocuteurs. Il fallait être bien meilleur que madame Frout pour survivre à l'intensité de cette attention. Elle vous examinait l'âme, entourant de petits cercles rouges les éléments qu'elle n'appréciait pas. Quand mademoiselle Suzanne vous regardait, on avait l'impression qu'elle vous notait.

« Je veux dire, marmonna la directrice, que l'enfance est un âge pour jouer et...

— Apprendre, fit mademoiselle Suzanne.

— Apprendre en jouant, précisa madame Frout qui se retrouvait avec reconnaissance en terrain connu. Après tout, les chatons et les chiots...

— ... grandissent pour devenir des chats et des chiens encore moins intéressants, alors que les enfants doivent grandir pour devenir des adultes. »

Madame Frout soupira. Il lui était impossible d'avancer. C'était toujours pareil. Elle se savait impuissante. La rumeur commençait à se répandre sur mademoiselle Suzanne. Les parents inquiets qui se tournaient vers l'apprentissage par le jeu parce qu'ils désespéraient de voir un jour leurs rejetons apprendre en écoutant ce qu'on leur disait s'apercevaient qu'ils rentraient à la maison un peu plus calmes, un peu plus réfléchis et chargés d'un tas de devoirs qu'ils faisaient, chose incroyable, de leur propre chef et même avec l'aide du chien. Ils ramenaient aussi chez eux des histoires sur mademoiselle Suzanne.

Mademoiselle Suzanne parlait toutes les langues. Mademoiselle Suzanne connaissait tout sur tout. Mademoiselle Suzanne avait des idées géniales pour les sorties scolaires...

... ce qui était particulièrement intriguant car, pour ce qu'en savait madame Frout, aucune n'avait été officiellement programmée. Un silence affairé régnait invariablement dans la classe de mademoiselle Suzanne quand elle passait devant. Et ça la contrariait. Ça la ramenait à la triste époque où on enrégimentait les enfants dans des salles de classe qui ne valaient pas mieux que des salles de torture pour les jeunes esprits. Mais d'autres institutrices affirmaient avoir entendu des bruits. Parfois un léger battement de vagues, ou des sons rappelant la jungle. En une occasion, alors qu'elle passait dans le couloir, madame Frout aurait juré, si elle avait été femme à cela, reconnaître le fracas d'une bataille grandeur nature. Le cas se produisait souvent dans le cadre de l'apprentissage par le jeu, mais cette fois l'ajout des trompettes, des sifflements des flèches et des hurlements des blessés dépassait tout de même la mesure.

Elle avait ouvert la porte d'un coup et senti quelque chose lui siffler au-dessus de la tête. Mademoiselle Suzanne, assise sur un tabouret, lisait un livre face à un demi-cercle d'élèves silencieux et fascinés, assis par terre en tailleur. Image surannée comme madame Frout les avait en horreur, comme si les enfants étaient des suppliants autour d'une espèce d'autel du savoir.

Personne n'avait rien dit. Tous les enfants qui la regardaient, de même que mademoiselle Suzanne, faisaient clairement comprendre dans un silence poli qu'ils attendaient qu'elle s'en aille.

Elle était rageusement retournée dans le couloir, et la porte s'était refermée avec un déclic derrière elle. Elle avait alors aperçu la longue flèche grossière qui vibrait encore dans le mur d'en face.

Madame Frout avait observé la porte et sa peinture verte familière avant de revenir à la flèche.

Qui avait disparu.

Elle avait transféré Jason dans la classe de mademoiselle Suzanne. Une décision cruelle, mais madame Frout s'estimait désormais en état de guerre non déclarée.

Si les enfants étaient des armes, un traité international aurait interdit Jason. Jason avait des parents gâteux et une attention qui ne dépassait pas les quelques secondes, sauf quand il s'agissait d'imaginer des actes de cruauté sur de petits animaux à fourrure, auquel cas il faisait preuve d'une certaine patience. Jason donnait des coups de pied, de poing, mordait et crachait. Ses dessins avaient même épouvanté mademoiselle Lefèvre qui trouvait pourtant toujours un mot agréable à dire sur n'importe quel enfant. C'était manifestement un gamin qui avait des besoins particuliers. Du point de vue du corps enseignant, il fallait commencer par un exorcisme.

Madame Frout s'était penchée pour écouter au trou de serrure. Elle avait entendu la première colère de la journée de Jason puis le silence. Elle n'avait pas bien distingué ce qu'avait ensuite dit mademoiselle Suzanne.

Quand elle avait trouvé une excuse pour se risquer dans la classe une demi-heure plus tard, Jason aidait deux petites filles à façonner un lapin en carton.

Plus tard, ses parents s'étaient avoués étonnés par le changement, même si leur fils n'acceptait maintenant d'aller au lit qu'avec la lumière allumée.

Madame Frout avait tenté de poser des questions à sa plus récente institutrice. Des références enthousiastes, c'était bien joli, mais elle restait une employée, après tout. L'ennui, avait découvert madame Frout, c'est que Suzanne lui parlait d'une telle façon qu'elle s'en repartait satisfaite et ne s'apercevait qu'une fois revenue dans son bureau qu'elle n'avait pas obtenu véritablement de réponse, et c'était toujours trop tard.

Et ça n'était pas près de changer car l'école avait soudain dû ouvrir une liste d'attente. Les parents se battaient pour inscrire leurs enfants dans la classe de mademoiselle Suzanne. Quant à certaines des histoires qu'ils ramenaient à la maison… bah, on sait tous que les enfants ont une imagination débordante, non ?

Tout de même, il y avait la rédaction de Richenda Higon. Madame Frout farfouilla à la recherche de ses lunettes, qu'elle était trop vaniteuse pour porter en permanence et qu'elle laissait pendre au bout d'une ficelle passée autour de son cou, et parcourut à nouveau la prose de l'élève. Elle disait, dans son intégralité :

Un homme tout en cequelette est venu nous parler il faisait pas peur du tout, il avait un grand cheval blan. On a caressé le cheval. L'homme avait une faut. Il nous a dit des choses intéressantes et de faire atention en traversant la rue.

Madame Frout tendit le papier par-dessus son bureau à mademoiselle Suzanne qui le considéra d'un air grave. Elle sortit un crayon rouge, procéda à quelques corrections et rendit la feuille.

« Alors ? fit madame Frout.

— Oui, elle n'est hélas pas très bonne en ponctuation. Un effort méritoire sur le mot "squelette" quand même.

— Qui... Quelle est cette histoire de grand cheval blanc dans la classe ? », parvint à demander madame Frout.

Mademoiselle Suzanne la regarda d'un air apitoyé. « Madame, qui pourrait amener un cheval dans une salle de classe ? Il faut monter deux escaliers pour arriver ici. »

Madame Frout n'allait pas se laisser décourager cette fois. Elle tendit une autre brève rédaction.

Aujourd'hui est venu nous parlés Monsieur Slumph qui est un croquemitaine mais il est gentil maintenant. Il nous a dit ce qu'il faut faire avec les pas gentils. On peut se mettre la couverture sur la tête mais c'est mieux si on la met sur la tête du croquemitaine parce il croit alors qu'il existe pas et alors il disparaît. Il nous a raconté plain d'histoires sur les gens à qui il fait peur et il pense, vu que mademoiselle est notre maîtresse, qu'aucun croquemitaine viendra dans nos maisons parce les croquemitaines ils aime surtout pas que mademoiselle les trouve.

« Des croquemitaines, Suzanne ? fit madame Frout.

— Les enfants, quelle imagination, dit mademoiselle Suzanne en affichant un visage sérieux.

— Est-ce que vous initiez les jeunes enfants aux

sciences occultes ? », demanda madame Frout d'un ton soupçonneux. Ces histoires-là amenaient des tas d'ennuis avec les parents, elle en avait conscience.

« Oh, oui.

— Quoi ? Pourquoi ?

— Pour que ça ne les traumatise pas plus tard, répondit mademoiselle Suzanne d'une voix calme.

— Mais madame Roberson m'a dit que son Emma cherchait des monstres dans tous les placards de la maison ! Et jusqu'à présent elle en avait peur !

— Est-ce qu'elle avait un bâton ?

— Elle avait l'épée de son père !

— Tant mieux.

— Écoutez, Suzanne… Je crois voir où vous voulez en venir, dit madame Frout qui ne voyait rien en réalité, mais les parents ne comprennent pas ces choses-là.

— Oui, reconnut l'institutrice. Parfois je me dis que les gens devraient passer un véritable examen avant de pouvoir devenir des parents. Pas seulement les travaux pratiques, j'entends.

— Nous devons malgré tout respecter leurs points de vue », objecta madame Frout, mais sans grande conviction parce qu'il lui arrivait à elle aussi de penser la même chose.

Il y avait eu l'affaire de la réunion d'information avec les parents d'élèves. Madame Frout, trop tendue, n'avait pas prêté grande attention à ce que sa nouvelle institutrice faisait. Tout ce qu'elle avait noté, c'était que mademoiselle Suzanne discutait à son bureau avec les couples, jusqu'au moment où la mère de Jason avait saisi sa chaise et chassé son époux de la salle. Le lendemain était arrivé un gros bouquet de fleurs pour Suzanne de la part de la mère de Jason, puis un autre encore plus grand de la part de son père.

Quelques autres couples étaient également revenus du bureau de l'institutrice visiblement inquiets ou tracassés. Ce qui est sûr, c'est que madame Frout, quand était arrivé le moment de réclamer les frais de scolarité du trimestre, n'avait jamais vu de gens cracher la monnaie d'aussi bon cœur.

Et voilà que ça recommençait. Madame Frout la directrice, laquelle devait se soucier de réputations, de coûts et de frais, percevait parfois la voix lointaine de mademoiselle Frout qui avait été une institutrice compétente quoique timide, et elle encourageait Suzanne par des applaudissements et des sifflets.

Suzanne paraissait affectée. « Vous n'êtes pas satisfaite de mon travail, madame ? »

Madame Frout ne savait que répondre. Non, elle n'était pas satisfaite, mais pour de mauvaises raisons. Et elle se disait peu à peu, tandis qu'avançait l'entretien, qu'elle n'osait pas renvoyer mademoiselle Suzanne ou, pire, la laisser partir de son plein gré. Si la jeune femme ouvrait une école et que la nouvelle se répandait, celle de l'apprentissage par le jeu ferait tout bonnement une hémorragie d'élèves et, chose importante, de rentrées financières.

« Ma foi, évidemment... non, par bien des côtés... » Elle s'interrompit en prenant conscience que mademoiselle Suzanne regardait quelque chose dans son dos.

Il y avait... Madame Frout chercha ses lunettes à tâtons et s'aperçut que la ficelle s'était emmêlée dans les boutons de son chemisier. Elle loucha en direction de la tablette de cheminée et s'efforça de comprendre l'image floue qu'elle voyait.

« Dites, on dirait un... un rat blanc vêtu d'une petite robe, fit-elle. Et qui marche en plus sur ses pattes de derrière. Vous le voyez ?

« — J'imagine mal qu'un rat puisse porter une robe », répliqua mademoiselle Suzanne. Puis elle soupira et claqua des doigts. Le claquement de doigts n'était pas indispensable, mais le temps s'arrêta.

Du moins il s'arrêta pour tout le monde en dehors de mademoiselle Suzanne.

Et du rat sur la tablette de cheminée.

Lequel était en réalité un squelette de rat, ce qui ne l'empêchait pas d'essayer de barboter à madame Frout le bocal de berlingots pour les enfants sages.

Suzanne s'approcha d'un pas énergique et empoigna le col de la toute petite robe.

« COUII, fit la Mort aux Rats.

— Je savais bien que c'était toi ! cracha Suzanne. Comment oses-tu revenir ici ? Je croyais que tu avais pigé l'autre jour. Et ne t'imagine pas que je ne t'ai pas vu quand tu t'es amené pour embarquer Henri le hamster le mois dernier ! Est-ce que tu sais à quel point c'est difficile de donner un cours de géographie quand on voit quelqu'un nettoyer les crottes d'une trépigneuse à coups de pied ? »

Le rat ricana : « SNH, SNH, SNH.

— Et tu manges un bonbon ! Jette-le à la poubelle tout de suite ! »

Suzanne laissa tomber le rat sur le bureau devant madame Frout, momentanément figée, et marqua un temps.

Elle s'était toujours efforcée d'être coulante sur ces questions-là, mais il fallait parfois se rappeler qui on était. Elle ouvrit donc le tiroir du bas afin de vérifier le niveau de la bouteille qui était la protection et le réconfort de madame la directrice dans le monde merveilleux de l'éducation, et se réjouit de constater que la vieille fille levait un peu moins le coude ces temps-ci.

La plupart des gens ont un moyen de combler le fossé entre la réalité et ce qu'ils en perçoivent, et, après tout, il existe dans ces cas-là des solutions bien pires que le gin.

Elle consacra aussi un petit moment à parcourir les papiers personnels de madame la directrice, et c'est un point qu'il faut signaler à propos de Suzanne : il ne lui vint pas à l'idée qu'elle commettait un acte répréhensible, même si elle comprenait que ça l'était sans doute pour quiconque ne s'appelait pas Suzanne Sto Hélit, bien entendu. Les papiers se trouvaient dans un coffre relativement sérieux qui aurait occupé un casseur compétent pendant vingt bonnes minutes. Le fait que la porte s'ouvrit d'elle-même dès qu'elle la toucha donnait à penser que des lois à part s'appliquaient en la circonstance.

Aucune porte ne restait fermée devant mademoiselle Suzanne. C'était de famille. Certains gènes se transmettent par l'âme.

Une fois qu'elle se fut mise à jour des affaires de l'école, surtout afin de montrer au rat qu'elle n'était pas de celles qu'on somme de venir sur-le-champ, elle se redressa.

« D'accord, dit-elle d'un ton las. Tu vas me casser les pieds, n'est-ce pas ? Encore et toujours. »

La Mort aux Rats la regarda, le crâne penché de côté.

« Couii, fit-il d'un air engageant.

— Ben, oui, je l'aime bien, concéda-t-elle. Si on veut. Mais, je veux dire, tu vois, ce n'est pas normal. Pourquoi est-ce qu'il a besoin de moi ? C'est la Mort ! Il n'est pas exactement sans pouvoir ! Moi, je ne suis qu'humaine ! »

Le rat couina encore, sauta par terre et passa en

courant la porte fermée. Il réapparut un instant et fit signe à Suzanne de venir.

« Oh, d'accord, fit-elle en aparté. Disons en grande partie humaine. »

Tic

Et qui c'est, ce Lou-tsé ?

Tôt ou tard, tout novice finissait par poser cette question un brin compliquée. Il leur fallait parfois des années pour découvrir que le petit homme qui balayait leurs sols, vidait sans se plaindre la fosse d'aisance du dortoir et débitait de temps en temps des dictons étrangers exotiques était le héros légendaire qu'ils devaient rencontrer un jour, leur avait-on assuré. Et puis, une fois qu'ils s'étaient trouvés face à lui, les plus intelligents d'entre eux se trouvaient face à eux-mêmes.

Les balayeurs venaient la plupart du temps des villages de la vallée. Ils faisaient partie du personnel du monastère mais ne jouissaient d'aucun statut. Ils se chargeaient de toutes les tâches rébarbatives qu'on méprisait. C'étaient... des silhouettes en arrière-plan qui taillaient les cerisiers, lavaient les sols, nettoyaient la mare aux carpes et balayaient à longueur de temps. Ils n'avaient pas de nom. Enfin, le novice doué de bon sens se disait qu'ils avaient forcément un nom, quelque chose leur permettant de se faire reconnaître de leurs collègues, mais, au moins dans l'enceinte du temple, ils ne recevaient aucun nom, seulement des ordres. Nul ne savait où ils allaient la nuit tombée. Ce n'étaient que des balayeurs. Mais Lou-tsé aussi.

Un jour, trois novices de haut niveau, pour lui faire une niche, avaient renversé d'un coup de pied la petite châsse que Lou-tsé gardait près de la natte où il dormait.

Le lendemain matin, aucun balayeur ne s'était présenté au travail. Ils étaient tous restés dans leurs cabanes, la porte barrée. Après enquête, l'abbé, qui avait à l'époque à nouveau cinquante ans, avait convoqué les trois novices dans sa chambre. Trois balais étaient appuyés contre le mur. Il leur avait parlé en ces termes :

« Vous savez que la terrible bataille des Cinq Cités n'a pas eu lieu parce que le messager est arrivé à temps ? »

Ils le savaient. Ils l'avaient appris au début de leurs études. Et ils avaient incliné nerveusement la tête car c'était l'abbé, après tout.

« Vous savez aussi, donc, que le messager, alors que son cheval venait de perdre un fer, a aperçu un homme qui cheminait le long de la route, une petite forge portable sur le dos, en poussant une enclume dans une brouette ? »

Ils le savaient aussi.

« Et vous savez que cet homme était Lou-tsé ? »

Ils le savaient.

« Vous savez sûrement que Janda Trapp, grand maître d'*okidoki,* de *toro-fu* et de *chang-fu,* n'a jamais cédé que devant un seul homme ? »

Ils le savaient.

« Et vous savez que cet homme était Lou-tsé ? »

Ils le savaient.

« Vous savez que vous avez renversé une petite châsse hier soir ? »

Ils le savaient.

« Vous savez qu'elle avait un propriétaire ? »

Silence. Puis le plus intelligent des novices avait levé des yeux horrifiés sur l'abbé, déglutí, empoigné un des trois balais et était sorti de la chambre.

Les deux autres, au cerveau plus lent, avaient dû entendre l'histoire jusqu'au bout.

Puis l'un avait risqué : « Mais ce n'était que la châsse d'un balayeur ! »

— Vous allez prendre les balais et balayer, avait répliqué l'abbé, et vous allez balayer tous les jours, balayer sans cesse jusqu'au jour où vous verrez Lou-tsé et oserez lui avouer : "Balayeur, c'est moi qui ai renversé et éparpillé votre châsse, et je vais maintenant humblement vous accompagner au dojo du dixième *djim* pour y apprendre la voie à suivre." Alors seulement, si vous en êtes encore capables, vous pourrez reprendre vos études ici. Compris[1] ? »

De vieux moines se plaignaient parfois, mais il se trouvait toujours quelqu'un pour dire : « Rappelez-vous que la voie de Lou-tsé est notre voie. Rappelez-vous qu'il a tout appris en balayant sans se faire remarquer pendant qu'on formait les étudiants. Rappelez-vous qu'il est allé

1. Et l'histoire se poursuit ainsi : le novice qui avait fait valoir qu'il s'agissait de la châsse d'un balayeur s'était enfui du temple, celui qui n'avait rien dit était resté balayeur jusqu'à la fin de ses jours et celui qui avait compris la fin inéluctable de l'histoire était allé, après bien des angoisses et plusieurs mois de balayage méticuleux, s'agenouiller devant Lou-tsé pour lui demander qu'il lui montre la voie. Sur quoi le balayeur l'avait emmené au dojo du dixième *djim* affronter les terribles machines de combat multilames et les redoutables armes à dents de scie telles que le *coong-clong* et l'*uppsi*. L'histoire raconte que le balayeur avait alors ouvert un placard au fond du dojo, en avait sorti un balai et s'était exprimé ainsi : « Une main ici et l'autre là, compris ? Tout le monde s'y prend mal. Balaye d'un mouvement régulier et laisse le balai faire le plus gros du travail. N'essaye jamais de balayer un gros tas, tu finirais par balayer deux fois la même poussière. Sers-toi de la pelle à poussière avec circonspection et souviens-toi : une petite balayette pour les recoins. »

partout et a beaucoup accompli. Il est peut-être un peu… bizarre, mais rappelez-vous qu'il est entré dans une citadelle grouillante d'hommes en armes et farcie de pièges et qu'il a tout de même trouvé un moyen pour que le pach de Muntab s'étrangle innocemment sur une arête de poisson. Aucun moine n'égale Lou-tsé pour trouver le lieu et le moment. »

Il arrivait que certains, qui ne savaient pas, demandent : « C'est quoi, cette voie qui lui donne tant de pouvoir ? »

Et on leur répondait : « C'est la voie de madame Marietta Cosmopilite, 3 rue de Quirm, Ankh-Morpork, chambres à louer, prix raisonnables. Non, on ne comprend pas non plus. Des bêtises descendantales, on dirait. »

Tac

Lou-tsé, appuyé sur son balai, écouta les moines de haut niveau. L'écoute était un art qu'il avait cultivé au fil des ans, ayant appris que si l'on écoutait attentivement et assez longtemps les gens, ils en disaient davantage qu'ils se figuraient en savoir.

« Soto est un agent de terrain excellent, finit-il par lâcher. Extravagant mais excellent.

— La chute est même apparue sur le Mandala, dit Rinpo. Le gamin ne connaissait aucun des gestes appropriés. Soto affirme qu'il a agi sans y penser. Il dit qu'il a rarement vu de gamin aussi mal dégrossi. Dans l'heure qui a suivi, il l'a mis dans une charrette en partance pour les montagnes. Il a ensuite passé trois jours entiers à réaliser la "fermeture de la fleur" à la Guilde des Voleurs, là où on avait, semble-t-il, abandonné le gamin quand il était bébé.

— La fermeture a réussi ?

— On a autorisé la réserve de temps de deux procrastinateurs. Quelques personnes garderont peut-être de vagues souvenirs, mais la Guilde est un grand établissement grouillant d'activité.

— Pas de frères, pas de sœurs. Pas d'amour des parents. Rien que la fraternité des voleurs, récapitula tristement Lou-tsé.

— C'était tout de même un bon voleur.

— J'en suis sûr. Il a quel âge ?

— Seize ou dix-sept ans, semble-t-il.

— Trop vieux pour qu'on lui donne des cours, alors. »

Les moines de haut rang échangèrent des regards.

« On ne peut rien lui apprendre, dit le maître des novices. Il… »

Lou-tsé leva une main maigre. « Laissez-moi deviner. Il le sait déjà ?

— C'est comme si on lui remémorait ce qui lui est momentanément sorti de la tête, avoua Rinpo. Du coup, il s'ennuie et s'énerve. Il est un peu demeuré, si vous voulez mon avis. »

Lou-tsé gratta sa barbe tachée. « Un garçon mystérieux, fit-il d'un air songeur. Naturellement doué.

— Et nous nous demandons *popo veux popo caca popo* : pourquoi maintenant, pourquoi en ce moment ? dit l'abbé en mâchouillant le pied d'un yack miniature.

— Ah, mais ne dit-on pas : "Il y a un temps et un lieu pour tout" ? cita Lou-tsé. De toute façon, vénérables pères, vous enseignez à des élèves depuis des siècles. Moi, je ne suis qu'un balayeur. » Il tendit distraitement la main à l'instant où le yack s'échappait des doigts maladroits de l'abbé et l'attrapa à la volée.

« Lou-tsé, dit le maître des novices, je ne voudrais

100

pas m'étendre, mais on n'a rien pu vous apprendre non plus. Vous vous souvenez ?

— Mais j'ai trouvé ma voie, rappela Lou-tsé.

— Voulez-vous le prendre comme élève ? demanda l'abbé. Ce garçon a besoin de *mmm brmmm* se trouver.

— N'est-il pas écrit : "Je n'ai que deux mains" ? », répliqua Lou-tsé.

Rinpo tourna les yeux vers le maître des novices. « Je ne sais pas, dit-il. Personne n'a jamais lu nulle part vos citations. »

L'air toujours songeur, comme l'esprit occupé ailleurs, Lou-tsé répliqua : « Ça ne pouvait être qu'ici et maintenant. Car il est écrit : "Un pépin amène son frère." »

Rinpo parut déconcerté, puis la lumière se fit soudain. « Un parapluie, fit-il d'un air ravi. Un pépin, c'est un parapluie, et, quand il pleut, tout le monde ouvre le sien ! »

Lou-tsé secoua tristement la tête. « Et quand on applaudit d'une seule main, ça fait "appl". Très bien, mon révérend. Je l'aiderai à trouver sa voie. Autre chose, mes révérends ? »

Tic

Lobsang se leva quand Lou-tsé revint dans l'antichambre, mais avec une certaine hésitation, gêné de paraître témoigner du respect.

« D'accord, voici les règles, dit Lou-tsé en passant devant lui sans s'arrêter. La première : tu ne m'appelles pas "maître", et moi je ne te donne pas de nom ridicule d'insecte. Ce n'est pas mon boulot de te former, c'est le tien. Car il est écrit : "Pas question de ces trucs-là." Fais ce que je te dis et on s'entendra bien. Ça marche ?

101

« — Quoi ? Vous me voulez comme apprenti ? fit Lobsang en courant pour ne pas se laisser distancer.

— Non, je ne te veux pas comme apprenti, pas à mon âge, mais tu vas l'être, alors autant qu'on fasse contre mauvaise fortune bon cœur, d'accord ?

— Et vous allez tout m'apprendre ?

— Tout, peut-être pas. Je veux dire, je n'y connais pas grand-chose en minéralogie légale. Mais je t'apprendrai tout ce que je sais et qu'il te sera utile de savoir, entendu ?

— Quand ?

— Il se fait tard…

— Demain à l'aube ?

— Oh, avant l'aube. Je te réveillerai. »

Tac

À quelque distance de l'école de madame Frout, dans la rue Ésotérique, il y avait plusieurs clubs de gentlemen. Il serait d'un cynisme achevé de prétendre que le terme « gentleman » se définissait tout bonnement par « quelqu'un qui peut débourser cinq cents piastres par an » ; chacun devait aussi recevoir l'approbation d'un grand nombre d'autres gentlemen en mesure de débourser la même somme.

Et ils n'appréciaient pas trop la compagnie des dames. Il ne faut pas en déduire qu'ils étaient de ces gentlemen qui avaient leurs clubs, plutôt mieux décorés, dans un autre quartier de la ville la plupart du temps beaucoup plus animé. Ces gentlemen-ci étaient des messieurs du type le plus souvent soumis depuis leur jeune âge à la tyrannie féminine. Leur vie était régie par des nourrices, des gouvernantes, des surveillantes générales, des mères et des épouses, et, au bout de quatre ou cinq décennies de ce régime, le gentleman moyen au caractère doux baissait les bras et s'éclipsait aussi poliment que possible vers un de ces clubs où il pouvait passer l'après-midi à somnoler dans un fauteuil de cuir, le bouton du haut de son pantalon défait[1].

Le plus fermé de ces clubs était le Gigott, et il fonctionnait d'une façon très particulière : Suzanne n'avait pas besoin de s'y rendre invisible ; elle savait que ses membres ne la verraient pas ou qu'ils ne croiraient pas à son existence même s'ils la voyaient. Les femmes n'étaient pas admises au club sauf dans le cas de l'article 34b qui autorisait de mauvaise grâce les éléments féminins de la famille ou les épouses respectables de plus de trente ans à se faire offrir le thé dans le salon vert entre quinze heures quinze et seize heures trente, à condition qu'un membre au moins du personnel reste présent en permanence. La coutume existait depuis si longtemps que, pour beaucoup de membres, c'était la seule heure et quart de la journée où les femmes avaient réellement le droit d'exister et, par conséquent, que toute femme vue au club à un autre moment était un pur produit de l'imagination.

En ce qui concernait Suzanne, dans sa tenue noire austère d'institutrice et ses bottines à boutons qui donnaient l'impression d'avoir de plus hauts talons quand elle devenait la petite-fille de la Mort, c'était peut-être la vérité.

1. Entre autres raisons à cause des repas du club. À son club, le gentleman trouve les plats auxquels l'école l'a habitué, comme le pouding aux raisins, le roulé à la confiture et l'indémodable étouffe-chrétien à la crème renversée. Les vitamines, c'est bon pour les épouses.

Ses chaussures résonnaient sur le sol de marbre tandis qu'elle se dirigeait vers la bibliothèque.

Ce qui avait un jour poussé son grand-père à fréquenter ce club restait pour elle une énigme. La Mort partageait bien entendu un grand nombre des qualités d'un gentleman : il possédait un domaine à la campagne – un domaine ténébreux et lointain –, se montrait d'une ponctualité indéfectible, faisait preuve de courtoisie envers tous ceux qu'il croisait – et il finissait tôt ou tard par croiser tout le monde –, s'habillait correctement quoique sobrement, se sentait à l'aise en toute compagnie et c'était un cavalier proverbialement émérite.

Qu'il soit le Faucheur était la seule ombre au tableau.

La plupart des fauteuils trop rembourrés de la bibliothèque étaient occupés par des gentlemen satisfaits de leur déjeuner et qui sommeillaient sous des exemplaires du *Disque-Monde* montés en tente. Suzanne fit du regard le tour des lieux et finit par découvrir l'exemplaire duquel dépassaient la moitié inférieure d'une robe noire et deux pieds de squelette. Une faux était en outre appuyée contre le dossier du fauteuil. Elle souleva le journal.

« BONJOUR, dit la Mort. TU AS DÉJEUNÉ ? ON A EU DU ROULÉ À LA CONFITURE.

— Pourquoi tu fais ça, grand-père ? Tu sais bien que tu ne dors jamais.

— JE TROUVE ÇA REPOSANT. TU VAS BIEN ?

— Ça allait jusqu'à ce que le rat débarque.

— ET TA CARRIÈRE, ÇA AVANCE ? TU SAIS QUE JE M'INTÉRESSE À TOI.

— Merci, répliqua sèchement Suzanne. Bon, pourquoi est-ce…

— PAPOTER UN PEU NE VA PAS FAIRE DE MAL, TOUT DE MÊME ? »

Suzanne soupira. Elle savait la raison derrière tout ça, et cette raison ne l'enchantait pas. C'était une petite raison tristounette, flageolante, et qui lui répétait que son grand-père et elle n'avaient personne au monde que l'autre. Voilà. C'était une raison qui pleurnichait toute seule dans son mouchoir, mais c'était la vérité.

Oh, la Mort avait son serviteur, Albert, sans compter évidemment la Mort aux Rats, si on pouvait appeler ça une compagnie. Et en ce qui concernait Suzanne...

Eh bien, elle était en partie immortelle, voilà. Elle voyait ce qu'elle avait réellement devant les yeux[1], elle pouvait mettre et enlever le temps comme un manteau. Les lois auxquelles était soumis le commun des mortels, comme la pesanteur, ne s'appliquaient à elle qu'avec son consentement. Et, on a beau faire, ce sont des singularités qui ne favorisent guère les contacts avec autrui. Difficile de nouer des rapports avec les gens quand une toute petite parcelle de soi voit en eux un assemblage momentané d'atomes qui auront disparu d'ici quelques décennies.

En cela elle rejoignait la toute petite parcelle de la Mort qui trouvait difficiles les rapports avec les gens quand elle se rappelait qu'ils étaient réels.

Pas un jour ne se passait sans qu'elle se désole de son étrange ascendance. Puis elle se demandait à quoi ça pouvait ressembler de parcourir le monde sans avoir conscience à chaque pas des rochers en dessous de soi et des étoiles au-dessus, de disposer seulement de cinq sens, d'être pratiquement aveugle et quasiment sourd...

« LES ENFANTS VONT BIEN ? J'AI BEAUCOUP AIMÉ LES DESSINS QU'ILS ONT FAITS DE MOI.

---

1. Ce qui est bien plus difficile que voir ce qu'on n'a pas devant les yeux. Ça, tout le monde y arrive.

— Oui. Comment va Albert ?

— IL VA BIEN. »

… et de ne jamais vraiment papoter, ajouta intérieurement Suzanne. Il n'y avait pas place pour le papotage dans le vaste univers.

« LE MONDE ARRIVE À SON TERME. »

Là, ce n'était plus du papotage mais de la discussion sérieuse. « Quand ?

— MERCREDI PROCHAIN.

— Pourquoi ?

— LES CONTRÔLEURS SONT REVENUS, répondit la Mort.

— Les petits salopards ?

— OUI.

— Je les déteste.

— MOI, BIEN SÛR, JE N'AI PAS D'ÉMOTIONS, dit la Mort en gardant un visage impassible comme seule le permet une tête désincarnée.

— Qu'est-ce qu'ils mijotent cette fois ?

— JE NE SAURAIS DIRE.

— Je croyais que tu pouvais te souvenir de l'avenir !

— OUI. MAIS QUELQUE CHOSE A CHANGÉ. APRÈS MERCREDI, IL N'Y A PLUS D'AVENIR.

— Il y a forcément quelque chose, ne serait-ce que des débris !

— NON. APRÈS UNE HEURE DU MATIN MERCREDI PROCHAIN, IL N'Y A PLUS RIEN. RIEN D'AUTRE QU'UNE HEURE MERCREDI PROCHAIN, À TOUT JAMAIS. PERSONNE NE VIVRA. PERSONNE NE MOURRA. C'EST CE QUE JE VOIS POUR L'INSTANT. L'AVENIR A CHANGÉ. TU COMPRENDS ?

— Et en quoi ça me concerne ? » Suzanne savait que cette question aurait paru idiote à n'importe qui d'autre.

106

« MOI, J'AURAIS CRU QUE LA FIN DU MONDE INTÉRES-
SERAIT TOUT UN CHACUN, PAS TOI ?

— Tu sais très bien ce que je veux dire !

— JE CROIS QUE C'EST EN RAPPORT AVEC LA NATURE
DU TEMPS, QUI EST À LA FOIS IMMORTEL ET DIVIN. IL Y A
EU CERTAINES… ONDULATIONS.

— Ils vont agir sur le temps ? Je croyais qu'ils
n'avaient pas le droit de faire des trucs pareils.

— NON. MAIS LES HOMMES LE PEUVENT. ÇA S'EST
DÉJÀ PRODUIT UNE FOIS.

— Personne ne serait aussi bê… »

Suzanne se tut. Bien sûr que si, quelqu'un serait aussi
bête. Certains feraient n'importe quoi pour voir si c'est
possible de le faire. Si on installait un commutateur
dans une caverne n'importe où, puis qu'on le flanquait
d'un écriteau disant « Commutateur de fin du monde.
PRIÈRE DE NE PAS TOUCHER », la peinture n'aurait même
pas le temps de sécher.

La jeune femme réfléchit encore. La Mort l'observait
attentivement. « C'est drôle, finit-elle par dire, j'ai lu
un livre en classe aux élèves. Je l'ai trouvé un jour sur
mon bureau. Ça s'appelle *Les contes de Crime*…

— AH, DE JOLIES HISTOIRES POUR LES PETITS, dit la
Mort sans une once d'ironie.

— … qui parlent surtout de gens méchants qui meu-
rent de manière horrible. C'est vraiment curieux. Ça
plaît beaucoup aux enfants. Ça n'a pas l'air de les
gêner. »

La Mort se tut.

« … sauf dans le cas de "L'horloge de verre de Bad
Schüschein", reprit Suzanne sans quitter des yeux la
tête de mort de son grand-père. Ils ont trouvé l'histoire
triste malgré une fin plus ou moins heureuse.

— PEUT-ÊTRE PARCE QU'ELLE EST VRAIE. »

Suzanne connaissait la Mort depuis assez longtemps pour ne pas discuter.

« Je crois que je comprends, dit-elle. Tu as veillé à ce que le livre soit là.

— OUI. OH, LE PRINCE CHARMANT ET CE QUI S'ENSUIT ONT ÉTÉ ÉVIDEMMENT RAJOUTÉS. LES CONTRÔLEURS N'ONT PAS INVENTÉ L'HORLOGE, BIEN ENTENDU. C'EST L'ŒUVRE D'UN FOU, MAIS ILS SONT EXPERTS EN ADAPTATION. ILS NE SAVENT PAS CRÉER MAIS ILS SAVENT ADAPTER. ET L'HORLOGE EST EN COURS DE REFABRICATION.

— Le temps a vraiment été arrêté ?

— PRIS AU PIÈGE. UN INSTANT SEULEMENT, MAIS LES RÉSULTATS SE MANIFESTENT ENCORE AUTOUR DE NOUS. L'HISTOIRE A ÉTÉ ANÉANTIE, RÉDUITE EN MORCEAUX. LES PASSÉS N'ÉTAIENT PLUS RELIÉS AUX AVENIRS. LES MOINES DE L'HISTOIRE ONT DÛ PRATIQUEMENT LA RECONSTRUIRE DE ZÉRO. »

Suzanne ne gaspilla pas sa salive à répliquer par des banalités comme « c'est impossible » en un tel moment. C'était bon uniquement pour ceux qui croyaient vivre dans le monde réel.

« Ç'a dû prendre un certain... temps, dit-elle.

— LE TEMPS, BIEN ENTENDU, N'ÉTAIT PAS LA QUESTION. ILS SE SERVENT D'UN SYSTÈME D'ANNÉES FONDÉES SUR LE POULS HUMAIN. DE CES ANNÉES-LÀ, À PEU PRÈS CINQ CENTS ONT ÉTÉ NÉCESSAIRES.

— Mais si l'Histoire a été mise en morceaux, où est-ce qu'ils... ? »

La Mort mit ses doigts en clocher.

« RAISONNE SUR LE PLAN TEMPOREL, SUZANNE. JE CROIS QU'ILS ONT VOLÉ DU TEMPS DES PREMIERS ÂGES DU MONDE, QUAND IL ÉTAIT GASPILLÉ POUR DES TAS DE REPTILES. QU'EST-CE QUE LE TEMPS POUR UN GROS LÉZARD, APRÈS TOUT ? EST-CE QUE TU AS VU LES PROCRASTINA-

TEURS DONT SE SERVENT LES MOINES ? DES TRUCS FORMI-
DABLES. ILS PEUVENT DÉPLACER LE TEMPS, L'EMMAGASI-
NER, L'ÉTIRER… VRAIMENT INGÉNIEUX. POUR CE QUI EST
DE SAVOIR QUAND C'EST ARRIVÉ, LA QUESTION N'A PAS DE
SENS NON PLUS. UNE FOIS QUE LA BOUTEILLE EST CASSÉE,
ON SE FICHE DE SAVOIR OÙ ELLE A ÉTÉ TOUCHÉE. LES
ÉCLATS DE L'ÉVÉNEMENT PROPREMENT DIT N'EXISTENT
PLUS DANS L'HISTOIRE RECONSTRUITE, DE TOUTE FAÇON.

— Attends, attends… Comment est-ce qu'on peut
prendre un bout de… euh… d'un quelconque siècle
passé et le recoudre sur un récent ? Les gens remarque-
raient forcément que… (Suzanne battit vaguement l'air
des bras) certains portent des armures d'une autre époque, que les bâtiments ne cadrent pas et qu'ils revivent
des guerres qui se sont déroulées des siècles plus tôt,
non ?

— POUR CE QUE J'EN SAIS, SUZANNE, TROP D'HUMAINS
PASSENT BEAUCOUP DE TEMPS À REVIVRE DANS LEUR TÊTE
DES GUERRES QUI SE SONT DÉROULÉES DES SIÈCLES PLUS
TÔT.

— Très juste, mais ce que je veux dire, c'est…

— IL NE FAUT PAS CONFONDRE LE CONTENU ET LE
CONTENANT. » La Mort soupira. « TU ES SURTOUT
HUMAINE. IL TE FAUT UNE MÉTAPHORE. UNE DÉMONSTRA-
TION S'IMPOSE. TIENS. »

Il se leva et entra d'un pas raide dans la salle à
manger de l'autre côté du couloir. Quelques convives
attardés y traînaient encore, pétrifiés en pleine besogne,
la serviette coincée sous le menton, dans une ambiance
de féculents.

La Mort s'approcha d'une table dressée pour le dîner
et saisit un coin de la nappe.

« LE TEMPS, C'EST LA NAPPE, dit-il. LES COUVERTS ET

109

Un roulement de tambour retentit. Suzanne baissa les yeux. La Mort aux Rats se tenait assis devant une batterie miniature.

« REGARDE BIEN. »

La Mort retira sèchement la nappe. Suivirent un cliquetis de couverts et un instant d'incertitude du côté d'un vase de fleurs, mais presque toute la vaisselle resta en place.

« Je vois, dit Suzanne.

— LA TABLE RESTE DRESSÉE, MAIS LA NAPPE PEUT MAINTENANT SERVIR POUR UN AUTRE REPAS.

— Tu as tout de même renversé le sel, fit observer Suzanne.

— LA TECHNIQUE N'EST PAS PARFAITE.

— Et le tissu garde des taches du repas précédent, grand-père. »

La Mort eut un grand sourire. « Oui, dit-il. COMME MÉTAPHORE, ÇA SE TIENT, TU NE TROUVES PAS ?

— Les gens s'en apercevraient !

— VRAIMENT ? L'HOMME EST L'ÊTRE LE MOINS OBSERVATEUR DE L'UNIVERS. OH, ON CONSTATE BEAUCOUP D'ANOMALIES, ÉVIDEMMENT, UNE CERTAINE QUANTITÉ DE SEL RENVERSÉ, MAIS LES HISTORIENS TROUVENT TOUJOURS UNE EXPLICATION CONVAINCANTE. ILS SAVENT Y FAIRE DE CE POINT DE VUE-LÀ. »

Il existait ce qu'on appelait le Règlement, Suzanne le savait. Un règlement non écrit, de la même manière que les montagnes ne sont pas écrites. Il était bien plus essentiel au fonctionnement de l'univers que certains éléments purement mécaniques tels que la pesanteur. Les Contrôleurs détestaient peut-être le désordre dû à l'apparition de la vie, mais le Règlement ne les autorisait pas à y remédier. L'ascension de l'humanité avait dû être une aubaine pour eux. Enfin une espèce qu'on pouvait persuader de se tirer dans le pied.

« Je ne vois pas ce que tu veux que j'y fasse, dit-elle.

— TOUT CE QUE TU POURRAS. MOI, LA COUTUME ET MA CHARGE M'ASTREIGNENT À D'AUTRES TÂCHES EN CE MOMENT.

— Telles que ?

— DES AFFAIRES IMPORTANTES.

— Dont tu ne peux rien me dire ?

— DONT JE NE TIENS PAS À TE PARLER, MAIS ELLES SONT IMPORTANTES. N'IMPORTE COMMENT, TA PERSPICA-CITÉ EST PRÉCIEUSE. TU AS UNE TOURNURE D'ESPRIT QUI SERA UTILE. TU PEUX ALLER LÀ OÙ JE N'AI PAS ACCÈS. J'AI SEULEMENT VU L'AVENIR. MAIS TOI, TU PEUX LE MODIFIER.

— Où est-ce qu'on refabrique cette horloge ?

— AUCUNE IDÉE. JE ME SUIS DÉJÀ BIEN DÉPATOUILLÉ POUR EN ARRIVER À CE QUE JE SAIS. CE QUI EST EN JEU NE M'APPARAÎT PAS CLAIREMENT.

— Pourquoi ?

— PARCE QU'ON A BROUILLÉ LES CARTES. QUELQU'UN EST DANS LE COUP... QUELQU'UN QUI NE M'EST PAS ASSU-JETTI. » La Mort avait l'air gêné.

« Un immortel ?

— QUELQU'UN ASSUJETTI À... QUELQU'UN D'AUTRE.

— Il va falloir que tu sois beaucoup plus clair.

— SUZANNE... TU SAIS QUE J'AI ADOPTÉ TA MÈRE, QUE JE L'AI ÉLEVÉE ET QUE JE LUI AI TROUVÉ UN MARI DIGNE D'ELLE...

— Oui, oui, le coupa sèchement Suzanne. Comment pourrais-je oublier ? Je me regarde dans la glace tous les matins.

— C'EST… DIFFICILE POUR MOI. À VRAI DIRE, JE N'AI PAS ÉTÉ LE SEUL À ME MÊLER COMME ÇA D'AFFAIRES HUMAINES. POURQUOI CET AIR SURPRIS ? LES DIEUX SE COMMETTENT À TOUT BOUT DE CHAMP, C'EST BIEN CONNU, NON ?

— Les dieux, oui, mais les gens comme…

— LES GENS COMME NOUS SONT QUAND MÊME COMME LES GENS… »

Suzanne, contrairement à son habitude, se contraignit à écouter. Une tâche difficile pour une enseignante.

« SUZANNE, SACHE QUE NOUS QUI SOMMES… EXTÉRIEURS À L'HUMANITÉ…

— Je ne suis pas extérieure à l'humanité, moi, répliqua-t-elle sèchement. J'ai seulement quelques… talents en supplément.

— JE NE PARLE PAS DE TOI, ÉVIDEMMENT. JE PARLE DES AUTRES QUI NE SONT PAS HUMAINS ET FONT QUAND MÊME PARTIE DE L'UNIVERS DE L'HUMANITÉ – LA GUERRE, LE DESTIN, LA PESTILENCE ET LE RESTE D'ENTRE NOUS. LES HOMMES NOUS VOIENT COMME DES HUMAINS ET DONC, CHACUN À NOTRE MANIÈRE, NOUS PRENONS CERTAINS CÔTÉS DE L'HUMANITÉ. IL NE PEUT PAS EN ÊTRE AUTREMENT. L'APPARENCE PHYSIQUE OBLIGE MÊME NOS ESPRITS À OBSERVER L'UNIVERS D'UN CERTAIN ŒIL. ON ADOPTE DES ATTRIBUTS HUMAINS… LA CURIOSITÉ, LA COLÈRE, L'IMPATIENCE…

— C'est élémentaire, grand-père.

— OUI. DONC TU SAIS QUE CERTAINS D'ENTRE NOUS… MANIFESTENT DE L'INTÉRÊT POUR L'HUMANITÉ.

— Je sais. J'en suis une des conséquences.

— OUI. EUH… ET CERTAINS MANIFESTENT UN INTÉRÊT… EUH… PLUS…

— Intéressant.

— … PERSONNEL. ET TU M'AS DÉJÀ ENTENDU PARLER DE LA… PERSONNIFICATION DU TEMPS…

— Tu ne m'as pas raconté grand-chose. Elle vit dans un palais de verre, tu m'as dit une fois. » Suzanne éprouva une vague sensation honteuse et pourtant curieusement satisfaisante en voyant la Mort déconcerté. Il avait l'air malheureux de celui qu'on oblige à révéler le squelette dans le placard.

« OUI. EUH… ELLE EST TOMBÉE AMOUREUSE D'UN HUMAIN…

— Comme c'est romantic-tac », ironisa Suzanne. Elle faisait preuve d'un esprit de contradiction puéril, elle le savait, mais la vie d'une petite-fille de la Mort n'était pas facile, et il lui prenait de temps en temps l'envie irrésistible de contrarier ses interlocuteurs.

« AH. UNE BLAGUE, OU PLUTÔT UN JEU DE MOTS, dit la Mort d'un ton las, MÊME SI JE TE SOUPÇONNE D'AVOIR SEULEMENT VOULU M'AGACER.

— Bah, ces histoires-là arrivaient souvent dans l'Antiquité, non ? rappela Suzanne. Les poètes tombaient toujours amoureux du clair de lune, des hyacinthes ou autre chose, et les déesses étaient tout le temps…

— MAIS, LÀ, C'ÉTAIT RÉEL.

— Réel jusqu'où, tu veux dire ?

— LE TEMPS A EU UN FILS.

— Comment est-ce…

— LE TEMPS A EU UN FILS. UN FILS EN GRANDE PARTIE MORTEL. QUELQU'UN DANS TON GENRE. »

Tic

Un membre de la Guilde des Horlogers passait voir Jérémie une fois par semaine. La visite n'avait rien d'officiel. En tout cas, on avait toujours du travail à lui donner ou des commandes à récupérer parce que, malgré tout ce qu'on pouvait en dire, le gamin avait le génie des horloges.

Quoique informelle, la visite était aussi une façon délicate de vérifier que le gamin prenait son médicament et que sa folie passait inaperçue.

Les horlogers avaient parfaitement conscience que les rouages compliqués du cerveau humain perdaient parfois une vis. Les sociétaires de la Guilde étaient en principe des gens méticuleux, en quête perpétuelle d'une précision inhumaine, ce qui avait un coût. Ça pouvait poser des problèmes. Il n'y a pas que les montres qu'on fait marcher. Les membres du comité étaient pour la plupart de braves gens compréhensifs. Dans l'ensemble peu habitués à la tromperie.

Le docteur Houblequin, secrétaire de la Guilde, fut surpris lorsque la porte de la boutique de Jérémie s'ouvrit sur un homme qui paraissait avoir réchappé à un très grave accident.

« Euh... je viens voir monsieur Jérémie, parvint-il à articuler.

— Oui, monfieur. Le maîrtre est là, monfieur.

— Et vous... mm... êtes... ?

— Igor, monfieur. Monfieur Férémie a eu l'amabilité de m'engafer, monfieur.

— Vous travaillez pour lui ? s'étonna le docteur Houblequin en toisant Igor.

— Oui, monfieur.

— Mm... Est-ce que vous vous êtes approché trop près d'une machine dangereuse ?

— Non, monfieur. Il est dans l'atelier, monfieur.

— Monsieur Igor, dit le docteur Houblequin tandis qu'on l'introduisait dans la boutique, vous savez que monsieur Jérémie doit prendre un médicament, n'est-ce pas ?

— Oui, monfieur. Il en parle fouvent.

— Et il... euh... Sa santé est... ?

— Bonne, monfieur. Fon travail l'enthoufiafme, monfieur. Toufours les fyeux écarquillés et la queue qui figote.

— La queue qui figote, hein ? répéta le docteur Houblequin d'une petite voix. Mm... Monsieur Jérémie ne garde pas de serviteurs, d'habitude. Il a jeté une horloge à la tête du dernier assistant qu'il a eu, j'en ai peur.

— Ah bon, monfieur ?

— Mm, il ne vous a pas jeté d'horloge à la tête, dites ?

— Non, monfieur. Il fe conduit normalement », répondit Igor, un homme doté de quatre pouces et de points de suture tout autour du cou. Il ouvrit la porte donnant sur l'atelier. « Le docteur Houblequin, monfieur Férémie. Fe vais faire du thé, monfieur. »

Jérémie se tenait assis à la table, raide comme un piquet, les yeux brillants.

« Ah, docteur, dit-il. C'est gentil de passer. »

Le docteur Houblequin embrassa l'atelier du regard.

Il y avait eu du changement. Un grand carré de cloison de lattes et de plâtre prélevé quelque part, couvert de croquis au crayon, reposait sur un chevalet d'un côté du local. Les établis, où s'alignaient d'habitude des horloges à des stades divers d'assemblage, disparaissaient sous de gros morceaux de cristal et des éclats de verre. Il flottait aussi une puissante odeur d'acide.

« Mm... du nouveau ? hasarda le visiteur.

— Oui, docteur. Je me suis penché sur les propriétés de certains cristaux de haute densité », répondit Jérémie.

115

Le docteur Houblequin souffla de soulagement. « Ah, la géologie. Un passe-temps formidable ! Je suis tellement content. Ce n'est pas sain de penser tout le temps aux horloges, vous savez ! », ajouta-t-il d'un ton jovial et avec une pointe d'espoir.

Le front de Jérémie se plissa comme si le cerveau derrière s'efforçait d'assimiler un concept inhabituel.

« Oui, dit-il enfin. Saviez-vous, docteur, que l'octirate de cuivre vibre exactement deux millions quatre cent mille soixante-dix-huit fois par seconde ?

— Tant que ça, hein ? fit le docteur Houblequin. Ça alors.

— Parfaitement. Et que la lumière projetée à travers un prisme naturel de quartz d'octivium se décompose en trois couleurs seulement ?

— Passionnant, commenta le docteur Houblequin en se disant que ça pourrait être pire. Mm... ça vient de moi ou est-ce qu'il y a une... odeur tenace dans l'air ?

— Les égouts, expliqua Jérémie. On les a nettoyés. À l'acide. C'est pour ça qu'on avait besoin d'acide. Pour nettoyer les canalisations.

— Les égouts, hein ? » Le docteur Houblequin cligna des yeux. Il n'était pas à l'aise dans le monde des égouts. Un crépitement retentit et une lumière bleue tremblota sous la porte de la cuisine.

« Votre, mm, Igor, dit-il. Bien, hein ?

— Oui, merci, docteur. Il vient d'Uberwald, vous savez.

— Oh. Très... grand. L'Uberwald. Très grand pays. » C'était une des deux seules choses qu'il savait sur l'Uberwald. Il toussa nerveusement et mentionna la seconde. « Les gens y sont parfois un peu bizarres, il paraît.

116

— Igor m'a assuré qu'il n'avait jamais rien eu à voir avec ces gens-là, dit Jérémie d'une voix calme.

— Bien. Bien. Ça, c'est bien. » Le sourire figé de Jérémie commençait à troubler le docteur. « Il, mm, ne manque pas de cicatrices ni de points de suture, on dirait.

— Oui. C'est culturel.

— Culturel, hein ? » Le docteur Houblequin parut soulagé. Il tâchait toujours de voir les bons côtés chez ses contemporains, mais la ville était devenue un peu compliquée depuis son enfance, avec tous ces nains, golems et même zombies. Il n'était pas sûr d'approuver toutes ces nouveautés, mais elles étaient en grande partie « culturelles », semblait-il, et on ne pouvait pas s'élever contre ça, aussi les acceptait-il. Le « culturel » résolvait comme qui dirait les problèmes en expliquant qu'ils n'existaient pas.

La lumière sous la porte s'éteignit. Un instant plus tard, Igor revint avec deux tasses de thé sur un plateau.

Le thé était excellent, le docteur dut le reconnaître, mais l'atmosphère acide lui faisait monter les larmes aux yeux.

« Alors, mm, ça avance, le travail sur les nouvelles tables de navigation ? demanda-t-il.

— Un bifcuit au finfembre, monfieur ? lui proposa Igor dans l'oreille.

— Oh, euh... oui... Oh, dites, ils sont drôlement bons, monsieur Igor.

— Prenez-fen deux, monfieur.

— Merci. » Le docteur Houblequin projetait maintenant des miettes en parlant. « Les tables de navigation... répéta-t-il.

— Je n'ai malheureusement pas beaucoup progressé, répondit Jérémie. Je me suis lancé sur les propriétés des cristaux.

— Oh. Oui. Vous l'avez dit. Bon, si vous trouvez un moment à consacrer aux tables, nous vous en serions évidemment reconnaissants. Et, si je puis me permettre, mm, ça fait plaisir de voir que vous vous êtes trouvé une nouvelle passion. Se focaliser sur une chose, c'est source, mm, d'humeurs malignes dans le cerveau.

— J'ai un médicament.

— Oui, bien sûr. Euh... d'ailleurs, vu que je passais aujourd'hui devant la pharmacie... » Le docteur Houblequin sortit de sa poche une grosse bouteille enveloppée dans du papier.

« Merci. » Jérémie montra du doigt l'étagère derrière lui. « Comme vous voyez, je n'en ai presque plus.

— Oui, c'est ce que j'ai pensé, dit le docteur Houblequin comme si le niveau de la bouteille sur l'étagère de Jérémie n'était pas l'objet de la surveillance très serrée des horlogers. Bon, je vais y aller, alors. Bravo pour les cristaux. Moi, je collectionnais les papillons quand j'étais jeune. C'est formidable, les passe-temps. Un filet, un flacon de cyanure de potassium, et j'étais gai comme un petit pinson. »

Jérémie continuait de lui sourire. Son sourire avait quelque chose de figé.

Le docteur Houblequin avala le reste de son thé et reposa la tasse dans la soucoupe.

« Maintenant, faut vraiment que j'y aille, marmonnat-il. Tant à faire. Voudrais pas vous empêcher de travailler. Les cristaux, hein ? Formidables, les cristaux. Tellement jolis.

— Ah bon ? », fit Jérémie. Il hésita comme s'il cherchait à résoudre un problème sans importance. « Oh, oui. Les jeux de lumière.

118

— Ça scintille. »

Igor attendait près de la porte de la rue quand le docteur Houblequin s'en repartit. Il hocha la tête.

« Mm... vous êtes sûr pour le médicament ? demanda tout bas le docteur.

— Oh oui, monfieur. Deux fois par four, fe le vois f'en verfer une cuillerée.

— Ah, bien. Il lui arrive d'être un peu... euh... Des fois il ne s'entend pas bien avec les gens.

— Oui, monfieur.

— Très, hum, très particulier côté exactitude...

— Oui, monfieur.

— ... ce qui est une bonne chose, évidemment. Formidable, l'exactitude. » Le docteur Houblequin renifla. « Jusqu'à un certain point, évidemment. Bon, bien le bonjour.

— Bien le bonfour, monfieur. »

Quand Igor regagna l'atelier, Jérémie se versait soigneusement le médicament bleu dans une cuiller. Une fois la cuiller exactement pleine, il la vida dans l'évier. « Ils vérifient, vous savez, dit-il ? Ils s'imaginent que je ne le vois pas.

— Fe fuis fûr que fa part d'un bon fentiment, monfieur.

— Je réfléchis moins bien quand je prends le médicament, je le crains. Je crois même que je me porte beaucoup mieux sans, non ? Il me ralentit. »

Igor se réfugia dans le silence. Il le savait d'expérience, on devait bon nombre des plus grandes découvertes du monde à des hommes catalogués comme fous selon les normes classiques. La démence, c'est une question de point de vue, disait-il toujours, et si on a ce point de vue à travers son slip, c'est parfait.

Mais le jeune maître Jérémie commençait à l'inquiéter. Il ne riait jamais, et Igor aimait un bon rire dément. Un rire qui donnait confiance.

Depuis qu'il avait renoncé à son médicament, Jérémie, contrairement à ce qu'attendait son serviteur, ne s'était pas mis à bafouiller ni crier des phrases telles que : « Fou ! Ils m'ont traité de fou ! Mais je vais leur faire voir ! Ahahahaha ! » Il était désormais plus... concentré, c'est tout.

Et puis il y avait son sourire. Igor s'effrayait rarement, sinon il n'aurait pas pu se regarder dans un miroir, mais il se faisait un peu de souci.

« Bon, où en étions-nous... ? reprit Jérémie. Ah oui, donnez-moi un coup de main, là. »

Ils déplacèrent ensemble la table. Des dizaines de bocaux de verre sifflaient en dessous.

« Pas faffez de puiffanfe, dit Igor. Et puis les miroirs font pas fencore comme il faut, monfieur. »

Jérémie ôta le tissu qui recouvrait l'appareil sur l'établi. Du verre et du cristal scintillèrent. Scintillèrent même, dans certains cas, très bizarrement. Comme Jérémie l'avait fait observer la veille – il avait à nouveau les idées claires depuis qu'il prenait soin de vider une cuillerée de médicament dans l'évier deux fois par jour –, certains angles clochaient. Un cristal avait disparu quand il l'avait verrouillé en place, mais il était manifestement toujours là parce qu'il voyait la lumière se réfléchir dessus.

« Et on a toufours trop de métal dedans, monfieur, ronchonna Igor. F'est le reffort qu'était en trop la dernière fois.

— On trouvera un moyen, dit Jérémie.

— Les féclairs maifon, fa vaut pas les vrais.

— C'est bien bon pour expérimenter le principe.

— Ecfpérimenter le prinfipe, ecfpérimenter le prinfipe, marmonna Igor. Fe m'ecfcufe, monfieur, mais fun Igor n'ecfpérimente pas le prinfipe, comme vous dites. On l'attaffe fur la table, on fait paffer dedans un bon éclair, f'est notre devife. F'est comme fa qu'on ecfpérimente quelque fofe.

— Vous ne m'avez pas l'air dans votre assiette, Igor.

— Ben, fe regrette, monfieur. F'est le climat qui me convient pas. Fe fuis fhabitué aux forafes fréquents.

— J'ai entendu dire que certaines personnes ont vraiment l'air de naître à la vie pendant les orages, dit Jérémie en ajustant soigneusement l'angle d'un cristal.

— Ah, f'était quand fe travaillais pour le baron Franquetteftein », se souvint Igor.

Jérémie se redressa. Ce n'était pas l'horloge définitive, évidemment. Il restait encore beaucoup à faire (mais il la voyait devant lui s'il fermait les yeux) avant d'obtenir cette horloge. Il ne s'agissait que d'un essai pour s'assurer qu'il était sur la bonne voie.

Il était sur la bonne voie. Il le savait.

Tac

Suzanne revint à pied par les rues inanimées, s'assit dans le bureau de madame Frout et se laissa revenir dans le courant du temps.

Elle n'avait jamais su comment ça marchait. Ça marchait, voilà tout. Le temps ne s'arrêtait pas pour le reste du monde, pas plus qu'il ne s'arrêtait pour elle : elle entrait seulement dans une espèce de circuit fermé temporel, et tout en dehors d'elle restait exactement en suspens jusqu'à ce qu'elle ait terminé ce qu'elle avait à faire. Encore une particularité héritée de sa famille. Ça marchait mieux quand on n'y pensait pas, tout comme la corde raide. De toute manière, elle avait désormais d'autres préoccupations.

Madame Frout détourna les yeux de la tablette de la cheminée sans rat dessus.

« Oh, fit-elle, on dirait qu'il est parti.

— Sans doute une illusion due à la lumière, madame », expliqua Suzanne. *En grande partie humain. Quelqu'un comme moi,* songea-t-elle.

« Oui, euh… bien sûr… » Madame Frout réussit à chausser ses lunettes malgré la ficelle toujours emmêlée avec le bouton. Autant dire qu'elle s'était amarrée à sa poitrine, mais pas question pour elle d'y remédier maintenant.

Suzanne pouvait dérouter un glacier. Sans rien faire que rester tranquillement assise, l'air polie et attentive.

« Que vouliez-vous précisément, madame ? demanda-t-elle. C'est que j'ai laissé la classe en plein devoir d'algèbre, et les enfants s'impatientent quand ils ont fini.

— D'algèbre ? répéta une madame Frout contrainte de se contempler la poitrine, ce que personne d'autre n'avait jamais fait. Mais c'est bien trop difficile pour des petits de sept ans !

— Oui, mais je ne le leur ai pas dit et ils ne s'en sont pas encore rendu compte », répliqua Suzanne. Il était temps de faire avancer l'entretien. « J'imagine que vous vouliez me voir au sujet de ma lettre, madame ? », lança-t-elle.

Madame Frout parut interdite. « Qu… », commença-t-elle.

Suzanne soupira et claqua des doigts.

Elle se leva et alla ouvrir un tiroir près de madame Frout immobile, prit une feuille de papier et passa un certain temps à écrire consciencieusement une lettre. Elle laissa l'encre sécher, froissa un peu la feuille afin de la vieillir légèrement et la plaça juste sous le haut de la pile de paperasse à côté de la directrice en veillant à ce qu'une bonne partie dépasse pour qu'on la repère aisément.

Elle regagna son siège et claqua une nouvelle fois des doigts.

« ... elle lettre ? », termina madame Frout. Elle baissa alors les yeux sur son bureau. « Oh ! »

C'était cruel, Suzanne le savait. Madame Frout n'avait pas une once de méchanceté en elle et traitait au petit bonheur les enfants avec douceur, mais elle était bête. Et Suzanne avait peu de temps à consacrer aux imbéciles.

« Oui, je demandais si je pouvais prendre quelques jours de congé, expliqua la jeune institutrice. Des affaires de famille urgentes, hélas. J'ai prévu du travail pour occuper les enfants, bien entendu. »

Madame Frout hésita. Suzanne n'avait pas de temps pour ça non plus. Elle claqua des doigts.

« BONTÉS DIVINES, ÇA NE FERA PAS DE MAL, dit-elle d'une voix dont les harmoniques pénétraient jusque dans le subconscient. SI ON NE LA FREINE PAS, ON N'AURA PLUS RIEN À LEUR APPRENDRE ! ELLE ACCOMPLIT DES MIRACLES TOUS LES JOURS ET ELLE MÉRITE UNE AUGMENTATION. »

Puis elle se rassit, claqua encore des doigts et regarda les phrases s'imposer au premier plan de l'esprit de madame Frout. Les lèvres de la directrice bougeaient toutes seules.

« Ma foi, oui, bien sûr, murmura-t-elle enfin. Vous avez travaillé très dur... et... et (et comme même une voix sépulcrale ne peut pas tout obtenir, en particulier une rallonge d'une directrice d'école) il faudra songer à une petite revalorisation de votre salaire un de ces jours. »

Suzanne retourna dans sa classe et passa le reste de la journée à accomplir de petits miracles, parmi lesquels retirer la colle des cheveux de Richenda, vider le pipi des chaussures de Guitou et offrir aux élèves une brève visite au continent de Quatrix.

Quand leurs parents vinrent les récupérer, tous les gamins agitaient des dessins au crayon de kangourous, et il fallut à Suzanne espérer que la poussière rouge maculant leurs chaussures – de la boue rouge dans le cas de Guitou dont le sens de la prévoyance ne s'était pas arrangé – passerait inaperçue. En principe, nul ne la remarquerait. Il n'y avait pas qu'au Gigott que les adultes ne voyaient pas ce qui ne pouvait pas être vrai.

Pour l'heure, elle se détendait dans son fauteuil.

Une classe vide avait un côté agréable. Évidemment, un des avantages, ferait observer tout enseignant, c'était qu'il n'y avait plus d'enfants, et surtout plus de Jason.

Mais les tables et les étagères autour de la classe témoignaient d'un trimestre bien employé. Des peintures tapissaient les murs et révélaient une bonne compréhension de la perspective et des couleurs. Les élèves avaient construit un cheval blanc grandeur nature avec des boîtes en carton, tâche durant laquelle ils avaient beaucoup appris sur les chevaux et Suzanne sur les dons d'observation remarquables de Jason. Elle avait dû lui confisquer un tube de carton et lui expliquer que ce cheval-là était poli.

La journée avait été longue. Elle souleva le dessus de son bureau et en sortit *Les contes de Crime*. Ce faisant, elle déplaça de la paperasse qui à son tour découvrit une petite boîte de carton décorée en noir et or.

Un petit cadeau des parents de Vincent.

Elle regarda fixement la boîte.

Tous les jours il lui fallait en passer par là. C'était ridicule. Si encore Digon & Melquin faisaient de bons chocolats. C'étaient seulement du beurre, du sucre et...

Elle farfouilla parmi les petits bouts de papier tristounets dans la boîte et en ramena un chocolat. Nul n'était censé se priver d'un malheureux chocolat, après tout.

Elle se le mit dans la bouche.

Merde*merdemerdemerde* ! Fourré au nougat ! Son unique chocolat de la journée et elle tombait sur cette saleté d'idiotie de nougat écœurant rose et blanc artificiel de merde !

Bah, on pouvait considérer que ça ne comptait pas[1]. Elle avait droit d'en prendre un...

La part d'enseignante en elle, celle qui avait des yeux derrière la tête, surprit un mouvement indistinct. Elle se retourna d'un bloc.

« On ne court pas avec une faux ! »

La Mort aux Rats cessa de trottiner sur la table de sciences naturelles et lui adressa un regard coupable.

« Couii ?

— Et on ne va pas non plus dans le cagibi des fournitures », lança machinalement Suzanne. Elle referma sèchement le dessus de son bureau.

« Couii !

— Si, tu y allais. Je t'ai entendu y penser. » On savait comment s'y prendre avec la Mort aux Rats dès lors qu'on voyait en lui un Jason en miniature.

---

1. C'est la vérité. Un chocolat dont on n'avait pas envie ne compte pas en tant que tel. On doit cette découverte à la même branche de la diététique qui a déterminé que ce qu'on mange en marchant ne contient pas de calories.

Le cagibi des fournitures ! Un des grands champs de bataille dans l'histoire de la classe, tout comme la cour de récréation. Mais le problème de la domination de la cour de récréation se réglait d'ordinaire tout seul sans l'intervention de Suzanne, si bien que tout ce qu'elle avait à faire, c'était se tenir prête avec de la pommade, un mouchoir et un peu de sympathie pour les perdants, alors que le cagibi des fournitures donnait lieu à une guerre d'usure. Il renfermait des pots de peinture en poudre, des rames de papier, des boîtes de crayons et d'autres articles plus originaux comme un pantalon de rechange pour Guitou, lequel faisait de son mieux. Elle renfermait en outre les ciseaux qui passaient aux yeux de la classe pour une espèce d'arme du Jugement dernier et, évidemment, les boîtes d'étoiles. Les seules personnes admises à ouvrir le cagibi étaient Suzanne et, le plus souvent, Vincent. Malgré toutes les manœuvres de l'institutrice, en dehors de la fraude, il restait officiellement le meilleur de la classe en tout et gagnait tous les jours l'honneur tant convoité d'aller chercher les crayons dans le cagibi des fournitures et de les distribuer. Pour le reste de la classe et surtout pour Jason, le cagibi des fournitures était une espèce de royaume magique où il fallait entrer le plus souvent possible.

Franchement, se disait Suzanne, une fois qu'on a appris à défendre le cagibi des fournitures, à se montrer plus malin que Jason et à maintenir en vie la mascotte de la classe jusqu'à la fin du trimestre, on a compris au moins la moitié de l'enseignement.

Elle signa le registre, arrosa les plantes tristounettes sur le rebord de la fenêtre, alla chercher des ramures fraîches dans la haie de troènes pour les phasmes qui succédaient à Henri le hamster (choisis parce qu'on

126

avait du mal à dire quand ils étaient morts), rangea quelques crayons vagabonds et embrassa du regard toutes les petites chaises de la classe. Ça l'embêtait parfois que la majeure partie des êtres qu'elle connaissait le mieux ne mesurent pas plus d'un mètre.

Elle n'était jamais sûre de faire confiance à son grand-père en de telles circonstances. C'était en rapport avec le Règlement. Il ne pouvait pas intervenir, mais il connaissait les faiblesses de sa petite-fille, il arrivait à l'embobiner et à l'envoyer dans le monde...

Quelqu'un comme moi. Oui, il avait su éveiller son intérêt.

Quelqu'un comme moi. On m'apprend soudain qu'il y a une horloge dangereuse dans le monde, et aussi *quelqu'un comme moi.*

Quelqu'un comme moi. Mais pas comme moi, non. Moi, au moins, j'ai connu mes parents. Elle avait écouté la Mort lui raconter l'histoire de la grande femme sombre errant de salle en salle dans le château de verre infini, pleurant à cause de l'enfant à qui elle avait donné naissance, qu'elle voyait tous les jours mais ne pouvait pas toucher...

Et par où je commence, d'ailleurs ?

Tic

Lobsang apprit beaucoup. Il apprit que chaque salle avait au moins quatre angles. Il apprit que les balayeurs commençaient le travail lorsque le ciel était assez clair pour qu'on voie la poussière et ne s'arrêtaient qu'au coucher du soleil.

En tant que maître, Lou-tsé n'était pas très sévère. Il signalait toujours tout ce que Lobsang n'avait pas fait correctement.

Après l'irritation du début et les sarcasmes de ses anciens camarades de classe, Lobsang s'aperçut que le travail avait un certain charme. Les jours défilèrent sous son balai…

… jusqu'à celui où, avec un déclic presque audible dans son cerveau, il décida que ça suffisait comme ça. Il termina son tronçon de couloir et alla trouver Lou-tsé qui poussait son balai d'un air rêveur le long d'une terrasse.

« Balayeur ?

— Oui, petit ?

— Qu'est-ce que vous essayez de me dire ?

— Pardon ?

— Je ne comptais pas devenir… balayeur ! Vous êtes Lou-tsé ! Je comptais être l'apprenti de… ben, d'un héros !

— Ah oui ? » Lou-tsé se gratta la barbe. « Oh, là, là ! Mince. Oui, je vois le problème. Il fallait le dire. Pourquoi tu n'as rien dit ? Je ne fais plus vraiment ces machins-là.

— Non ?

— Jouer avec l'Histoire, cavaler partout, perturber les gens… Non, plus vraiment. Je n'ai jamais été sûr que ce soit nécessaire, pour tout dire. Non, balayer, ça me suffit. Il y a un côté… réel dans un sol bien propre.

— C'est une épreuve, hein ? lança Lobsang d'un ton glacial.

— Oh, oui.

— Je veux dire, je comprends le système. Le maître refile à l'élève tout le boulot subalterne, mais en fin de compte l'élève apprend des choses de grande valeur… Seulement, moi, j'ai l'impression de ne rien apprendre du tout, vraiment, sauf que les gens sont sales et qu'ils manquent d'égards.

128

— Pas une mauvaise leçon quand même, dit Lou-tsé. N'est-il pas écrit : "Les tâches pénibles n'ont jamais fait de mal à personne" ?

— C'est écrit où, Lou-tsé ? », demanda Lobsang, franchement exaspéré.

La figure du balayeur s'épanouit. « Ah, fit-il. L'élève est peut-être prêt à apprendre. Est-ce que tu ne tiens pas à suivre la voie du balayeur et que tu lui préfères la voie de madame Cosmopilite ?

— Qui ça ?

— On a bien balayé. Allons aux jardins. Car n'est-il pas écrit : "Ça fait du bien de sortir au grand air" ?

— Ah bon ? », fit Lobsang, toujours perplexe.

Lou-tsé sortit de sa poche un petit carnet en lambeaux.

« Oui, là-dedans, dit-il. Je suis bien placé pour le savoir. »

Tac

Lou-tsé régla un tout petit miroir afin de rediriger les rayons du soleil plus efficacement sur une des montagnes bonsaïs. Il fredonnait tout bas un air sans queue ni tête.

Lobsang, assis en tailleur sur les cailloux, tournait prudemment les pages jaunissantes du vieux carnet où était écrit, d'une encre passée : « La voie de madame Cosmopilite. »

« Alors ? demanda Lou-tsé.

— La voie donne réponse à tout, c'est ça ?

— Oui.

— Alors... (Lobsang indiqua de la tête le petit volcan qui fumait doucement) comment est-ce qu'il marche ? Il est posé sur une soucoupe ! »

Lou-tsé regarda fixement droit devant lui en remuant les lèvres. « Page 76, je crois », dit-il.

Lobsang tourna la page. « "Parce que", lut-il.

— Bonne réponse, commenta Lou-tsé en caressant doucement un minuscule escarpement avec une brosse en poil de chameau.

— "Parce que", c'est tout, balayeur ? Il n'y a pas de raison ?

— De raison ? Quelle raison peut avoir une montagne ? Et tu apprendras avec les années que la plupart des réponses se réduisent en fin de compte à "parce que". »

Lobsang ne releva pas. Le livre de la Voie lui posait des problèmes. Il avait envie de dire : Lou-tsé, ça ressemble à un recueil de dictons de bonne femme. Ce sont les mêmes trucs que répètent les grand-mères. À quoi ça rime, des *koan* comme « Ça ne s'arrangera pas si tu te grattes » ou « Mange tout, ça te fera les cheveux bouclés », ou encore « Tout vient à point à qui sait attendre » ? Ce sont des bêtises comme on en trouve dans les diablotins !

« Ah oui ? fit Lou-tsé, manifestement absorbé par une montagne.

— Je n'ai rien dit.

— Oh, j'avais cru. Ankh-Morpork te manque ?

— Oui. Je n'étais pas obligé de balayer là-bas.

— Tu étais un bon voleur ?

— Un voleur fantastique, oui. »

Une petite brise apporta le parfum de cerisiers en fleur. Rien qu'une fois, songea Lou-tsé, ce serait agréable de cueillir des cerises.

« Je suis déjà allé à Ankh-Morpork, dit-il en se redressant pour s'approcher de la montagne suivante. Tu as vu les visiteurs que nous avons ici ?

130

— Oui, répondit Lobsang. Tout le monde se moque d'eux.

— Ah bon ? » Lou-tsé haussa les sourcils. « Alors qu'ils ont cheminé sur des milliers de kilomètres à la recherche de la vérité ?

— Mais Wen n'a-t-il pas dit que, si la vérité est quelque part, elle est partout ? rappela Lobsang.

— Bravo. Tu as au moins appris quelque chose, à ce que je vois. Mais je me suis un jour aperçu que, pour tout le monde, on ne pouvait trouver la sagesse que très loin. Je suis donc allé à Ankh-Morpork. Les Morpor-kiens venaient tous ici, alors ça me paraissait justifié.

— Pour chercher la lumière ?

— Non. Le sage ne cherche pas la lumière, il l'attend. Alors, pendant que j'attendais, je me suis dit que chercher la confusion serait plus drôle, dit Lou-tsé. Après tout, la lumière commence là où s'achève la confusion. Et j'ai trouvé la confusion. Et aussi une espèce de lumière. Je n'étais pas arrivé depuis cinq minutes, par exemple, que des hommes dans une ruelle ont voulu m'éclairer sur le peu que je possédais et m'ont donné une leçon profitable sur l'inanité des biens matériels.

— Mais pourquoi Ankh-Morpork ? demanda Lob-sang.

— Regarde au dos du livre », dit Lou-tsé.

Un bout de papier jauni et craquant y était coincé. Le gamin le déplia.

« Oh, c'est un bout de l'Almanack, dit-il. C'est très connu là-bas.

— Oui. Un chercheur de la sagesse l'a laissé ici.

— Euh... il n'y a que les phases de la lune sur cette page.

— L'autre côté », dit le balayeur.

Lobsang retourna le papier. « C'est une publicité de la Guilde des Marchands, dit-il. "On trouve tout à Ankh-Morpork !" » Il regarda fixement Lou-tsé qui souriait. « Et... vous avez cru que...

— Ah, je suis vieux, simple et compréhensif, dit le balayeur. Toi, tu es jeune et compliqué. Wen ne voyait-il pas des présages dans les volutes de sa bolée de gruau et dans le vol des oiseaux ? Ça, on l'a réellement écrit. Je veux dire, le vol des oiseaux, c'est plutôt compliqué, mais là il s'agissait de mots. Et après toute une vie de quête, j'ai enfin vu l'entrée de la Voie. Ma Voie à moi.

— Et vous êtes allé jusqu'à Ankh-Morpork... fit Lobsang d'une petite voix.

— Je me suis retrouvé, l'esprit serein mais les poches vides, dans la rue de Quirm, dit le balayeur en souriant béatement à ce seul souvenir, et j'ai aperçu une pancarte dans une vitrine qui disait "Chambres à louer". Je suis donc tombé sur madame Cosmopilite qui m'a ouvert la porte quand j'ai frappé et, alors que j'hésitais, ne sachant pas trop comment m'adresser à elle, elle m'a lancé : "J'ai pas toute la journée, dites." Presque mot pour mot un des adages de Wen ! J'ai tout de suite su que j'avais déniché ce que je cherchais ! Dans la journée je faisais la plonge dans un restaurant pour vingt sous et tous les restes que je pouvais récupérer, puis le soir j'aidais madame Cosmopilite à nettoyer la maison et j'écoutais attentivement sa conversation. C'était une balayeuse innée au geste bien rythmé et à la sagesse infinie. Dès les deux premiers jours elle m'a répété les mots exacts qu'avait prononcés Wen en comprenant la véritable nature du temps ! Je venais de lui demander un tarif réduit parce que je ne dormais évidemment pas dans un lit et elle m'a

répondu : "Je suis pas née d'hier, monsieur Tsé !"
Incroyable ! Et elle ne pouvait pas connaître les textes
sacrés ! »

La figure de Lobsang restait figée. « "Je suis pas née
d'hier" ? répéta-t-il.

— Ah, oui, bien sûr, comme novice, tu n'as pas dû
aller aussi loin. C'est quand, endormi dans une caverne,
il a vu le Temps lui apparaître en rêve pour lui montrer
que l'univers se recrée seconde après seconde, indéfiniment, et que le passé n'est qu'un souvenir. Il est
ensuite sorti au grand jour dans le monde véritablement
nouveau et a déclaré : "Je ne suis pas né... d'hier !"

— Oh, oui, fit Lobsang. Mais...

— Ah, madame Cosmopilite, poursuivit Lou-tsé
dont les yeux s'embuaient. Quelle femme pour le
ménage ! Si elle était balayeuse ici, nul n'aurait le droit
de marcher par terre ! Sa maison ! Étonnante ! Un
palais ! Les draps changés toutes les deux semaines !
Et la cuisine ? Rien que pour goûter ses rôties de
mogettes, on sacrifierait un cycle de l'univers !

— Hum, fit Lobsang.

— Je suis resté trois mois à balayer sa maison
comme il convient à un élève, puis je suis revenu ici,
ma voie clairement tracée devant moi.

— Et, euh... les histoires sur vous...

— Oh, toutes vraies. La plupart. Un peu d'exagéra-
tion, mais en grande partie vraies.

— Celle de la citadelle en Muntab, avec le pach et
l'arête de poisson ?

— Oh, oui.

— Mais comment êtes-vous entré alors qu'une
demi-douzaine d'hommes entraînés et armés ne pouvaient même...

133

— Je suis petit et je porte un balai, répondit simplement Lou-tsé. Chez tout le monde il y a du ménage à faire. Que peut-on craindre d'un homme avec un balai ?

— Quoi ? Et c'est tout ?

— Ben, le reste n'était qu'une question de cuisine, à vrai dire. Le pach n'était pas un personnage sympathique, mais un vrai glouton pour manger sa mousse de poisson.

— Pas d'arts martiaux ? demanda Lobsang.

— Oh, toujours en dernier recours. L'Histoire a besoin de bergers, pas de bouchers.

— Vous connaissez l'*okidoki* ?

— Rien que des sauts de lapin.

— Le *shitake* ?

— Si je voulais enfoncer la main dans du sable chaud, j'irais au bord de la mer.

— L'*upsidazi* ?

— Un gaspillage de bonnes briques.

— Le *pade kado* ?

— Tu viens de l'inventer, celui-là.

— Le *tung-pi* ?

— De la composition florale gracieuse comme un fagot d'épines.

— Le *déjà-fu* ? »

La question déclencha une réaction. Les sourcils de Lou-tsé se haussèrent. « Le *déjà-fu* ? Tu es au courant de cette rumeur ? Ha ! Aucun *déjà* des moines d'ici ne connaît le *déjà-fu*, dit-il. Je le saurais aussitôt s'ils le connaissaient. Écoute, petit, la violence est le recours du violent. Dans la plupart des situations difficiles, un manche à balai suffit.

— Seulement dans la plupart, hein ? fit Lobsang sans chercher à dissimuler le sarcasme.

— Oh, je vois. Tu as envie de m'affronter au dojo ? Car c'est une très ancienne vérité : quand l'élève peut battre le maître, le maître peut tout lui dire, parce que l'apprentissage est terminé. Tu veux apprendre ?

— Ah ! Je savais bien qu'il y avait quelque chose à apprendre ! »

Lou-tsé se releva. « Pourquoi toi ? dit-il. Pourquoi ici ? Pourquoi maintenant ? "Il y a un temps et un lieu pour tout." Pourquoi ces temps et lieu-ci ? Si je t'emmène au dojo, tu me rends ce que tu m'as volé ! Tout de suite ! »

Il baissa les yeux sur la table en teck où il travaillait sur ses montagnes.

La petite pelle s'y trouvait.

Quelques pétales de fleurs de cerisier voltigèrent jusqu'à terre.

« Je vois, dit-il. Tu es si rapide que ça ? Je n'ai rien vu. »

Lobsang ne répondit pas.

« C'est une bricole sans valeur, dit Lou-tsé. Pourquoi l'as-tu prise, s'il te plaît ?

— Pour voir si j'en étais capable. Je m'ennuyais.

— Ah. On va voir si on peut te rendre la vie plus passionnante, alors. Pas étonnant que tu t'ennuies si tu arrives à découper le temps comme ça. »

Lou-tsé tourna et retourna la petite pelle dans sa main.

« Très rapide », dit-il. Il se pencha et souffla sur les pétales qui s'étaient posés sur un glacier miniature. « Tu découpes le temps aussi vite qu'un dixième *djim*. Et tu n'as quasiment pas de formation. Tu devais être un grand voleur ! Et maintenant... Oh là là, il va falloir que je t'affronte au dojo...

— Non, pas besoin ! dit Lobsang car Lou-tsé avait

désormais l'air effrayé, humilié et, allez savoir pourquoi, plus petit et plus fragile.

— J'insiste, fit le petit homme. Finissons-en tout de suite. Car il est écrit : "Il n'y a pas de meilleur moment que le présent", ce qui est la pensée la plus profonde de madame Cosmopilite. » Il soupira et leva les yeux sur la statue géante de Wen.

« Regarde-le, dit-il. Il était jeune, hein ? En extase devant l'univers. Il voyait le passé et l'avenir comme une personne vivante et il a écrit les *Livres de l'Histoire* pour dire comment ça devait se passer. On n'imagine pas ce qu'ont vu ces yeux-là. Et il n'a jamais levé la main sur personne de toute sa vie.

— Écoutez, je ne voulais vraiment pas...

— Et tu as regardé les autres statues ? », poursuivit Lou-tsé comme s'il avait complètement oublié le dojo.

L'air égaré, Lobsang suivit son regard. Sur la plate-forme surélevée en pierre qui courait tout au long des jardins s'alignaient des centaines de statues plus petites, pour la plupart sculptées dans le bois, toutes peintes de couleurs criardes. Des silhouettes davantage pourvues en yeux qu'en jambes, en queues qu'en dents, des amalgames monstrueux de poisson, de calmar, de tigre et de panais, des horreurs assemblées comme si le créateur de l'univers avait vidé sa boîte de pièces de rechange pour les coller les unes aux autres, des choses peintes en rose, orange, violet et or, surplombaient la vallée.

« Oh, les *dhlang*... commença Lobsang.

— Les démons ? C'est une de leurs dénominations, le coupa le balayeur. L'abbé les appelait les ennemis de l'esprit. Wen a écrit sur eux, tu sais. Et d'après lui, c'était celui-là le pire. » Il tendit le doigt vers une petite forme grise encapuchonnée qui paraissait déplacée dans ce festival d'excentricités débridées.

« Pas l'air très dangereux, constata Lobsang. Écoutez, balayeur, je ne veux pas...

— Ce qui n'en a pas l'air peut être très dangereux, dit Lou-tsé. C'est l'air inoffensif qui rend dangereux. Car il est écrit : "L'habit ne fait pas le moine."

— Lou-tsé, je ne tiens vraiment pas à me battre contre vous...

— Oh, tes professeurs te diront que la pratique d'un art martial te permet de découper le temps, et c'est vrai de ce point de vue-là, l'interrompit Lou-tsé qui ne donnait pas l'impression d'écouter. Mais le balayage aussi, comme tu t'en es peut-être rendu compte. Toujours trouver l'instant idéal, disait Wen. Les gens ont l'air tellement pressés d'y recourir pour flanquer un coup de pied sur la nuque de leurs semblables.

— Mais ce n'était pas un défi, je voulais seulement que vous me montriez.

— Et je vais le faire. Viens. J'ai passé un accord. Le vieux fou que je suis doit s'y tenir. »

Le dojo le plus proche était celui des dixième *djim*. Il était désert en dehors de deux moines indistincts qui dansaient sur le tapis et enroulaient le temps autour d'eux.

Lou-tsé avait raison, Lobsang le savait. Le temps était une ressource. On apprenait à le faire s'écouler vite ou lentement, si bien qu'un moine pouvait marcher sans peine dans la foule et pourtant se déplacer si rapidement que personne ne le distinguait. Il pouvait aussi rester immobile quelques secondes et regarder le soleil et la lune se poursuivre mutuellement dans un ciel tremblotant. Il pouvait méditer une journée entière en une minute. Ici, dans la vallée, un jour durait une éternité. Les fleurs ne devenaient jamais cerises.

Les combattants indistincts se muèrent en deux moines hésitants à la vue de Lou-tsé. Ils s'inclinèrent.

« Si vous le permettez, j'aurais besoin du dojo un petit moment, le temps que mon apprenti me démontre la folie de la vieillesse, dit-il.

— Ce n'est vraiment pas ce que je voulais… », commença Lobsang, mais Lou-tsé lui expédia un coup de coude dans les côtes. Les moines jetèrent au bonhomme un regard nerveux.

« Il est à vous, Lou-tsé », fit l'un d'eux. Ils sortirent sans demander leur reste et manquèrent se faire des croche-pieds tout seuls alors qu'ils jetaient des coups d'œil en arrière.

« Le temps et sa maîtrise, voilà ce qu'on devrait enseigner ici, dit Lou-tsé en les regardant partir. Les arts martiaux sont un appoint. Rien d'autre. Du moins, c'était voulu ainsi. Même dans le monde extérieur, quelqu'un de bien entraîné peut percevoir, en pleine bagarre, combien le temps est parfois flexible. Ici, on bâtit sur cette base-là. Comprimer le temps. Étirer le temps. Suspendre l'instant. Faire ressortir d'un coup de poing les reins d'un adversaire par les trous de nez, ce n'est qu'un produit dérivé ridicule. »

Lou-tsé décrocha du râtelier une épée *pika* effilée comme un rasoir et la tendit au gamin traumatisé.

« Tu as déjà vu ces armes-là ? Elles ne sont pas vraiment pour les novices, mais tu es un garçon prometteur.

— Oui, balayeur, mais…

— Tu sais t'en servir ?

— Je me défends avec les épées d'entraînement, mais elles sont en…

— Prends-la et attaque-moi. »

Lobsang entendit des bruissements au-dessus d'eux.

138

Il leva les yeux et vit des moines affluer dans la galerie d'observation au-dessus du dojo. De très anciens étaient du nombre. Les nouvelles vont vite dans un petit monde.

« Règle numéro deux, dit Lou-tsé : ne jamais refuser une arme. » Il recula de quelques pas. « Quand tu veux, petit. »

Lobsang mania l'épée incurvée d'un geste incertain. « Alors ? fit Lou-tsé.

— Je ne peux tout de même pas…

— C'est bien le dojo des dixième *djim,* ici ? Ma foi, oui, j'en ai l'impression. Ça veut dire qu'il n'y a pas de règles, hein ? Armes, stratégie… tout est permis. Tu comprends ? Tu es bête ou quoi ?

— Mais je ne vais tout de même pas tuer quelqu'un parce qu'il me le demande !

— Pourquoi pas ? Qu'est devenu monsieur Bonnes-Manières ?

— Mais…

— Tu tiens une arme mortelle ! Tu as devant toi un homme désarmé dans une attitude de soumission ! Aurais-tu peur ?

— Oui ! Oui, j'ai peur !

— Bien. C'est la règle numéro trois, dit doucement Lou-tsé. Tu vois tout ce que tu apprends déjà ? Je t'ai effacé le sourire de la figure, non ? D'accord, remets l'épée au râtelier et prends… Oui, prends un bâton *dakka.* Le pire que tu peux m'infliger, c'est abîmer mes vieux os.

— Je préférerais que vous portiez le rembourrage de protection…

— Tu es un expert au bâton, c'est ça ?

— Je suis très rapide…

— Alors, si tu ne te bats pas tout de suite, je vais

te l'arracher et te le briser sur la tête, dit Lou-tsé en reculant. Prêt ? La seule défense, c'est une bonne attaque, il paraît. »

Lobsang inclina le bâton en un salut accordé à contrecœur.

Lou-tsé joignit les mains et, alors que le novice s'avançait vers lui en dansant, ferma les yeux et sourit tout seul.

Lobsang brandit à nouveau le bâton.

Avant d'hésiter.

Lou-tsé souriait.

Règle numéro deux, règle numéro trois… Quelle était la numéro un, déjà ?

Toujours se rappeler la règle numéro un…

« Lou-tsé ! »

L'acolyte en chef de l'abbé arriva hors d'haleine à l'entrée et agita la main d'un air urgent.

Lou-tsé ouvrit une paupière puis l'autre et fit un clin d'œil à Lobsang.

« De justesse, hein ? », dit-il. Il se tourna vers l'acolyte. « Oui, monsieur le surexcité ?

— Il faut venir tout de suite ! Et tous les moines qui sont autorisés à sortir dans le monde extérieur ! À la salle du Mandala ! Tout de suite ! »

On se bouscula dans la galerie et plusieurs moines se frayèrent un chemin à travers la cohue.

« Ah, l'exaltation », dit Lou-tsé en retirant le bâton des mains dociles de Lobsang pour le remettre au râtelier. La salle se vidait rapidement. Tout autour d'Oi Dong, on tapait frénétiquement sur les gongs.

« Qu'est-ce qui se passe ? demanda Lobsang tandis que le dernier moine le dépassait à toute allure.

— On nous le dira sans doute bientôt, répondit Lou-tsé qui entreprit de se rouler une cigarette.

— Il faut se dépêcher, non ? Tout le monde s'en va ! » Le crépitement de sandales faiblissait au loin.

« Il n'y a pas le feu, dit Lou-tsé d'un ton calme. Et puis, si on attend un peu, tout le monde aura fini de crier et aura peut-être compris la situation quand on arrivera. On va prendre le sentier de l'Horloge. Le spectacle est particulièrement joli à cette heure de la journée.

— Mais... mais...

— Il est écrit : "Il faut apprendre à marcher avant de savoir courir", dit Lou-tsé en se posant le balai sur l'épaule.

— Encore madame Cosmopilite ?

— Une femme étonnante. Et elle époussetait comme un démon. »

Le sentier de l'Horloge serpentait depuis les bâtiments principaux, montait à travers les jardins en terrasse puis rejoignait le chemin plus large qui s'enfonçait en tunnel dans la paroi de la falaise. Les novices demandaient toujours pourquoi il s'appelait le sentier de l'Horloge, vu qu'il n'y avait aucune trace d'horloge nulle part.

D'autres gongs se mirent à sonner, mais ils étaient assourdis par la verdure. Lobsang entendit courir le long du sentier principal. Ici, des oiseaux-mouches voltigeaient de fleur en fleur, inconscients de l'agitation ambiante.

« Je me demande quelle heure il est », dit Lou-tsé qui marchait devant.

Tout est épreuve. Lobsang jeta un coup d'œil aux parterres environnants.

« Neuf heures un quart,' annonça-t-il.

— Oh ? Et comment tu le sais ?

— Le souci des champs est ouvert, l'arénaire rouge

141

s'ouvre, le liseron violet est fermé et la barbe-de-bouc jaune se ferme, répondit Lobsang.

— Tu as compris tout seul l'horloge florale ?

— Oui. C'est évident.

— Ah bon ? Quelle heure est-il quand le nénuphar blanc s'ouvre ?

— Six heures du matin.

— Tu es venu voir ?

— Oui. Vous avez planté ce jardin, n'est-ce pas ?

— Une de mes petites… contributions.

— C'est joli.

— Ça n'est pas très précis au petit jour. Il n'y a pas beaucoup de plantes à floraison nocturne qui poussent bien à cette altitude. Elles s'ouvrent pour les papillons de nuit, tu sais…

— C'est comme ça que le temps veut être mesuré, dit Lobsang.

— Ah oui ? Évidemment, je ne suis pas un expert. » Lou-tsé éteignit entre deux doigts le bout de sa cigarette qu'il se colla derrière l'oreille. « Bon, on y va. Ils ont sûrement fini leurs dialogues de sourds maintenant. Est-ce que ça te dit de repasser par la salle du Mandala ?

— Oh, ça ira, je l'avais… oublié, c'est tout.

— Ah bon ? Et en plus tu ne l'avais jamais vu avant. Mais le temps nous joue à tous de drôles de tours. Tiens, une fois… » Lou-tsé se tut soudain et regarda fixement l'apprenti. « Tu vas bien ? demanda-t-il. Tu es tout pâle. »

Lobsang grimaça et secoua la tête.

« J'ai senti quelque chose… de bizarre », répondit-il. Il agita vaguement la main en direction des basses terres qui s'étalaient à l'horizon en un motif bleu et gris. « Quelque chose par là-bas… »

L'horloge de verre. La grande maison de verre et,

là où elle ne devrait pas se trouver, l'horloge de verre. Elle était à peine présente : elle apparaissait sous forme de lignes miroitantes dans l'espace, comme s'il était possible de capturer l'éclat de lumière sur une surface brillante sans la surface elle-même.

Tout ici était transparent – fauteuils, tables, vases de fleurs délicats. Et il s'aperçut alors que le mot « verre » n'y avait pas sa place. « Cristal » aurait mieux convenu, ou « glace » – la glace fine, sans défaut, qu'on connaît parfois après une forte gelée. Tout n'était visible que par son contour.

Il distinguait des escaliers à travers des murs au loin. Au-dessus, en dessous et de tous côtés, les salles de verre se succédaient à l'infini.

Et pourtant le décor était familier. Il se sentait chez lui.

Un son emplit les salles de verre. Il s'écoulait en notes claires et aiguës, comme lorsqu'on frotte un doigt mouillé sur le bord d'un verre à pied. Il y avait aussi du mouvement – une brume qui flottait par-delà les murs transparents, qui se déplaçait, tremblotait et qui... l'observait...

« Comment est-ce que ça peut venir de par là-bas ? Et qu'est-ce que tu veux dire par "bizarre" ? », demanda la voix de Lou-tsé.

Lobsang cligna des yeux. Le bizarre était ici, ici même, dans ce monde rigide et inflexible...

Puis l'impression s'estompa et s'évanouit.

« Bizarre, c'est tout. Un bref instant », marmonna-t-il. Il se sentait la joue mouillée. Il y porta la main et toucha de l'humidité.

« C'est le beurre de yack rance qu'ils mettent dans le thé, je n'arrête pas de le répéter, dit Lou-tsé. Madame

Cosmopilite, elle, jamais… Alors ça, ce n'est pas banal, ajouta-t-il en levant les yeux.

— Quoi ? Quoi ? fit Lobsang en regardant d'un air interdit son doigt mouillé puis le ciel sans nuages.

— Un procrastinateur va trop vite. » Lou-tsé changea de position. « Tu ne le sens pas ?

— Je n'entends rien !

— Je ne te demande pas si tu entends mais si tu le sens. Qui passe à travers tes sandales ? Hou-là, ça recommence… et encore. Tu ne sens pas ? Celui-là… c'est le vieux soixante-six, ils n'ont jamais su l'équilibrer correctement. On va les entendre sous peu… Oh là là. Regarde les fleurs. Regarde-moi ça ! »

Lobsang se retourna.

Les ficoïdes glaciaires s'ouvraient. Les laiterons des champs se fermaient.

« Fuite temporelle, dit Lou-tsé. Écoute ça ! Tu les entends maintenant, hein ? Ils déchargent le temps au hasard ! Viens ! »

Selon le deuxième manuscrit de Wen l'Éternel Surpris, Wen l'Éternel Surpris scia le premier procrastinateur dans le tronc d'un wamwam, grava dessus certains symboles, y adapta une broche de bronze et fit venir l'apprenti Maremotte.

« Ah, très joli, maître, dit Maremotte. Un moulin à prières, c'est ça ?

— Non, rien d'aussi compliqué, fit Wen. Ça emmagasine et déplace le temps, c'est tout.

— Aussi simple, hein ?

144

— Je vais maintenant l'essayer. » De la main, Wen fit faire un demi-tour à l'appareil.

« Ah, très joli, maître, dit Maremotte. Un moulin à prières, c'est ça ?

— Non, rien d'aussi compliqué, fit Wen. Ça emmagasine et déplace le temps, c'est tout.

— Aussi simple, hein ?

— Je vais maintenant l'essayer. » Wen le fit tourner un peu moins cette fois.

« Aussi simple, hein ?

— Je vais maintenant l'essayer. » Cette fois, Wen, le fit tourner d'avant en arrière.

« Aussi sim-sim-sim aussi simple-ple, hein hein-hein simple, hein ? fit Maremotte.

— Et je l'ai essayé, dit Wen.

— Ça marche, maître ?

— Oui, je crois. » Wen se leva. « Donne-moi la corde dont tu t'es servi pour transporter le bois pour le feu. Et... oui, un noyau d'une des cerises que tu as cueillies hier. »

Il enroula la corde effilochée autour du cylindre et jeta le noyau sur un carré de boue. Maremotte s'écarta d'un bond de la trajectoire.

« Tu vois ces montagnes ? », demanda Wen en tirant sur la corde. Le cylindre toupilla et resta en équilibre en émettant un léger bourdonnement.

« Oh oui, maître », répondit docilement Maremotte. Il n'y avait pratiquement rien d'autre à cette altitude que des montagnes, et en si grand nombre que parfois on n'arrivait pas à les voir parce qu'elles bouchaient la vue.

« De combien de temps la pierre a-t-elle besoin ? dit Wen. Et la mer profonde ? Nous allons le déplacer (il plaça la main gauche juste au-dessus de la toupie indistincte) là où on en a besoin. »

Il baissa les yeux sur le noyau de cerise. Ses lèvres remuèrent en silence comme s'il s'attaquait à un casse-tête compliqué. Puis il pointa la main droite vers le noyau.

« Recule », dit-il avant de pousser légèrement le cylindre d'un doigt.

Il n'y eut aucun bruit en dehors d'une détonation d'air lorsque le cylindre se déplaça et d'un sifflement de vapeur dans la boue.

Wen leva les yeux sur le nouvel arbre et sourit.
« Je t'avais bien dit de reculer, rappela-t-il.

— Je... euh... maintenant je descends, alors, d'accord ? fit une voix au milieu des branches chargées de fleurs.

— Mais doucement. » Wen soupira lorsque Maremotte dégringola dans une pluie de pétales.

« Il y aura toujours des fleurs de cerisier ici », ajouta-t-il.

Lou-tsé remonta sa robe d'une saccade et dévala le sentier. Lobsang galopa derrière lui. Une plainte aiguë sortait des rochers, aurait-on dit. Le balayeur dérapa au niveau de la mare aux carpes que des vagues étranges agitaient maintenant et descendit une piste ombragée le long d'un cours d'eau. Des ibis rouges s'envolèrent soudain...

Il s'arrêta et se jeta à plat ventre sur le pavage.
« Couche-toi tout de suite ! »
Mais Lobsang plongeait déjà. Il entendit quelque

146

chose lui passer au-dessus de la tête dans un bruit toni-truant. Il regarda derrière lui et vit le dernier ibis culbu-ter en plein vol, se ratatiner en perdant des plumes dans un halo de lumière bleu pâle. Il poussa un couac et disparut. *Plop.*

Mais il ne disparut pas entièrement. Un œuf suivit la même trajectoire quelques secondes puis s'écrasa sur les pierres.

« Du temps erratique ! Viens, viens ! », cria Lou-tsé.

Il se remit péniblement debout, se dirigea vers une grille ornementale dans une falaise droit devant eux et, faisant preuve d'une force surprenante, l'arracha de la paroi.

« C'est un peu haut mais, avec une roulade à l'atter-rissage, tout ira bien, dit-il en se baissant pour s'intro-duire dans le trou.

— Où ça mène ?

— Aux procrastinateurs, évidemment !

— Mais les novices n'ont pas le droit d'entrer là-dedans sous peine de mort !

— Quelle coïncidence, dit Lou-tsé en se laissant descendre jusqu'à n'être plus accroché que du bout des doigts au bord du trou. C'est aussi la mort qui t'attend si tu restes là dehors. »

Il se laissa tomber dans les ténèbres. Un instant plus tard un juron peu éclairé monta vers Lobsang.

L'apprenti entra à son tour dans le trou, se suspendit par les doigts, lâcha prise et roula en touchant le fond.

« Bravo, le complimenta Lou-tsé dans la pénombre. Dans le doute, choisis de vivre. Par ici ! »

Le passage donnait dans un large couloir. Le bruit était ici assourdissant. Un bruit de machine au martyre.

On entendit quelque chose éclater puis, un instant plus tard, des échos de voix.

147

Plusieurs dizaines de moines coiffés d'épais casques en liège en plus de leurs robes traditionnelles débouchèrent au pas de course au croisement plus loin. La plupart hurlaient. Quelques-uns parmi les plus malins économisaient leur souffle afin de cavaler plus vite. Lou-tsé en attrapa un qui se débattit pour se libérer.

« Laissez-moi !

— Qu'est-ce qui se passe ?

— Sauvez-vous d'ici avant qu'ils lâchent tous ! »

Le moine se dégagea d'une secousse et fonça à la poursuite de ses collègues.

Lou-tsé se pencha, ramassa par terre un casque en liège qu'il tendit d'un geste solennel à Lobsang.

« Question de sécurité, dit-il. Très important.

— Il va me protéger ? demanda Lobsang en le coiffant.

— Pas vraiment. Mais quand on retrouvera ta tête, on pourra la reconnaître. Une fois dans la salle, ne touche surtout à rien. »

Lobsang s'attendait à une structure voûtée magnifique. Tout le monde parlait de la salle des procrastinateurs comme d'une immense cathédrale. Mais ce qu'il découvrit au bout du couloir, ce fut des vapeurs de fumée bleue. C'est seulement lorsque ses yeux s'habituèrent à la pénombre tourbillonnante qu'il aperçut le cylindre le plus proche.

C'était un pilier en pierre trapu, dans les trois mètres de diamètre et six de haut. Il tournait si vite sur lui-même qu'il en devenait flou. Autour de lui tremblotaient des éclats de lumière bleu argenté.

« Tu vois ? Ils se déchargent ! Par ici ! Vite ! »

Lobsang courut derrière Lou-tsé et découvrit qu'il y avait des centaines – non, des milliers – de cylindres dont certains se dressaient jusqu'au plafond de la caverne.

Il restait encore des moines qui allaient aux puits et en revenaient au pas de course avec des seaux d'eau, lesquels explosaient en vapeur dès qu'on les jetait sur les paliers de pierre fumants à la base des cylindres.

« Les imbéciles », marmonna le balayeur. Il mit ses mains en coupe et cria : « Où-est-le-contremaître ? »

Lobsang pointa le doigt vers le bord d'une estrade en bois bâtie contre le mur de la salle.

Ils y découvrirent un casque de liège en décomposition et une paire de vieilles sandales. Et entre les deux un tas de poussière grise.

« Pauvre gars, fit Lou-tsé. Cinquante mille ans d'un coup, je dirais. » Il lança un regard noir aux moines en pleine débandade. « Est-ce que vous allez tous vous arrêter et venir ? Je ne vous le demanderai pas deux fois ! »

Plusieurs d'entre eux s'essuyèrent la sueur des yeux et trottèrent vers l'estrade, soulagés d'entendre un semblant d'ordre, tandis que les procrastinateurs hurlaient dans leur dos.

« Bien ! dit Lou-tsé alors qu'un nombre croissant de moines les rejoignaient. Maintenant, écoutez-moi ! Il ne s'agit que de surtension en cascade ! Vous en avez tous entendu parler ! On peut y remédier ! Il suffit de connecter les avenirs et les passés, les plus rapides en premier...

— Le pauvre monsieur Shoblang a déjà essayé », signala un moine.

Il désigna de la tête le tas de poussière tragique.

« Alors je veux deux équipes... » Lou-tsé s'interrompit. « Non, on n'a pas le temps ! On va se servir de nos plantes de pied comme autrefois ! Un homme par tourniquet, tapez sur les barreaux quand je vous le dirai ! Soyez prêts à y aller quand j'annoncerai les numéros ! »

Lou-tsé grimpa sur l'estrade et parcourut du regard une planche couverte de bobines en bois. Un halo rouge ou bleu planait au-dessus de chacune d'elles.

« Quel bazar, dit-il. Quel bazar.

— À quoi elles servent ? », demanda Lobsang.

Les mains de Lou-tsé survolèrent les bobines. « D'accord. Les rouges déroulent du temps, elles l'accélèrent, expliqua-t-il. Les bleues l'enroulent, elles le ralentissent. L'éclat de la couleur est fonction de leur vitesse d'exécution. Sauf qu'elles sont maintenant en roue libre parce que la surtension les a dissociées, tu comprends ?

— Dissociées de quoi ?

— Dissociées de leur charge. Du monde. Tu vois là-haut ? » Lou-tsé agita la main vers deux longs râteliers qui couraient sur toute la paroi de la caverne. Chacun supportait une rangée de volets pivotants, la première bleue, la seconde rouge sombre.

« Plus il y a de volets qui affichent une couleur, plus il y a de temps qui se déroule ou s'enroule ?

— Bravo ! Il faut maintenir un équilibre ! Et on y arrive en accouplant les cylindres par deux, comme ça ils s'enroulent et se déroulent l'un l'autre. Ils s'annulent. Le pauvre vieux Shoblang a voulu les remettre en service, à mon avis. Ce n'est pas possible, pas pendant une cascade. Il faut tout laisser tomber et ramasser les morceaux une fois le calme revenu. » Il jeta un coup d'œil aux bobines puis à la foule de moines. « Bien. Vous… le 128 au 17, puis le 45 au 89. Allez-y. Et vous… le 596 au… voyons voir… oui, 402…

— Au sept cent quatre-vingt-dix ! s'écria Lobsang en montrant une bobine du doigt.

150

— Quoi ?

— Au sept cent quatre-vingt-dix !

— Ne dis pas de bêtises ! Ça se déroule toujours, petit. Le quatre cent deux, c'est lui, là.

— Le sept cent quatre-vingt-dix va se remettre à enrouler le temps !

— Il est encore d'un bleu éclatant.

— Il va enrouler. Je le sais. Parce que... (le doigt du novice se déplaça au-dessus des rangées de bobines, hésita et en désigna une à l'autre bout de la planche) il va à la même vitesse que celle-là. »

Lou-tsé observa attentivement la bobine. « Il est écrit : "Alors là, les bras m'en tombent !", dit-il. Ils forment une inversion naturelle. » Il regarda Lobsang en plissant les yeux. « Tu ne serais pas la réincarnation de quelqu'un, des fois ? Ça arrive souvent dans la région.

— Je ne crois pas. C'est juste... évident.

— Tout à l'heure, tu ne savais encore rien de ces machins-là !

— Oui, oui, mais quand on les voit... c'est évident.

— Non ? C'est vrai ? D'accord. Alors les commandes sont à toi, petit génie ! »

Lou-tsé recula.

« À moi ? Mais je...

— Vas-y. C'est un ordre. »

L'espace d'un instant, on devina comme une lumière bleue autour de Lobsang. Lou-tsé se demanda combien de temps il avait replié autour de lui durant cette seconde. Suffisamment pour réfléchir, sûrement.

Puis le novice cria une demi-douzaine de paires de chiffres. Lou-tsé se tourna vers les moines.

« Et que ça saute, les gars. Monsieur Lobsang est aux commandes. Vous me surveillez tous les paliers !

151

— Mais c'est un novice... », voulut objecter un moine qui s'arrêta aussitôt et recula en voyant la tête de Lou-tsé. « D'accord, balayeur... d'accord... »

Un instant plus tard, les connecteurs se mettaient en place dans une succession de claquements. Lobsang cria une autre série de chiffres.

Pendant que les moines faisaient des allers-retours à toute allure vers les puits à beurre pour en ramener de la graisse, Lou-tsé observait la colonne la plus proche. Elle tournoyait toujours vite, mais il était sûr d'en distinguer les sculptures.

Lobsang parcourut une nouvelle fois le tableau des yeux, releva la tête pour regarder fixement les cylindres grondants puis revint aux rangées de volets.

Il n'existait rien d'écrit sur tout ça, Lou-tsé le savait. On ne l'enseignait pas en classe, même si on avait essayé. Un bon tournicontrôleur apprenait par la plante des pieds, malgré toutes les théories qu'on professait ces temps-ci. Il avait appris à sentir les courants, à voir dans les rangées de procrastinateurs des éviers ou des fontaines de temps. Le vieux Shoblang était si fort qu'il pouvait prélever deux heures de temps perdu dans une classe d'élèves qui s'ennuyaient sans qu'ils s'en aperçoivent et les transvaser impeccablement dans un atelier débordant d'activité à des milliers de kilomètres de là.

Il y avait aussi le tour qu'il exécutait avec une pomme pour étonner les apprentis. Il la posait sur un pilier à côté d'eux puis, d'une chiquenaude, lui expédiait du temps depuis une des petites bobines. En un instant elle devenait une série de petits arbres malingres avant de tomber en poussière. « C'est ce qui vous arrivera si vous vous trompez », disait-il.

Lou-tsé jeta un regard au tas de poussière grise sous

152

le casque en décomposition alors qu'il passait en hâte devant. Bah, il voulait peut-être partir ainsi…

Un hurlement de pierre torturée lui fit lever la tête.

« Continuez de graisser les paliers, bande de fainéants ! brailla-t-il en galopant le long des rangées. Et surveillez les glissières ! Pas touche aux clavettes ! C'est très bien ! »

Tout en courant, il ne quittait pas les cylindres des yeux. Ils ne tournaient plus au hasard. Ils avaient désormais un objectif.

« Je crois que tu es en train de gagner, petit ! cria-t-il à l'adresse de la silhouette sur l'estrade.

— Oui, mais je n'arrive pas à trouver l'équilibre ! Il y a trop de temps emmagasiné et nulle part où le placer !

— Combien ?

— Presque quarante ans. »

Lou-tsé jeta un coup d'œil aux volets. Quarante ans, ç'avait l'air correct, mais sûrement… ?

« Combien tu dis ? redemanda-t-il.

— Quarante ! Je regrette ! Il n'y a rien pour les prendre !

— Pas de problème ! Vole-les ! Largue le tout ! On pourra toujours le récupérer plus tard ! Vire-le !

— Où ça ?

— Trouve une mer, une zone dégagée ! » Le balayeur montra du doigt une carte rudimentaire du monde peinte sur le mur. « Est-ce que tu sais comment… ? Est-ce que tu vois comment lui donner la bonne vitesse de rotation et la bonne direction ? »

Une fois encore, il devina comme un vague halo bleu.

« Oui ! Je crois !

— Oui, j'imagine ! Quand tu veux, alors ! »

Lou-tsé secoua la tête. Quarante ans ? Il s'inquiétait pour quarante ans ? Quarante ans, c'était une broutille ! Les apprentis maîtres de manœuvre avaient déjà largué cinquante mille ans avant aujourd'hui. La mer avait cette qualité. Elle restait vaste et humide. Oh, peut-être que des pêcheurs se mettraient à draguer de curieux poissons poilus qu'ils n'avaient encore jamais vus qu'à l'état de fossiles, mais qui se souciait du sort d'un banc de morues ?

Le bruit changea.

« Qu'est-ce que tu fais ?

— J'ai trouvé de la place au 422 ! Il peut accepter quarante ans de plus. Ça ne rime à rien de perdre du temps ! Je le ramène tout de suite ! »

Suivit un autre changement de tonalité.

« J'ai réussi ! Je suis sûr d'avoir réussi ! »

Certains gros cylindres ralentissaient déjà et s'arrêtaient. Lobsang déplaçait maintenant des chevilles sur le panneau, si vite que l'œil ahuri de Lou-tsé n'arrivait pas à le suivre. Et, au-dessus, les volets se refermaient les uns après les autres en claquant et ne laissaient plus apparaître qu'une surface de bois noirci par les ans au lieu de couleur.

Personne ne pouvait être aussi précis, tout de même ?

« Tu es revenu maintenant à des mois, petit, à des mois ! cria-t-il. Continue ! Non, mince alors, à des jours... à des jours ! Ne me quitte pas des yeux ! »

Le balayeur courut vers le fond de la salle, là où les procrastinateurs étaient plus petits. Le temps était ici réglé avec précision sur des cylindres de craie, de bois et autres matériaux d'une durée de vie limitée. À sa grande surprise, certains ralentissaient déjà.

Il fonça le long d'une allée de colonnes de chêne qui ne dépassaient pas le mètre de haut. Mais même les

154

procrastinateurs qui traitaient le temps en heures et en minutes devenaient silencieux.

Un couinement attira son attention.

À côté de lui, un ultime petit cylindre de craie au bout d'une rangée tournait bruyamment sur son palier comme une toupie.

Lou-tsé s'en approcha sur la pointe des pieds en le fixant intensément, une main en l'air. Il ne restait désormais plus d'autre bruit que le couinement, en dehors des *clac* réguliers des paliers qui refroidissaient.

« On y est presque, lança-t-il. Il ralentit maintenant… on attend… on… at… tend… »

Le procrastinateur de craie, pas plus gros qu'une bobine de coton, ralentit, tourna encore un peu… s'immobilisa.

Sur les râteliers, les deux derniers volets se fermèrent.

La main de Lou-tsé s'abattit. « Maintenant ! Arrête le tableau ! Plus personne ne touche à rien ! »

L'espace d'un instant, un silence de mort régna dans la salle. Les moines retenaient leur souffle, aux aguets.

C'était un instant hors du temps, d'un équilibre idéal.

Tic

Et durant cet instant hors du temps, le fantôme de monsieur Shoblang, pour qui la scène était vaporeuse et floue, comme vue à travers de la gaze, s'exclama : « Mais c'est impossible ! Vous avez vu ça ?

— Vu quoi ? », demanda la silhouette sombre derrière lui.

Shoblang se retourna. « Oh, fit-il avant d'ajouter avec une certitude soudaine : Vous êtes la Mort, c'est ça ?

— OUI. NAVRÉ POUR LE RETARD, JE ME SUIS DIT QU'IL N'Y AVAIT PAS LE FEU. »

L'esprit précédemment connu sous le nom de Sho-blang baissa les yeux sur le tas de poussière qui restait de sa demeure disque-mondiale au cours des six derniers siècles.

« Si, moi », dit-il. Il donna un coup de coude dans les côtes de la Mort.

« EXCUSEZ-MOI ?

— J'ai dit : "Si, il y a le feu : moi." Ouaf, ouaf.

— JE VOUS DEMANDE PARDON ?

— Euh… vous savez… Pas le feu. Comme… pas le défunt, quoi. »

La Mort hocha la tête. « OH, JE VOIS. C'EST LE "OUAF, OUAF" QUE JE N'AI PAS SAISI.

— Euh, c'est pour signaler qu'il s'agit d'une blague.

— AH, OUI. VOUS FAITES BIEN DE M'EXPLIQUER. EN VÉRITÉ, MONSIEUR SHOBLANG, LE FEU QUE VOUS ÊTES S'EST ÉTEINT UN PEU VITE. OUAF, OUAF.

— Pardon ?

— VOUS ÊTES MORT AVANT VOTRE HEURE.

— Ben, oui, je trouve aussi !

— EST-CE QUE VOUS SAVEZ POURQUOI ? C'EST TRÈS INHABITUEL.

— Tout ce que je sais, c'est que les cylindres sont devenus fous et que j'ai dû recevoir une grosse décharge quand l'un d'eux a fait un excès de vitesse, expliqua Shoblang. Mais, hé, qu'est-ce que vous dites du gamin, hein ? Regardez comment il fait danser ces couillons ! J'aurais bien voulu le former ! Mais qu'est-ce que je raconte ? C'est lui qui aurait pu me donner des tuyaux ! »

La Mort regarda autour de lui. « VOUS PARLEZ DE QUI ?

156

— Le gamin sur l'estrade, vous le voyez ?

— NON, JE NE VOIS PERSONNE, J'EN AI PEUR.

— Quoi ? Regardez, il est là ! Visible comme le nez au milieu de votre fig... Enfin, pas de votre figure à vous, à l'évidence...

— JE VOIS BOUGER LES CHEVILLES DE COULEUR...

— Et alors, qui les fait bouger, d'après vous ? Je veux dire, vous êtes la Mort, pas vrai ? Je croyais que vous pouviez voir tout le monde ! »

La Mort regarda fixement les bobines qui dansaient.

« TOUT LE MONDE... QU'IL M'EST NÉCESSAIRE DE VOIR », dit-il.

Il continuait de regarder fixement.

« Hum, fit Shoblang.

— OH, OUI. OÙ EN ÉTIONS-NOUS ?

— Écoutez, si je... euh... suis trop en avance, alors vous pourriez peut-être...

— TOUT CE QUI ARRIVE RESTE ARRIVÉ.

— Qu'est-ce que c'est, une philosophie pareille ?

— LA SEULE QUI AIT FORCE DE LOI. » La Mort sortit un sablier qu'il consulta. « JE VOIS QU'À CAUSE DE CE CONTRETEMPS, VOUS N'ALLEZ PAS VOUS RÉINCARNER AVANT SOIXANTE-DIX-NEUF ANS. VOUS SAVEZ OÙ LOGER ?

— Où loger ? Mais je suis mort. Ce n'est pas comme si on était bloqué dehors parce qu'on ne peut plus rentrer chez soi ! dit Shoblang qui commençait à s'estomper.

— ON POURRAIT PEUT-ÊTRE VOUS RENVOYER À UNE NAISSANCE ANTÉRIEURE ? »

Shoblang disparut.

Durant cet instant hors du temps, la Mort reprit son observation de la salle des cylindres...

Tac

Le cylindre de craie se remit à tourner en couinant doucement. Un à un, les procrastinateurs de chêne commencèrent à tournoyer, recueillant la nouvelle charge. Cette fois, il n'y eut pas de hurlement des paliers. Les cylindres tournaient lentement comme de vieilles ballerines, dans un sens et dans l'autre, absorbant la tension tandis que des millions d'êtres humains dans le monde extérieur infléchissaient le temps autour d'eux. Les grincements rappelaient un clipper doublant le cap Wrath par vent léger.

Puis les gros cylindres de pierre gémirent quand ils récupérèrent le temps que leurs congénères plus petits ne pouvaient pas traiter. Un grondement sous-tendait à présent les grincements, mais encore discret, maîtrisé...

Lou-tsé baissa doucement la main et se redressa.

« Reprise impeccable, dit-il. Bravo, tout le monde. » Il se tourna vers les moines stupéfaits et hors d'haleine et fit signe d'approcher au plus ancien.

Il extirpa un mégot informe de derrière son oreille et demanda : « Bon, monsieur Rambout Lacommode, qu'est-ce qui s'est passé d'après vous, hein ?

— Euh... ben, il y a eu une surtension qui a fait sauter...

— Nan, nan, après ça, dit Lou-tsé en grattant une allumette sur la semelle de sa sandale. Vous voyez, ce qui ne s'est pas passé, à mon avis, c'est que vous avez tous couru dans tous les sens comme une bande de poulets décapités et qu'un novice est monté sur l'estrade pour effectuer le rééquilibrage le plus délicat et habile que j'aie jamais vu. Ça n'a pas pu se passer parce que des choses pareilles n'arrivent pas. J'ai raison ou non ? »

Les moines de la salle des procrastinateurs ne comptaient pas parmi les grands penseurs politiques du temple. Leur tâche consistait à entretenir, à graisser, à démonter, à remonter et à suivre les directives de l'occupant de l'estrade. Le front de Rambout Lacommode se plissa.

Lou-tsé soupira. « Vous voyez, ce qui s'est passé, à mon avis, dit-il gentiment, c'est que vous autres, les gars, vous vous êtes montrés à la hauteur de la situation, oui, et que le sens pratique dont vous avez tous fait preuve nous a carrément mis sur le cul, le jeune homme et moi. L'abbé n'en reviendra pas et en bavera de joie. Vous risquez de trouver du rab de *momos* dans votre *thugpa* à l'heure du dîner, si vous voyez ce que je veux dire. »

Lacommode communiqua l'information à son bureau mental des transmissions qui envoya des prières au ciel. Il sourit peu à peu.

« Malgré tout, poursuivit Lou-tsé en s'approchant et en baissant la voix, je vais sûrement bientôt repasser vous voir, j'ai l'impression qu'un bon coup de balai ne ferait pas de mal ici, et si vous ne vous êtes pas remué les fesses pour vous retrouver au top de l'efficacité d'ici une semaine, on aura une... petite conversation. »

Le sourire disparut. « Oui, balayeur.

— Vous allez tous les vérifier et vous occuper des paliers.

— Oui, balayeur.

— Et qu'on me fasse disparaître monsieur Shoblang.

— Oui, balayeur.

— Bon courage, alors. Le petit Lobsang et moi, on s'en va. Vous avez beaucoup fait pour son éducation. »

Il prit par la main un Lobsang docile et le conduisit

hors de la salle en passant devant les longues rangées de procrastinateurs qui tournaient en ronronnant. Un voile de fumée bleue restait encore accroché sous le haut plafond.

« Il est effectivement écrit : "Tu peux m'expédier à terre avec une plume", marmonna-t-il tandis qu'ils remontaient le couloir en pente. Tu as repéré l'inversion avant qu'elle se produise. Moi, je nous aurais envoyés à la semaine prochaine. Au moins.

— Pardon, balayeur.

— Pardon ? Tu n'as pas à demander pardon. Je ne sais pas ce que tu es, fiston. Tu es trop rapide. Tu te sens chez nous comme un poisson dans l'eau. Tu n'as pas besoin d'apprendre ce que d'autres mettent des années à maîtriser. Même le vieux Shoblang – puisse-t-il se réincarner bien au chaud – n'arrivait pas à équilibrer la charge à une seconde près. Je dis bien une seconde. Et à l'échelle de tout un monde, encore ! » Il frissonna. « Un conseil. Reste discret là-dessus. Les gens peuvent avoir de drôles de réactions sur des sujets pareils.

— Oui, balayeur.

— Et autre chose, reprit Lou-tsé en passant en premier pour sortir à la lumière du jour, c'était quoi, toutes ces simagrées juste avant que les procrastinateurs nous lâchent ? Tu as senti quelque chose ?

— Je ne sais pas. J'ai senti… que tout allait de travers pendant un instant.

— Ça t'était déjà arrivé ?

— No-on. Ça ressemblait un peu à ce qui m'est arrivé dans la salle du Mandala.

— Ben, n'en parle à personne d'autre. La plupart des gros bonnets actuels ne savent sans doute pas comment marchent les tourniquets. Personne ne s'y intéresse plus. Personne ne remarque ce qui marche trop bien. Évidemment, dans le temps, on ne pouvait pas devenir moine tant qu'on n'avait pas passé six mois dans la salle à graisser, nettoyer et manœuvrer. Et on n'en était que meilleurs ! De nos jours, il s'agit d'apprendre l'obéissance et l'harmonie cosmique. Eh bien, dans le temps, on apprenait ça dans les salles. On apprenait que si on ne s'écartait pas rapidement quand quelqu'un criait "Elle décharge !", on écopait de deux ans de douleurs, et qu'il n'existe pas de plus belle harmonie que tous les tourniquets qui tournent gentiment. »

Le couloir les mena jusque dans l'ensemble des bâtiments du temple. Des moines cavalaient toujours de tous côtés alors que le balayeur et le novice se dirigeaient vers la salle du Mandala.

« Tu es sûr que tu peux encore le regarder ? demanda Lou-tsé.

— Oui, balayeur.

— D'accord. C'est toi qui vois. »

Les balcons qui surplombaient la salle étaient noirs de moines, mais Lou-tsé s'ouvrit un chemin en se servant poliment mais fermement de son balai. Les moines de haut rang étaient regroupés au bord.

Rinpo l'aperçut. « Ah, balayeur, dit-il. Retenu par de la poussière ?

— Les tourniquets ont rompu les amarres et se sont mis en surrégime, marmonna Lou-tsé.

— Oui, mais l'abbé vous avait convoqué, lui reprocha l'acolyte.

— Autrefois, on aurait tous foncé sans exception à la salle en entendant les gongs.

— Oui, mais…

— Brrrbrrrbrrr », fit l'abbé, et Lobsang s'aperçut

161

qu'il était porté en écharpe sur le dos de l'acolyte, la tête coiffée d'un bonnet pointu pour se protéger du froid. « Lou-tsé a toujours abordé les problèmes d'un point de vue pratique. » Il souffla de la mousse laiteuse dans l'oreille de l'acolyte. « Je suis heureux que la question soit résolue, Lou-tsé. »

Le balayeur s'inclina tandis que l'abbé se mettait à frapper doucement sur la tête de l'acolyte avec un ours en bois.

« L'Histoire s'est répétée, Lou-tsé. *BamBamBBB-RRRR...*

— Une horloge de verre ? », dit Lou-tsé.

Les moines de haut rang suffoquèrent.

« Comment pouvez-vous savoir ça ? demanda l'acolyte en chef. On n'a pas encore réexécuté le Mandala !

— Il est écrit : "J'ai une impression au fond de moi", dit Lou-tsé. Et c'est à ma connaissance la seule autre fois où tous les tourniquets se sont affolés comme ça. Ils nous ont tous échappé. Glissement temporel. Quelqu'un fabrique une autre horloge de verre.

— C'est tout à fait impossible, rétorqua l'acolyte. On a fait disparaître toutes les traces !

— Hala ! Il est écrit : "Je n'ai pas plus la peau verte que je ne ressemble à un chou" !, cracha Lou-tsé. On ne tue pas une chose pareille. Ça revient en douce. Par des histoires. Des rêves. Des peintures sur les parois des cavernes, n'importe quoi... »

Lobsang baissa les yeux vers le Mandala. Des moines s'étaient rassemblés autour d'un ensemble de hauts cylindres à l'autre bout de la salle. Les cylindres ressemblaient à des procrastinateurs, mais un seul, un petit, tournait lentement. Les autres étaient immobiles. On distinguait les symboles gravés à leur surface de haut en bas.

162

Réserve de motifs. L'idée lui traversa l'esprit. Voilà où on garde les motifs du Mandala afin de pouvoir les réutiliser. Les motifs d'aujourd'hui sur le petit cylindre, la réserve longue durée sur les gros.

En dessous de lui, le Mandala ondoyait, des taches de couleur et des lambeaux de motifs dérivaient à sa surface. Un des moines au loin cria quelque chose et le petit cylindre s'arrêta.

Les grains de sable en mouvement s'immobilisèrent.

« C'est à ça qu'il ressemblait il y a vingt minutes, dit Rinpo. Vous voyez le point blanc bleuté là-bas ? Il s'étale ensuite…

— Je sais ce que je vois, le coupa Lou-tsé d'un air mécontent. J'étais présent quand ça s'est déjà produit, mon vieux ! Mon révérend, faites-leur exécuter la séquence de l'ancienne horloge de verre ! On n'a pas beaucoup de temps !

— Je crois vraiment que… commença l'acolyte avant d'être interrompu par le jet d'une brique en caoutchouc.

— *Veupopoveu* si Lou-tsé a raison, nous ne devons pas perdre une seconde, messieurs, et s'il se trompe nous aurons du temps à revendre, non ? *Popomaintnantleveuleveu !*

— Merci », dit le balayeur. Il mit ses mains en porte-voix. « Holà ! Vous tous ! Tourniquet deux, quatrième *bhing,* autour du dix-neuvième *gupa* ! Et que ça saute !

— Vraiment, je dois protester respectueusement, mon révérend, intervint l'acolyte. Nous nous sommes exercés pour de telles urgences…

— Ouais, je connais parfaitement les exercices pour les procédures d'urgence. Et il manque toujours quelque chose.

— Ridicule ! On se donne beaucoup de mal pour…

« — Vous oubliez toujours le caractère urgent de l'urgence. » Lou-tsé se tourna de nouveau vers la salle et les manœuvres inquiets. « Prêts ? Bien ! Affichez-moi ça par terre tout de suite ! Sinon je vais devoir descendre ! Et je n'y tiens pas ! »

Les hommes autour des cylindres s'activèrent frénétiquement, et un nouveau motif se substitua à celui sous le balcon. Les lignes et les couleurs n'étaient plus à la même place, mais un cercle blanc bleuté occupait le centre.

« Là, fit Lou-tsé. C'était moins de dix jours avant que l'horloge sonne. »

Les moines restaient silencieux.

Lou-tsé eut un sourire sinistre. « Et dix jours plus tard...

— Le temps s'est arrêté, termina Lobsang.

— On peut le dire comme ça. » Lou-tsé avait la figure toute rouge.

Un moine lui posa la main sur l'épaule. « Pas de souci, balayeur, dit-il d'un ton apaisant. On sait bien que vous ne pouviez pas arriver à temps.

— Être à l'heure, c'est en principe notre travail, rétorqua Lou-tsé. J'étais presque arrivé à la porte, Charlie. Trop de châteaux, pas assez de temps... »

Derrière lui, le Mandala reprit sa mesure lente du présent.

« Ce n'était pas votre faute », poursuivit le moine.

Lou-tsé se libéra de la main d'une secousse et se tourna pour faire face à l'abbé par-dessus l'épaule de l'acolyte en chef. « Je veux la permission de localiser cette horloge tout de suite, mon révérend ! » Il se tapota le nez. « J'en sens l'odeur ! J'attends ça depuis des années ! Cette fois, je serai davantage à la hauteur ! »

Dans le silence qui suivit, l'abbé fit une bulle.

« Ce sera encore en Uberwald, reprit Lou-tsé d'un ton vaguement implorant. C'est là qu'ils font les imbéciles avec l'électrik. Je connais le pays comme ma poche ! Donnez-moi deux hommes et on étouffera cette histoire dans l'œuf !

— *Babababababa...* il faut en discuter, Lou-tsé, mais nous vous savons gré de votre offre *babababa,* dit l'abbé. Rinpo, je veux tous les *bdumbdumbdum* principaux moines de terrain à la salle du Silence dans cinq *bababa* minutes ! Est-ce que les tourniquets fonctionnent *bdumbdum* harmonieusement ? »

Un des moines leva les yeux d'un rouleau de papier qu'on lui avait remis.

« C'est ce qu'il semble, mon révérend.

— Mes félicitations au maître de manœuvre. Ateau !

— Mais Shoblang est mort », murmura Lou-tsé.

L'abbé cessa de faire des bulles. « C'est bien triste. Et c'était un ami à vous, si j'ai bien compris.

— Ça n'aurait pas dû se passer comme ça, marmonna le balayeur. Ça n'aurait pas dû se passer comme ça.

— Calmez-vous, Lou-tsé. Nous aurons sous peu une discussion tous les deux. *Ateau !* » L'acolyte en chef, éperonné par un coup de singe en caoutchouc sur l'oreille, s'en alla sans traîner.

La cohue de moines s'éclaircit à mesure qu'ils s'en retournaient à leurs tâches. Lobsang et Lou-tsé, seuls sur le balcon, regardaient le Mandala qui ondoyait en dessous.

Lou-tsé s'éclaircit la gorge. « Tu vois les tourniquets au bout ? demanda-t-il. Le petit enregistre les motifs d'une journée, puis tout ce qui est intéressant est gardé en réserve dans les grands.

« — Je me suis prémémoré que vous alliez dire ça.

— Bien trouvé, ce mot. Bien trouvé. Le petit a du talent. » Lou-tsé baissa la voix. « On nous regarde ? »

Lobsang jeta un coup d'œil à la ronde. « Il reste encore quelques personnes. »

Lou-tsé haussa à nouveau la voix. « On t'a tout appris sur le Grand Accident ?

— Seulement des rumeurs, balayeur.

— Ouais, des tas de rumeurs circulent. "Le jour où le temps s'arrêta", toutes ces histoires. » Lou-tsé soupira. « T'sais, la plus grosse partie de ce qu'on t'enseigne n'est que mensonge. Forcément. Des fois, quand tu apprends toute la vérité d'un coup, tu ne peux pas comprendre. Tu connaissais bien Ankh-Morpork, non ? Tu es déjà allé à l'opéra ?

— Seulement pour travailler la technique du pick-pocket, balayeur.

— Tu ne t'es jamais posé de questions ? Tu as déjà fréquenté le petit théâtre juste de l'autre côté de la rue ? S'appelle le Dysk, je crois.

— Oh, oui ! On avait des billets à un sou, on s'asseyait par terre et on jetait des noix sur la scène.

— Et ça ne t'a pas donné à réfléchir ? D'un côté un grand opéra avec de la peluche, de la dorure et de grands orchestres, et de l'autre ce petit théâtre à toit de chaume, en bois brut, sans fauteuils et avec un seul gus au cromorne pour tout accompagnement musical ? »

Lobsang haussa les épaules. « Ben, non. C'est comme ça, c'est tout. »

Lou-tsé faillit sourire. « C'est très élastique, l'esprit humain, dit-il. C'est étonnant tout ce qu'on peut lui faire accepter. On a effectué du bon boulot là-bas…

— Lou-tsé ? »

166

Un des acolytes de second ordre attendait respectueusement.

« L'abbé va vous recevoir tout de suite, dit-il.

— D'accord. » Le balayeur donna un coup de coude à Lobsang et souffla : « On va à Ankh-Morpork, petit.

— Quoi ? Mais vous avez dit que vous vouliez vous faire envoyer en... »

Lou-tsé cligna de l'œil. « Parce qu'il est écrit : "Qui demande n'obtient rien", tu vois. Il existe d'autres façons d'étouffer un *dangdang* qu'en le bourrant de *pling,* petit.

— Ah bon ?

— Oh oui, si tu as assez de *pling.* Maintenant on va voir l'abbé, d'accord ? C'est l'heure de son repas. Il prend des aliments solides, heureusement. En tout cas il ne se nourrit plus au sein. C'était tellement gênant pour lui et la jeune nourrice, franchement, on ne savait plus où se mettre et lui non plus. Je veux dire, mentalement il a neuf cents ans...

— Il doit être très sage, alors.

— Assez sage, assez sage. Mais l'âge et la sagesse ne vont pas nécessairement de pair, j'ai toujours trouvé, dit Lou-tsé tandis qu'ils approchaient des appartements de l'abbé. Davantage d'autorité en rend certains idiots. Pas notre révérend, bien entendu. »

L'abbé, dans sa chaise haute, venait de projeter une cuillerée de sa bouillie roborative en plein sur l'acolyte en chef qui souriait comme si son poste dépendait de la mine ravie qu'il affichait en sentant la crème panaisgroseille à maquereau lui dégouliner sur le front.

Une fois encore, il vint à l'esprit de Lobsang que les attaques de l'abbé contre l'acolyte n'étaient pas toujours lancées à l'aveuglette. L'homme, un brin insupportable, donnait effectivement l'envie irrésistible à toute personne sensée de lui verser de la bouillie dans les cheveux et de le frapper à coups de yack en caoutchouc, et l'abbé était assez âgé pour écouter l'enfant qui était en lui.

« Vous m'avez demandé, mon révérend », dit Lou-tsé en s'inclinant.

L'abbé retourna son bol sur la robe de l'acolyte en chef.

« *Ouahahaahaha ah,* oui, Lou-tsé. Quel âge avez-vous maintenant ?

— Huit cents ans, mon révérend. Mais ce n'est pas vieux du tout !

— Vous avez tout de même passé beaucoup de temps dans le monde. J'ai cru comprendre que vous envisagiez de prendre votre retraite et de cultiver vos jardins ?

— Oui, mais...

— Mais, poursuivit l'abbé en se fendant d'un sourire angélique, le vétéran que vous êtes fait "haha !" en entendant sonner les trompettes, c'est ça ?

— Je ne crois pas. Les trompettes n'ont rien de drôle, à vrai dire.

— J'entendais par là que vous êtes impatient de retourner sur le terrain. Mais vous aidez bien à former des agents depuis de longues années, non ? Ces messieurs ? »

Un certain nombre de moines costauds et musclés se tenaient assis d'un côté de la salle. Ils étaient équipés pour le voyage, des nattes de couchage roulées dans le dos et vêtus d'une ample tenue noire. Ils adressèrent un signe de tête penaud à Lou-tsé, et leurs regards au-dessus de leurs demi-masques avaient l'air gênés.

« J'ai fait de mon mieux, dit Lou-tsé. Évidemment, d'autres les ont formés. J'ai seulement essayé de réparer

les dégâts. Je ne leur ai jamais appris à être des *ninjas.* »
Il donna un coup de coude à Lobsang. « C'est, jeune
apprenti, un mot agatéen qui veut dire "le vent fugitif",
lui souffla-t-il en aparté.

— Je propose de les envoyer immédiatement.
OUAH ! » L'abbé cogna sur sa chaise haute avec sa
cuiller. « C'est un ordre, Lou-tsé. Vous êtes une
légende, mais vous l'êtes depuis longtemps. Pourquoi
ne pas faire confiance à l'avenir ? *Ateau !*

— Je vois, fit tristement Lou-tsé. Ah, bah, il fallait
bien que ça arrive un jour ou l'autre. Merci pour la
considération que vous me portez, mon révérend.

— *Brrmbrrm...* Je vous connais depuis longtemps !
Vous ne vous approcherez pas à moins de deux cents
kilomètres de l'Uberwald, d'accord ?

— Soyez sans crainte, mon révérend.

— C'est un ordre !

— Je comprends, bien sûr.

— Vous avez quand même déjà désobéi à mes *baa-
baba* ordres. En Omnia, je me souviens.

— Décision tactique prise par l'agent sur le terrain,
mon révérend. C'était plutôt ce qu'on pourrait appeler
une interprétation de vos ordres, dit Lou-tsé.

— Vous voulez dire : aller là où on vous avait
demandé de ne pas aller et faire ce qu'on vous avait
interdit de faire ?

— Oui, mon révérend. Il faut parfois mettre en
branle la balançoire en poussant de l'autre côté. Quand
j'ai fait ce qu'il ne fallait pas là où je n'aurais pas dû
me trouver, j'ai fait ce qu'il fallait là où ça devait se
produire. »

L'abbé posa sur Lou-tsé un de ces regards dont les
bébés sont coutumiers.

« Lou-tsé, vous *nmnmnboubou* n'irez pas en Uberwald ni nulle part à proximité, compris ? dit-il.

— Compris, mon révérend. Vous avez raison, bien
entendu. Mais, gâteux comme je suis, pourrais-je suivre
une autre route, celle de la sagesse plutôt que de la
violence ? J'aimerais montrer à ce jeune homme… la
Voie. »

Les autres moines laissèrent échapper des rires.

« La Voie de la Lavandière ? fit Rinpo.

— Madame Cosmopilite est couturière, rectifia calmement Lou-tsé.

— Dont la sagesse s'exprime dans des adages
comme : "Ça ne s'arrangera pas si tu te grattes tout le
temps ?", lança Rinpo en adressant un clin d'œil aux
autres moines.

— Peu de choses s'arrangent si on les gratte tout le
temps, dit Lou-tsé dont le calme était à présent une mer
d'huile. C'est peut-être une petite Voie minable mais,
toute ridicule et insignifiante qu'elle soit, c'est la
mienne. » Il se tourna vers l'abbé. « C'est comme ça
que ça se passait autrefois, mon révérend. Vous vous
souvenez ? Maître et élève s'en vont dans le monde où
l'élève peut bénéficier d'un enseignement pratique par
les leçons et par l'exemple, puis il trouve sa propre
Voie et, au bout de sa Voie…

— … il se trouve lui-même *bdoum,* dit l'abbé.

— D'abord, il trouve un professeur.

— Il a de la chance que vous soyez *bdoumbdoum*
ce professeur.

— Mon révérend, dit Lou-tsé, il est dans la nature
des Voies que nul ne sache avec certitude qui sera le
professeur. Tout ce que je peux faire, c'est lui montrer
un chemin à suivre.

— Qui ira dans la direction de *bdoum* la ville.

— Oui. Et Ankh-Morpork est très loin de l'Uber-wald. Vous ne voulez pas m'envoyer en Uberwald parce que je suis âgé. Alors, à tous points de vue, je vous conjure de ménager un vieil homme.

— Je n'ai pas le choix si vous le présentez ainsi, dit l'abbé.

— Mon révérend... », fit Rinpo qui sentait qu'il devait intervenir.

La cuiller frappa une nouvelle fois le plateau. « Lou-tsé est un homme de grande réputation ! cria l'abbé. Je lui fais implicitement confiance pour agir dans le bon sens ! Je voudrais seulement *blumblum* pouvoir lui faire confiance pour agir selon mes désirs ! Je lui ai interdit d'aller en Uberwald ! Est-ce que vous voulez à présent que je lui interdise de ne pas y aller ? *ATEAU !* J'ai dit ! Et maintenant, auriez-vous l'obligeance de tous sortir, messieurs ? Je dois m'occuper d'affaires urgentes. »

Lou-tsé s'inclina et empoigna le bras de Lobsang. « Viens, petit ! souffla-t-il. Fichons le camp en vitesse avant que quelqu'un comprenne ! »

Ils croisèrent en sortant un acolyte subalterne portant un petit pot de chambre orné de Jeannot lapins sur le pourtour.

« Ce n'est pas facile, la réincarnation, dit Lou-tsé en enfilant le couloir au pas de course. Il faut maintenant qu'on soit loin d'ici avant qu'il ne vienne de drôles d'idées à quelqu'un. Prends ton sac et ton tapis de couchage !

— Mais personne n'annulerait les ordres de l'abbé, tout de même ? s'étonna Lobsang alors qu'ils prenaient un virage en dérapant.

— Ha ! Il va faire sa sieste dans dix minutes et, s'ils lui donnent un nouveau jouet quand il se réveillera, il sera sans doute tellement occupé à vouloir planter des chevilles vertes carrées dans des trous bleus ronds qu'il oubliera ce qu'il a dit. La politique, petit. Trop d'imbéciles vont commencer à répéter ce que l'abbé, ils en sont sûrs, a voulu dire. File, maintenant. Retrouve-moi au jardin des Cinq Surprises dans une minute. »

À l'arrivée de Lobsang, Lou-tsé attachait soigneusement une des montagnes bonsaï dans une structure en bambou. Il serra le dernier nœud et la plaça dans un sac qu'il se jeta sur l'épaule.

« Elle ne va pas s'abîmer ? demanda Lobsang.

— C'est une montagne. Comment pourrait-elle s'abîmer ? » Lou-tsé ramassa son balai. « Et on va quand même passer bavarder chez un vieux copain à moi avant de partir. On y prendra peut-être quelques bricoles.

— Qu'est-ce qui se passe, balayeur ? demanda Lobsang en se traînant à sa suite.

— Ben, voilà, petit. L'abbé, le type qu'on va voir et moi, ça remonte loin. Les choses sont un peu différentes aujourd'hui. L'abbé ne peut pas dire : "Lou-tsé, vous êtes un vieux coquin, c'est vous qui avez mis l'idée de l'Uberwald dans toutes les têtes, mais je vois que vous êtes sur une piste, alors filez et suivez votre nez."

— Mais je croyais qu'il était le dirigeant suprême !

— Exactement ! Et c'est très dur d'obtenir des résultats quand on est le dirigeant suprême. Trop de monde met des bâtons dans les roues et sème la pagaille. Comme ça, les petits nouveaux vont pouvoir s'amuser à courir partout en Uberwald en poussant des "haï", et nous, mon gars, on se dirigera vers Ankh-Morpork. L'abbé le sait. Presque.

— Comment savez-vous que la nouvelle horloge est fabriquée à Ankh-Morpork ? demanda Lobsang en sui-

172

vant Lou-tsé qui s'engageait sur un sentier creux moussu menant par des fourrés de rhododendrons vers le mur du monastère.

— Je le sais, voilà. Je vais te dire, le jour où quelqu'un retirera la bonde du fond de l'univers, la chaîne conduira droit à Ankh-Morpork et à un couillon qui dira : "Je voulais juste voir ce qui arriverait." Toutes les routes mènent à Ankh-Morpork.

— Je croyais que toutes les routes partaient d'Ankh-Morpork.

— Pas celle qu'on prend. Ah, nous y sommes. »

Lou-tsé frappa à la porte d'une cabane rudimentaire mais vaste, bâtie carrément contre le mur. Au même instant, une explosion se produisit à l'intérieur et quelqu'un... non, rectifia Lobsang, une moitié de quelqu'un fusa à toute vitesse par la fenêtre non vitrée voisine et s'écrasa sur le sentier avec une force à fendre les os. C'est seulement quand elle cessa de rouler que le novice reconnut un mannequin en bois dans une robe de moine.

« Quiou s'amuse, à ce que je vois », commenta Lou-tsé. Il n'avait pas bougé lorsque le mannequin lui était passé près de l'oreille.

La porte s'ouvrit à la volée et un vieux moine grassouillet promena dehors un regard excité.

« Vous avez vu ça ? Vous avez vu ça ? fit-il. Et avec une cuillerée seulement ! » Il hocha la tête à l'adresse des nouveaux venus. « Oh, salut, Lou-tsé. Je vous attendais. J'ai des trucs pour vous.

— Quoi donc ? fit Lobsang.

— Qui c'est, le petit ? demanda Quiou en faisant entrer les visiteurs.

— Le petit ignorant s'appelle Lobsang », répondit Lou-tsé en promenant un regard circulaire dans la

173

cabane. Un cercle fumant marquait le sol de pierre, entouré de traînées de sable noirci. « De nouveaux jouets, Quiou ?

— Mandala explosif, répondit joyeusement Quiou en s'avançant d'un air affairé. Il suffit de saupoudrer le sable spécial sur un motif ordinaire où on veut, et le premier ennemi qui marche dessus... Boum, karma instantané ! *Ne touchez pas à ça !* »

Lou-tsé tendit le bras et arracha des mains indiscrètes de Lobsang la sébile qu'il venait de prendre sur une table.

« Rappelle-toi la règle numéro un », dit-il avant de projeter la sébile à travers la pièce. Des lames cachées apparurent pendant qu'elle tournoyait en vol, et la sébile se planta dans une poutre.

« Ça ferait sauter une tête ! », s'exclama Lobsang.

C'est alors qu'ils entendirent un faible tic-tac.

« ... trois, quatre, cinq... dit Quiou. Tous à terre... Vite ! »

Lou-tsé poussa Lobsang à plat ventre juste avant que la sébile explose. Des éclats métalliques fauchèrent l'espace au-dessus de leurs têtes.

« J'ai seulement ajouté une petite bricole depuis votre dernière visite, expliqua fièrement Quiou tandis qu'ils se remettaient debout. Un dispositif aux talents multiples. Sans oublier, bien entendu, qu'on peut s'en servir pour manger du riz. Oh, est-ce que vous avez vu ça ? » Il saisit un tambour à prières. Lobsang et Lou-tsé reculèrent tous deux d'un pas.

Quiou fit pivoter le tambour plusieurs fois, et les cordelettes plombées crépitèrent sur les peaux.

« On peut enlever les cordelettes en un tournemain et s'en servir pour étrangler, dit-il, et le tambour lui-même se retire... comme ça... et dégage cette dague fort commode.

— Et en plus, évidemment, on peut s'en servir pour prier ? fit Lobsang.

— Bien observé, dit Quiou. L'esprit vif, ce jeune homme. Une prière ne fait jamais de mal en dernier ressort. À vrai dire, on travaille sur un mantra très prometteur comprenant des ondes sonores qui ont un effet particulier sur le système nerveux, hum...

— Je ne crois pas qu'on ait besoin de tout ça, Quiou », dit Lou-tsé.

Quiou soupira. « Vous pourriez au moins nous laisser transformer votre balai en arme secrète, Lou-tsé. Je vous ai montré les plans...

— C'est une arme secrète, dit Lou-tsé. C'est un balai.

— Et les yacks qu'on élève ? Dès qu'on touche une rêne, leurs cornes se changent aussitôt en...

— On veut les tourniquets, Quiou. »

Le moine prit soudain l'air coupable. « Les tourniquets ? Quels tourniquets ? »

Lou-tsé traversa la cabane et appuya la main sur une partie du mur qui coulissa.

« Ces tourniquets-là, Quiou. Ne me créez pas de complications, on n'a pas le temps. »

Lobsang vit ce qui ressemblait à deux petits procrastinateurs, chacun à l'intérieur d'une structure métallique montée sur une planche. Un harnais était attaché à chaque planche.

« Vous n'en avez pas encore parlé à l'abbé, hein ? dit Lou-tsé en décrochant un des appareils. Il y mettrait le holà, vous le savez.

— Je croyais que personne n'était au courant ! fit Quiou. Comment est-ce que vous... »

Lou-tsé sourit. « Nul ne fait attention à un balayeur, dit-il.

— Ils sont encore au stade expérimental ! fit un Quiou proche de la panique. J'allais en parler à l'abbé, bien entendu, mais j'attendais de pouvoir faire une démonstration ! Et ce serait affreux s'ils tombaient entre de mauvaises mains !

— Alors nous veillerons à ce que ça ne se produise pas, dit Lou-tsé en examinant les sangles. À quelle énergie fonctionnent-ils maintenant ?

— Les poids et les rochets n'étaient pas assez fiables, répondit Quiou. J'ai hélas dû recourir au... mouvement d'horlogerie. »

Lou-tsé se raidit et il lança un regard noir au moine. « Au mouvement d'horlogerie ?

— Seulement comme force motrice, seulement comme force motrice ! se défendit Quiou. Il n'y a vraiment pas d'autre solution !

— Trop tard désormais, faudra s'en contenter, dit le balayeur en décrochant l'autre planche qu'il tendit à Lobsang. Tiens, petit. Avec un bout de grosse toile autour, ça ressemblera à un sac à dos.

— Qu'est-ce que c'est ? »

Quiou soupira. « Des procrastinateurs portables. Tâchez de ne pas les casser, s'il vous plaît.

— On en a besoin pour quoi ?

— J'espère que tu n'auras pas à le découvrir, dit Lou-tsé. Merci, Quiou.

— Vous êtes sûr de ne pas préférer quelques bombes temporelles ? demanda Quiou avec des accents d'espoir dans la voix. Vous en laissez tomber une par terre, et le temps ralentit pendant...

— Merci, mais non.

— Les autres moines avaient un équipement complet, dit Quiou.

— Mais nous, on voyage léger, répliqua Lou-tsé d'un ton ferme. On va sortir par-derrière, Quiou, d'accord ? »

La sortie arrière menait à un sentier étroit et à une petite porte dans le mur. Des mannequins de bois désarticulés et des pans de roche roussie indiquaient que Quiou et ses assistants passaient souvent par là. Suivait un autre sentier qui longeait un des nombreux ruisselets glacés.

« Quiou est plein de bonnes intentions, dit Lou-tsé en marchant vite. Mais, si on l'écoutait, on ferraillerait en marchant et on exploserait en s'asseyant. »

Lobsang courait pour ne pas se laisser distancer. « Ça va nous prendre des semaines d'aller à Ankh-Morpork à pied, balayeur !

— On va découper notre route ici, annonça Lou-tsé qui s'arrêta et se retourna. Tu crois que tu vas y arriver ?

— Je l'ai fait des centaines de fois… commença Lobsang.

— À Oi Dong, oui. Mais il y a toutes sortes de contrôles et de sauvegardes dans la vallée. Oh, tu ne le savais pas ? C'est facile de découper à Oi Dong, petit. C'est autre chose là-bas. L'atmosphère cherche à t'en empêcher. Fais-le de travers et l'air devient du rocher. Il faut que tu façonnes la tranche de temps autour de toi pour que tu te déplaces comme un poisson dans l'eau. Tu sais faire ça ?

— On a appris un peu la théorie, mais…

— D'après Soto, tu as arrêté le temps pour ton compte en ville. La posture du coyote, ça s'appelle. Très dur à réaliser, et je ne crois pas qu'on enseigne ça à la Guilde des Voleurs, hein ?

— J'imagine que j'ai eu de la chance, balayeur.

— Bien. Continue. Tu as tout le loisir de t'entraîner avant qu'on quitte la neige. Tâche de réussir avant qu'on arrive sur l'herbe, sinon tu pourras dire adieu à tes pieds. »

On appelait ça découper le temps...

Il existe une technique pour jouer de certains instruments de musique qu'on appelle le « souffle continu », conçue pour permettre à des musiciens de jouer du didgeridoo ou du hautbois sans carrément imploser ou se faire aspirer dans le tube. Découper le temps ressemblait beaucoup à ça, sauf qu'on remplaçait l'air par le temps et qu'il était bien plus silencieux. Un moine entraîné pouvait étirer une seconde jusqu'à plus d'une heure...

Mais ce n'était pas suffisant. Il se déplaçait alors dans un monde rigide. Il lui fallait apprendre à voir par des échos de lumière, entendre par des fantômes de sons et laisser le temps filtrer dans son univers immédiat. Ce n'était pas difficile une fois qu'on acquérait de l'assurance ; le monde découpé paraissait presque normal en dehors des couleurs...

C'était comme marcher à la tombée du jour, sauf que le soleil restait haut dans le ciel et se déplaçait à peine. Le monde devant Lobsang tirait sur le violet et celui dans son dos, lorsqu'il se retourna, avait la couleur du sang séché. Et c'était un monde désolé. Mais le pire, s'aperçut Lobsang, c'était le silence. On entendait une espèce de bruit, mais ce n'était qu'un grésillement sourd à la limite de l'audible. Ses pas lui paraissaient étranges, assourdis, et leur sonorité lui arrivait dans les oreilles en harmonie avec le choc de ses pieds par terre.

Ils arrivèrent à la limite de la vallée et sortirent du printemps perpétuel pour pénétrer dans le véritable monde des neiges. À présent le froid s'infiltrait lentement comme un couteau de sadique.

Lou-tsé marchait en tête à grands pas, l'air inconscient du froid.

Bien entendu, c'était une des histoires qui couraient sur son compte. Lou-tsé, disait-on, marchait des kilomètres par des temps où même les nuages auraient gelé et seraient tombés raides du ciel. Le froid n'avait pas prise sur lui, disait-on.

Et pourtant…

Dans les histoires, Lou-tsé était plus grand, plus fort… et non ce petit maigrichon tout chauve qui préférait éviter le combat.

« Balayeur ! »

Lou-tsé s'arrêta et se retourna. Sa silhouette était un peu floue, et Lobsang se dégagea du temps. La couleur revint dans le monde et, même si le froid perdit de sa force perforatrice, il faisait encore mal.

« Oui, petit ?

— Vous allez m'apprendre, c'est ça ?

— S'il reste quelque chose que tu ne connais pas, petit génie, répliqua sèchement Lou-tsé. Tu découpes bien, je vois ça.

— Je ne sais pas comment vous pouvez supporter ce froid !

— Ah, tu ne connais pas le secret ?

— C'est la Voie de madame Cosmopilite qui vous donne autant de pouvoir ? »

Lou-tsé remonta sa robe d'une saccade puis exécuta une petite danse dans la neige, dévoilant des jambes maigres enchâssées dans d'épais tubes jaunissants.

« Excellent, excellent, dit-il. Elle continue de m'envoyer ces grosses combinaisons, soie à l'intérieur, puis trois épaisseurs de laine, soufflets renforcés et deux ouvertures bien pratiques. Prix très raisonnable à six piastres la paire parce que je suis un vieux client. Car il est écrit : "Couvre-toi bien sinon tu vas attraper la crève."

— C'est seulement un subterfuge ? »

Lou-tsé parut surpris. « Quoi ? fit-il.

— Ben, je veux dire, ce ne sont que des subterfuges, non ? Tout le monde vous prend pour un grand héros et... vous ne vous battez pas, ils s'imaginent que vous détenez toutes sortes de connaissances bizarres et... et vous... ne faites que tromper les gens. N'est-ce pas ? Même l'abbé ? Je croyais que vous alliez m'apprendre... des choses utiles à savoir...

— J'ai l'adresse de madame Cosmopilite si c'est ce que tu veux. Si tu viens de ma part... Oh, à ce que je vois, ce n'est pas ce que tu veux, hein ?

— Je ne voudrais pas être ingrat, je croyais seulement...

— Tu croyais que j'aurais dû me servir de pouvoirs mystérieux puisés dans une vie entière d'étude uniquement pour me garder les jambes au chaud ? Hein ?

— Ben...

— Dévaloriser les enseignements sacrés pour le bien-être de mes genoux, tu crois ?

— Vu comme ça... »

Puis un détail fit baisser les yeux à Lobsang.

Il se tenait debout dans une vingtaine de centimètres de neige. Pas Lou-tsé. Ses sandales baignaient dans deux flaques. La glace fondait autour de ses orteils. De ses orteils roses et chauds.

« Les orteils, ça, c'est autre chose, dit le balayeur. Madame Cosmopilite fait des merveilles côté caleçons longs, mais elle est nulle pour les talons. » Lobsang releva la tête pour regarder Lou-tsé qui lui fit un clin d'œil. « Toujours se rappeler la règle numéro un, pas vrai ? »

Il tapota le bras du jeune homme. « Mais tu te débrouilles bien, dit-il. On va s'asseoir tranquillement et se faire du thé. » Il pointa le doigt vers des rochers qui offraient au moins un semblant d'abri contre le vent ; de la neige s'était amassée contre eux en gros monticules blancs.

« Lou-tsé ?

— Oui, petit ?

— J'ai une question. Vous pouvez me donner une réponse franche ?

— Je vais essayer, bien sûr.

— Qu'est-ce qui se passe, merde ? »

Lou-tsé, de la main, balaya la neige d'un rocher.

« Oh, fit-il. Une question difficile, celle-là. »

Tic

Igor devait le reconnaître, quand il s'agit de faire des trucs bizarres, le sain d'esprit bat le fou à plate couture. Il avait l'habitude de maîtres qui, malgré leurs superbes équilibres sur les mains au bord du précipice mental, ne savaient pas enfiler leur pantalon sans l'aide d'une carte. Comme tous les Igor, il avait appris à s'en débrouiller. À la vérité, ce n'était pas un boulot difficile (même s'il fallait de temps en temps travailler à tombeau ouvert) et, une fois que vous les aviez installés dans leur routine, vous pouviez vous atteler à vos propres tâches et ils vous fichaient la paix jusqu'à ce qu'il faille dresser le paratonnerre.

C'était différent avec Jérémie, un maître sur qui on pouvait régler sa montre. Igor n'avait jamais connu de vie aussi organisée, aussi allégée, aussi minutée. Il se surprit à donner intérieurement à son nouveau maître le nom de monsieur Tic-tac.

Un des anciens maîtres d'Igor avait carrément fabriqué un monsieur Tic-tac tout en manettes, pignons, manivelles et rouages. En guise de cerveau il avait un long ruban percé de trous. En guise de cœur, un gros ressort. Dès lors que tout dans la cuisine se trouvait à sa place précise, l'automate pouvait balayer et préparer une tasse de thé correcte. Si tout ne se trouvait pas à sa place précise ou si la machine tictaquante et cliquetante butait inopinément contre une bosse, elle arrachait le plâtre des murs et préparait une tasse de chat enragé.

Puis son maître avait eu l'idée de faire vivre sa créature afin qu'elle puisse perforer elle-même ses rubans et remonter son ressort. Igor, qui savait parfaitement quand suivre les instructions à la lettre, avait consciencieusement installé le dispositif classique « table élévatrice-paratonnerre » par un soir de belle tempête. Il n'avait pas vu ce qui s'était réellement passé ensuite parce qu'il n'était pas là lorsque l'éclair avait frappé la mécanique. Non, Igor cavalait comme un dératé à mi-pente de la colline vers le village, tous ses biens dans un sac de voyage. Un rouage chauffé à blanc lui était tout de même passé au-dessus de la tête en vrombissant avant de se planter dans un tronc d'arbre.

La loyauté envers un maître était une valeur essentielle, mais elle arrivait en deuxième position derrière celle envers l'igoritude. Si le monde devait se peupler de serviteurs titubants, ils s'appelleraient Igor, il n'y avait pas à tortiller.

Il semblait à cet Igor-là que, si on réussissait à donner vie à un monsieur Tic-tac, il ressemblerait à Jérémie. Et Jérémie tictaquait plus vite à mesure que l'horloge approchait de son achèvement.

182

Igor n'aimait pas beaucoup l'horloge. Il préférait les gens. Préférait ce qui saignait. Et à mesure que l'horloge prenait forme, elle et ses éléments en cristal miroitant qui n'avaient pas l'air tout à fait présents, Jérémie paraissait de plus en plus absorbé par son travail et Igor de plus en plus tendu. Il se passait manifestement du nouveau dans l'atelier, et si les Igor ne demandaient qu'à apprendre ce qui était nouveau, il y avait tout de même des limites. Les Igor ne croyaient pas au « savoir interdit » ni à « ce que l'homme n'est pas censé connaître », mais il y avait certainement des choses qu'un homme se devait d'ignorer, comme par exemple la sensation d'avoir chaque particule de son organisme aspirée dans un petit trou, ce qui paraissait une des options possibles dans un avenir immédiat.

Et puis il y avait dame Ligion. Elle flanquait les grelots à Igor qui était pourtant déjà bien pourvu de ce côté-là. Ce n'était ni une zombie ni une vampire parce qu'elle n'en avait pas l'odeur. Son odeur ne ressemblait à rien. Pour ce qu'en savait Igor, tout sentait quelque chose.

Et puis il y avait l'autre détail.

« Fes pieds touffent pas terre, monfieur, fit-il observer.

— Bien sûr que si, dit Jérémie en astiquant un rouage de la mécanique avec sa manche. Elle va revenir dans une minute dix-sept secondes. Et je suis certain que ses pieds toucheront terre.

— Oh, des fois ils touffent, monfieur. Mais regardez bien quand elle monte ou deffend une marfe, monfieur. Elle le fait pas tout à fait normalement, monfieur. On voit fufte l'ombre fous les fouliers.

— Les fouliers ?

— Les pieds, monfieur », soupira Igor. Le cheveu sur la langue posait parfois problème. N'importe quel

Igor pouvait à vrai dire y remédier, mais ça participait du personnage. Autant s'arrêter de boiter.

« Va te tenir prêt à la porte, dit Jérémie. Ce n'est pas parce qu'on flotte dans les airs qu'on est une méchante personne. »

Igor haussa les épaules. Dans son idée, ça voulait dire qu'on n'était pas une personne tout court, et, entre parenthèses, ça l'inquiétait que Jérémie se soit habillé avec un peu plus de soin ce matin.

Il avait décidé, étant donné les circonstances, de ne pas aborder la question de son embauche, mais il avait résolu le mystère. Il avait été embauché avant que dame Ligion s'adresse à Jérémie pour ce travail ? Eh bien, ça prouvait tout bonnement qu'elle connaissait son homme. Mais elle l'avait embauché en personne à Bad Schüschein. Et il avait pris la diligence le jour même. Pourtant dame Ligion avait rendu visite à Jérémie ce jour-là aussi.

La seule chose plus rapide que la diligence entre l'Uberwald et Ankh-Morpork, c'était la magie, à moins que quelqu'un ait trouvé le moyen de voyager par séma-phore. Et dame Ligion ne ressemblait pas vraiment à une sorcière.

Les pendules de la boutique dressaient un barrage sonore pour signaler l'avènement des sept heures quand Igor ouvrit la porte sur la rue. Ça le faisait[1] toujours d'anticiper les coups frappés au battant. Encore un prin-cipe qui participait du code des Igor.

Il ouvrit brutalement.

« Deux demi-litres, monsieur, et du tout frais, dit monsieur Soak en lui tendant les bouteilles. Et une

---

1. Ça ne faisait rien de particulier. Ça le faisait, c'est tout. Certaines choses ne se faisaient pas, d'autres si. Et, dans ce dernier cas, Igor les faisait.

journée pareille, ça donne envie de crème fraîche, non ? »

Igor lui lança un regard noir mais prit les bouteilles. « Fe préfère quand f'est un peu vert, répliqua-t-il avec hauteur. Bien le bonfour, monfieur Foak. »

Il referma la porte.

« Ce n'était pas elle ? demanda Jérémie lorsque le serviteur regagna l'atelier.

— F'était le laitier, monfieur.

— Elle a vingt-cinq secondes de retard ! se plaignit Jérémie d'une voix inquiète. Vous croyez qu'il a pu lui arriver quelque chose ?

— Il est de bon ton fez les vraies dames d'arriver en retard, monfieur », fit valoir Igor en rangeant le lait. Les bouteilles étaient glacées sous ses doigts.

« Eh bien, je suis sûr que Sa Seigneurie est une vraie dame.

— Fa, f'en fais rien, monfieur », dit Igor qui nourrissait en réalité les très sérieux doutes déjà mentionnés sur ce point. Il retourna dans la boutique et prit position, la main sur la poignée de la porte, au moment même où l'on frappait.

Dame Ligion passa majestueusement devant Igor. Les deux trolls l'ignorèrent et se postèrent de chaque côté de l'entrée à l'intérieur de l'atelier. Aux yeux d'Igor, c'étaient des cailloux à gages que n'importe qui pouvait s'offrir pour deux piastres par jour plus les frais.

Sa Seigneurie fut impressionnée.

La grande horloge était presque achevée. Il ne s'agissait pas de l'appareil trapu et lourdaud dont le grand-père d'Igor lui avait parlé. Jérémie, à la grande surprise de son serviteur – car on ne voyait nulle part dans la maison la moindre trace de décoration –, avait opté pour le spectaculaire.

« Votre grand-père a aidé à fabriquer la première, avait dit Jérémie, celle du conte pour enfants. Alors on va faire une horloge de conte, une contoise, quoi. » Et elle se dressait devant lui : une grande horloge à gaine en cristal et verre filé qui réfléchissait la lumière de manière inquiétante.

Igor avait passé un temps fou dans la rue des Artisans-Ingénieux. Pour une somme suffisante, on pouvait acheter n'importe quoi à Ankh-Morpork, y compris les gens. Il s'était assuré qu'aucun tailleur de cristal ni verrier n'effectue de tâche assez importante qui lui donnerait une idée de l'horloge finale, mais il s'était inquiété en vain. L'argent pouvait acheter beaucoup de désintérêt. Et puis qui croirait qu'on puisse mesurer le temps avec des cristaux ? C'est seulement dans l'atelier que le tout avait été assemblé.

Igor s'affairait, astiquait ici et là, écoutait attentivement tandis que Jérémie faisait étalage de sa création.

« … besoin d'aucune pièce métallique, disait-il. Nous avons trouvé le moyen de faire passer l'éclair domestiqué à travers le verre, et nous avons déniché un ouvrier en mesure de fabriquer du verre qui réfracte légèrement… »

« Nous », nota Igor. Bah, c'était toujours pareil. Par ce « nous » abonné aux découvertes, il fallait comprendre que le maître demandait quelque chose et qu'Igor le trouvait. De toute façon, la propagation des éclairs était une passion familiale. Avec du sable, des produits chimiques et quelques secrets, on pouvait forcer un éclair à s'asseoir sur son derrière et faire le beau.

Dame Ligion tendit une main gantée et toucha le flanc de l'horloge.

« C'est le mécanisme diviseur… », voulut expliquer

Jérémie en prenant un ensemble d'objets cristallins sur l'établi.

Mais Sa Seigneurie ne quittait pas l'horloge des yeux. « Vous l'avez pourvue d'un cadran et d'aiguilles, dit-elle. Pourquoi ?

— Oh, elle marchera parfaitement pour mesurer le temps classique, répondit Jérémie. Tous les rouages sont en verre, bien entendu. En théorie, elle n'aura jamais besoin de réglage. Elle sera réglée sur le tic-tac universel.

— Ah. Vous l'avez trouvé, alors ?

— Le temps qu'il faut au plus petit événement possible pour se produire. Je sais qu'il existe. »

Elle eut l'air impressionnée. « Mais l'horloge n'est pas encore terminée.

— Il faut compter avec un certain nombre d'essais et d'erreurs, dit Jérémie. Mais nous allons y arriver. D'après Igor, il y aura une grosse tempête lundi. Ça devrait nous fournir l'énergie nécessaire, à son avis. Et ensuite (la figure de Jérémie s'éclaira d'un sourire) je ne vois aucune raison qui empêcherait toutes les horloges du monde de dire précisément la même heure ! »

Dame Ligion jeta un coup d'œil à Igor qui s'affairait avec un regain d'empressement. « Le serviteur vous donne satisfaction ?

— Oh, il grogne un peu. Mais il a un bon cœur. Et un autre de rechange, apparemment. Il est aussi étonnamment doué pour toutes sortes de travaux.

— Oui, comme souvent avec les Igor, dit la dame d'un air distant. Ils ont, semble-t-il, maîtrisé l'art d'hériter des talents. »

Elle claqua des doigts. Un troll s'avança et présenta deux sacs.

« De l'or et de l'invar, dit-elle. Comme promis.

« — Hah, mais l'invar ne vaudra rien une fois l'horloge terminée, fit observer Jérémie.

— Pardon ? Vous voulez davantage d'or ?

— Non, non ! Vous êtes très généreuse. »

Exact, songea Igor en époussetant vigoureusement l'établi.

« À la prochaine, alors », dit dame Ligion. Les trolls se tournaient déjà vers la porte.

« Vous allez venir pour le lancement ? », demanda Jérémie tandis qu'Igor se précipitait dans le couloir pour ouvrir la porte de la rue car, malgré tout ce qu'il pensait de Sa Seigneurie, il devait se conformer à la tradition.

« C'est possible. Mais nous vous faisons entièrement confiance, Jérémie.

— Hum... »

Igor se raidit. Il n'avait encore jamais entendu ce ton-là chez l'horloger. Dans la bouche d'un maître, c'était un ton désagréable.

Jérémie prit une inspiration profonde, l'air nerveux, comme s'il s'attendait à ce qu'un tout petit mécanisme compliqué, faute d'attention, se détende en catastrophe et projette des rouages par terre.

« Hum... je me demandais, hum... Votre Seigneurie, hum... peut-être, hum... que vous accepteriez de dîner avec moi, hum... ce soir, hum... »

Jérémie sourit. Igor avait vu des sourires plus réjouis sur des cadavres.

L'expression de dame Ligion tremblota. Littéralement. Igor eut le sentiment qu'elle passait d'une expression à une autre comme s'il s'agissait d'une série d'images fixes, sans mouvement perceptible des traits entre chacune d'elles. Sa mine impassible habituelle devint soudain songeuse puis franchement étonnée. Puis, à la propre surprise d'Igor, elle se mit à rougir.

« Ma foi, Monsieur Jérémie, je... je ne sais que dire, bafouilla Sa Seigneurie dont le calme glacial se muait en une flaque chaude. Vraiment, je... ne sais pas... Peut-être une autre fois ? J'ai un rendez-vous important, ravie de vous avoir rencontré, il faut que j'y aille. Au revoir. »

Le serviteur se mit avec raideur au garde-à-vous, aussi droit qu'il était possible à un Igor moyen, et ferma presque entièrement la porte derrière Sa Seigneurie alors qu'elle sortait en hâte du bâtiment et descendait les marches.

Elle se retrouva l'espace d'un instant à deux doigts au-dessus de la rue. Ça ne dura qu'un bref instant, puis elle se posa en douceur. Nul en dehors d'Igor qui observait en douce d'un œil torve par l'interstice entre la porte et le chambranle n'aurait pu s'en apercevoir.

Il regagna en flèche l'atelier. Jérémie était toujours cloué sur place, et ses joues rosissaient comme avaient rosi celles de Sa Seigneurie.

« Fe vais filer ferfer fe nouveau truc en verre pour le multiplicateur, monfieur, déclara aussitôt Igor. Il est fûrement fini maintenant. Oui ? »

Jérémie pivota d'un bloc et se dirigea rapidement vers son établi.

« Faites ça, Igor. Merci », dit-il d'une voix légèrement assourdie.

Le groupe de dame Ligion s'était éloigné dans la rue lorsque Igor se glissa dehors et s'enfonça sans tarder dans l'ombre.

Au croisement suivant, Sa Seigneurie agita vaguement la main, et les trolls poursuivirent leur route tout seuls. Igor resta avec elle. Malgré la boiterie qui était

189

leur marque de fabrique, les Igor pouvaient se déplacer vite quand il le fallait. Il le fallait souvent quand la populace arrivait au moulin[1].

Maintenant qu'il était dehors, il constatait d'autres détails insolites. Elle ne se déplaçait pas tout à fait normalement. C'était comme si elle dirigeait son enveloppe charnelle à partir de commandes au lieu de la laisser se diriger toute seule. Comme procédaient les humains. Même les zombies y arrivaient au bout d'un moment. L'effet était subtil, mais les Igor jouissaient d'une très bonne vue. Elle se déplaçait comme quelqu'un qui n'a pas l'habitude d'occuper un corps.

Le gibier s'enfonça dans une rue étroite, et Igor espéra plus ou moins que certains sociétaires de la Guilde des Voleurs rôdent dans le secteur. Il aimerait bien voir comment ça tournerait si l'un d'eux lui donnait une petite tape sur la caboche, leur prélude à toute négociation. Igor y avait eu droit la veille, et si l'homme avait été surpris du tintement métallique qu'il avait entendu, il l'avait été encore davantage en sentant son bras saisi et brisé avec une précision chirurgicale.

En fait, elle bifurqua dans une ruelle entre deux bâtiments.

1. Les Igor étaient loyaux mais pas stupides. Un boulot, c'était un boulot. Quand un employeur n'avait plus besoin de vos services, par exemple parce qu'une meute de villageois enragés venaient de lui planter un pieu dans le cœur, il était temps de mettre les voiles avant que l'envie les prenne de faire de vous le prochain embroché. Tout Igor découvrait vite un passage secret lui permettant de sortir de n'importe quel château et une cachette où déposer un nécessaire de voyage. Comme le disait, selon ses propres termes, un des Igor fondateurs : « Nous appartenir mort ? Fe vous demande pardon ? Où f'est écrit "nous" ? »

Igor hésita. Aller se découper en plein jour à l'entrée d'une ruelle arrivait en tête de la liste locale des erreurs fatales. Mais, d'un autre côté, il ne faisait rien de mal, pas vrai ? Et elle n'avait pas l'air armée.

Il n'entendait pas marcher dans la ruelle. Il attendit un instant et pointa le nez à l'angle.

Aucune trace de dame Ligion. Aucune issue non plus : c'était un cul-de-sac jonché de détritus.

Mais, en l'air, une forme grise s'estompait qui disparut même complètement sous ses yeux. Elle portait une robe à capuche, grise comme du brouillard. Elle se fondit dans la grisaille ambiante et s'évanouit.

Elle avait changé de rue puis avait changé... d'état.

Igor sentit ses mains se contracter.

Chaque Igor avait ses propres spécialités, mais c'étaient tous des chirurgiens experts et ils avaient tous en eux le désir de ne gaspiller personne. Dans les montagnes, où l'on embauchait surtout des bûcherons et des mineurs, disposer d'un Igor résidant sur place passait pour un avantage inappréciable. Il y avait toujours le risque d'une hache qui rebondissait ou d'une scie soudain prise de folie, et on était alors drôlement content d'avoir dans le coin un Igor qui pouvait prêter la main – voire tout le bras, avec un peu de chance.

Et s'ils exerçaient leurs talents spontanément et généreusement au sein de la communauté, les Igor étaient encore davantage soucieux de s'en faire profiter entre eux. Une vue hors pair, deux poumons vigoureux, un puissant appareil digestif... C'était affreux de penser que des compétences aussi formidables finissent chez les vers. Ils veillaient donc à ce que ça n'arrive pas. Ils les gardaient dans la famille.

Igor avait réellement les mains de son grand-père. Et voilà qu'elles fermaient le poing toutes seules.

Une toute petite bouilloire chauffait sur un feu de copeaux de bois et de bouses de yack.

« C'était... il y a longtemps, dit Lou-tsé. Quand exactement importe peu à cause de ce qui s'est passé. En fait, demander "quand" exactement n'a plus aucun sens. Tout dépend d'où on se trouve. Dans certains secteurs, c'était il y a des siècles. Ailleurs... ben, peut-être que ça n'est pas encore arrivé. Il y avait un type en Uberwald. Il avait inventé une horloge. Une horloge incroyable. Elle mesurait le tic-tac de l'univers. Tu sais ce que c'est ?

— Non.

— Moi non plus. C'est l'abbé qui s'y connaît dans ces histoires-là. Voyons voir... d'accord... imagine le plus petit intervalle de temps possible. Tout petit petit. Tellement petit qu'une seconde ressemble à un milliard d'années. Ça y est ? Eh bien, le tic-tac cosmique quantique – c'est comme ça que l'appelle l'abbé –, le tic-tac cosmique quantique, donc, est beaucoup plus petit que ça. C'est le temps qu'il faut pour passer de "maintenant" à "ensuite". Le temps qu'il faut à un atome pour penser à gigoter. C'est...

— Le temps qu'il faut au plus petit événement possible pour se produire ? dit Lobsang.

— Exactement. Bravo », fit Lou-tsé. Il inspira profondément. « C'est aussi le temps qu'il faut à l'ensemble de l'univers pour être détruit dans le passé et reconstruit dans l'avenir. Ne me regarde pas comme ça, je répète ce qu'a dit l'abbé.

— Est-ce que ça s'est passé pendant qu'on parlait ? demanda Lobsang.

— Des millions de fois. Une moultitude de fois, sûrement.

— Ça fait combien, ça ?

— C'est une des expressions de l'abbé. Ça veut dire plus de chiffres que tu ne peux en imaginer en une lurette.

— C'est quoi, une lurette ?

— Une très longue durée.

— Et on ne sent rien ? L'univers est détruit et on ne sent rien ?

— Il paraît que non. La première fois qu'on me l'a expliqué, j'étais un peu nerveux, mais ça va bien trop vite pour qu'on s'en aperçoive. »

Lobsang contempla un moment la neige. « D'accord, dit-il enfin. Continuez.

— Quelqu'un en Uberwald a fabriqué une horloge en verre. Qui tirait son énergie des éclairs, autant que je me souvienne. Elle parvenait, on ne sait comment, à un niveau où elle tictaquait avec l'univers.

— Pourquoi il a voulu faire ça ?

— Écoute, il vivait dans un grand et vieux château en haut d'un rocher à pic en Uberwald. Les gens comme lui n'ont pas besoin d'autre raison que "je peux le faire". Ils font un cauchemar et veulent qu'il se réalise.

— Mais, écoutez, on ne peut pas fabriquer une horloge pareille, parce qu'elle est à l'intérieur de l'univers, et donc… quand l'univers est reconstruit, elle l'est aussi, non ? »

Lou-tsé parut impressionné et le confessa. « Je suis impressionné.

— Ce serait comme ouvrir une caisse avec le pied-de-biche qui se trouve à l'intérieur.

— Mais l'abbé croit qu'une partie de l'horloge était à l'extérieur.

— On ne peut rien avoir à l'extérieur de…

— Va raconter ça à quelqu'un qui travaille sur le problème depuis neuf vies, dit Lou-tsé. Tu veux entendre la fin de l'histoire ?

— Oui, balayeur.

— Donc… on n'était pas très nombreux en ce temps-là, mais il y avait un jeune balayeur…

— Vous, dit Lobsang. C'est vous, non ?

— Oui, oui, répliqua Lou-tsé avec irritation. On m'a envoyé en Uberwald. L'Histoire n'avait pas beaucoup divergé à l'époque, et on savait qu'un événement important allait se produire du côté de Bad Schüschein. J'ai dû passer des semaines en recherches. Tu sais combien de châteaux isolés il y a le long des gorges ? On ne sait plus où se tourner !

— C'est pour ça que vous n'avez pas trouvé le bon à temps. Je me rappelle ce que vous avez dit à l'abbé.

— J'étais juste en dessous dans la vallée quand l'éclair a frappé la tour. Tu sais qu'il est écrit : "Les grands événements se font toujours pressentir." Mais je n'ai pas pu déterminer où c'était avant qu'il soit trop tard. Un sprint en côte de près d'un kilomètre qui bat un éclair de vitesse… Non, personne n'en est capable. Mais j'y suis presque arrivé… je passais en fait la porte quand l'enfer s'est déchaîné !

— Rien à vous reprocher, alors.

— Oui, mais tu sais ce que c'est. On n'arrête pas de se répéter : "Si seulement j'étais monté plus tôt ou si j'avais pris un autre chemin…"

— Et l'horloge a sonné, dit Lobsang.

— Non, elle s'est bloquée. Je t'ai dit qu'elle était en partie hors de l'univers. Elle n'a pas suivi le courant. Elle essayait de compter les tic-tac, pas de les accompagner.

— Mais l'univers est immense ! Ce n'est pas un article d'horlogerie qui peut l'arrêter ! »

Lou-tsé expédia d'une pichenette son mégot de cigarette dans le feu. « D'après l'abbé, le format ne fait aucune différence, dit-il. Écoute, ça lui a pris neuf vies pour savoir ce qu'il sait, alors ce n'est pas notre faute si on ne comprend pas, hein ? L'Histoire a volé en miettes. Elle seule pouvait céder. Un événement très étrange. Il restait des fissures partout. Les... oh, je ne me souviens pas des termes... les attaches qui disent aux morceaux du passé à quels morceaux du présent ils appartiennent, elles voltigeaient en tous sens. Certaines se sont perdues à tout jamais. » Lou-tsé contempla les flammes mourantes. « On a recousu de notre mieux, ajouta-t-il. D'un bout à l'autre de l'Histoire. On a rapiécé les trous avec des bouts de temps récupérés ailleurs. Un vrai patchwork.

— Personne n'a rien remarqué ?

— Pourquoi les gens auraient-ils remarqué quelque chose ? Une fois notre rafistolage terminé, c'était pour tout le monde l'Histoire officielle. Tu n'en reviendrais pas de nos bidouillages. Tiens, par...

— Je suis sûr que ç'a dû se voir. »

Lou-tsé jeta un de ses regards en coin à Lobsang. « Marrant que tu dises ça. Je me suis toujours posé la question. Les gens sortent des phrases comme "Où passe le temps ?" et "J'ai l'impression que c'était seulement hier". Il fallait qu'on le fasse, de toute façon. Et ça s'est cicatrisé sans problème.

— Mais les gens peuvent regarder dans les livres d'Histoire et se rendre compte...

— Des mots, petit. Rien d'autre. N'importe comment, depuis que l'homme est homme, il a toujours fait l'imbécile avec le temps. Il le perd, il le tue, il le passe,

195

il le rattrape. Il le fait même parfois en prison. La tête de l'homme a été conçue pour jouer avec le temps. Tout comme nous jouons nous-mêmes avec lui, sauf que nous sommes mieux entraînés et disposons de quelques compétences en plus. Et on a passé des siècles à travailler pour le remettre au pas. Regarde les procrastinateurs, même par un jour calme. Ils déplacent le temps, ils l'étirent d'un côté, le compriment ailleurs… C'est un boulot gigantesque. Je ne veux pas le voir réduit à néant une deuxième fois. Il n'en resterait pas assez pour qu'on puisse réparer. »

Il regarda fixement les braises. « C'est marrant. Wen avait lui-même des idées très curieuses sur le temps, au bout du compte. Tu te souviens, je t'ai dit qu'à son avis le temps était vivant. D'après lui, il agissait en être vivant, en tout cas. Des idées très étranges, vraiment. Il disait qu'il avait rencontré le Temps et que c'était une femme. Pour lui, toujours bien. Pour tout le monde, ce n'était qu'une métaphore alambiquée, et peut-être que j'ai tout bonnement reçu un coup sur la tête ou autre chose, mais j'ai regardé ce jour-là l'horloge de verre juste au moment où elle explosait et… »

Il se mit debout et empoigna son balai.

« Dépêchons-nous, petit. Encore deux ou trois secondes et on sera à Boug Phut.

— Qu'est-ce que vous alliez dire ? demanda Lobsang en se relevant en hâte.

— Oh, des divagations de vieillard, répondit Loutsé. La tête déraille un peu après sept cents ans. Allons-y.

— Balayeur ?

— Oui, petit ?

— Pourquoi est-ce qu'on porte des tourniquets sur le dos ?

196

— Tu verras en temps utile, petit. J'espère.

— On transporte du temps, c'est ça ? Si le temps s'arrête, on peut continuer d'avancer ? Comme... des plongeurs ?

— Mes félicitations.

— Et... ?

— Une autre question ?

— Le Temps est une femme ? Aucun professeur n'en a parlé et je ne me rappelle pas avoir vu ça dans les manuscrits.

— Ça ne veut rien dire. Wen a écrit... enfin, le Manuscrit secret, ça s'appelle. On le garde dans un local fermé à clé. Seuls les abbés et les moines de très haut rang peuvent le consulter. »

Lobsang se devait de réagir. « Alors comment est-ce que vous... ?

— Ben, tu ne crois tout de même pas que des hommes de ce statut vont y passer le balai, dis ? répliqua Lou-tsé. Très poussiéreux, c'était.

— De quoi il parlait ?

— Je n'en ai pas lu beaucoup. Je me disais que ce n'était pas bien.

— Vous ? De quoi ça parlait, alors ?

— C'était un poème d'amour. Et un bon... »

L'image de Lou-tsé devint floue lorsqu'il découpa le temps. Puis elle s'estompa et disparut. Une succession de pas apparut sur le champ de neige.

Lobsang enroula le temps autour de lui et prit le même chemin. Et un souvenir lui vint de nulle part : Wen avait raison.

Il existait beaucoup de bâtiments comme l'entrepôt. Il en existe toujours, dans toutes les villes anciennes, quel que soit le prix au mètre carré du terrain à bâtir. Il arrive que l'espace se perde.

On construit un atelier, puis un autre à côté. Usines, réserves, hangars et appentis provisoires se rapprochent peu à peu les uns des autres, se rejoignent et fusionnent. On recouvre de papier goudronné les espaces vides entre les murs extérieurs. On annexe des parcelles de terrain aux formes tarabiscotées en érigeant un bout de palissade et en y découpant une porte. On dissimule les anciennes portes derrière des tas de bois de construction ou de nouveaux râteliers d'outils. Les vieux employés qui savent où tout se trouve finissent par mourir, tout comme les mouches qui ponctuent les toiles d'araignée épaisses sur les fenêtres crasseuses. Les jeunes, dans ce monde bruyant de tours bourdonnants, d'ateliers de peinture et d'établis en fouillis, n'ont pas le temps d'explorer.

Il existait donc des espaces tels que ce petit entrepôt au vasistas encroûté, que pas moins de quatre usines croyaient la propriété d'une des trois autres les rares fois où il leur arrivait d'y penser. À la vérité, chacune possédait un mur mais, assurément, aucune ne se souvenait de qui avait posé le toit. Derrière chacun des quatre murs, des hommes et des nains cintraient le fer, sciaient des planches, fabriquaient de la ficelle et vissaient. Mais ici régnait un silence connu des seuls rats.

Un déplacement d'air le parcourut pour la première fois depuis des années. Des chatons de poussière roulèrent par terre. De petites particules étincelèrent et virevoltèrent dans la lumière qui se frayait un passage depuis le toit. Dans le secteur environnant, invisible et subtile, de la matière se mit à se déplacer. Restes de casse-croûte d'ouvriers, saletés de caniveau et fragments de plumes de pigeon, un atome ici, une molécule là, qui affluèrent mine de rien vers le centre de l'espace.

Un tourbillon se forma. Qui, après être passé par des formes étranges, antiques et horribles, finit par devenir dame Ligion.

Elle chancela mais parvint à rester debout.

D'autres Contrôleurs apparurent à leur tour et, à cet instant, on aurait dit qu'ils n'avaient jamais vraiment été absents. La lumière gris terne se muait tout bonnement en silhouettes qui émergeaient tels des navires du brouillard. Comme lorsqu'on fixe la brume dont une partie devient soudain une coque qui se trouvait là depuis un moment et qu'on n'a plus qu'à foncer vers les canots de sauvetage...

Dame Ligion dit : « Je ne peux pas continuer ainsi. C'est trop douloureux. »

L'un dit : *Ah, pouvez-vous nous dire à quoi ressemble la douleur ? Nous nous sommes souvent posé la question.*

« Non. Non, je ne crois pas. C'est... un phénomène physique. Déplaisant. À partir de maintenant, je garde l'enveloppe charnelle. »

L'un dit : *Ça risque d'être dangereux.*

Dame Ligion haussa les épaules. « Ce ne serait pas la première fois. C'est uniquement une affaire d'apparence. Et revêtir cette forme facilite étonnamment les rapports avec les humains. »

L'un dit : *Vous avez haussé les épaules. Et vous parlez avec votre bouche. Un orifice pour l'air et l'alimentation.*

« Oui. Étonnant, non ? » L'enveloppe charnelle de dame Ligion trouva une vieille caisse, l'attira vers elle et s'assit dessus. Elle avait à peine besoin de réfléchir aux mouvements des muscles.

L'un dit : *Vous ne mangez pas, tout de même ?*

« Pas encore, non. »

L'un dit : *Pas encore ? Voilà qui soulève l'horrible question des... orifices.*

L'un dit : *Et comment avez-vous appris à hausser les épaules ?*

« C'est compris avec l'enveloppe charnelle, répondit Sa Seigneurie. On n'avait pas pensé à ce détail, pas vrai ? La plupart des réactions physiques se font machinalement, semble-t-il. Se tenir debout ne nécessite aucun effort. Toute cette affaire est à chaque fois plus facile. »

L'enveloppe charnelle changea légèrement de position et croisa les jambes. Incroyable, se dit dame Ligion. Le corps a réagi ainsi pour être plus à l'aise. Je n'ai pas eu à y penser. On n'avait rien imaginé de tel.

L'un dit : *Il va y avoir des questions.*

Les Contrôleurs détestaient les questions. Ils les détestaient presque autant que les décisions, et ils détestaient les décisions presque autant que l'idée de la personnalité individuelle. Mais ce qu'ils détestaient le plus, c'était tout ce qui se déplaçait au hasard.

« Croyez-moi, tout ira bien, dit dame Ligion. On n'enfreindra aucune des règles, après tout. Tout ce qui va se passer, c'est que le temps s'arrêtera. Tout ensuite sera impeccable. Vivant mais immobile. Rangé. »

L'un dit : *Et nous pourrons terminer le classement.*

« Exactement. Et il tient vraiment à le faire. C'est le plus curieux. Il songe à peine aux conséquences. »

L'un dit : *Génial.*

200

Suivit une de ces pauses quand nul n'est vraiment disposé à parler. Puis…

L'un dit : *Dites-nous… à quoi ça ressemble ?*

« À quoi ça ressemble, quoi ? »

L'un dit : *Être fou. Être humain.*

« C'est étrange. Désordonné. Plusieurs niveaux de pensée fonctionnent en même temps. Il y a… des choses pour lesquelles on n'a pas de mot. Par exemple, l'idée de manger paraît maintenant attirante. C'est le corps qui me le dit. »

L'un dit : *Attirante ? Comme la pesanteur ?*

« Ou-ui. On est attiré par les aliments. »

L'un dit : *Les aliments en grosses quantités ?*

« Même en petites. »

L'un dit : *Mais manger n'est qu'une fonction. En quoi est-ce… attirant de remplir une fonction ? Savoir qu'elle est nécessaire pour perpétuer la survie suffit sûrement, non ?*

« Je ne saurais dire », répondit dame Ligion.

Un Contrôleur dit : *Vous persistez à employer un pronom personnel.*

Et l'un ajouta : *Et vous n'êtes pas morte ? Être un individu, c'est vivre, et vivre, c'est mourir.*

« Oui. Je sais. Mais il est capital pour les humains d'employer le pronom personnel. Il divise l'univers en deux parties. Les ténèbres derrière les paupières, là où se trouve la petite voix, et tout le reste. C'est… une impression horrible. Comme… se faire interroger. En permanence. »

L'un dit : *Qu'est-ce que c'est, cette petite voix ?*

« Réfléchir ressemble parfois à une discussion avec une autre personne, mais cette personne, c'est également soi. »

Elle comprit que sa réponse troublait les autres Contrôleurs. « Je ne tiens pas à poursuivre dans cette voie plus qu'il n'est nécessaire », ajouta-t-elle. Elle s'aperçut alors qu'elle mentait.

L'un dit : *On ne vous fait pas de reproche.*

Dame Ligion opina.

Les Contrôleurs voyaient dans la tête des gens. Ils voyaient les pétillements et grésillements de leurs pensées. Mais ils ne les lisaient pas. Ils voyaient l'énergie s'écouler d'une nodosité à une autre, ils voyaient le cerveau scintiller comme des décorations du Porcher. Ce qu'ils ne voyaient pas, c'était ce qui se passait.

Aussi avaient-ils fabriqué un humain.

C'était la solution logique. Ils avaient déjà recouru à des agents humains car ils s'étaient vite aperçus qu'un très grand nombre d'entre eux acceptaient de faire n'importe quoi contre une quantité d'or suffisante. C'était incompréhensible parce que l'or ne paraissait pas avoir aux yeux des Contrôleurs une grande valeur pour un organisme humain – qui nécessitait du fer, du cuivre, du zinc, mais sûrement pas d'or, ou alors juste un soupçon. Ils y avaient donc vu une preuve de plus que ceux qui en avaient besoin étaient défectueux, voilà pourquoi les tentatives pour les utiliser étaient vouées à l'échec. Mais pourquoi étaient-ils défectueux ?

Fabriquer un être humain était facile ; les Contrôleurs savaient très bien manipuler la matière. L'ennui, c'est que le résultat se contentait de rester étendu sans bouger et finissait par se décomposer. C'était d'autant plus ennuyeux que les vrais humains, sans formation ni entraînement particuliers, arrivaient manifestement à reproduire des copies exactes d'eux-mêmes sans difficulté majeure.

Puis ils avaient appris qu'ils pouvaient fabriquer un humain en mesure de fonctionner s'ils plaçaient un Contrôleur à l'intérieur.

Il y avait évidemment de gros risques. Entre autres la mort. Les Contrôleurs évitaient la mort en s'abstenant d'aller jusqu'à se donner la vie. Ils s'efforçaient d'être aussi indiscernables que des atomes d'hydrogène, mais sans leur joie de vivre. Certains malchanceux risquaient peut-être la mort en « pilotant » l'individu. Mais on avait conclu, au terme de longues délibérations, que si le pilote faisait attention et restait en liaison permanente avec les autres Contrôleurs, le risque était minime et méritait qu'on le prenne, vu l'objectif à atteindre.

Ils avaient fabriqué une femme. Une décision logique. Après tout, même si les hommes exerçaient un pouvoir plus évident que les femmes, c'était souvent au prix de dangers personnels, et aucun Contrôleur n'aimait la perspective d'un danger personnel. Les belles femmes réalisaient souvent de grandes choses rien qu'en souriant à des hommes puissants.

La seule question de la beauté posait beaucoup de problèmes aux Contrôleurs. Ça n'avait pas de sens au niveau moléculaire. Mais des recherches avaient révélé que l'humaine du tableau *Femme tenant un furet* de Léonard de Quirm passait pour le canon de la beauté, aussi avaient-ils conçu dame Ligion sur ce modèle. Ils avaient procédé à des modifications, bien entendu. Le visage du tableau n'était pas symétrique et souffrait de nombreuses petites imperfections qu'ils avaient pris soin d'éliminer.

Le succès du résultat aurait dépassé leurs rêves les plus fous s'ils avaient eu des rêves. Maintenant qu'ils tenaient leur prétexte, leur être humain sur lequel ils pouvaient compter, tout était possible. Ils apprenaient vite, ou du moins recueillaient des données, ce qui, à leurs yeux, revenait à apprendre.

Tout comme dame Ligion. Elle était humaine depuis deux semaines, deux semaines étonnantes, bouleversantes. Qui aurait deviné qu'un cerveau fonctionnait de cette façon ? Ou que les couleurs avaient un sens bien au-delà de l'analyse spectrale ? Comment pouvait-elle ne serait-ce que commencer à décrire la rougeur du rouge ? Ou toute la réflexion dont le cerveau était capable à lui seul ? C'était terrifiant. La moitié du temps ses pensées ne lui paraissaient pas les siennes.

Elle avait découvert avec surprise qu'elle ne tenait pas à en parler aux autres Contrôleurs. Elle ne tenait pas à leur dire grand-chose. Et elle n'était pas obligée !

Elle détenait un pouvoir. Oh, sur Jérémie, c'était indubitable et, elle devait le reconnaître, un peu embêtant à présent. Son enveloppe physique en venait à réagir d'elle-même, à rougir par exemple. Mais elle détenait aussi un pouvoir sur les autres Contrôleurs. Elle les rendait nerveux.

Évidemment, elle tenait à ce que le projet se réalise. C'était leur objectif. Un univers bien ordonné, prévisible, où tout restait à sa place. Un rêve de plus, si les Contrôleurs avaient su rêver.

Sauf… Sauf…

Le jeune homme lui avait adressé un sourire nerveux, inquiétant, et l'univers se révélait nettement plus chaotique que même les Contrôleurs ne l'avaient jamais soupçonné.

Une grande partie de ce chaos avait son siège sous le crâne de dame Ligion.

Lou-tsé et Lobsang traversèrent Bong Phut et Long-Poil tels des fantômes au crépuscule. Habitants et animaux étaient des statues bleuâtres qu'il ne fallait, d'après Lou-tsé, toucher en aucun cas.

Le balayeur refit dans quelques maisons le plein en vivres de son sac de voyage en prenant soin de laisser de petits jetons de cuivre à la place.

« Ça veut dire que nous sommes leurs obligés, dit-il en remplissant aussi le sac de Lobsang. Le prochain moine qui passera par ici risque de devoir leur consacrer une minute ou deux.

— Une minute ou deux, c'est peu.

— Pour une mourante, dire au revoir à ses enfants, c'est toute une vie. Il est écrit : "Chaque seconde compte", non ? Allons-y.

— Je suis vanné, balayeur.

— J'ai dit que chaque seconde comptait.

— Mais tout le monde doit dormir !

— Oui, mais pas encore, insista Lou-tsé. On pourra se reposer plus loin dans les cavernes de Songset. On ne peut pas replier le temps quand on dort, tu vois ?

— On ne peut pas se servir des tourniquets ?

— Si, en théorie.

— En théorie ? Ils pourraient dévider le temps pour nous. On ne dormirait que quelques secondes...

— Ils sont réservés aux cas d'urgence, répliqua sans ménagement Lou-tsé.

— Quelle est votre définition du cas d'urgence, balayeur ?

— Un cas d'urgence, c'est quand je décide le moment venu d'utiliser un tourniquet mécanique conçu par Quiou, petit génie. Une bouée de sauvetage sert à sauver la vie. C'est à ce moment-là que je me fierai à un tourniquet non étalonné, non sanctifié, qui fonctionne avec des ressorts. Quand j'y serai forcé. Je sais, Quiou dit... »

Lobsang battit des paupières et secoua la tête. Lou-tsé lui saisit le bras.

« Tu as encore senti quelque chose ?

— Hou... comme si on m'arrachait une dent du cerveau », répondit Lobsang en se frottant la tête. Il pointa le doigt. « Ça venait de par là-bas.

— Une douleur t'est venue de par là-bas ? », répéta Lou-tsé. Il lança un regard noir au novice. « Comme la dernière fois ? Mais on n'a pas trouvé de moyen pour déterminer de quel côté... »

Il se tut soudain et fourragea dans son sac. Puis il se servit carrément du sac pour nettoyer la neige d'un rocher plat.

« On va voir ce que... »

Maison de verre.

Cette fois, Lobsang put se concentrer sur les sons qui emplissaient l'air. Un doigt mouillé sur un verre à vin ? Ma foi, c'était un début. Mais le doigt était alors celui d'un dieu sur le verre d'une sphère céleste. Et les sons merveilleux, complexes, changeants, non seulement emplissaient l'air, mais formaient l'air lui-même.

La tache floue et mouvante au-delà des murs s'approchait à présent. Elle se tenait juste derrière le mur le plus proche, puis elle trouva la porte ouverte... et disparut.

Il y avait quelque chose dans le dos de Lobsang.

Il se retourna. Rien. Il ne vit rien mais sentit un mouvement et, l'espace d'un instant, quelque chose de chaud lui effleura la joue...

« ... dit le sable », termina Lou-tsé en déversant le contenu d'une petite bourse sur le rocher.

Les grains de couleur rebondirent et s'éparpillèrent. Ils n'avaient pas la sensibilité du Mandala lui-même, mais un épanouissement bleu se produisit dans le chaos.

Il jeta à Lobsang un regard pénétrant.

« Personne n'est capable de ce que tu viens de faire, ç'a été prouvé, dit-il. On n'a jamais trouvé le moyen de déterminer l'origine réelle d'une perturbation temporelle.

— Euh... pardon. » Lobsang porta la main à sa joue. Qui était humide. « Euh... qu'est-ce que j'ai fait ?

— Il faut une immense... » Lou-tsé s'interrompit. « Ankh-Morpork est par là, dit-il. Tu le savais ?

— Non ! De toute façon, c'est vous qui l'avez dit, vous sentiez qu'il allait se passer quelque chose à Ankh-Morpork !

— Oui, mais je bénéficie de toute une vie d'expérience et cynisme ! » Lou-tsé ramassa le sable à la main et le reversa dans sa bourse. « Toi, tu te contentes d'être doué. Viens. »

Les quatre secondes suivantes, découpées fines, les amenèrent en dessous de la limite des neiges éternelles, sur des pentes d'éboulis qui glissaient sous leurs pas, puis dans des forêts d'aulnes à peine plus grands qu'eux. Et c'est là qu'ils tombèrent sur les chasseurs rassemblés en un large cercle.

Les hommes ne leur prêtèrent guère attention. Les moines étaient monnaie courante dans la région. Le chef, du moins celui qui criait, ce qui désigne le plus souvent le chef, leva la tête et leur fit signe de passer.

Mais Lou-tsé s'arrêta et posa un regard affable sur ce qui occupait le centre du cercle. Et qui lui rendit son regard.

« Bonne prise, dit-il. Qu'est-ce que vous allez faire maintenant, les gars ?

— C'est vos affaires ? répliqua le chef.

— Non, non, c'est juste pour demander, dit Lou-tsé. Vous êtes des plaines, les gars, c'est ça ?

— Ouais. C'est pas possible ce que ça rapporte d'attraper un truc comme ça.

— Oui, fit Lou-tsé. Pas possible. »

Lobsang observa les chasseurs. Plus d'une douzaine, tous lourdement armés, ils ne quittaient pas Lou-tsé des yeux.

« Neuf cents piastres pour une bonne peau et mille pour les pieds, dit le chef.

— Tout ça, hein ? fit Lou-tsé. C'est beaucoup d'argent pour deux pieds.

— Parce que ce sont de grands pieds. Et vous savez ce qu'on dit des hommes qu'ont de grands pieds, hein ?

— Il leur faut de plus grandes chaussures ?

— Ouais, c'est ça, fit le chasseur en souriant de toutes ses dents. De la foutaise, en réalité, mais y a de vieux richards avec de jeunes épouses sur le continent Contrepoids qui payent une fortune pour de la poudre de pied de yéti.

— Et moi je pensais que c'était une espèce protégée, s'étonna Lou-tsé en appuyant son balai contre un arbre.

— C'est seulement une espèce de troll. Qui va les protéger par ici ? », dit le chasseur. Derrière lui, les guides locaux, qui, eux, connaissaient la règle numéro un, tournèrent les talons et prirent leurs jambes à leur cou.

« Moi, répondit Lou-tsé.

— Oh ? fit le chasseur qui se fendit cette fois d'un sourire mauvais. Vous avez même pas d'arme. » Il se retourna pour regarder ses guides en fuite. « Vous êtes un de ces moines bizarres des hautes vallées, c'est ça ?

— Tout juste. Un petit moine bizarre qui sourit. Complètement désarmé.

— Et nous, on est quinze. Fortement armés, comme vous voyez.

— C'est très important que vous soyez fortement armés, dit Lou-tsé en retroussant ses manches. Ça rend le combat plus égal. »

Il se frotta les mains. Personne n'eut l'air de vouloir battre en retraite.

« Euh... aucun parmi vous, les gars, n'a entendu parler de règles ? demanda-t-il au bout d'un moment.

— De règles ? fit un des chasseurs. Quelles règles ?

— Oh, vous savez, dit Lou-tsé, des règles comme... la numéro deux, mettons, ou la vingt-sept. Toutes sortes de règles de ce genre-là. »

Le chasseur en chef fronça les sourcils. « Merde, de quoi vous parlez, mon p'tit vieux ?

— Oui, exactement, je suis un petit vieux, un moine bizarre plutôt malin et complètement désarmé, dit Lou-tsé. Je me demande... Rien dans cette situation ne vous rend, vous savez... un peu nerveux ?

— Vous voulez dire... nous, bien armés et plus nombreux, et vous qui reculez comme ça ? fit un des chasseurs.

— Ah, oui ! Là, on se heurte peut-être à un obstacle culturel. Je sais... Qu'est-ce que vous dites de... ça ? » Lou-tsé se tint sur une seule jambe, un brin chancelant, et leva les deux mains. « Ai ! Hai-eee ! Ho ? Ye-hi ? Non ? Personne ? »

Une certaine perplexité régnait parmi les chasseurs.

« C'est un livre ? demanda l'un qui était vaguement intellectuel. En combien de mots ?

— Ce que je veux savoir, dit Lou-tsé, c'est si vous avez une idée de ce qui arrive quand une bande de costauds armés essayent de s'en prendre à un petit moine âgé et... sans arme ?

— À ma connaissance, répondit l'intellectuel du groupe, c'est dans ce cas un moine très malchanceux. »

Lou-tsé haussa les épaules. « Ah bon, fit-il, alors il faut employer la manière forte. »

Une masse indistincte frappa l'intellectuel à la nuque. Le chef voulut faire un pas en avant et s'aperçut trop tard que ses lacets de chaussures étaient noués ensemble. Des hommes portèrent la main à des couteaux qui n'étaient plus dans leurs fourreaux, à des épées qui se retrouvaient inexplicablement posées contre un arbre à l'autre bout de la clairière. Des jambes furent balayées par en dessous, des coudes invisibles entrèrent en contact avec les régions les plus tendres de leur anatomie. Des coups plurent de nulle part. Les chasseurs tombés à terre apprirent à leurs dépens qu'il valait mieux pour eux y rester. Ceux qui voulaient relever la tête comprenaient leur douleur.

Le groupe s'était réduit à d'humbles gisants qui gémissaient doucement. C'est alors qu'ils entendirent un battement lent et sourd.

Le yéti applaudissait. C'était un applaudissement lent à cause de ses longs bras. Mais quand les mains se rencontraient, elles venaient de loin, enchantées de se voir. Leur écho rebondissait à travers les montagnes.

Lou-tsé se baissa et releva le menton du chef. « Si cet après-midi vous a plu, faites-en part à vos amis, dit-il. Conseillez-leur de se rappeler la règle numéro un. » Il laissa retomber le menton, se dirigea vers le yéti et s'inclina. « Voulez-vous que je vous libère, monsieur, ou préférez-vous le faire vous-même ? », demanda-t-il.

Le yéti se mit debout, baissa les yeux sur le cruel piège de fer qui lui emprisonnait la jambe et se concentra un instant.

Au bout de cet instant, il se trouvait soudain un peu plus loin que le piège à nouveau tendu et en partie dissimulé dans les herbes.

« Bravo, fit Lou-tsé. Méthodique. Et tout en douceur. Vous descendiez vers les plaines ? »

Le yéti dut se plier en deux pour amener sa figure allongée tout près de Lou-tsé. « Ouui, répondit-il.

— Qu'est-ce que vous voulez faire de ces gens ? »

Le yéti passa en revue les chasseurs qui se faisaient tout petits. « Bientôt la nuuit, dit-il. Pas de guides maintenaant.

— Ils ont des torches, fit remarquer Lou-tsé.

— Ha. Ha. » Le yéti n'avait pas ri mais prononcé les deux syllabes. « C'est bien. Les torches se vooient la nuuit.

— Hah ! Oui. Vous pourriez nous emmener ? C'est vraiment important.

— Vous et ce gaamin essoufflé là-bas ? »

Une tache grise à la lisière de la clairière devint un Lobsang hors d'haleine. Il lâcha la branche brisée qu'il tenait à la main.

« Le petit s'appelle Lobsang. Je le forme, expliqua Lou-tsé.

— On dirait faut vouus dépêcher, vouus risquez avoir plus grand-choose à lui apprendre, lança le yéti. Ha. Ha.

— Balayeur, qu'est-ce que vous… », voulut demander Lobsang en se hâtant vers eux.

Lou-tsé porta un doigt à ses lèvres. « Pas devant nos amis à terre, le prévint-il. Je veux qu'on respecte beaucoup mieux la règle numéro un dans la région après cette journée de travail.

— Mais j'ai dû faire tout...

— Il faut qu'on y aille, dit Lou-tsé en lui imposant le silence du geste. À mon avis, on va pouvoir faire une bonne sieste pendant que notre ami nous transporte. »

Lobsang leva les yeux vers le yéti puis regarda Lou-tsé. Puis à nouveau le yéti. Il était franchement grand. Par certains côtés, il ressemblait aux trolls qu'on croisait en ville, mais en plus fin, comme abaissé au rouleau. Il était plus de deux fois plus grand que le novice, et la majeure partie de ce surplus de taille consistait en jambes et bras maigres. Le tronc était une boule de fourrure et les pieds effectivement immenses.

« S'il avait pu sortir du piège à n'importe quel... voulut-il faire observer.

— C'est toi l'apprenti, oui ? le coupa Lou-tsé. Et moi le maître ? Je suis sûr que j'ai écrit ça quelque part...

— Mais vous avez dit que vous n'alliez pas jouer à monsieur Je-sais-tout...

— Souviens-toi de la règle numéro un ! Oh, et récupère une de ces épées. On en aura besoin sous peu. D'accord, Votre Honneur... »

Le yéti saisit doucement mais fermement le maître et l'apprenti, se les cala dans le creux de chaque bras et se mit en route à grandes enjambées à travers la neige et les arbres.

« Douillet, hein ? fit Lou-tsé au bout d'un moment. Leur laine est comme qui dirait de la laine de roche, mais on s'y sent bien. »

Aucune réponse de l'autre bras.

« J'ai passé un certain temps avec les yétis, reprit Lou-tsé. Ils sont étonnants. Ils m'ont appris deux ou trois trucs. Des trucs utiles. Car n'est-il pas écrit : "On apprend à tout âge" ? »

Le silence, du modèle renfrogné, intentionnel, régnait de l'autre côté.

« Je m'estimerais veinard à ton âge si un vrai yéti me transportait. Des tas de gens de notre vallée n'en ont même jamais vu. Remarque, ils ne s'approchent plus autant des colonies. Plus depuis que s'est répandue cette rumeur sur leurs pieds. »

Lou-tsé eut le sentiment d'être le seul participant d'un dialogue.

« Tu veux dire quelque chose, peut-être ? lança-t-il.

— Ben, effectivement, oui, j'ai quelque chose à dire, répliqua Lobsang. Vous m'avez laissé faire tout le boulot tout à l'heure ! Vous alliez carrément rester les bras croisés !

— Je veillais à ce qu'ils me prêtent toute leur attention, expliqua Lou-tsé d'une voix douce.

— Pourquoi ?

— Pour qu'ils ne fassent pas attention à toi. J'avais toute confiance en tes capacités, évidemment. Un bon maître donne à l'élève l'occasion de prouver ses talents.

— Et qu'est-ce que vous auriez fait si je n'avais pas été là ? Vous auriez prié ?

— Oui, sans doute, répondit Lou-tsé.

— Quoi ?

— Mais j'imagine que j'aurais trouvé un moyen de retourner leur bêtise contre eux. C'est rare quand on n'en trouve pas. Ça te pose un problème ?

— Ben, je… Je croyais… Ben, je croyais que vous alliez m'en apprendre davantage, c'est tout.

— Je t'en apprends sans arrêt. C'est peut-être toi qui ne l'apprends pas, évidemment.

— Oh, je vois, fit Lobsang. Vous et vos airs supé-

rieurs. Est-ce que vous allez quand même vous décider
à m'apprendre quelque chose sur ce yéti ? Et pourquoi
est-ce que vous m'avez demandé d'apporter une épée ?

— Tu vas avoir besoin d'une épée pour mieux
connaître les yétis, répondit Lou-tsé.

— Comment ça ?

— Dans quelques minutes, on va trouver un bon
coin où s'arrêter et où tu pourras lui couper la tête. Ça
vous va, monsieur ?

— Ouuais. Sûr », répondit le yéti.

Le second manuscrit de Wen l'Éternel Surpris
raconte l'anecdote d'un jour où l'apprenti Maremotte, dans un élan de rébellion, s'approcha de
Wen et lui parla en ces termes : « Maître, quelle est
la différence entre une doctrine monastique,
humaniste, où l'on cherche la sagesse au moyen
d'un système de questions et de réponses apparemment insensées, et un tas de charabia mystique
improvisé sous l'inspiration du moment ? »

Wen réfléchit un instant et finit par répondre :
« Un poisson ! »

Et Maremotte s'en repartit satisfait.

Tic

Le code des Igor était très strict.

Ne jamais contredire. Il n'entrait pas dans les attri-
butions d'un Igor de rectifier : « Non, monfieur, fa, f'est
une artère. » Le maîrtre avait toujours raison.

Ne jamais se plaindre. Un Igor ne répliquait jamais :
« Mais f'est à mille kilomètres d'ifi ! »

Ne jamais faire de remarques personnelles. Aucun
Igor n'imaginait dire un jour : « Fe ferais quelque fofe
pour fanfer de rire, fi f'étais vous. »

Et surtout ne jamais poser de questions. Entendez
par là, Igor le savait, ne jamais poser de questions
importantes. « Monfieur aimerait-il que fe lui apporte
une taffe de thé ? », ça allait, mais « Pourquoi vous
favez befoin de fent vierfes ? » voire « Où voulez-vous
que fe trouve un ferveau à fette heure de la nuit ? »,
non. Un Igor était synonyme de service loyal, sérieux,
discret, acquitté avec le sourire, du moins une espèce
de grimace de guingois, voire tout bonnement une bala-
fre judicieusement placée[1].

Donc Igor commençait à s'inquiéter. Ça ne tournait
pas rond, et pour qu'un Igor nourrisse de telles idées,
il faut vraiment que ça aille mal. Mais en faire part à
Jérémie sans contrevenir au code posait un gros problème. Igor se sentait de moins en moins à l'aise avec
un maître aussi raisonnable à lier. Il tenta tout de même
le coup.

« Fa Feigneurie va *encore* repaffer fe matin », dit-il
alors qu'il regardait un cristal de plus croître dans sa
solution. Et je sais que tu es au courant, songea-t-il,
parce que tu t'es lissé les cheveux avec du savon et que
tu as mis une chemise propre.

---

1. Il faut dire aussi que les Igor n'avaient rien en eux d'intrin-
sèquement mauvais. Ils n'émettaient pas de jugement sur autrui,
voilà tout. Pour une bonne raison, de l'avis général : quand on
travaille au service de loups-garous, de vampires et de maîtres pour
qui la chirurgie relève de l'art moderne plutôt que de la science,
émettre des jugements ne laisse plus de temps pour faire autre chose.

« Oui, fit Jérémie. Je regrette de ne pas pouvoir lui annoncer qu'on a bien avancé. Mais je suis sûr qu'on y est presque maintenant.

— Oui, f'est très biffare, non ? relança Igor en repérant l'ouverture.

— Bizarre, vous dites ?

— Vous fallez peut-être me prendre pour un imbéfile, monfieur, mais fil me femble qu'on est toufours fur le point de réuffir quand Fa Feigneurie nous rend vifite, mais dès qu'elle est partie on rencontre d'autres difficultés.

— Qu'est-ce que vous insinuez, Igor ?

— Moi, monfieur ? Fe fuis pas le fenre à infinuer, monfieur. Mais, la dernière fois, une partie du mécanifme divifeur f'est fêlée.

— Vous savez bien qu'à mon avis c'était à cause de l'instabilité dimensionnelle !

— Mais oui, monfieur.

— Pourquoi est-ce que vous me regardez avec ce drôle d'air ? »

Igor haussa les épaules. Autant dire que l'une se trouva provisoirement au niveau de l'autre. « F'est la figure qui veut fa, monfieur.

— Elle ne nous payerait pas aussi grassement pour ensuite saboter le projet, tout de même ? Pourquoi ferait-elle ça ? »

Igor hésita. Il se trouvait maintenant dos au code. « Fe me demande toufours fi elle est fe qu'elle paraît, monfieur.

— Pardon ? Je ne vous suis pas.

— Fe me demande fi on peut lui faire confianfe, monfieur, répondit Igor d'un ton patient.

— Oh, allez donc étalonner le résonateur de complexité, vous voulez bien ? »

En grommelant, Igor obéit.

La deuxième fois qu'Igor avait suivi leur bienfaitrice, elle s'était rendue dans un hôtel. Le lendemain, elle s'était dirigée vers une grosse maison de la voie Royale où elle avait rencontré un homme mielleux qui lui avait remis une clé en faisant des manières. Igor avait suivi l'homme mellifère jusqu'à son bureau dans une rue voisine où – parce qu'on ne cache pas grand-chose à un type dont la figure est couturée de cicatrices – il avait appris qu'elle avait acheté le bail contre un très gros lingot d'or.

Après ça, Igor avait recouru à une ancienne tradition morporkienne et payé quelqu'un pour suivre Sa Seigneurie. Il y avait assez d'or à l'atelier, les dieux en étaient témoins, et le maître ne s'y intéressait pas.

Dame Ligion allait à l'opéra. Dame Ligion visitait des musées. Dame Ligion profitait à fond de la vie. Sauf que dame Ligion, pour ce qu'en savait Igor, n'allait jamais au restaurant ni ne se faisait livrer de repas chez elle.

Dame Ligion mijotait quelque chose. Igor s'en rendait bien compte. Dame Ligion ne figurait pas non plus dans l'*Almanack du Grotas* ni dans l'*Almanack du Gothick,* ni dans les autres ouvrages de référence qu'Igor avait tout naturellement consultés, ce qui voulait dire qu'elle avait quelque chose à cacher. Bien entendu, il avait travaillé pour des maîtres qui avaient de temps en temps beaucoup à cacher, parfois dans de grands trous à minuit. Mais la situation présente différait pour deux raisons. Il ne travaillait pas pour Sa Seigneurie mais pour Jérémie ; c'était donc vers lui qu'allait sa loyauté. Et Igor avait décidé que c'était moralement différent, voilà.

Pour l'heure il se trouvait près de l'horloge de verre.

Elle avait l'air presque terminée. Jérémie avait conçu un mécanisme à installer derrière le cadran, et Igor l'avait fait fabriquer tout en verre. Il n'avait strictement rien à voir avec l'autre mécanisme qui tremblotait perpétuellement plus bas derrière le balancier et prenait étonnamment peu de place maintenant qu'il était assemblé ; un certain nombre de ses éléments ne partageaient plus le même ensemble de dimensions que le reste de la machine. Mais l'horloge avait un cadran, et un cadran avait besoin d'aiguilles, aussi le balancier se balançait-il et les aiguilles de verre indiquaient-elles l'heure normale, celle de tous les jours. Le tic-tac rappelait un peu un tintinnabulement, comme si on donnait des chiquenaudes de l'ongle sur un verre à vin.

Igor baissa les yeux sur ses mains de seconde main. Elles commençaient à le tracasser. Maintenant que l'horloge de verre ressemblait vraiment à une horloge, elles se mettaient à trembler chaque fois qu'il s'en approchait.

Tac

Nul ne remarqua Suzanne dans la bibliothèque de la Guilde des Historiens alors qu'elle feuilletait une pile de livres. De temps à autre elle prenait une note.

Elle ignorait si cet autre don venait de la Mort, mais elle répétait toujours aux enfants qu'ils avaient un œil paresseux et un œil travailleur. Il existait deux manières de regarder le monde. L'œil paresseux ne voyait que la surface. L'autre voyait la réalité en dessous.

Elle tourna une page.

Vue par son œil travailleur, l'Histoire était vraiment très étrange. Les cicatrices ressortaient. L'Histoire du pays d'Éphèbe était déconcertante, par exemple. Soit

218

leurs fameux philosophes vivaient très longtemps, soit ils héritaient de leur nom, soit on avait rapiécé l'Histoire avec des morceaux en surplus. L'Histoire d'Omnia était un fouillis indescriptible. On avait, semblait-il, réduit deux siècles en un, et c'était uniquement à cause de la mentalité des Omniens, dont la religion mélangeait de toute façon le passé et l'avenir avec le présent, que personne n'avait dû s'en rendre compte.

Et la vallée de Koom ? Tout le monde savait qu'une célèbre bataille y avait eu lieu entre les nains, les trolls et des mercenaires des deux camps, mais combien de batailles y avait-on réellement livrées ? À en croire les historiens, la vallée se situait pile dans le bon secteur du territoire contesté pour devenir plus ou moins le terrain local de prédilection pour tous les affrontements, mais on pouvait tout autant croire – du moins quand on avait un grand-père nommé la Mort – qu'on avait plusieurs fois greffé à l'Histoire un lopin de terre adéquat, si bien que des générations successives revivaient indéfiniment ce désastre imbécile en braillant à chaque fois : « Souvenez-vous de la vallée de Koom[1] ! »

Il y avait des anomalies partout.

Et personne ne s'en était aperçu.

Il fallait rendre cette justice à l'homme. Il bénéficiait d'un des plus étranges pouvoirs de l'univers. Même le grand-père de Suzanne en avait fait la remarque. Aucune autre espèce dans le monde n'avait inventé

1. Toute société a besoin d'un cri de ralliement, mais c'est seulement dans de très rares cas qu'elle accouche de la version longue, dépourvue de toute fioriture, que voici : « Souvenez-vous des atrocités commises contre nous la dernière fois qui excusent celles que nous allons commettre aujourd'hui ! Et ainsi de suite ! Hourrah ! »

l'ennui. C'était peut-être l'ennui, et non l'intelligence, qui l'avait propulsé en haut de l'échelle de l'évolution. Les trolls et les nains avaient aussi cette curieuse capacité de contempler l'univers et de se dire :

« Oh, le même qu'hier, la barbe. Je me demande ce qui va se passer si j'abats ce rocher sur ce crâne. »

Conjointement était arrivé un pouvoir associé : celui de tout trouver normal. Le monde changeait de fond en comble et, en l'espace de quelques jours, l'homme trouvait ça normal. Il avait l'aptitude étonnante de chasser de son esprit et d'oublier les anomalies. Il se racontait de petites histoires pour trouver une explication convaincante à l'inexplicable, pour rendre les choses normales.

Les historiens étaient particulièrement experts dans ce domaine. S'il leur apparaissait soudain que presque rien n'était arrivé au quatorzième siècle, ils proposaient aussitôt vingt théories différentes. Aucune n'avançait qu'on avait peut-être prélevé une bonne partie de ce siècle pour combler le dix-neuvième – où la Grande Catastrophe n'avait pas laissé assez de temps cohérent pour tout ce qui devait arriver – parce qu'il suffit d'une semaine pour inventer le collier de harnais.

Les moines de l'Histoire avaient bien fait leur boulot, mais leur principale alliée restait la capacité de l'homme à penser selon le mode narratif. Et l'homme s'était montré à la hauteur de la situation. Il faisait des réflexions comme « Déjà jeudi ? Je n'ai pas vu la semaine passer » ou « Le temps m'a l'air de passer beaucoup plus vite de nos jours », et aussi « J'ai l'impression que c'était hier »...

Mais certaines choses restaient.

Les moines avaient soigneusement effacé le temps

où l'horloge de verre avait sonné. On l'avait amputée chirurgicalement de l'Histoire. Presque…

Suzanne reprit *Les Contes de Crime*. Ses parents ne lui avaient pas acheté de tels livres quand elle était enfant. Ils s'étaient efforcés de l'élever normalement ; ils savaient que ce n'est pas franchement une bonne idée pour les humains d'approcher la Mort de si près. Ils lui avaient appris que les faits étaient plus importants que l'imaginaire. Puis elle avait grandi et découvert que les véritables produits de l'imaginaire n'étaient pas le cavalier sur un cheval pâle, ni la fée des dents, ni les croque-mitaines – tous étaient des faits avérés. Ce qui relevait de l'imaginaire, c'était qu'en ce monde la tartine grillée se fichait de tomber côté beurré par terre ou non, la logique était sensée et l'on pouvait s'arranger pour que les événements ne se soient pas produits.

Une mécanique comme l'horloge de verre était trop difficile à cacher. Elle avait transpiré par les labyrinthes obscurs et dissimulés du cerveau humain pour devenir un conte populaire. On avait tenté de l'enrober de sucre et d'épées magiques, mais sa vraie nature se tapissait toujours tel un râteau sur une pelouse aux herbes trop hautes, prêt à se redresser sous le pied imprudent.

Aujourd'hui on marchait une nouvelle fois dessus, et le hic, le gros hic, c'était que le menton vers lequel il se précipitait était celui de…

… *quelqu'un comme moi.*

Immobile, elle resta un moment le regard dans le vide. Autour d'elle, des historiens grimpaient à des échelles de bibliothèque, maniaient maladroitement des livres sur leurs pupitres et rectifiaient l'image du passé pour qu'elle s'accorde à la vision d'aujourd'hui. L'un d'eux cherchait d'ailleurs ses lunettes.

Le Temps avait un fils, se dit-elle, quelqu'un qui parcourait le monde.

Il y avait un homme qui s'était consacré à l'étude du temps tellement à fond que, pour lui, le temps était devenu réel. Il avait appris son fonctionnement et le Temps l'avait remarqué, avait dit la Mort. Il y avait là ce qui ressemblait à de l'amour.

Et le Temps avait un fils.

Comment était-ce possible ? C'était bien dans le style de Suzanne de gâter un récit avec une pareille question. Le Temps et un mortel. Comment avaient-ils pu… ? Enfin, comment s'y étaient-ils pris ?

Puis elle se dit : mon grand-père, c'est la Mort. Il a adopté ma mère. Mon père a été un moment son apprenti. Il ne s'est rien passé d'autre. Ils étaient tous deux humains et je suis arrivée normalement. Il n'y a pas de raison pour que j'aie la faculté de passer à travers les murs, de vivre en dehors du temps et d'être un peu immortelle, et pourtant je l'ai, alors ce n'est pas un domaine où la logique et, disons-le franchement, la biologie élémentaire a un rôle à jouer.

N'importe comment, le temps crée en permanence l'avenir. L'avenir contient des éléments qui n'existaient pas dans le passé. Avoir un petit bébé, c'est de la broutille pour quelque chose… pour quelqu'un qui rebâtit l'univers à chaque instant.

Suzanne soupira. Et il fallait se rappeler que le Temps n'était sans doute pas le temps, de la même façon que la Mort n'était pas exactement la même chose que la mort, ou la Guerre que la guerre. Elle avait déjà rencontré la Guerre, un gros bonhomme au sens de l'humour déplacé, qui avait la manie de perdre le fil de ce qu'il disait, et il n'assistait sûrement pas personnellement à toutes les petites échauffourées d'intérêt secondaire. Elle n'aimait pas la Pestilence qui lui jetait de drôles de regards, quant à la Famine, il était décharné autant qu'étrange. Aucun d'eux n'administrait... disons sa discipline. Ils la personnifiaient.

Étant donné qu'elle avait rencontré la fée des dents, le canard du gâteau de l'âme et le père la Tuile, Suzanne n'en revenait pas d'être devenue une adulte en grande partie humaine, presque normale.

Tandis qu'elle examinait ses notes, ses cheveux se dénouèrent tout seuls de son chignon serré et prirent leur position normale, entendez comme ceux de l'imprudent qui vient de toucher un objet hautement électrique. Ils se déployèrent autour de sa tête tel un nuage où se détachait une seule mèche noire à peu près normale.

Grand-père était peut-être l'ultime destructeur de mondes et la vérité finale de l'univers, ça ne voulait pas dire qu'il se désintéressait des petites gens. Tout comme le Temps, allez savoir.

Elle sourit.

Le Temps n'attend pas l'homme, disait-on.

Peut-être en avait-elle attendu un autrefois.

Suzanne sentit qu'on la regardait. Elle se retourna et vit que la Mort aux Rats l'observait à travers un verre des lunettes appartenant au bibliothécaire un tantinet distrait qui les cherchait de l'autre côté de la salle. Sur le buste depuis longtemps oublié d'un ancien historien, le corbeau se lissait le plumage.

« Alors ? fit-elle.

— Couii !

— Oh, c'est ça, hein ? »

Les portes de la bibliothèque s'ouvrirent sous la poussée de naseaux et un cheval blanc entra. Les passionnés de chevaux ont la sale manie de qualifier un

223

cheval blanc de « gris », mais même un membre de cette confrérie des jambes en cerceau aurait reconnu que ce cheval-là, au moins, était blanc – pas d'un blanc de neige qui est un blanc de mort, mais en tout cas d'un blanc de lait, lequel est vivant. Sa bride et ses rênes étaient noires, de même que la selle, mais toutes n'étaient là que pour la frime en quelque sorte. Si le cheval de la Mort acceptait qu'on le monte, on ne risquait pas de tomber, selle ou non. Et il n'y avait pas de limite au nombre de cavaliers qu'il pouvait transporter. Après tout, les épidémies sont parfois soudaines.

Les historiens ne lui prêtèrent aucune attention. Les chevaux n'entrent pas dans les bibliothèques.

Suzanne l'enfourcha. Elle regrettait très souvent de n'être pas née entièrement humaine ni tout à fait normale, mais en réalité elle aurait bien tout laissé tomber du jour au lendemain...

... sauf Bigadin.

L'instant suivant, quatre traces de sabots luirent comme du plasma dans l'espace au-dessus de la bibliothèque puis s'évanouirent.

Tic

On n'entendait que les pieds du yéti qui craquaient dans la neige et le sempiternel vent des montagnes.

Puis : « Par "lui couper la tête", vous voulez vraiment dire... ? demanda Lobsang.

— Séparer la tête du tronc, répondit Lou-tsé.

— Et, poursuivit Lobsang du ton de celui qui explore soigneusement chaque recoin d'une caverne hantée, il s'en fiche ?

— Been, c'est ennuyeux, dit le yéti. Une espèce de taalent de société. Mais ça vaa, si ça peut rendre service.

224

Le baalayeur a toujours été un bon ami à nous. On lui doit beaaucoup.

— J'ai essayé de leur enseigner la Voie, expliqua fièrement Lou-tsé.

— Ouui. Très uutile. "À chaaque pot son couuvercle" », dit le yéti.

La curiosité lutta contre l'ennui sous le crâne de Lobsang et remporta la victoire.

« Qu'est-ce que j'ai raté, là ? fit-il. Vous ne mourez donc pas ?

— Si je ne meurs paas ? La tête coupée ? La bonne blaague ! Ho. Ho, fit le yéti. Bien sûûr je meurs. Mais ce n'est pas une opéraation très importante.

— Il nous a fallu des années pour comprendre ce que fabriquaient les yétis, dit Lou-tsé. Leurs boucles fichaient le bazar dans le Mandala jusqu'à ce que l'abbé trouve la solution. Ils ont connu l'extinction trois fois.

— Trois fois, hein ? fit Lobsang. Ça fait beaucoup pour une extinction. Je veux dire, la plupart des espèces y arrivent en un coup, non ? »

Le yéti entrait dans une forêt d'arbres plus grands, de très vieux pins.

« Là, ce sera bien, dit Lou-tsé. Posez-nous par terre, monsieur.

— Et on va vous couper la tête, ajouta Lobsang d'une petite voix. Mais qu'est-ce que je dis ? Pas question que je coupe la tête de qui que ce soit !

— Tu l'as entendu, ça ne l'embête pas, rappela Lou-tsé tandis que le yéti les déposait en douceur.

— Ça n'a rien à voir ! s'emporta Lobsang.

— C'est sa tête à lui, fit observer Lou-tsé.

— Mais moi je ne m'en fiche pas !

— Oh, alors, dans ce cas, n'est-il pas écrit : "Si tu veux que ce soit bien fait, tu t'en charges toi-même" ?

225

« — Ouui, c'est vraai », confirma le yéti.

Lou-tsé prit l'épée de la main de Lobsang. Il la brandit prudemment, comme quelqu'un qui n'a pas l'habitude des armes. Le yéti s'agenouilla avec obligeance.

« Vous êtes à jour ? demanda Lou-tsé.

— Ouui.

— Je ne peux pas croire que vous allez vraiment faire ça ! dit Lobsang.

— Intéressant, commenta le balayeur. Madame Cosmopilite dit : "Il faut le voir pour le croire" et, curieusement, le grand Wen a dit : "J'ai vu et je crois" ! »

Il abattit l'épée et coupa la tête du yéti.

Tac

On entendit comme un bruit de chou tranché en deux, puis une tête roula dans le panier sous les vivats et les « oh, alors là, bravo ! » de la foule. La ville de Quirm était une localité agréable, paisible, respectueuse des lois, et le conseil municipal veillait à ce qu'elle le reste par la vertu d'un système pénal qui combinait une force de dissuasion maximum avec une récidive des délits minimum.

« Grippeur Smartz dit "le Boucher" ? »

Feu Grippeur se frotta le cou. « J'exige un nouveau procès ! lança-t-il.

— Ce n'est peut-être pas le bon moment, dit la Mort.

— Ça peut pas être un meurtre parce que je... » L'âme de Grippeur Smartz fouilla ses poches spectrales, en sortit un bout de papier fantomatique, le déplia et poursuivit, de la voix de celui pour qui la chose écrite est une lutte ardue : « ... parce que je... n'étais pas r... ress-pon... respon-sa-ble de mes actes.

226

— AH OUI », fit la Mort. Il trouvait préférable de laisser les défunts de fraîche date se décharger de ce qu'ils avaient sur le cœur.

« Oui, parce que je voulais vraiment, mais alors vraiment, le tuer, d'accord ? Et vous m'direz pas que c'est normal d'avoir des idées pareilles, d'accord ? C'était un nain, n'importe comment, alors y a pas mort d'homme, d'après moi, ça compte pas.

— SI J'AI BIEN COMPRIS, C'EST LE SEPTIÈME NAIN QUE VOUS TUEZ, fit observer la Mort.

— J'suis très sujet à l'irress-ponsa-bilité. En fait, c'est moi la victime là-dedans. Tout ce qu'il me fallait, c'était un peu de compréhension, quelqu'un qui partage mon point de vue cinq minutes...

— ET VOTRE POINT DE VUE, C'EST... ?

— Tous les nains ont besoin d'un bon coup de pied au derrière, c'est ce que j'pense. Dites, vous êtes la Mort, non ?

— EXACTEMENT.

— J'suis un de vos grands admirateurs ! J'ai toujours voulu vous rencontrer, v'savez ? J'vous porte en tatouage sur le bras, regardez. Je l'ai fait moi-même. »

Ce benêt de Grippeur se retourna en entendant un bruit de sabots. Une jeune femme en noir dont ne faisaient aucun cas les badauds qui s'agglutinaient devant les étals de mangeaille, les éventaires de souvenirs et la guillotine menait un grand cheval blanc dans leur direction.

« Et vous avez même un service de garage ! s'extasia Grippeur. Ça, c'est ce que j'appelle la classe ! » Et sur ces mots il disparut.

« QUEL DRÔLE DE BONHOMME, dit la Mort. AH, SUZANNE. MERCI D'ÊTRE VENUE. NOS RECHERCHES SE PRÉCISENT.

227

— Nos recherches ?

— LES TIENNES, EN RÉALITÉ.

— Ce sont uniquement les miennes maintenant, c'est ça ?

— IL FAUT QUE JE M'OCCUPE D'AUTRE CHOSE.

— Plus important que la fin du monde ?

— C'EST JUSTEMENT LA FIN DU MONDE. LE RÈGLEMENT STIPULE QUE LES CAVALIERS DOIVENT S'ACQUITTER D'UNE CHEVAUCHÉE.

— Cette vieille légende ? Mais rien ne t'y oblige !

— ÇA PARTICIPE DE MES FONCTIONS. JE DOIS OBÉIR AU RÈGLEMENT.

— Pourquoi ? Ils enfreignent le règlement !

— ILS FONT UNE ENTORSE. ILS ONT TROUVÉ UNE LACUNE. JE N'AI PAS AUTANT D'IMAGINATION. »

C'était comme Jason et la bataille pour le cagibi des fournitures, se dit Suzanne. On apprenait vite que « Personne ne doit ouvrir la porte du cagibi des fournitures » était une interdiction qu'un gamin de sept ans ne comprenait tout bonnement pas. Il fallait se creuser la cervelle et la reformuler en des termes plus explicites comme : « Personne, Jason, quoi qu'il arrive, non, même si on croit entendre quelqu'un crier à l'aide, personne – tu m'écoutes, Jason ? – ne doit ouvrir la porte du cagibi des fournitures, ni tomber accidentellement sur la poignée si bien qu'elle s'ouvre, ni menacer de voler le nounours de Richenda si elle ne l'ouvre pas, ni se tenir juste à côté quand un vent mystérieux souffle de nulle part et l'ouvre tout seul, je vous jure, c'est ce qui s'est vraiment passé, ni en aucune façon ouvrir, provoquer l'ouverture, demander à quelqu'un d'autre d'ouvrir, sauter à pieds joints sur la lame de parquet branlante pour l'ouvrir ni chercher par un autre moyen à avoir accès au cagibi des fournitures, Jason ! » « Une lacune, répéta Suzanne.

— Oui.

— Ben, pourquoi tu n'en trouves pas une, toi aussi ?

— JE SUIS LE FAUCHEUR. À MON AVIS, LES GENS N'ONT PAS ENVIE QUE JE DEVIENNE… CRÉATIF. ILS ONT ENVIE QUE J'ACCOMPLISSE LA TÂCHE QU'ON M'A ASSIGNÉE EN UN TEL MOMENT COMME LE VEULENT LA COUTUME ET MA CHARGE.

— Et ça consiste juste à… sortir faire un tour à cheval ?

— OUI.

— Pour aller où ?

— PARTOUT, JE PENSE. EN ATTENDANT, TU AURAS BESOIN DE ÇA. »

La Mort tendit un compte-vie à la jeune femme.

C'était un des modèles spéciaux, légèrement plus grand que la normale. Elle le prit à contrecœur. Il ressemblait à un sablier, mais tous les petits points scintillants qui dégringolaient par l'étranglement étaient des secondes.

« Tu sais que je n'aime pas faire le… coup de la faux, dit-elle. Ce n'est pas… Hé, il est drôlement lourd !

— C'EST LOU-TSÉ, UN MOINE DE L'HISTOIRE. ÂGÉ DE HUIT CENTS ANS. IL A UN APPRENTI. JE L'AI APPRIS. MAIS JE N'ARRIVE PAS À LE SENTIR. NI À LE VOIR. C'EST LUI. BIGADIN VA TE CONDUIRE AU MOINE, ET TU TROUVERAS L'ENFANT.

— Et ensuite ?

— J'IMAGINE QU'IL AURA BESOIN DE QUELQU'UN. QUAND TU L'AURAS TROUVÉ, LAISSE REPARTIR BIGADIN. J'EN AURAI BESOIN. »

Les lèvres de Suzanne remuèrent alors qu'un souvenir entrait en collision avec une pensée.

« Pour reprendre ta chevauchée ? fit-elle. Est-ce que

tu parles vraiment de l'*Apocalypse* ? Tu es sérieux ? Plus personne ne croit à cette histoire-là !

— Moi si. »

Suzanne resta bouche bée. « Tu vas vraiment faire ça ? Malgré tout ce que tu sais ? »

La Mort flatta les naseaux de Bigadin.

« Oui », répondit-il.

Suzanne jeta un regard en coin à son grand-père.

« Minute, il y a un truc, non… ? Tu mijotes quelque chose et tu ne veux même pas me le dire, c'est ça ? Tu ne vas pas attendre bêtement la fin du monde et la fêter, je me trompe ?

— On va faire une sortie à cheval.

— Non !

— Tu ne diras pas aux rivières de cesser de couler, tu ne diras pas au soleil de cesser de briller, tu ne me diras pas ce que je dois et ne dois pas faire.

— Mais c'est tellement… » L'expression de Suzanne changea, et la Mort tressaillit. « Je croyais que ça ne te laissait pas indifférent !

— Prends aussi ça. »

Sans le vouloir, Suzanne prit un compte-vie plus petit que lui tendait son grand-père.

« Elle te parlera peut-être.

— Et qui est-ce ?

— La sage-femme, répondit la Mort. Maintenant… trouve le fils. »

Il s'estompa.

Suzanne baissa les yeux sur les compte-vies dans ses mains. Il t'a refait le coup, se hurlait-elle à elle-même. Tu n'es pas obligée de lui obéir, tu peux reposer ces trucs-là, retourner dans ta classe, redevenir normale, seulement tu sais que tu ne le feras pas, et lui aussi le sait…

« Couii ? »

La Mort aux Rats, assis entre les oreilles de Bigadin, accroché à une mèche de la crinière blanche, avait l'air pressé de partir. Suzanne leva la main pour le chasser d'un revers mais arrêta son geste. Elle fourra alors les lourds compte-vies entre les pattes du rongeur.

« Rends-toi utile, dit-elle en empoignant les rênes. Pourquoi est-ce que je fais ça ?

— Couii.

— Non, je n'ai pas un bon fond ! »

Tic

Chose étonnante, il n'y eut pas beaucoup de sang. La tête roula dans la neige et le corps bascula lentement en avant.

« Là, vous avez tué... fit Lobsang.

— Une seconde, le coupa Lou-tsé. D'un instant à l'autre... »

Le corps décapité disparut.

Le yéti agenouillé tourna la tête vers Lou-tsé, cligna des yeux et dit : « Çaa piique un peu.

— Pardon. »

Le moine se tourna vers Lobsang. « Maintenant, accroche-toi à ce souvenir ! ordonna-t-il. Il va vouloir disparaître, mais tu as reçu une formation. Tu dois continuer de te rappeler avoir vu quelque chose qui désormais ne s'est pas produit, tu comprends ? N'oublie pas que le temps est beaucoup moins rigide qu'on le croit, à bien y regarder ! Écoute-moi bien ! Voir, c'est croire !

— Comment est-ce qu'il a fait ça ?

— Bonne question. Les yétis peuvent protéger leur vie jusqu'à un certain moment et y revenir s'ils se font

231

tuer, répondit Lou-tsé. Comment ils s'y prennent… ben, l'abbé a mis pas loin de dix ans à trouver. Personne d'autre ne peut comprendre. Il y a beaucoup de quantum dans le coup. » Il tira une bouffée de sa sempiternelle cigarette immonde. « Faut que ce soit sacrément compliqué si personne d'autre n'arrive à comprendre[1].

— Coomment va l'aabbé ces temps-ci ? demanda le yéti en se remettant debout et en ramassant les pèlerins.

— Il fait ses dents.

— Ah. La réincaarnation pose toujours des problèmes, dit-il en s'élançant à grands bonds dévoreurs d'espace.

— Les dents, c'est le pire, d'après lui. Toujours à pousser ou tomber.

— À quelle vitesse est-ce qu'on va ? », demanda Lobsang.

1. Le yéti des montagnes du Bélier, où le champ magique du Disque-monde est si intense qu'il participe du paysage, est un des rares êtres vivants à se servir de son temps personnel pour en tirer un avantage génétique. Le résultat est une espèce de pressentiment physique – on devine ce qui va se passer ensuite en le laissant se produire. Dans l'obligation d'affronter un danger ou une tâche qui présente des risques mortels, un yéti protège sa vie jusqu'à ce moment-là puis continue avec toutes les précautions nécessaires, mais en sachant, détail réconfortant, qu'au cas où ça tournerait au vinaigre il se réveillera au moment où il s'est protégé en gardant en mémoire, et c'est là le point important, *les événements qui se sont passés mais n'arriveront pas parce qu'il se montrera beaucoup moins bête la prochaine fois.* Le phénomène n'est pas aussi paradoxal qu'il y paraît car, après qu'il s'est produit, il n'a jamais eu lieu. Tout ce qu'il en reste, c'est un souvenir dans la tête du yéti, souvenir qui devient alors un pressentiment d'une remarquable précision. Les petits remous causés dans le cours du temps se noient dans le bruit de tous les creux, nœuds et déformations qu'y ont provoqués tous les autres êtres vivants.

La course du yéti s'apparentait à une succession ininterrompue de bonds d'un pied sur l'autre ; les longues jambes révélaient une telle élasticité que chaque atterrissage ne causait qu'une sensation de ballottement. C'était assez confortable.

« À mon avis, dans les quarante-cinq, cinquante kilomètres à l'heure en temps réel, répondit Lou-tsé. Repose-toi. On sera au-dessus du Trigonocéphale dans la matinée. À partir de là, ça descend tout le temps.

— Revenir de chez les morts… murmura Lobsang.

— Ce serait plutôt ne pas commencer par s'y rendre, dit Lou-tsé. Je les ai étudiés un peu, mais… ben, sauf si c'est inné, il faut apprendre la technique, et serais-tu prêt à parier que tu réussirais du premier coup ? Pas facile. Faudrait être aux abois. Moi, j'espère ne jamais en arriver là. »

Tac

Suzanne reconnut le pays de Lancre depuis l'espace : une petite cuvette de bois et de champs perchée tel un nid au bord des montagnes du Bélier. Elle découvrit aussi la chaumière ; dérogeant au style « cheminée en tire-bouchon » et « tas de compost » des maisons de sorcière popularisées par *Les contes de Crime* et autres ouvrages, c'était une chaumière flambant neuve au chaume étincelant et à la pelouse de façade impeccablement tondue.

On voyait davantage d'ornements – gnomes, champignons vénéneux, lapins roses, daims aux grands yeux – autour d'une toute petite mare que n'en aurait toléré un jardinier raisonnable. Suzanne repéra un gnome aux couleurs vives en train de pêch… Non, ce n'était pas une gaule qu'il tenait, hein ? Une gentille petite vieille ne mettrait pas un truc pareil dans son jardin, tout de même ? Si ?

Suzanne eut assez de jugeote pour passer par-derrière car les sorcières sont allergiques aux portes de devant. Lui ouvrit une petite grosse aux joues roses dont les petits yeux comme des raisins secs disaient : Ouais, c'est bien mon gnome, et estimez-vous heureuse qu'il se contente de faire pipi dans la mare.

« Madame Ogg ? La sage-femme ? »

Une pause. Puis Madame Ogg répondit : « C'est elle-même.

— Vous ne me connaissez pas mais... » Suzanne s'aperçut que madame Ogg regardait derrière elle Biga-din qui se tenait près de la barrière. La vieille femme était une sorcière, après tout.

« Peut-être que si, j'te connais, dit madame Ogg. Évidemment, si tu viens de voler ce cheval, c'est que tu sais pas dans quel pétrin tu t'es fourrée.

— Je l'ai emprunté. Il est à... mon grand-père. »

Une autre pause. C'était déroutant la façon dont ces petits yeux amicaux vous perforaient les vôtres comme une vrille.

« Tu ferais mieux d'entrer », dit madame Ogg.

L'intérieur de la chaumière était aussi propre et neuf que l'extérieur. Tout reluisait, et les occasions de reluire ne manquaient pas. La demeure était un sanctuaire dédié aux bibelots de porcelaine peints d'une main mal-habile mais enthousiaste, qui occupaient la moindre surface plane. Des portraits encadrés peuplaient les espaces restants. Deux femmes à l'air surmené épous-setaient et astiquaient.

« J'ai d'la visite », annonça madame Ogg d'un ton sévère, et les femmes s'éclipsèrent avec un tel empres-

234

sement que le verbe « fuir » aurait sans doute mieux convenu.

« Mes brus », les présenta la sorcière en s'asseyant dans un fauteuil rebondi qui, au fil des ans, avait pris les formes de son occupante. « Ça leur fait plaisir de donner un coup d'main à une pauvre vieille qu'est seule au monde. »

Suzanne embrassa du regard les portraits. S'il s'agissait à chaque fois de membres de la famille, madame Ogg était à la tête d'une véritable armée. La sorcière, nullement honteuse d'être prise en flagrant délit de mensonge, poursuivit : « Assieds-toi, ma fille, et dis-moi ce qui t'amène. Y a du thé qu'infuse.

— Je veux savoir quelque chose.

— Comme la plupart des gens. Et ils peuvent toujours courir.

— Je veux avoir des renseignements sur… une naissance, persista Suzanne.

— Ah oui ? Ben, j'ai fait des tas d'accouchements. Des milliers, sûrement.

— Je pense que celui-là n'a pas été facile.

— Comme beaucoup, dit madame Ogg.

— Celui-là, vous devez vous en souvenir. Je ne sais pas comment ç'a commencé, mais j'imagine qu'un étranger a frappé à votre porte.

— Oh ? » La figure de madame Ogg se mura. Les yeux noirs fixèrent Suzanne comme s'il s'agissait d'une troupe d'envahisseurs.

« Vous ne m'aidez pas beaucoup, madame Ogg.

— C'est vrai. Je t'aide pas. J'crois que j'te connais, ma p'tite, mais je m'fiche de qui tu es, tu vois. Tu peux aller chercher l'autre si ça t'chante. Crois pas que je l'ai jamais vu, lui non plus. J'ai aussi connu pas mal de lits de mort. Mais les lits de mort, c'est la plupart du temps public. Pas les naissances. À moins que la dame le veuille. Alors tu vas chercher l'autre, que j'y crache à la figure.

— C'est très important, madame Ogg.

— Là, t'as raison, fit la sorcière d'un ton ferme.

— Je ne peux pas dire à quand ça remonte. Peut-être à pas plus tard que la semaine dernière. Le temps, c'est ça la clé. »

Ça y était. Madame Ogg n'était pas une joueuse de poker, du moins contre quelqu'un comme Suzanne. Le regard vacilla fugitivement.

Puis le fauteuil fut violemment repoussé en arrière dans l'effort qu'elle fit pour se relever, mais Suzanne atteignit la première le manteau de la cheminée et saisit prestement ce qui s'y trouvait caché au grand jour au milieu des bibelots.

« Rends-moi ça tout d'suite ! », cria madame Ogg tandis que Suzanne tendait l'objet hors de sa portée. Elle sentait le pouvoir qui l'habitait. C'était comme une pulsation dans sa main.

« Avez-vous la moindre idée de ce que c'est, madame Ogg ? demanda-t-elle en ouvrant la paume pour laisser voir les petites ampoules de verre.

— Oui, c'est un compte-vie qui marche pas ! » La sorcière se laissa lourdement retomber dans son fauteuil rembourré à l'excès, si bien que ses petites jambes décollèrent un instant.

« À moi, ça m'a l'air d'une journée, madame Ogg. L'équivalent en temps d'une journée. »

Madame Ogg lança un coup d'œil à Suzanne puis au petit sablier dans sa main.

« Je m'étais bien dit qu'il avait quèque chose de bizarre, dit-elle. Le sable coule pas quand on le retourne, tu vois ? »

— C'est parce que vous n'en avez pas encore besoin, madame Ogg. »

Madame Ogg parut se détendre. Une fois de plus, Suzanne se rappela qu'elle avait affaire à une sorcière. Les sorcières ne se laissaient pas dépasser par les événements.

« Je l'ai gardé parce que c'était un cadeau, dit la vieille femme. Et puis je l'trouve joli. Qu'est-ce qu'elles disent, les lettres inscrites sur l'bord ? »

Suzanne lut les mots gravés sur le socle en métal du compte-vie. *Tempus redux.* « "Le temps rendu", traduisit-elle.

— Ah, c'est ça, alors. Le gars a bien dit que je serais dédommagée d'mon temps.

— Le gars… ? », répéta doucement Suzanne.

Nounou Ogg leva vers elle un regard embrasé.

« T'avise pas d'en profiter parce que j'suis momentanément un peu troublée, cracha-t-elle. On la mène pas par le bout du nez, Nounou Ogg ! »

Suzanne observa la femme, et pas de son œil paresseux cette fois. Effectivement, on ne menait pas Nounou Ogg par le bout du nez. Mais on pouvait la mener par autre chose. Par le bout du cœur.

« Un enfant a besoin de connaître ses parents, madame Ogg, dit-elle. Maintenant plus que jamais. Il a besoin de savoir qui il est réellement. Ça risque d'être dur pour lui, et je veux l'aider.

— Pourquoi ça ?

— Parce que j'aurais aimé qu'on m'aide moi aussi, répondit Suzanne.

— Oui, mais les sages-femmes ont des principes, dit Nounou Ogg. On répète pas ce qu'a été dit ni ce qu'on a vu. Sauf si la femme est d'accord. »

La sorcière se tortilla d'un air embarrassé dans son

fauteuil, la figure de plus en plus rouge. Elle veut me le dire, songea Suzanne. Elle en meurt d'envie. Mais je dois jouer finement afin qu'elle ait sa conscience pour elle.

« Je ne demande pas de noms, madame Ogg, parce que j'imagine que vous ne les connaissez pas, poursuivit-elle.

— C'est vrai.

— Mais l'enfant…

— Écoute, petite, j'suis pas censée raconter à âme qui vive…

— Si ça peut vous aider, je ne suis pas vraiment certaine d'en être une », répliqua Suzanne. Elle observa madame Ogg un moment. « Mais je comprends. Il faut des principes, n'est-ce pas ? Merci de m'avoir accordé de votre temps. »

Suzanne se mit debout et reposa le jour en conserve sur le manteau de la cheminée. Puis elle sortit de la chaumière en refermant la porte derrière elle. Bigadin attendait près de la barrière. Elle grimpa en selle, et c'est seulement alors qu'elle entendit la porte se rouvrir.

« C'est ça qu'il a dit, lança madame Ogg. Quand il m'a donné le sablier. "Merci de m'avoir accordé de votre temps, madame Ogg", il a dit. Tu ferais mieux de revenir, ma fille. »

Tic

La Mort retrouva la Pestilence dans un hospice de Ker-Gselzehc. La Pestilence aimait les hôpitaux. Il y avait toujours du travail pour lui.

Pour l'heure, il s'évertuait à décrocher l'écriteau *Lavez-vous les mains* qui surmontait un lavabo.

« Oh, c'est toi, fit-il. Du savon ? Je leur en ficherais, moi, du savon !

— JE T'AI ENVOYÉ LA CONVOCATION, dit la Mort.

— Oh, oui ! C'est vrai. Oui, reconnut la Pestilence d'un air manifestement gêné.

— TU AS TOUJOURS TON CHEVAL ?

— Évidemment, mais...

— TU AVAIS UN BON CHEVAL.

— Écoute, la Mort... c'est... écoute, je comprends parfaitement ton point de vue, mais... Excuse-moi... » La Pestilence s'écarta tandis qu'une bonne sœur en robe blanche, totalement inconsciente de la présence des deux cavaliers, passait entre eux. Mais il en profita pour lui souffler son haleine à la figure.

« Rien qu'une petite grippe bénigne, dit-il en surprenant l'expression de la Mort.

— ALORS ON PEUT COMPTER SUR TOI, D'ACCORD ?

— Pour une chevauchée...

— VOILÀ.

— Pour le gros coup...

— ON ATTEND ÇA DE NOUS.

— Et les autres, combien tu en as ?

— TU ES LE PREMIER.

— Euh... »

La Mort soupira. Évidemment, il existait déjà des tas de maladies bien avant l'apparition de l'homme. Mais l'homme avait bel et bien créé la Pestilence. Il avait le chic pour former des attroupements, fouiner dans des jungles, dresser commodément le tas de fumier juste à côté du puits. La Pestilence était donc en partie humaine, avec tout ce que ça entraînait. Il avait peur.

« JE VOIS, dit la Mort.

— Présenté comme ça...

— TU AS PEUR ?

— Je... vais y réfléchir.

— OUI, JE N'EN DOUTE PAS. »

Tac

Une bonne dose d'eau-de-vie cascada dans la chope de madame Ogg. La sorcière agita vaguement la bouteille à l'adresse de Suzanne en accompagnant le geste d'un regard interrogateur.

« Non, merci.

— Très bien. Très bien. » Nounou reposa la bouteille et but un bon coup de gnôle comme s'il s'agissait de petite bière. « Un gars est venu frapper à ma porte, dit-elle. Par trois fois au cours de ma vie, il est venu. La dernière, c'était... oh, y a p't-être dix jours. Le même gars à chaque coup. Il voulait une sage-femme...

— Dix jours ? fit Suzanne. Mais le gamin a au moins sei... » Elle se tut soudain.

« Ah, t'as saisi. J'ai bien vu que t'étais futée. Le temps comptait pas pour lui. Il voulait la meilleure sage-femme. Et, comme qui dirait, il s'était renseigné sur moi mais s'était trompé sur la date, comme si, toi ou moi, on frappait à la mauvaise porte. Tu comprends ce que j'veux dire ?

— Plus que vous ne croyez, répondit Suzanne.

— La troisième fois... (une autre rasade de gnôle) il était dans tous ses états. C'est comme ça que j'ai su que c'était qu'un homme, malgré tout ce qui s'est passé après. Parce qu'il paniquait, pour tout dire. Les futurs pères, ils paniquent souvent. Il arrêtait pas de m'répéter qu'il fallait que j'vienne tout d'suite, qu'y avait pas de temps à perdre. Il avait tout son temps, il avait pas les idées nettes, voilà, comme tous les maris au moment

240

où ça arrive. Ils paniquent parce que c'est plus leur monde à eux.

— Et qu'est-ce qui s'est passé ensuite ?

— Il m'a fait monter dans son… ben, c'était comme un d'ces vieux chariots, et puis il m'a emmenée à… » Nounou Ogg hésita. « J'ai vu des tas d'machins bizarres dans ma vie, j'veux que tu l'saches, dit-elle comme si elle préparait le terrain pour une révélation.

— Je le crois sans peine.

— C'était un château tout en verre. » Elle lança à Suzanne un regard qui la mettait au défi de douter de ses dires. Suzanne décida de presser le mouvement.

« Madame Ogg, un de mes premiers souvenirs, c'est d'avoir aidé à donner à manger au cheval pâle. Vous savez ? Celui qui est dehors. Le cheval de la Mort. Il s'appelle Bigadin. Alors, s'il vous plaît, ne vous arrêtez pas à tout bout de champ. Il n'y a pour ainsi dire pas de limite à ce que je trouve normal.

— Y avait une femme… Disons plutôt qu'il a fini par y avoir une femme, reprit la sorcière. Est-ce que tu peux imaginer quelqu'un qui explose en millions de morceaux ? Oui, à mon avis t'en es capable. Eh ben, imagine que ça s'passe dans l'autre sens. T'as une brume, elle se condense et… *pouf,* t'as une femme. Et ensuite, *pouf,* elle retourne en brume. Et pendant tout ce temps, un bruit comme ça… » Madame Ogg passa son doigt sur le bord du verre d'eau-de-vie pour le faire bourdonner.

« Une femme… qui n'arrêtait pas de s'incarner puis de redisparaître ? Pourquoi ?

— Parce qu'elle avait la trouille, évidemment ! La première fois, tu vois ? » Nounou se fendit d'un grand sourire. « Personnellement, j'ai jamais eu d'problèmes de ce côté-là, mais j'ai assisté à des tas de naissances quand c'est tout nouveau pour la fille, qu'elle a une peur bleue et qu'au moment de s'pousser au derrière, si tu vois ce que j'veux dire, une vieille expression de sage-femme, elle se met à brailler et à jurer vers le père ; dans ce cas-là, j'crois qu'elle donnerait n'importe quoi pour se trouver ailleurs. Ben, cette femme pouvait, elle, se trouver ailleurs. On aurait été dans une drôle de panade sans l'bonhomme, en fin d'compte.

— Celui qui vous avait amenée ?

— Une espèce d'étranger, tu vois. Comme ceux du Moyeu. Chauve comme un œuf. Je m'rappelle m'être dit : T'as pas l'air vieux, mon bonhomme, mais tu m'fais l'effet d'être jeune depuis un bon bout de temps, d'après moi. Normalement, j'refuse qu'un homme soit présent, mais il est resté causer à la femme dans son baragouin étranger, il lui a chanté des chansons, récité des poèmes, il l'a calmée, et elle est revenue, elle a réapparu de nulle part. Moi, j'étais prête, et en moins de deux c'était fait. Ensuite, elle s'est encore évaporée. Sauf qu'elle était toujours là, j'crois. Dans l'air.

— À quoi elle ressemblait ? », demanda Suzanne.

Madame Ogg lui jeta un regard pénétrant. « Faut que tu t'souviennes de la vue que j'avais d'où j'étais assise, dit-elle. La description que j'risque de te donner a peu d'chances de s'retrouver sur une affiche, si tu vois ce que j'veux dire. Et aucune femme s'présente sous son meilleur jour en un moment pareil. Elle était jeune, brune… » Nounou refit le niveau de son verre d'eau-de-vie, autant dire que la pause dura un certain temps. « Et elle était à la fois vieille, si tu veux la vérité. Pas vieille comme moi. J'veux dire franchement vieille. »

Elle contempla le feu. « Vieille comme les ténèbres et les étoiles, ajouta-t-elle à l'adresse des flammes.

— Le gamin a été abandonné devant la Guilde des

Voleurs, dit Suzanne pour rompre le silence. Ils ont dû penser, d'après moi, qu'avec de tels dons il s'y débrouillerait.

— Le gamin ? Hah. Dis-moi, petite... pourquoi "le" ? »

Tic

Dame Ligion se sentait forte.

Elle ne s'était jamais aperçue à quel point les humains dépendaient du corps qu'ils occupaient. Il les harcelait jour et nuit. Il avait toujours trop chaud, trop froid, il était toujours trop vide, trop plein, trop fatigué...

La clé, c'était la discipline, elle en avait la certitude. Les Contrôleurs étaient immortels. Si elle n'arrivait pas à se faire obéir de son corps, elle ne méritait pas d'en habiter un. Le corps était une des principales faiblesses de l'homme.

Les sens aussi. Les Contrôleurs disposaient de centaines de sens car il fallait observer tous les phénomènes possibles et les enregistrer. Elle n'en dénombrait pour l'instant que cinq chez l'homme. Il aurait dû être facile de les diriger. Mais ils étaient branchés directement au reste de l'organisme ! Ils ne se contentaient pas de transmettre les informations, ils avaient des exigences !

Elle venait de passer devant un étal de viandes rôties et sa bouche s'était mise à baver ! Le sens de l'odorat voulait que le corps mange sans consulter le cerveau ! Mais ce n'était pas le pire ! Le cerveau lui-même travaillait de son propre chef !

C'était ça le plus dur. La masse de tissu spongieux derrière les yeux passait son temps à travailler indépendamment de son propriétaire. Elle recevait les informations des sens, les vérifiait en se référant à ce qu'elle avait en mémoire et proposait diverses options. Parfois, certaines circonvolutions secrètes luttaient même pour se rendre maîtresses de la bouche ! Les humains n'étaient pas des individus ; chacun équivalait à tout un comité !

Certains autres membres du comité étaient inquiétants, rouges, de vrais barbares. Ils avaient rallié le cerveau avant la civilisation ; quelques-uns s'étaient même installés avant l'humanité. Et les éléments chargés de la réflexion devaient se bagarrer pour obtenir le vote prépondérant !

Au bout d'un peu plus de deux semaines sous son enveloppe humaine, l'entité du nom de dame Ligion était complètement perdue.

L'alimentation, par exemple. Les Contrôleurs ne mangeaient pas. Ils reconnaissaient que les formes de vie précaires devaient se consommer les unes les autres afin d'obtenir de l'énergie et de la substance nécessaire à leur développement physique. Le procédé était cependant étonnamment inefficace, et Sa Seigneurie avait tenté de réunir les nutriments directement du néant. L'opération avait été un succès, mais le procédé… Quelle était l'expression, déjà ? Ah, oui… lui donnait la chair de poule.

Par ailleurs, le cerveau refusait de croire qu'on l'avait alimenté et répétait avec insistance qu'il avait faim. Son harcèlement perpétuel interférait avec le processus de la pensée et c'est dans ces conditions, malgré tout, qu'elle avait dû faire face à… disons, toute cette histoire d'orifices.

Les Contrôleurs connaissaient leur existence depuis longtemps. Le corps humain en comptait huit, semblait-il. L'un n'avait pas l'air de servir et le reste remplissait apparemment des fonctions multiples, même si les oreilles n'étaient curieusement capables que d'une seule opération.

La veille, elle avait essayé un bout de tartine de pain grillé.

Ç'avait été la pire expérience de son existence.

Ç'avait été la plus intense expérience de son existence.

Ç'avait été aussi autre chose. Pour autant qu'elle comprenait la langue des hommes, elle avait trouvé ça... agréable.

Le sens du goût chez l'homme était manifestement différent de celui dont se servait un Contrôleur. Celui des Contrôleurs était précis, mesuré, analytique. Mais celui de l'homme revenait à recevoir en pleine bouche le monde entier. Elle avait passé une demi-heure à contempler les feux d'artifice sous son crâne avant qu'elle se souvienne d'avaler.

Comment l'homme survivait-il à ça ?

Les musées des beaux-arts l'avaient fascinée. Il était évident que certains humains arrivaient à représenter la réalité d'une façon qui la rendait encore plus réelle, qui parlait au spectateur, qui marquait l'esprit comme au fer rouge... mais comment oublier que même un génie artistique devait se fourrer des substances étrangères dans la bouche ? Les humains ne pouvaient-ils pas s'en passer ? Et ça ne s'arrêtait pas là...

Plus tôt l'horloge serait terminée, mieux ce serait. Une espèce aussi démente ne méritait pas de vivre plus longtemps. Dame Ligion passait désormais voir l'horloger et son assistant tous les jours et leur donnait toute l'aide qu'elle pouvait se permettre, mais ils avaient toujours l'air à deux doigts décisifs du but...

Incroyable ! Elle en venait à se mentir à elle-même !

245

Parce qu'une autre voix dans sa tête, membre du comité inquiétant, lui disait : « Tu ne les aides pas du tout, hein ? Tu barbotes des pièces, tu en fausses d'autres... et tu y retournes tous les jours à cause de la façon dont il te regarde, pas vrai... ? »

Des éléments du comité interne, si vieux qu'ils n'avaient pas de voix mais agissaient directement sur l'organisme, tentèrent alors d'intervenir. Elle s'efforça en vain de les chasser de son esprit.

Et maintenant il lui fallait affronter les autres Contrôleurs. Ils seraient à l'heure.

Elle se ressaisit. Ces derniers temps, de l'eau s'était mise à lui couler des yeux sans aucune raison. Elle s'arrangea les cheveux du mieux qu'elle put et se dirigea vers la vaste salle de réception.

L'atmosphère virait déjà au gris. Il n'y avait pas dans cette salle assez de place pour un grand nombre de Contrôleurs, mais ça n'avait guère d'importance. Un seul pouvait parler au nom de tous.

Dame Ligion s'aperçut que les commissures de ses lèvres se relevaient machinalement lorsque neuf d'entre eux apparurent. Neuf, c'était trois fois trois, et les Contrôleurs aimaient les trois. Deux Contrôleurs pouvaient tenir le troisième à l'œil. Chacun des deux tenait à l'œil les deux autres. Ils ne se font pas confiance, dit une des voix dans sa tête. Une autre voix intervint : C'est *nous,* nous ne nous faisons pas confiance. Et elle songea : Oh, oui. Nous, pas ils. Je dois me souvenir que je suis « nous ».

Un Contrôleur dit : *Pourquoi est-ce que ça n'avance plus ?*

Les commissures retombèrent. « De petits problèmes de précision et d'alignement se sont posés », répondit dame Ligion. Elle s'aperçut que ses mains se frottaient

246

lentement et elle se demanda pourquoi. Elle ne leur avait rien demandé.

Les Contrôleurs n'avaient jamais eu l'usage d'un langage corporel, aussi ne le comprenaient-ils pas.

L'un dit : *Quelle est la nature de... ?*

Mais un autre l'interrompit par : *Pourquoi habitez-vous dans ce bâtiment ?* La voix était vaguement soupçonneuse.

« Le corps a des besoins impossibles à satisfaire dans la rue », répondit dame Ligion. Et, parce qu'elle commençait à connaître un peu Ankh-Morpork, elle ajouta : « Du moins dans un grand nombre de rues. Je crois aussi que le serviteur de l'horloger se méfie. J'ai fait en sorte que le corps subisse la pesanteur puisque sa conception le réclame. Il vaut mieux se donner l'apparence de l'humanité. »

L'un, toujours le même, dit : *Et quelle est la signification de ceci ?*

Il avait remarqué les couleurs et le chevalet. Dame Ligion regretta amèrement d'avoir oublié de les ranger.

L'un dit : *Vous créez des images avec des pigments ?*

« Oui. Très mal, hélas. »

L'un dit : *Pour quelle raison ?*

« J'avais envie de voir comment les humains s'y prenaient. »

L'un dit : *C'est simple : l'œil reçoit les données, la main applique le pigment.*

« C'est ce que je croyais, mais c'est manifestement beaucoup plus compliqué... »

Celui qui avait posé la question de la peinture dériva du côté d'un des fauteuils et dit : *Et ça, qu'est-ce que c'est ?*

« Un chat. Il est venu comme ça. Apparemment, il n'a pas envie de s'en aller. »

Le chat, un matou roux sauvage, secoua brièvement une oreille en dents de scie et se roula en une boule compacte. Ce qui réussissait à survivre dans les ruelles d'Ankh-Morpork, où rôdaient dragons des marais abandonnés, meutes de chiens et agents de fourreurs, n'allait pas se donner la peine d'ouvrir un œil pour une bande de chemises de nuit volantes.

Celui qui commençait maintenant à porter sur les nerfs de dame Ligion dit : *Et la raison de sa présence ?*

« Il supporte manifestement la compagnie des hu... des pseudo-humains, sans rien demander en retour que des aliments, de l'eau, un abri et du confort, répondit dame Ligion. Ça m'intéresse. Notre but est d'apprendre, j'ai donc commencé, comme vous le constatez. » Elle espéra que ses paroles sonnaient mieux pour eux que pour elle.

L'un dit : *Quand les problèmes d'horloge dont vous nous avez parlé seront-ils résolus ?*

« Oh, bientôt. Très bientôt. Oui. »

Celui qui commençait à terrifier dame Ligion dit : *Nous nous demandons si vous ne ralentissez pas le travail d'une manière ou d'une autre.*

Dame Ligion sentit son front la picoter. Pourquoi réagissait-il ainsi ?

« Non. Pour quelle raison est-ce que je ralentirais le travail ? Ce serait illogique. »

L'un dit : *Hmm.*

Et un Contrôleur ne disait jamais « hmm » par hasard. « Hmm » avait une signification très précise.

Il poursuivit : *Vous fabriquez de la moisissure sur votre tête.*

« Oui. C'est une réaction corporelle. »

L'un dit : *Oui.* Et ce mot-là aussi avait une signification très particulière et menaçante.

L'un dit : *Nous nous demandons si un séjour pro-longé dans un corps solide n'affaiblit pas la résolution. Nous avons aussi du mal à distinguer vos pensées.*

« Le corps, une fois de plus, je le crains. Le cerveau est un instrument très imprécis. » Dame Ligion finit par maîtriser ses mains.

L'un dit : *Oui.*

Un autre dit : *Quand l'eau remplit un pichet, elle en prend la forme. Mais l'eau n'est pas le pichet, pas plus que le pichet n'est l'eau.*

« Évidemment », reconnut dame Ligion. Et, au fond d'elle, une pensée qu'elle ne se savait pas en train de penser, une pensée surgie des ténèbres derrière les yeux, dit : Nous sommes sûrement les êtres les plus bêtes de l'univers.

L'un dit : *Il n'est pas bon d'agir seul.*

Elle dit : « Bien entendu. » Une fois de plus une pensée émergea des ténèbres : Je suis maintenant dans le pétrin.

L'un dit : *Vous aurez donc des compagnons. Vous n'êtes pas à blâmer. Il ne faut jamais rester seul Ensemble, la résolution se renforce.*

Des grains de poussière se mirent à scintiller dans l'atmosphère.

De lui-même, le corps de dame Ligion recula machi-nalement et, lorsqu'elle vit ce qui se formait, elle le recula davantage. Elle avait vu des humains à tous les stades de la vie et de la mort, mais voir un corps se former à partir de matière brute était curieusement trou-blant quand on en occupait au même moment un sem-blable. Dans une pareille situation, c'est l'estomac qui réfléchit et décide qu'il a envie de vomir.

Six silhouettes prirent forme, battirent des paupières et ouvrirent les yeux. Trois étaient des mâles, trois des femelles. Toutes les six vêtues des équivalents des robes des Contrôleurs, mais à la taille humaine.

Les autres Contrôleurs se retirèrent, mais l'un dit : *Ils vont vous accompagner chez l'horloger, et la question sera résolue aujourd'hui. Ils ne mangeront pas ni ne respireront.*

Hah ! fit une des petites voix qui assemblaient les pensées de dame Ligion.

Une des silhouettes geignit.

« Le corps respirera, dit Sa Seigneurie. Vous ne le convaincrez pas que l'air est facultatif. »

Elle eut conscience de sons étranglés.

« Vous pensez, oui, que nous pouvons échanger les substances nécessaires avec le monde extérieur, et c'est vrai, poursuivit-elle. Mais le corps n'en sait rien. Il se croit en train de mourir. Laissez-le respirer. »

Elle entendit une succession de halètements.

« Et vous allez bientôt vous sentir mieux », ajouta Sa Seigneurie qui eut l'immense plaisir d'entendre la voix intérieure songer : *Ce sont tes geôliers et tu es déjà plus forte qu'eux.*

Une des silhouettes se tâta la figure d'une main maladroite et, le souffle court, demanda : « À qui parlez-vous avec votre bouche ?

— À vous, répondit dame Ligion.

— À nous ?

— Je vais vous expliquer…

— Non, dit le Contrôleur. C'est dangereux. Nous croyons que le corps impose une façon de penser au cerveau. Rien de répréhensible là-dedans. Il s'agit d'un… dysfonctionnement. Nous allons vous accompagner chez l'horloger. Nous partons tout de suite.

— Pas dans ces vêtements, objecta dame Ligion.

Vous allez lui faire peur. Ce qui risque de provoquer des réactions irrationnelles. »

Un silence suivit. Les Contrôleurs incarnés échangeaient des regards désespérés.

« Il faut parler avec votre bouche, souffla dame Ligion. L'esprit reste dans la tête. »

L'un dit : « Qu'est-ce qu'ils ont, nos vêtements ? C'est une coupe simple répandue dans un grand nombre de cultures humaines. »

Dame Ligion s'approcha de la fenêtre. « Vous voyez les gens en bas ? demanda-t-elle. Il faut vous habiller à la mode appropriée des villes. »

Les Contrôleurs s'exécutèrent à contrecœur et, tout en conservant la teinte grise, se donnèrent des tenues qui passeraient inaperçues dans la rue. Jusqu'à un certain point, en tout cas.

« Seuls ceux d'apparence féminine doivent porter des robes », fit observer dame Ligion. Une forme grise en lévitation dit : *Alerte. Danger. La dénommée dame Ligion nous donne peut-être des conseils dangereux. Alerte.*

« Compris, dit un des incarnés. Nous connaissons le chemin. Nous passons devant. »

Il se dirigea vers la sortie.

Les Contrôleurs restèrent un instant massés devant la porte, puis l'un d'eux jeta un regard noir à dame Ligion qui sourit.

« Bouton », dit-elle.

Le Contrôleur refit face au battant, fixa le bouton de cuivre puis toisa la porte de haut en bas. Elle tomba en poussière.

« Le bouton, c'était plus simple », dit dame Ligion.

De hautes montagnes entouraient le Moyeu. Mais celles qui dominaient le temple n'avaient pas toutes un nom pour la bonne raison qu'elles étaient trop nombreuses. Seuls les dieux disposent d'assez de temps pour donner un nom à chaque galet d'une plage, mais c'est la patience qui leur manque.

Le Trigonocéphale, quoique de faible hauteur, était assez grand pour mériter un nom. Lobsang se réveilla et vit sa cime tordue, dressée au-dessus des montagnes locales de moindre importance, qui se découpait sur fond d'aurore.

Les dieux manquent parfois complètement de goût. Ils tolèrent des levers et des couchers de soleil dans des tons roses et bleus que tout peintre professionnel rejetterait en tant qu'œuvre d'amateur enthousiaste qui n'a jamais bien regardé tomber la nuit. Cette aube-ci relevait de cette catégorie. Celle qu'on observe en se disant : « Aucun vrai lever de soleil ne teinterait le ciel d'un rose d'appareil orthopédique. »

C'était quand même beau[1].

Lobsang était à moitié recouvert d'un tas de fougères sèches. Il ne vit aucune trace du yéti.

C'était le printemps dans la région. Il restait encore de la neige, mais ici et là affleuraient un carré de terre à nu et un soupçon de vert. Il fouilla des yeux les alentours et aperçut des feuilles en bouton.

Lou-tsé se tenait un peu plus loin, la tête levée vers un arbre. Il ne se retourna pas quand Lobsang s'approcha.

1. Mais de mauvais goût.

« Où est le yéti ?

— Il n'irait pas plus loin. On ne peut pas demander à un yéti de quitter la neige, chuchota Lou-tsé.

— Oh, chuchota lui aussi Lobsang. Euh… pourquoi on chuchote ?

— Regarde l'oiseau. »

Perché sur une branche près d'une fourche dans l'arbre, à côté de ce qui ressemblait à un nichoir, il picorait un morceau de bois vaguement rond qu'il tenait dans une griffe.

« C'est sûrement un ancien nid qu'il répare, dit Lou-tsé. On n'en voit jamais si tôt dans la saison.

— Moi, ça m'a l'air d'une vieille boîte », dit Lobsang. Il plissa les yeux. « Ce n'est pas une vieille… pendule ? ajouta-t-il.

— Regarde ce que picore l'oiseau, suggéra Lou-tsé.

— Ben, on dirait… un rouage rudimentaire, non ? Mais pourquoi…

— Bien observé. Ça, mon gars, c'est un coucou à pendule. Un jeune, visiblement, et il s'efforce de bâtir un nid qui attirera une femelle. Peu de chances que ça se produise… Tu vois ? Il s'est trompé dans les chiffres et il a installé les aiguilles de travers.

— Un oiseau qui fabrique des pendules ? Moi, je croyais qu'une pendule à coucou c'était une pendule avec un coucou mécanique qui sort quand…

— Et, d'après toi, d'où vient une idée aussi saugrenue ?

— Mais ça tient du miracle !

— Pourquoi ? fit Lou-tsé. Elles marchent rarement plus d'une demi-heure, elles sont rarement à l'heure et ces pauvres nigauds de mâles deviennent dingues à force de les remonter.

— Mais même aux…

253

— Tout arrive ici ou là, je suppose, dit Lou-tsé. Pas la peine d'en faire un plat. Il nous reste à manger ?

— Non. On a fini hier soir », répondit Lobsang. Il ajouta, d'un ton rempli d'espoir : « Euh... j'ai entendu raconter que les moines vraiment de pointe peuvent vivre de... euh... la force vitale contenue dans l'air...

— Uniquement sur la planète Saucisse, j'imagine. Non, on va contourner le Trigonocéphale et trouver quelque chose dans les vallées de l'autre côté. Allons-y, on n'a pas beaucoup de temps. »

Mais assez tout de même pour observer un oiseau, songea Lobsang tandis qu'il laissait le monde autour de lui virer au bleu et perdre de son éclat, et cette pensée le réconforta.

C'était plus facile d'avancer sans la neige par terre, dès lors qu'il évitait l'étrange résistance qu'offraient les buissons et les herbes hautes. Lou-tsé marchait devant, l'air curieusement irréel et coloré sur fond de paysage délavé.

Ils passèrent devant l'entrée de mines de nains mais n'en virent aucun en surface. Lobsang s'en réjouit. Les statues qu'il avait vues la veille dans les villages n'étaient pas mortes, il le savait, mais tout bonnement figées à une vitesse temporelle différente. Lou-tsé lui avait interdit d'en approcher une seule, mais il s'était inquiété pour rien. Passer entre les statues vivantes revenait à une espèce d'intrusion. C'était encore pire quand on s'apercevait qu'elles se déplaçaient, mais très, très lentement...

Le soleil avait à peine décollé de l'horizon lorsqu'ils franchirent plus bas des bois plus chauds sur le versant Bord de la montagne. On respirait dans ce paysage une atmosphère plus apprivoisée. C'était un secteur boisé plutôt qu'une forêt. La voie de gibier qu'ils suivaient traversait un ruisseau à un gué devant lequel on distinguait des traces de chariot, anciennes mais pas encore envahies par l'herbe.

Lobsang regarda derrière lui après avoir franchi le gué et observa l'eau qui reprenait possession de ses marques de pas dans le courant.

On l'avait formé à découper le temps sur les étendues neigeuses au-dessus de la vallée, comme tous les novices. Afin qu'il ne leur arrive rien, disaient les moines, même si aucun ne leur avait expliqué quel mal risquait de leur arriver. Hors du monastère, c'était la première fois que Lobsang découpait dans du paysage vivant.

C'était merveilleux. Les oiseaux restaient accrochés dans le ciel. Chaque bourdon matinal se figeait en vol stationnaire au-dessus des fleurs qui s'ouvraient. Le monde était un cristal composé d'êtres vivants.

Lobsang ralentit près d'une harde de daims qui broutaient et regarda l'œil de l'un d'eux pivoter avec une lenteur géologique pour l'observer. Il vit la peau bouger tandis que les muscles qu'elle recouvrait commençaient à se contracter pour la fuite…

« L'heure de claquer un coup d'clope », annonça Lou-tsé.

Le monde autour de Lobsang accéléra. Le daim se sauva en même temps que la magie du moment.

« Pourquoi "claquer un coup" ? », demanda le novice. Il était contrarié. Le monde lent et silencieux était plus amusant.

« Tu n'es jamais allé en Quatrix ?

— Non. Mais je connais un serveur de la Grappe de Raisin qui est de là-bas. »

Lou-tsé alluma une de ses cigarettes maigrichonnes.

« Ça ne veut pas dire grand-chose, fit-il. Les serveurs

de partout viennent de Quatrix. Curieux pays. Grande source temporelle en plein milieu, très pratique. Le temps et l'espace complètement emmêlés. Sans doute la bière. Chouette coin tout de même. Bon, tu vois le pays là-bas ? »

D'un côté de la clairière, le terrain descendait brusquement ; on ne voyait plus que des cimes d'arbres et, au-delà, une petite mosaïque de champs coincés dans un plissement entre les montagnes. On reconnaissait au loin une gorge, et Lobsang crut distinguer un pont qui la franchissait.

« Ça n'a pas vraiment l'air d'un pays, dit-il. Plutôt d'une étagère.

— C'est un pays de sorcières, poursuivit Lou-tsé. Et on va emprunter un balai. C'est le plus rapide pour aller à Ankh-Morpork. La seule façon de voyager.

— Est-ce que… euh… ça n'entrave pas le cours de l'Histoire ? Je veux dire, on m'a appris que, ces choses-là, ça ne pose pas de problème dans les vallées, mais ici dans le monde…

— Non, c'est absolument interdit. Parce que c'est entraver le cours de l'Histoire. Faut bien choisir la sorcière, évidemment. Certaines sont drôlement futées. » Lou-tsé vit la tête que faisait Lobsang. « Écoute, c'est pour ça qu'il existe des règles, tu comprends ? Pour qu'on réfléchisse avant de les enfreindre.

— Mais… »

Lou-tsé soupira puis éteignit entre deux doigts le bout de sa cigarette. « On nous surveille », dit-il.

Lobsang pivota d'un bloc. Il n'y avait que des arbres et des insectes qui bourdonnaient dans l'air du petit matin.

« Là-haut », le renseigna Lou-tsé.

Un corbeau se tenait perché sur la cime brisée d'un

256

pin fracassé par une tempête d'hiver. L'oiseau les regarda qui le regardaient.

« *Croa ?* lança-t-il.

— Ce n'est qu'un corbeau, dit Lobsang. Il y en a des tas dans la vallée.

— Il nous observait quand nous avons fait halte.

— Il y a des corbeaux partout dans les montagnes, balayeur.

— Et quand nous avons rencontré le yéti, persista Lou-tsé.

— Le problème est réglé, alors. C'est une coïncidence. Un seul corbeau ne pourrait pas se déplacer aussi vite.

— C'est peut-être un corbeau à part. De toute façon, ce n'est pas un de nos corbeaux des montagnes. C'en est un des plaines. Le corbeau de montagne craille. Il ne croasse pas. Pourquoi est-ce qu'il s'intéresse autant à nous ?

— C'est un peu… bizarre de penser qu'on est suivis par un oiseau, dit Lobsang.

— Quand tu auras mon âge, tu remarqueras des détails dans le ciel. » Lou-tsé haussa les épaules et se fendit d'un grand sourire. « Tu te demanderas déjà si ce ne sont pas des vautours. »

Ils se fondirent dans le temps et disparurent.

Le corbeau hérissa ses plumes. « *Craï ?* dit-il. Merde. »

Tic

Lobsang tâtonna sous les avant-toits en chaume de la chaumière, et sa main se referma sur les brins d'un balai qu'on avait fourré parmi les roseaux.

« Ça ressemble à du vol, dit-il tandis que Lou-tsé l'aidait à redescendre.

— Non, fit le balayeur qui prit le balai et le leva afin de l'examiner dans le sens de la longueur. Et je vais te dire pourquoi. Si tout se passe bien, on le déposera au retour et elle ne saura jamais qu'il est parti… et si ça se passe mal, ben, elle ne saura quand même jamais qu'il est parti. Franchement, elles ne prennent pas grand soin de leurs balais, les sorcières. Regarde-moi les brins de celui-là. Je n'en voudrais pas pour nettoyer un bassin ! Ah, bah… on réintègre le temps réel, mon gars. Je n'aimerais pas piloter un de ces engins pendant que je découpe le temps. »

Il enfourcha le balai et empoigna le manche. Le véhicule monta légèrement.

« Bonne suspension, au moins, dit le moine. Tu peux prendre le siège confortable à l'arrière. Accroche-toi bien à mon propre balai et veille à serrer ta robe autour de toi. Il y a de méchants courants d'air sur ces modèles-là. »

Lobsang se hissa à bord et le balai prit un peu d'altitude. Il arriva à la hauteur des branches basses autour de la clairière, et Lobsang se trouva au niveau des yeux d'un corbeau.

L'oiseau remua d'un air gêné et tourna la tête d'un côté puis de l'autre dans un effort pour fixer Lobsang des deux yeux.

« Tu croasses ou tu crailles, je me demande ? dit Lou-tsé comme pour lui-même.

— *Craï*, fit le corbeau.

— Tu n'es donc pas le corbeau qu'on a vu de l'autre côté de la montagne.

— Moi ? Bon sang, non, répondit le corbeau. C'est un pays de croasseurs, là-bas.

— Juste pour savoir. »

Le balai s'éleva encore et partit au-dessus des arbres dans la direction du Moyeu.

Le corbeau ébouriffa ses plumes et cligna des yeux. « Merde ! », dit-il. Il fit le tour de l'arbre d'une démarche traînante pour rejoindre la Mort aux Rats, assis sur son derrière.

« Couii ?

— Écoute, si tu veux que je fasse l'agent secret, faut que tu me déniches un bouquin d'ornithologie, d'accord ? se plaignit Dit. Allons-y, sinon j'arriverai jamais à les suivre. »

Tac

La Mort retrouva la Famine dans un nouveau restaurant de Genua. Il avait un box pour lui tout seul et mangeait du « canard et son riz aux abattis ».

« Oh, fit la Famine. C'est toi.

— Oui. Nous devons faire une chevauchée. Tu as sûrement eu mon message.

— Approche une chaise, souffla la Famine. Ils font une excellente saucisse à l'alligator ici.

— J'ai dit que nous devons faire une chevauchée.

— Pourquoi ? »

La Mort s'assit et s'expliqua. La Famine écouta sans pour autant cesser de manger.

« Je vois, dit-il enfin. Merci, mais je crois que je ne vais pas prendre part à celle-là.

— Tu ne vas pas y prendre part ? Tu es un Cavalier !

— Oui, évidemment. Mais quel est mon rôle làdedans ?

— Je te demande pardon ?

— Pas de famine dans le coup, on dirait, je me trompe ? Pas de pénurie alimentaire *per se* ? À proprement parler ?

— BEN, NON, PAS À PROPREMENT PARLER, MANIFESTEMENT, MAIS...

— Donc, comme qui dirait, je m'amènerais juste pour faire de la figuration. Non, merci.

— AVANT, TU NE RATAIS AUCUNE CHEVAUCHÉE », rappela la Mort d'un ton accusateur.

La Famine agita un os d'un air désinvolte. « On avait de vraies apocalypses en ce temps-là, dit-il avant de sucer l'os. On pouvait y mordre à belles dents.

— TOUT DE MÊME, C'EST LA FIN DU MONDE. »

La Famine repoussa son assiette et ouvrit le menu. « Il y a d'autres mondes, dit-il. Tu es trop sentimental, la Mort. Je l'ai toujours dit. »

La Mort se redressa. L'homme avait aussi créé la Famine. Oh, il avait toujours existé des sécheresses et des sauterelles, mais pour une vraie famine, pour que l'imbécillité et l'avarice transforment une terre fertile en désert de poussière, il fallait l'homme. La Famine était un présomptueux.

« EXCUSE-MOI D'AVOIR ABUSÉ DE TON TEMPS », dit la Mort.

Il sortit. Dans la rue noire de monde. Tout seul.

Tic

Le balai fondit vers les plaines et se stabilisa à une centaine de mètres d'altitude. « On tient le bon bout maintenant ! », cria Lou-tsé en pointant le doigt devant lui.

Lobsang baissa les yeux vers une frêle tour en bois

tapissée de boîtes compliquées. Il y en avait une autre au loin, comme un cure-dent dans la brume du matin.

« Tours sémaphoriques ! brailla Lou-tsé. Tu en as déjà vu ?

— Seulement en ville ! brailla à son tour Lobsang par-dessus les remous aériens.

— C'est le Grand Inter, hurla le balayeur. Il file tout droit comme une flèche jusqu'à la ville ! On n'a plus qu'à le suivre ! »

Lobsang s'accrocha. Il n'y avait pas de neige au sol et on avait l'impression que le printemps était bien avancé. Il était donc injuste qu'ici, bien plus près du soleil, l'air soit glacial et le pénètre jusqu'aux os à cause de la vitesse du balai.

« Il fait drôlement froid à cette hauteur !

— Oui ! Je t'ai déjà parlé de la combinaison-culotte en laine double épaisseur ?

— Oui !

— J'en ai une en réserve dans mon sac. Tu pourras la passer quand on s'arrêtera !

— Une combinaison à vous ?

— Oui ! Pas la meilleure mais bien raccommodée !

— Non, merci !

— Elle a été lavée !

— Lou-tsé ?

— Oui ?

— Pourquoi est-ce qu'on ne peut pas découper quand on vole sur ce machin ? »

La tour était loin derrière. La suivante avait déjà la taille d'un crayon. Les volets noir et blanc sur les boîtes scintillaient à la lumière du soleil.

« Tu sais ce qui arrive quand on découpe le temps depuis un véhicule à énergie magique qui se déplace à plus de cent kilomètres à l'heure ?

— Non !

— Moi non plus ! Et je ne tiens pas à l'apprendre ! »

Tac

Igor ouvrit la porte avant qu'on ait eu le temps de frapper le deuxième coup. Même quand un Igor remplissait des cercueils de terre dans la cave ou qu'il fixait un paratonnerre sur le toit, le visiteur n'avait jamais à frapper deux fois.

« Feigneurie », marmonna-t-il en inclinant la tête. Il jeta un regard sans expression aux six silhouettes derrière elle.

« Nous passons voir comment avance notre affaire, dit dame Ligion.

— Et fes meffieurs-dames, Feigneurie ?

— Mes associés, répondit Sa Seigneurie en fixant Igor d'un même regard inexpressif.

— Fi vous voulez vous donner la peine d'entrer, fe vais voir fi le maîrtre est là », dit Igor selon l'usage voulant qu'un vrai majordome ne sache jamais où se trouvent les occupants de la maison jusqu'à ce qu'ils décident de rendre leur présence publique. Il repassa à reculons la porte de l'atelier puis pénétra de sa démarche titubante dans la cuisine où Jérémie versait tranquillement une cuillerée de médicament dans l'évier.

« La femme est là, dit-il, et elle a amené des favocats. »

Jérémie tendit la main, paume dessous, et l'examina d'un œil critique.

« Vous voyez, Igor ? dit-il. Nous y sommes, notre grand œuvre est presque achevé, et je reste absolument calme. On pourrait bâtir une maison sur ma main tellement elle est stable.

— Des favocats, monfieur, insista Igor en appuyant davantage sur le mot.

— Et ?

— Ben, on a toufé beaucoup d'adent, expliqua Igor avec la conviction de l'homme qui dissimule officieusement une somme en or modeste mais appréciable dans sa propre bourse.

— Et on a fini l'horloge, dit Jérémie sans cesser de s'observer la main.

— On a prefque fini depuis des fours, fit remarquer Igor d'un ton lugubre. Fans felle, fe penfe qu'on aurait pu profiter de l'orafe d'avant-hier.

— Pour quand le prochain ? »

Igor fit la grimace et se frappa la tempe deux fois de la paume de la main.

« Condifions inftables avec une dépreffion venant du Bord, dit-il. F'peux rien promettre avec le temps de lien qu'on a ifi. Hah, fez nous, les forafes f'amènent à toute viteffe dès qu'ils nous voient inftaller le paratonnerre. Alors qu'est-fe que vous voulez que fe faffe pour les favocats ?

— Faites-les entrer, évidemment. On n'a rien à cacher.

— Vous fêtes fûr, monfieur ? dit Igor dont on n'aurait pas pu soulever le sac de voyage d'une seule main.

— S'il vous plaît, Igor. »

Jérémie se lissa les cheveux tandis qu'Igor disparaissait en grognant dans la boutique et revenait en compagnie des invités.

« Dame Lifion, monfieur. Et d'autres... fens, annonça-t-il.

— Quel plaisir de vous revoir, Votre Seigneurie », dit Jérémie, la figure fendue d'un sourire figé. Il se rappela vaguement quelque chose qu'il avait lu. « N'allez-vous pas me présenter vos amis ? »

Dame Ligion lui jeta un regard nerveux. Ah, oui… les humains avaient toujours besoin de connaître les noms des gens. Et il souriait encore. Du coup, elle avait du mal à réfléchir.

« Monsieur Jérémie, voici mes… associés, dit-elle. Monsieur Noir, monsieur Vert, mademoiselle Brun, mademoiselle Blanc, mademoiselle… Jaune. Et monsieur Bleu. »

Jérémie tendit la main. « Ravi de vous connaître », dit-il.

Six paires d'yeux regardèrent la main sans comprendre.

« Ici, les mains se serrent, c'est la coutume », expliqua Sa Seigneurie.

D'un même mouvement, les Contrôleurs avancèrent une main et serrèrent lentement le poing.

« Il faut serrer la main de l'autre personne », expliqua Sa Seigneurie. Elle adressa un sourire pincé à Jérémie. « Ce sont des étrangers », ajouta-t-elle.

Elle reconnaissait la panique dans leurs yeux, même s'ils ne s'en rendaient pas compte. Nous sommes capables de dénombrer et définir les atomes de cette pièce, se disaient-ils. Comment peut-il exister quelque chose qu'on ne comprenne pas ?

Jérémie réussit à ouvrir un poing tendu et à serrer la main offerte. « Et vous êtes monsieur… ? »

Le Contrôleur tourna un regard éperdu vers dame Ligion.

« Monsieur Noir, répondit-elle.

— J'avais compris que c'était nous, monsieur Noir, fit observer un autre Contrôleur d'aspect masculin.

— Non, vous, c'est monsieur Vert.

264

— Tout de même, nous préférerions monsieur Noir. Nous avons davantage d'ancienneté, et le noir sied mieux à notre valeur. Nous ne voulons pas être monsieur Vert.

— La traduction de vos noms importe peu, je crois », dit Dame Ligion. Elle adressa un nouveau sourire à Jérémie. « Ce sont mes comptables, ajouta-t-elle, certaines de ses lectures lui ayant laissé entendre que cette profession pouvait excuser beaucoup d'excentricités.

— Vous voyez, Igor ? fit Jérémie. Ce ne sont que des comptables. »

Igor grimaça. En ce qui concernait ses bagages, les comptables étaient sans doute pires que les avocats.

« Gris, ça irait encore, dit monsieur Vert.

— De toute façon, vous êtes monsieur Vert. Et nous sommes monsieur Noir. C'est une question de statut.

— Si c'est le cas, dit mademoiselle Blanc, le blanc est supérieur au noir. Le noir, c'est l'absence de couleur.

— Très juste, fit monsieur Noir. Nous sommes donc désormais monsieur Blanc. Et vous êtes mademoiselle Rouge.

— Vous venez de dire que vous étiez monsieur Noir.

— Des éléments nouveaux nous commandent un changement de statut. Ce qui n'entraîne pas une inexactitude du précédent statut. »

Ça commence déjà, songea dame Ligion. Dans les ténèbres, là où les yeux ne voient rien. L'univers se divise en deux moitiés et on vit dans celle qui se trouve derrière les yeux. Une fois qu'on a un corps, on a un « moi ».

J'ai vu mourir des galaxies. J'ai regardé danser les atomes. Mais avant d'avoir ces ténèbres derrière les yeux, je ne faisais pas la différence entre la mort et la danse. Et nous avions tort. Quand on verse de l'eau dans une cruche, elle prend la forme de la cruche et elle n'est plus la même. Il y a une heure, ils n'imaginaient même pas qu'on puisse porter des noms, et maintenant ils se les disputent...

Et ils n'entendent pas ce que je pense !

Elle voulait plus de temps. Les habitudes d'un milliard d'années ne cèdent pas subitement devant une bouchée de pain, et elle voyait qu'une forme de vie aussi démente que l'humanité n'avait pas le droit d'exister. Oui, parfaitement. Sans aucun doute. Évidemment.

Mais elle voulait plus de temps.

Il fallait les étudier. Oui, les étudier.

Il fallait... des comptes rendus. Oui. Des comptes rendus. Des comptes rendus exhaustifs. De longs, très longs comptes rendus exhaustifs.

De la prudence. C'était ça. C'était le mot ! Les Contrôleurs adoraient ce mot. Toujours remettre à demain ce que, demain, on pourrait remettre à... disons, l'année prochaine.

À signaler tout de même que dame Ligion n'était pas elle-même à cet instant. Elle n'avait d'ailleurs pas vraiment d'elle-même à sa disposition. Les six autres Contrôleurs... avec le temps, oui, ils raisonneraient de la même manière. Mais le temps manquait. Si seulement elle pouvait les convaincre de manger quelque chose. Ça... oui, ça leur ouvrirait les sens. Mais il n'y avait rien à manger dans les parages, semblait-il.

Elle avisa un très gros marteau sur l'établi.

« Comment avance votre travail, monsieur Jérémie ? », demanda-t-elle en s'approchant de l'horloge.

Igor se déplaça comme une flèche et se posta près du pilier de verre, comme en protection.

Jérémie se précipita à son tour. « On a soigneusement aligné tous les réseaux de dispositifs...

— Encore, grogna Igor.

— Oui, encore...

— Plufieurs fois, en fait, ajouta Igor.

— Et maintenant on attend tout bonnement les conditions atmosphériques adéquates.

— Mais je croyais que vous aviez des éclairs en réserve, non ? »

Sa Seigneurie montra du doigt les cylindres verdâtres en verre qui bouillonnaient et sifflaient le long du mur de l'atelier. Juste à côté de l'établi où, oui, était posé le marteau. Et personne ne lisait dans ses pensées ! Quel pouvoir !

« Il y en aura largement assez pour maintenir le mécanisme en marche, mais pour lancer l'horloge il va nous falloir ce qu'Igor appelle une "impulsion" », dit Jérémie.

Igor brandit deux pinces crocodile de la taille de sa tête.

« F'est vrai, fit-il. Mais fon a du mal à obtenir de bons forafes par ifi. Il aurait fallu fabriquer fa en Uberwald, fe me tue à le répéter.

— Et quelle est la raison de ce retard ? demanda (peut-être) monsieur Blanc.

— Il nous faut un orage, monsieur. Pour l'éclair », répondit Jérémie. Dame Ligion recula un peu plus près de l'établi.

« Et alors ? Provoquez-en un, suggéra monsieur Blanc.

— Hah, ben, fi on était en Uberwald, évidemment...

— Ce n'est qu'une question de pressions et de

potentiels, insista monsieur Blanc. Ne pouvez-vous pas tout simplement en créer un ? »

Igor lui jeta un regard à la fois incrédule et respectueux.

« Vous venez pas d'Uberwald, hein ? », dit-il. Puis le souffle lui manqua et il se cogna la tempe.

« Hé, fe l'ai fenti paffer, felui-là, reprit-il. Hou-là ! Comment vous favez fait ? La preffion qui tombe comme une pierre ! »

Des étincelles scintillèrent sur ses ongles noirs. Sa figure rayonna.

« Fe vais dreffer le paratonnerre », dit-il en se précipitant vers un système de poulies au mur.

Dame Ligion se tourna vers les autres. Cette fois, elle regretta qu'ils ne puissent pas lire dans ses pensées. Elle ne connaissait pas assez de jurons humains prononçables.

« C'est contraire aux règles ! souffla-t-elle.

— De l'opportunisme, rien d'autre, dit Monsieur Blanc. Sans votre... négligence, nous en aurions maintenant terminé !

— J'ai conseillé de creuser encore la question !

— Inutile !

— Il y a un problème ? demanda Jérémie du ton mal assuré qu'il employait pour les conversations qui ne tournaient pas autour des horloges.

— Il ne faut pas mettre l'horloge en marche maintenant ! lança dame Ligion sans quitter des yeux les autres Contrôleurs.

— Mais vous m'avez demandé... On a... Tout est installé !

— Il y a peut-être... des problèmes ! Je crois que nous devrions prévoir une semaine supplémentaire d'essais ! »

Mais il n'y avait pas de problèmes, elle le savait. Jérémie avait fabriqué l'appareil comme s'il n'avait fait que ça toute sa vie. C'était tout ce qu'avait trouvé dame Ligion pour faire traîner les préparatifs en longueur, surtout avec l'Igor qui l'observait comme un faucon.

« Quel est votre... nom, jeune personne ? », demanda monsieur Blanc à Jérémie.

L'horloger recula. « Jérémie, répondit-il, et je... ne comprends pas, monsieur... euh... Blanc. Une horloge donne l'heure. Une horloge n'est pas dangereuse. Comment une horloge peut-elle poser un problème ? C'est une horloge parfaite !

— Alors mettez-la en marche !

— Mais Sa Seigneurie... »

Le heurtoir de la porte tonna.

« Igor ? fit Jérémie.

— Oui, monfieur ? dit Igor depuis le couloir.

— Comment la personne qui sert est-elle déjà là-bas ? demanda monsieur Blanc sans quitter Sa Seigneurie des yeux.

— C'est une espèce de truc à... à eux, dit Jérémie. Je... je suis sûr que ce n'est...

— F'est le docteur Houblequin, monfieur, annonça Igor en arrivant du couloir. Fe lui ai dit que vous fétiez occupé, mais... »

... mais le docteur Houblequin, bien que d'un tempérament doux comme le lait, était aussi membre officiel de la Guilde et il avait tenu la fonction des années durant. Plonger par-dessous le bras d'Igor ne présentait guère de difficulté quand on savait présider une réunion d'horlogers parmi lesquels on aurait été bien en peine d'en trouver deux dont le tic-tac s'accordait exactement au reste de l'humanité.

« Il se trouve que j'avais à faire dans le quartier,

commença-t-il en souriant de toutes ses dents, et ça ne me dérangeait pas de passer chez l'apothicaire prendre… Oh, vous avez de la visite ? »

Igor grimaça, mais il fallait se conformer au code.

« Est-fe que fe fais du thé, monfieur ? dit-il alors que tous les Contrôleurs lançaient des regards mauvais au docteur.

— Qu'est-ce que c'est, ce thé ? demanda monsieur Blanc.

— Une question de protocole ! », répliqua sèchement dame Ligion.

Monsieur Blanc hésita. Le protocole, c'était important.

« Euh… euh… euh… oui, dit Jérémie. Du thé, Igor, s'il vous plaît. S'il vous plaît.

— Ma parole, vous avez terminé votre horloge, je vois ! lança un docteur Houblequin manifestement inconscient de l'atmosphère ambiante dans laquelle aurait pu flotter un lingot de plomb. Du travail magnifique ! »

Les Contrôleurs se dévisagèrent les uns les autres tandis que le docteur passait tranquillement devant eux et posait les yeux sur le cadran de verre.

« Franchement, bravo, Jérémie ! dit-il en ôtant ses lunettes pour les essuyer avec enthousiasme. Et cette jolie lueur bleue, qu'est-ce que c'est ?

— C'est… c'est l'anneau de cristal, répondit Jérémie. Il… Il…

— Il débite le temps, intervint dame Ligion. Puis il fait un trou dans l'univers.

— Ah bon ? fit le docteur Houblequin en rechaussant ses lunettes. Quelle idée originale ! Est-ce qu'il en sort un coucou ? »

Des pires mots qu'on puisse entendre dans les airs, la syllabe doublée « oh-oh » combine sans doute une terreur intestinale optimale avec un gaspillage minimal de souffle.

Lorsque Lou-tsé la proféra, Lobsang n'eut pas besoin de traduction. Il surveillait déjà les nuages depuis un certain temps. Ils étaient de plus en plus noirs, de plus en plus épais et de plus en plus sinistres.

« J'ai des picotements dans le manche ! cria Lou-tsé.

— C'est parce qu'on a un orage juste au-dessus de nous ! hurla Lobsang.

— Le ciel était clair comme le jour il y a deux minutes ! »

Ankh-Morpork était maintenant beaucoup plus près. Lobsang distinguait certains des plus grands bâtiments et voyait le fleuve serpenter à travers les plaines. Mais l'orage se préparait tout autour de la ville.

« Je vais devoir poser cet engin tant que c'est encore possible ! dit Lou-tsé. Accroche-toi… »

Le balai chuta jusqu'au ras des champs de choux. Les plantes rendues floues par la vitesse défilaient à deux doigts sous les sandales de Lobsang.

Le novice saisit un autre mot qui, même s'il n'est pas le pire qu'on puisse entendre en vol, ne présage rien de bon quand il sort de la bouche du pilote.

« Euh…

— Vous savez comment l'arrêter ? brailla Lobsang.

— Pas exactement, cria Lou-tsé. Accroche-toi, je vais essayer quelque chose… »

Le balai se cabra mais continua de filer dans la même direction. Les brins baignaient dans les choux.

Il fallut la largeur d'un champ pour ralentir et s'arrêter au bout d'un sillon d'où montait une odeur que seules peuvent dégager des feuilles de chou écrasé.

« Tu arrives à découper le temps très fin ? demanda le balayeur en franchissant tant bien que mal les végétaux dévastés.

— Je ne suis pas mauvais... hésita Lobsang.

— Dépêche-toi de faire des progrès ! »

Lou-tsé s'estompa tandis qu'il courait vers la ville. Lobsang le rattrapa au bout d'une centaine de mètres, mais le balayeur continuait de s'estomper, continuait de découper le temps de plus en plus finement. L'apprenti serra les dents et le suivit en forçant sur tous ses muscles.

Le bonhomme était peut-être un fumiste quand il s'agissait de se battre, mais, là, ça ne rigolait pas. Le monde vira du bleu à l'indigo puis s'obscurcit, prit une teinte d'encre contre nature, comme l'ombre d'une éclipse.

Ils se trouvaient dans les profondeurs du temps. On ne pouvait pas y séjourner indéfiniment, Lobsang le savait. Même quand on supportait le froid horrible, certaines parties de l'anatomie n'étaient pas prévues pour un tel traitement. Et quand on descendait trop profond, un retour trop rapide était mortel...

Il n'avait pas vu personnellement le phénomène, évidemment, comme tous les apprentis, mais des dessins assez crus décoraient les murs des classes. On s'exposait à vivre des moments très, très pénibles quand le sang se mettait à circuler dans le temps plus vite que les os. Très pénibles et très brefs.

« Je ne... peux pas... continuer comme ça... haleta-t-il en galopant derrière Lou-tsé dans la pénombre violette.

— Si, tu peux, hoqueta le balayeur. Tu es rapide, pas vrai ?

— Je ne suis pas... entraîné... pour ça ! »

La ville se rapprochait.

« Personne n'est entraîné pour ça ! grogna Lou-tsé. On s'y colle et on s'aperçoit qu'on y arrive !

— Qu'est-ce qui se passe si on s'aperçoit qu'on n'y arrive pas ? », demanda Lobsang. Il se déplaçait plus facilement maintenant. Il n'avait plus l'impression que sa peau cherchait à s'arracher toute seule.

« Les morts ne s'aperçoivent de rien », répliqua Lou-tsé. Il tourna la tête vers son apprenti et son sourire mauvais formait dans l'ombre une courbe de dents jaunies. « Tu attrapes le coup ? ajouta-t-il.

— J'suis... à fond...

— Bien ! Alors, maintenant qu'on est chauds... »

À la grande horreur de Lobsang, le balayeur s'estompa davantage dans l'obscurité.

Il rameuta les réserves dont il se savait dépourvu. Il hurla à son foie de rester à sa place, crut sentir son cerveau grincer et se lança en avant.

La silhouette de Lou-tsé s'éclaircit à mesure que Lobsang le rattrapait dans le temps.

« Toujours là ? Un dernier effort, petit !

— J'peux pas !

— Que si, tu peux ! »

Lobsang avala une goulée d'air glacé et tomba en avant...

... où la lumière devint soudain d'un bleu pâle et serein et où Lou-tsé trottait tranquillement entre les charrettes figées et les passants immobiles devant les portes de la ville.

« Tu vois ? Un jeu d'enfant, dit le balayeur. Suffit de tenir la cadence, c'est tout. Bien régulière. »

C'était comme la corde raide. Tout allait bien tant qu'on n'y pensait pas.

« Mais tous les manuscrits affirment qu'on passe par le bleu, le violet, qu'on entre dans le noir et qu'on se cogne ensuite contre le Mur, protesta Lobsang.

— Ah, oui, les manuscrits, fit Lou-tsé sans insister davantage comme si le ton de sa voix était suffisamment éloquent. On est dans la vallée de Zimmerman, petit. Ça aide si tu sais qu'elle est là. D'après l'abbé, ç'a un rapport avec... C'est quoi, déjà ?... Ah, ouais, les situations frontalières. Quelque chose comme... l'écume de la marée. On est juste au bord, mon garçon !

— Mais je respire facilement !

— Ouais. On ne devrait pas. Mais n'arrête pas de te déplacer, sinon tu vas épuiser tout le bon air qui baigne ton champ corporel. Sacré vieux Zimmerman, hein ? Un des meilleurs, c'était. Et, d'après lui, il existait une autre déclivité encore plus près du Mur.

— Il l'a trouvée ?

— Je ne crois pas.

— Pourquoi ?

— Vu comment il a explosé, j'en ai la vague impression. Ne t'inquiète pas. On peut continuer la découpe facilement ici. Ça se fait sans y penser. On a d'autres soucis ! Ne perds pas de vue les nuages, là-bas ! »

Lobsang leva la tête. Même dans ce paysage bleu sur fond bleu, les nuages au-dessus de la ville avaient l'air menaçants.

« C'est ce qui s'est produit en Uberwald, dit Lou-tsé. L'horloge a besoin d'une grosse quantité d'énergie. L'orage s'est préparé à partir de nulle part.

— Mais la ville est immense ! Comment est-ce qu'on peut trouver une horloge ici ?

« — D'abord, on va se diriger vers le centre, dit Lou-tsé.

— Pourquoi ?

— Parce que avec un peu de chance on n'aura pas à courir trop loin quand l'éclair tombera, évidemment.

— Balayeur, personne ne peut courir plus vite qu'un éclair ! »

Lou-tsé pivota d'un bloc, empoigna Lobsang par sa robe et le tira à lui.

« Alors dis-moi où courir, toi qui es si rapide ! cria-t-il. Tu es moins simple que tu en as l'air au premier coup du troisième œil, petit ! Aucun apprenti n'est capable de trouver la vallée de Zimmerman ! Ça demande des siècles d'entraînement ! Et personne n'est capable de produire un tel effet sur les tourniquets et de leur imposer ses quatre volontés la première fois qu'il les voit ! Tu me prends pour un dingue, hein ? Un orphelin, un pouvoir étrange… Tu es qui, merde ? Le Mandala te connaissait ! Ben, moi, je ne suis qu'un mortel, et je sais une chose : pas question que je voie le monde détruit une deuxième fois ! Alors aide-moi ! Je ne sais pas quel pouvoir tu as, mais j'en ai besoin maintenant ! Sers-t'en ! »

Il lâcha l'apprenti et recula. Une veine palpitait sur son crâne chauve.

« Mais je ne sais pas ce que je peux faire…

— Trouve-le ! »

Tac

Protocole. Règlement. Précédent. La bonne façon d'agir. Voilà comment nous avons toujours fonctionné, se disait dame Ligion. Ceci et ceci doivent suivre cela.

275

Ç'a toujours été notre force. Je me demande si ce n'est pas une faiblesse.

Si les regards avaient pu tuer, le docteur Houblequin n'aurait plus été qu'une tache sur le mur. Les Contrôleurs suivaient chacun de ses mouvements comme des chats observant une nouvelle espèce de souris.

Dame Ligion était incarnée depuis beaucoup plus longtemps que les autres. Le temps peut modifier une personne, surtout quand on n'en a encore jamais été une. Elle ne serait pas restée à regarder et à fulminer. Elle aurait envoyé le docteur au tapis. Un humain de plus ou de moins...

Elle s'aperçut avec un certain étonnement que cette pensée même était humaine.

Mais les six autres manquaient encore d'expérience. Ils n'avaient pas encore compris l'étendue de la duplicité nécessaire pour survivre en tant qu'être humain. Ils trouvaient également difficile, manifestement, de réfléchir dans le petit monde de ténèbres derrière les yeux. Les Contrôleurs prenaient des décisions de concert avec des milliers, des millions d'autres Contrôleurs.

Mais tôt ou tard ils apprendraient à penser par eux-mêmes. Ça risquait de durer un moment parce qu'ils chercheraient d'abord à apprendre les uns auprès des autres.

Pour l'heure, ils observaient le plateau à thé d'Igor avec beaucoup de méfiance.

« Boire le thé est un protocole, dit dame Ligion. Je dois insister.

— Est-ce exact ? aboya monsieur Blanc à l'adresse du docteur Houblequin.

— Oh, oui, répondit le docteur. Avec un gâteau sec, d'habitude, ajouta-t-il d'un ton encourageant.

— Un gâteau sec, répéta monsieur Blanc. Et qui se mouille dans le thé ?

— Oui, monfieur », confirma Igor. Il hocha la tête vers l'assiette sur son plateau.

« J'aimerais goûter un gâteau sec », dit mademoiselle Rouge.

Oh, oui, songea dame Ligion, goûte le gâteau sec, s'il te plaît.

« Nous ne mangeons pas et nous ne buvons pas ! », cracha monsieur Blanc. Il lança à dame Ligion un regard lourd de soupçons. « Ça risquerait de fausser nos pensées.

— Mais c'est la coutume, insista dame Ligion. Ignorer le protocole, c'est se faire remarquer. »

Monsieur Blanc hésita. Mais il s'adaptait vite.

« C'est contraire à notre religion ! dit-il. C'est ça ! »

C'était un effort étonnant. Un effort d'invention. Et le Contrôleur y était arrivé tout seul. Dame Ligion se sentait impressionnée. Les Contrôleurs avaient essayé de comprendre la religion parce qu'un grand nombre d'absurdités se commettaient en son nom. Mais elle excusait aussi pratiquement toutes sortes d'excentricités. Le génocide, par exemple. Auprès de ça, refuser de boire du thé, c'était de la petite bière.

« Oui, parfaitement ! dit monsieur Blanc en se tournant vers les autres Contrôleurs. N'est-ce pas vrai ?

— Si, ce n'est pas vrai. Parfaitement ! renchérit monsieur Vert d'un ton désespéré.

— Oh ? s'étonna le docteur Houblequin. J'ignorais qu'il existait une religion qui interdisait le thé.

— Parfaitement ! », insista monsieur Blanc. Dame Ligion sentait presque l'esprit du Contrôleur tourner à plein régime. « C'est une... oui, c'est une boisson des... c'est ça... c'est une boisson des... très mauvais dieux... des dieux à la réputation déplorable. C'est un... c'est ça... c'est un commandement de notre religion de... oui... d'éviter aussi les gâteaux secs. » La sueur perlait à son front. Pour un Contrôleur, ça relevait d'une créativité digne d'un génie. « Et puis, reprit-il lentement comme s'il lisait le texte d'une page invisible à tout le monde sauf lui-même, notre religion... c'est ça... notre religion exige que l'horloge soit mise en route tout de suite ! Parce que... qui peut savoir quand ce sera l'heure ? »

Malgré elle, dame Ligion faillit applaudir.

« Oui, qui ? fit le docteur Houblequin.

— Je... je suis entièrement d'accord, dit Jérémie qui n'avait pas quitté dame Ligion du regard. Je ne comprends pas qui vous... pourquoi faire toutes ces histoires... Je ne comprends pas pourquoi... oh là là... je sens venir un mal de tête... »

Le docteur Houblequin renversa son thé vu la vitesse à laquelle il se leva pour fouiller dans la poche de son manteau.

« Ahilsetrouvequejepassaisdevantlapothicaireenvenantici... débita-t-il d'une traite.

— Je pense que ce n'est pas le moment de mettre l'horloge en route », déclara dame Ligion en se glissant tout doucement le long de la table de travail. Le marteau était toujours là, comme une invite.

« Je vois les petits éclairs lumineux, docteur Houblequin, se plaignit aussitôt Jérémie, les yeux dans le vide.

— Pas les éclairs lumineux ! Pas les éclairs lumineux ! », fit le docteur Houblequin. Il saisit une petite cuiller sur le plateau d'Igor, la fixa, la jeta par-dessus son épaule, vida le thé d'une tasse, ouvrit un flacon de médicament bleu en fracassant le goulot sur le bord de

278

l'établi et remplit la tasse en renversant une bonne partie de la potion dans sa précipitation.

Le marteau se trouvait maintenant tout près de la main de Sa Seigneurie. Elle n'osait pas tourner la tête mais elle sentait sa présence proche. Tandis que les Contrôleurs avaient les yeux rivés sur Jérémie qui tremblait, elle avança les doigts petit à petit sur l'établi. Elle n'aurait même pas à se déplacer. Un lancer brusque par-dessus l'épaule devrait faire l'affaire.

Elle vit le docteur Houblequin tenter d'approcher la tasse des lèvres de Jérémie. Le jeune homme se plaqua les mains sur la figure puis écarta la tasse d'un coup de coude en renversant le médicament par terre.

Les doigts de dame Ligion se refermèrent alors sur le manche. Elle ramena le bras en avant et projeta vigoureusement le marteau droit vers l'horloge.

Tic

La guerre ne tournait pas à l'avantage du camp le plus faible. Sa position était défavorable, sa tactique désordonnée, sa stratégie lamentable. L'armée rouge avançait sur l'ensemble du front et démembrait les rescapés des bataillons noirs en pleine débandade.

Il n'y avait place que pour une seule fourmilière sur cette pelouse…

La Mort trouva la Guerre allongé au milieu des brins d'herbe. Il admirait le soin apporté aux détails. Il était aussi en armure, mais les têtes humaines qu'il attachait d'ordinaire à sa selle étaient remplacées par des têtes de fourmi, avec les antennes et tout.

« ELLES SAVENT QUE TU ES LÀ, D'APRÈS TOI ? demanda la Mort.

— Ça m'étonnerait, répondit la Guerre.

— DE TOUTE FAÇON, SI ELLES LE SAVAIENT, JE SUIS SÛR QUE ÇA LEUR FERAIT PLAISIR.

— Ha ! C'est actuellement le seul théâtre d'hostilités digne de ce nom, dit la Guerre. C'est ce que j'aime chez les fourmis. Ces petites saletés ne comprendront jamais, hein ?

— PLUTÔT CALME CES TEMPS-CI, JE RECONNAIS.

— Calme ? Ha ! Autant changer mon nom en "l'Opération de Police" ou "l'Accord négocié" ! Tu te rappelles dans le temps ? Les guerriers avaient l'écume à la bouche ! Les bras et jambes sautaient de tous côtés ! Grande époque, hein ? » Il se pencha et flanqua une claque dans le dos de la Mort. « Nous deux on fait la paire, hein ? »

Ça se présentait bien, se dit la Mort.

« À PROPOS DE BON VIEUX TEMPS, dit-il prudemment, JE SUIS SÛR QUE TU TE RAPPELLES LA TRADITION DES CHEVAUCHÉES ? »

La Guerre lui lança un regard intrigué. « Là, j'ai un passage à vide, mon vieux.

— J'AI ENVOYÉ LA CONVOCATION.

— Ça ne me rappelle rien, je dois dire...

— L'APOCALYPSE ? souffla la Mort. LA FIN DU MONDE ? »

La Guerre avait toujours le regard fixe. « T'as beau frapper à la porte, vieille branche, y a personne à la maison. Et, en parlant de maison... » La Guerre examina à la ronde les restes en convulsion du récent massacre. « On mange un morceau ? »

Autour d'eux, la forêt d'herbe rapetissa, diminua pour n'être plus que de l'herbe banale et devenir une pelouse devant une maison.

C'était une ancienne « longue maison ». Comment la Guerre aurait-il pu vivre ailleurs ? Mais la Mort vit

280

du lierre qui poussait sur le toit. Il se souvint d'un temps où la Guerre n'aurait jamais rien supporté de tel, et un petit ver d'inquiétude se mit à le ronger.

La Guerre accrocha son casque en entrant alors qu'autrefois il l'aurait gardé sur la tête. Et les bancs autour du foyer creusé dans le sol auraient disparu sous la foule des guerriers, il aurait flotté dans l'air des relents puissants de bière et de sueur.

« Je ramène un vieux copain, chérie », lança-t-il.

Madame la Guerre préparait à manger sur la cuisinière moderne en fer noir installée, découvrit la Mort, dans le foyer, et dont les tuyaux étincelants montaient jusqu'au trou dans le toit. Elle adressa à la Mort le hochement de tête qu'une épouse accorde à l'invité que son mari, faisant fi de ses précédents avertissements, ramène à l'improviste du bistro.

« On a du lapin, dit-elle en adoptant le ton de celle dont on a déjà abusé de la gentillesse et qui le fera payer plus tard. Je suis sûre de pouvoir en tirer trois parts. »

La grosse figure rouge de la Guerre se plissa. « J'aime le lapin, moi ?

— Oui, chéri.

— Je croyais que j'aimais le bœuf.

— Non, chéri. Le bœuf te donne des gaz.

— Oh. » La Guerre soupira. « Avec des oignons, peut-être ?

— Tu n'aimes pas les oignons, chéri.

— Ah bon ?

— À cause de ton estomac, chéri.

— Oh. »

La Guerre adressa un sourire gêné à la Mort. « C'est du lapin, dit-il. Herm… chérie, est-ce que je fais des chevauchées pour les apocalypses ? »

Madame la Guerre souleva le couvercle d'une casserole et en touilla méchamment le contenu. « Non, chéri, répondit-elle d'un ton sans réplique. Tu en reviens toujours avec un rhume.

— Je croyais… euh… que j'aimais bien ces choses-là…

— Non, chéri. Tu n'aimes pas ça. »

Malgré lui, la Mort était fasciné. L'idée ne lui était jamais venue qu'on puisse entreposer sa mémoire sous le crâne de quelqu'un d'autre.

« J'ai peut-être envie d'une bière, non ? hasarda la Guerre.

— Tu n'aimes pas la bière, chéri.

— Ah non ?

— Non, ça ne te réussit pas.

— Ah. Euh… et un petit alcool, ça me dirait ?

— Tu n'aimes pas les alcools, chéri. Tu aimes ta boisson d'avoine spéciale avec les vitamines.

— Ah, oui, fit la Guerre d'un air sombre. J'avais oublié que j'aimais ça. » Il jeta un regard penaud à la Mort. « Ça n'est pas mauvais, ajouta-t-il.

— Je pourrais te dire un mot ? demanda la Mort. En particulier ? »

La Guerre eut l'air perplexe. « Est-ce que j'aime les m… ?

— En particulier, je te prie », tonna la Mort.

Madame la Guerre se retourna vers le visiteur et lui lança un regard dédaigneux. « Je comprends, je comprends parfaitement, lâcha-t-elle avec hauteur. Mais ne vous avisez pas de lui réveiller son ulcère, c'est tout ce que je dis. »

Madame la Guerre avait autrefois été une Walkyrie, se souvint la Mort. Une raison de plus pour redoubler de prudence sur le champ de bataille.

282

« Tu n'as jamais été tenté par la perspective du mariage, vieux ? demanda la Guerre après le départ de son épouse.

— NON. ABSOLUMENT PAS. EN AUCUNE FAÇON.

— Pourquoi ? »

La Mort était dérouté. Autant demander à un mur de brique ce qu'il pense de l'odontostomatologie. Comme question, ça n'avait aucun sens.

« JE SUIS PASSÉ VOIR LES DEUX AUTRES, dit-il en l'ignorant. LA FAMINE S'EN FICHE ET LA PESTILENCE A PEUR.

— Rien que nous deux contre les Contrôleurs ?

— NOUS AVONS LE DROIT AVEC NOUS.

— De par mon statut, ça m'ennuierait de t'apprendre ce qui arrive aux toutes petites armées qui ont le droit avec elles.

— JE T'AI VU COMBATTRE.

— Mon vieux bras droit n'est plus ce qu'il était… murmura la Guerre.

— TU ES IMMORTEL. TU N'ES PAS MALADE », dit la Mort.

Mais il voyait une ombre d'inquiétude, comme un air de bête traquée, dans les yeux de la Guerre, et il sut comment ça allait fatalement se terminer.

L'humanité, c'était le changement, comprit la Mort. Les cavaliers de l'Apocalypse… c'étaient des cavaliers, c'est-à-dire qu'ils étaient imprégnés d'humanité. L'homme leur avait donné une certaine apparence, une certaine forme. Et, tout comme dans le cas des dieux, de la fée des dents et du père Porcher, leur forme les avait changés. Ils ne seraient jamais humains, mais ils avaient hérité de certains côtés de l'humanité comme on attrape des maladies.

Rien en vérité, absolument rien, n'avait qu'une seule et unique facette. L'homme avait imaginé une entité du nom de Famine, puis il lui avait donné des bras, des jambes et des yeux. Du même coup, l'entité avait hérité d'un cerveau. Ce qui voulait dire qu'elle pensait. Et un cerveau ne peut pas penser en permanence aux invasions de sauterelles.

Le comportement émergent, une fois de plus. Des complications survenaient toujours en douce. Tout changeait.

« HEUREUSEMENT, songea la Mort, MOI, JE N'AI PAS CHANGÉ DU TOUT, JE SUIS TOUJOURS EXACTEMENT LE MÊME. »

Et il n'en resta plus qu'un.

Tac

Le marteau s'immobilisa en plein vol au milieu de l'atelier. Monsieur Blanc s'approcha et s'en saisit.

« Franchement, Votre Seigneurie, dit-il, vous vous figurez que nous ne vous surveillons pas ? Vous, l'Igor, préparez l'horloge ! »

Le regard du serviteur passa du Contrôleur à dame Ligion puis revint au Contrôleur.

« Fe ne refois d'ordres que de maîrtre Férémie, merfi, dit-il.

— Ce sera la fin du monde si vous mettez cette horloge en route ! prévint dame Ligion.

— En voilà une idée ridicule, dit monsieur Blanc. Il y a de quoi rire.

— Hahaha, firent docilement les autres Contrôleurs.

— Je n'ai pas besoin de médicament ! s'écria Jérémie en repoussant le docteur Houblequin. Et je n'ai pas besoin qu'on me dise ce que je dois faire. La ferme ! »

Dans le silence, le tonnerre gronda parmi les nuages.

« Merci, reprit Jérémie d'un ton plus calme. Bon,

284

j'espère être quelqu'un de logique et je vais m'y prendre logiquement. Une horloge est un appareil de mesure. J'ai fabriqué l'horloge parfaite, madame. Mesdames, je veux dire. Et messieurs. Elle va révolutionner le chronométrage. »

Il leva la main et avança les aiguilles de l'horloge tout près d'une heure. Puis il la baissa, attrapa le balancier et le mit en branle.

Le monde continua d'exister.

« Vous voyez ? L'univers ne s'arrête pas, même pour mon horloge », reprit Jérémie. Il croisa les bras et s'assit. « Regardez », dit-il tranquillement.

L'horloge tictaquait doucement. Puis quelque chose cliqueta dans le mécanisme et les grands tubes d'acide verdâtres se mirent à grésiller.

« Eh bien, il ne s'est rien passé, on dirait, lança le docteur Houblequin. Une chance. »

Des étincelles crépitèrent autour du paratonnerre planté au-dessus de l'horloge.

« C'est pour ouvrir la voie à l'éclair, expliqua Jérémie d'un ton joyeux. On envoie un petit éclair en l'air, et un plus gros redescend... »

Ça bougeait à l'intérieur de l'horloge. Il s'en échappait un bruit comme un pétillement, et une lumière bleu-vert baignait la gaine.

« Ah, la cascade est initialisée, reprit Jérémie. Comme petit exercice, j'ai... euh... assujetti la pendule classique à balancier à la grande horloge, vous allez voir, si bien qu'elle est rajustée toutes les secondes à l'heure correcte. » Il sourit et une joue se contracta. « Un jour, toutes les horloges seront ainsi, dit-il avant d'ajouter : Normalement, j'ai horreur d'une expression aussi imprécise que "d'une seconde à l'autre", mais je... »

Une bagarre faisait rage sur la place. Dans les couleurs étranges propres à l'état de découpe du temps connu sous le nom de vallée de Zimmerman, la scène baignait dans des teintes bleu clair.

Deux agents du Guet s'attaquaient à une bande. Un homme flottait en l'air et restait en suspension sans aucun soutien. Un autre avait tiré droit sur un agent un carreau d'arbalète qui s'était arrêté, comme cloué dans l'espace.

Lobsang l'examina avec curiosité.

« Tu vas le toucher, hein ? lança une voix derrière lui. Tu vas tendre la main et le toucher malgré tout ce que je t'ai dit ? Surveille plutôt cette saleté de ciel ! »

Lou-tsé fumait nerveusement. À peine sortie de sa bouche, la fumée se figeait dans l'espace.

« Tu es sûr de ne pas sentir où elle est ? demanda-t-il sèchement.

— Tout autour de nous, balayeur. On est si près, c'est... c'est comme chercher à repérer le bois quand on se trouve sous les arbres !

— Ben, voici la rue des Artisans-Ingénieux, et là-bas c'est la Guilde des Horlogers, dit Lou-tsé. J'hésite à y entrer si elle se trouve si près, à moins qu'on soit sûrs.

— Et l'Université ?

— Les mages ne sont pas assez fous pour se lancer dans une telle entreprise !

— Vous allez essayer d'aller plus vite que l'éclair ?

— C'est jouable si on part d'ici, de la vallée. Les éclairs ne vont pas aussi vite qu'on le pense.

— Est-ce qu'on attend de voir un petit bout pointu d'éclair sortir d'un nuage ?

— Ah ! Les jeunes d'aujourd'hui, c'est à se demander ce qu'on leur apprend. Le premier coup part du sol vers le ciel, petit. Ça fait un joli trou dans l'espace pour que l'éclair principal descende. Attends de voir la lueur. Il va falloir activer des sandales avant qu'elle arrive aux nuages. Tu tiens le choc ?

— Je pourrais continuer comme ça toute la journée, répondit Lobsang.

— Ne t'y risque pas. » Lou-tsé scruta une fois encore le ciel. « Je me suis peut-être trompé. C'est peut-être seulement un orage. Tôt ou tard on a... »

Il se tut soudain. Un coup d'œil à la figure de Lobsang suffisait.

« D'accord, fit lentement le balayeur. Contente-toi de m'indiquer la direction. Pointe du doigt si tu ne peux pas parler. »

Lobsang tomba à genoux et porta les mains à sa tête. « Je ne sais pas... sais pas... »

Une lumière argentée montait au-dessus de la ville, à quelques rues de distance. Lou-tsé empoigna le coude du jeune homme.

« Viens, petit. Debout. Plus vite que l'éclair, hein ? D'accord ?

— Ouais... ouais, d'accord.

— Tu peux le faire, pas vrai ? »

Lobsang cligna des yeux. Il revoyait la maison de verre qui s'étendait à l'infini tandis qu'un contour pâle enveloppait la ville.

« Horloge, dit-il d'une voix pâteuse.

— Cours, petit, cours ! cria Lou-tsé. Et ne t'arrête en aucun cas. »

Lobsang démarra en trombe et trouva la tâche difficile. Le temps s'écartait pour lui, d'abord paresseusement, tandis qu'il tricotait des jambes. À chaque foulée il se propulsait de plus en plus vite, et le paysage changea de couleurs alors que le monde ralentissait encore davantage.

Il existait une autre suture dans le temps, avait dit le balayeur. Une autre vallée, encore plus proche du point zéro. Dans la mesure où il pouvait réfléchir, Lobsang espéra qu'il l'atteindrait vite. Il se demandait s'il n'allait pas voler en éclats ; il sentait ses os grincer.

La lueur plus loin était maintenant à mi-chemin des nuages plombés, mais il arriva à un croisement et vit qu'elle montait d'une maison au milieu de la rue.

Il tourna la tête vers le balayeur et l'aperçut loin derrière lui, la bouche ouverte, statufié, qui allait s'abattre.

Lobsang fit demi-tour, se concentra et laissa le temps prendre de la vitesse.

Il rejoignit Lou-tsé et l'attrapa avant qu'il tombe par terre. Du sang coulait des oreilles du vieil homme. « Je n'y arrive pas, petit, marmonna le balayeur. Continue ! Continue !

— Moi, j'y arrive ! C'est comme courir dans une descente !

— Pas pour moi, non !

— Je ne peux pas vous laisser ici comme ça !

— Ne joue pas les héros ! Trouve cette putain d'horloge ! »

Lobsang hésita. L'éclair descendant, pointe de lance lumineuse, sortait déjà nonchalamment des nuages.

Il prit ses jambes à son cou. L'éclair tombait vers une boutique à quelques bâtiments de là. Il voyait une grosse pendule suspendue au-dessus de la vitrine.

Il repoussa encore plus loin le cours du temps qui céda le passage. Mais l'éclair avait atteint la tige de fer au sommet de la bâtisse.

La vitrine était plus proche que la porte. Il baissa la

tête et bondit au travers dans une explosion d'éclats de verre qui se figèrent dans l'espace et de pendules qui s'envolèrent en tournoyant de leurs étagères pour s'immobiliser aussitôt, comme engluées dans de l'ambre invisible.

Il y avait une autre porte devant lui. Il empoigna le bouton et tira, sentant la terrible résistance d'un panneau de bois qu'on force à se déplacer à une vitesse proche de celle de la lumière.

Elle était à peine entrouverte quand il vit, de l'autre côté, le lent écoulement de l'éclair descendre le long de la tige et pénétrer dans le cœur de la grande horloge.

L'horloge sonna une heure.

Le temps s'arrêta.

Ta...

Monsieur Soak le crémier lavait des bouteilles dans l'évier quand la lumière ambiante s'affaiblit et que l'eau se solidifia.

Il la fixa un moment puis, comme s'il se livrait à une expérience, il tendit la bouteille au-dessus du sol en pierre et la lâcha.

Elle resta en suspension dans l'air.

« Merde, lâcha-t-il. Encore un imbécile avec une pendule, hein ? »

Ce qu'il fit alors n'était pas pratique courante dans la branche des produits laitiers. Il se rendit au milieu du local où il effectua quelques passes dans le vide avec les mains.

La lumière reprit de l'éclat. L'eau gicla dans l'évier. La bouteille se fracassa... Seulement, lorsque Ronnie se retourna et agita la main dans sa direction, les éclats de verre se recollèrent.

Puis Ronnie Soak soupira et se rendit dans la salle où reposait le lait le temps que remonte la crème. De larges bassines se succédaient sur une longue distance et, si Ronnie avait autorisé les visites, on aurait noté que la distance s'étendait beaucoup plus loin qu'il n'aurait fallu dans un bâtiment normal.

« Montre-moi », dit-il.

La surface de la bassine de lait la plus proche devint un miroir où apparurent peu à peu des images...

Ronnie retourna dans la crémerie, saisit sa casquette à visière à la patère près de la porte et traversa la cour en direction de l'écurie. Le ciel était d'un gris morne et immobile lorsqu'il en ressortit en menant son cheval.

L'animal était noir, resplendissant de santé, avec une étrange particularité : il brillait comme si une lumière rouge l'éclairait. Des éclats cramoisis lui pailletaient les épaules et les flancs, même sous le gris du ciel.

Et, même une fois attelé à la charrette, il n'avait pas l'air d'un cheval à qui on fait tirer un véhicule, mais personne ne s'en rendait jamais compte et, une fois encore, Ronnie s'assurait que ça n'arrive pas.

La charrette étincelait de peinture blanche rehaussée ici et là de vert joyeux.

Les flancs proclamaient fièrement :

RONALD SOAK
crémier hygiénique
❀ MAISON FONDÉE ❀

Il était peut-être curieux qu'on ne demande jamais : « Fondée quand, exactement ? » Si on l'avait demandé, la réponse aurait été très compliquée.

Ronnie ouvrit les portes de la cour et, dans un bringuebalement de caisses, se mit en route dans l'instant éternel. C'était affreux, se dit-il, comme tout conspirait contre la petite entreprise.

Lobsang Ludd se réveilla en entendant un petit cliquetis de toupie.

Il se trouvait dans l'obscurité, mais elle céda à contrecœur sous sa main. On aurait dit du velours, et c'en était. Il avait roulé sous une des vitrines.

Il sentit une vibration au creux de ses reins, passa avec précaution la main dans son dos et se rendit compte que le procrastinateur portable tournoyait dans sa cage.

Donc...

Comment faire maintenant ? Il vivait sur du temps emprunté. Il avait peut-être une heure, peut-être beaucoup moins. Mais il pouvait la découper, donc...

Non. Quelque chose lui disait que tenter la manœuvre avec du temps emmagasiné dans un appareil conçu par Quiou serait une bêtise carrément fatale. À cette seule idée, il se sentit l'épiderme à un cheveu d'un univers farci de lames de rasoir.

Donc... une heure, peut-être beaucoup moins. Mais on pouvait remonter un tourniquet, pas vrai ?

Non. Le remontoir se trouvait à l'arrière. On pouvait seulement remonter le tourniquet de quelqu'un d'autre. Merci, Quiou, vous et vos modèles expérimentaux.

Est-ce qu'on pouvait l'enlever, alors ? Non. Le harnais en faisait partie intégrante. Sans ça, ses propres organes risquaient de se déplacer tous à des vitesses différentes. Le résultat équivaudrait sans doute à geler complètement un homme avant de le pousser en bas d'un escalier en pierre.

Ouvrir la boîte avec le pied-de-biche qui se trouve à l'intérieur...

Une lueur bleu-vert filtrait par l'interstice de la porte. Il fit un pas dans sa direction et entendit le tourniquet prendre soudain de la vitesse. Ce qui signifiait qu'il dévidait davantage de temps, et c'était mauvais quand on ne disposait que d'une heure, peut-être beaucoup moins.

Il s'écarta d'un pas de la porte, et le procrastinateur reprit son cliquetis routinier.

Donc...

Lou-tsé était dehors dans la rue, il portait un tourniquet qui avait dû se mettre lui aussi automatiquement en route. Dans ce monde hors du temps, il devait être la seule personne en mesure de tourner un remontoir.

Le verre qu'il avait brisé en sautant à travers la vitrine s'était épanoui autour du trou comme une grande fleur scintillante. Lobsang tendit la main pour en toucher un éclat. L'éclat se déplaça comme s'il était en vie, lui coupa le doigt puis tomba pour ne s'arrêter qu'une fois hors du champ qui entourait l'apprenti.

Ne touche personne, lui avait recommandé Lou-tsé. Ne touche pas les flèches. Ne touche pas ce qui se déplace, c'était la règle. Mais le verre...

... mais le verre, en temps normal, fendait l'espace. Il gardait toujours son énergie en lui, non ?

Lobsang se glissa prudemment autour du verre et ouvrit la porte d'entrée de la boutique.

Le bois se déplaça très lentement, luttant contre la vitesse colossale.

Lou-tsé n'était pas dans la rue. Mais il y avait quelque chose de nouveau qui planait au ras de la chaussée, juste là où s'était trouvé le vieil homme. Quelque chose qui n'était pas là précédemment.

Quelqu'un équipé de son propre temps portable était venu ici, avait laissé tomber ça et s'était déplacé avant que ça touche terre.

C'était un petit bocal de verre que l'effet temporel teintait de bleu. Bon, de combien d'énergie disposait-il ? Lobsang mit sa main en coupe, la passa doucement en dessous et souleva. Il sentit comme un picotement et un poids soudain lorsque le champ du tourniquet l'engloba.

Les vraies couleurs du bocal revinrent alors. Il était d'un rose laiteux ou, plus précisément, il était en verre transparent qui paraissait rose à cause de son contenu. Le papier qui le chapeautait était couvert de dessins mal imprimés de fraises incroyablement parfaites entourant des mots aux lettres tarabiscotées qui disaient :

Ronald Soak, crémier hygiénique
YOGHOURT FRAISE
« Frais comme la rosée du matin »

Soak ? Il connaissait ce nom-là ! L'homme livrait le lait à la Guilde ! Et du bon lait frais, au demeurant, rien à voir avec le produit insipide et verdâtre que fournissaient les autres laiteries. Très sérieux, disait tout le monde. Mais, sérieux ou non, ce n'était qu'un laitier. D'accord, rien qu'un très bon laitier, et si le temps s'était arrêté, pourquoi…

Lobsang jetait autour de lui des regards désespérés. Les passants et les carrioles qui se pressaient dans la rue étaient toujours là. Personne n'avait bougé. Personne ne pouvait bouger.

Mais quelque chose courait le long du caniveau. On aurait dit un rat en robe noire qui galopait sur ses deux pattes postérieures. Le rat leva les yeux vers Lobsang, et le jeune homme s'aperçut que la tête du rongeur était une tête de mort. Plutôt joyeuse, d'ailleurs, pour une tête de mort.

Le mot COUII s'inscrivit dans le cerveau de l'apprenti sans prendre la peine de passer par ses oreilles. Puis le rat sauta sur le trottoir et détala dans une ruelle.

Lobsang le suivit.

Un instant plus tard, quelqu'un dans son dos l'attrapa par le cou. Il voulut briser l'étreinte et s'aperçut à quel point il avait jusque-là compté sur la découpe du temps quand on l'agressait. Et puis la personne derrière lui avait la poigne vraiment solide.

« Je veux seulement m'assurer que vous n'allez pas faire une bêtise », dit-elle. C'était une voix de femme. « Qu'est-ce que c'est, l'engin dans votre dos ?

— Qui êtes... ?

— Dans cette situation, le coupa la voix, le protocole veut que ce soit la personne en position de briser le cou qui pose les questions.

— Euh... c'est un procrastinateur. Euh... ça emmagasine du temps. Qui...

— Oh là là, vous recommencez. Comment vous vous appelez ?

— Lobsang. Lobsang Ludd. Dites, vous ne pourriez pas me remonter, s'il vous plaît ? Ça urge.

— Certainement. Du cran, Lobsang Ludd, vous n'êtes pas de ces étourdis impulsifs qui méritent une mort bête et inutile, j'ai confiance en vous.

— Quoi ?

— Et, en plus, vous êtes lent à comprendre. Vous voulez parler de ce remontoir ?

— Oui. Je vais manquer de temps. Est-ce que je peux maintenant vous demander qui vous êtes ?

— Mademoiselle Suzanne. Ne bougez pas. »

Il entendit derrière lui le son extrêmement bienvenu du mécanisme du procrastinateur qu'on remontait.

« Mademoiselle Suzanne ? répéta-t-il.

— C'est comme ça que m'appellent la plupart des gens que je connais. Bon, je vais vous lâcher. J'ajouterai que tenter quoi que ce soit d'inconsidéré ne serait pas dans votre intérêt. Et puis je suis pour l'instant la seule au monde peut-être disposée à tripoter encore votre remontoir. »

La pression se relâcha. Lobsang se retourna lentement.

Mademoiselle Suzanne était une jeune femme menue, entièrement vêtue d'un noir austère. Ses cheveux se déployaient autour de sa tête comme une aura d'un blond pâle balafré d'une unique mèche brune. Mais le plus saisissant en elle, c'était… c'était tout, s'aperçut Lobsang, tout, depuis son expression jusqu'à son attitude. Certaines personnes se fondent en arrière-plan. Mademoiselle Suzanne se fondait au premier plan. Elle se détachait du décor. Il suffisait qu'elle se tienne devant quelque chose pour que ça ne devienne rien de plus qu'un arrière-plan.

« Fini ? dit-elle. Z'avez tout vu ?

— Pardon. Vous n'avez pas croisé un petit vieux ? Habillé un peu comme moi ? Avec un de ces trucs sur le dos ?

— Non. Maintenant, à moi. Est-ce que vous avez du rythme ?

— Quoi ? »

Suzanne roula des yeux. « D'accord. Est-ce que vous avez de la musique ?

— Pas sur moi, non !

— Et vous n'avez sûrement pas de petite copine, poursuivit Suzanne. J'ai vu passer le père la Tuile il y a deux minutes. Alors ce serait une bonne idée que vous ne tombiez pas sur lui.

— Est-ce qu'il a pu emporter mon ami ?

— Ça m'étonnerait. Et pour le père la Tuile vous devriez dire "ça" plutôt que "il". De toute façon, il y a bien pire que lui pour le moment. Même les croque-mitaines se sont terrés dans un coin.

— Écoutez, le temps s'est arrêté, pas vrai ? dit Lobsang.

— Oui.

— Alors comment est-ce que vous pouvez me parler, là ?

— Je ne suis pas ce qu'on pourrait appeler une créature du temps, répondit Suzanne. Je travaille dans le temps, mais je ne suis pas obligée d'y vivre. On est quelques-uns dans ce cas.

— Comme ce père la Tuile dont vous m'avez parlé ?

— Exact. Et le père Porcher, la fée des dents, le marchand de sable, des gens comme ça.

— Je croyais que c'étaient des mythes.

— Et alors ? » Suzanne jeta un autre coup d'œil à l'entrée de la ruelle.

« Et vous n'en êtes pas, vous ?

— J'imagine que ce n'est pas vous qui avez arrêté l'horloge, dit mademoiselle Suzanne en inspectant la rue d'un côté puis de l'autre.

— Non, je suis arrivé… trop tard. Je n'aurais peut-être pas dû retourner aider Lou-tsé.

— Je vous demande pardon ? Vous fonciez pour

296

empêcher la fin du monde, mais vous vous êtes arrêté pour aider un petit vieux ? Vous... Héros, tiens !

— Oh, je ne me prétends pas être un... »

Lobsang se tut. Elle n'avait pas prononcé le mot « héros » du même ton qu'on dit « vedette » ; plutôt de celui dont on dit « imbécile ».

« J'en croise beaucoup de votre espèce, reprit Suzanne. Les héros ont une connaissance très curieuse des mathématiques élémentaires, vous savez. Si vous aviez démoli l'horloge avant qu'elle sonne, tout se serait bien passé. Maintenant le monde s'est arrêté, on va être envahis et on va sans doute tous mourir, uniquement parce que vous vous êtes arrêté pour aider quelqu'un. Je veux dire, très louable et tout, mais très, très... humain. »

Elle avait encore une fois prononcé le mot comme si elle pensait « crétin ».

« Vous voulez dire qu'il faut des salauds froids et calculateurs pour sauver le monde, c'est ça ? répliqua Lobsang.

— Le froid calcul, ça aide, je dois reconnaître, répondit Suzanne. Bon, est-ce qu'on va jeter un coup d'œil à cette horloge ?

— Pourquoi ? Le mal est fait maintenant. Si on la démolit, ça ne fera qu'empirer les choses. Et puis le tourniquet s'est affolé et... euh... j'ai senti...

— Prudent, fit Suzanne. Bien, ça. La prudence, c'est la sagesse. Mais il y a quelque chose que je veux vérifier. »

Lobsang s'efforça de se ressaisir. Cette femme étrange avait l'air de savoir exactement ce qu'elle voulait – de savoir exactement ce que tout le monde faisait –, et puis quel autre choix avait-il ? Il se rappela alors le pot de yaourt.

297

« Est-ce que ça veut dire quelque chose ? demanda-t-il. Je suis certain qu'on l'a lâché dans la rue après que le temps s'est arrêté. »

Elle prit le pot et l'examina. « Oh, fit-elle d'un ton désinvolte. Ronnie est passé par ici, non ?

— Ronnie ?

— Oh, on connaît tous Ronnie.

— Et c'est censé vouloir dire… ?

— Disons que, s'il a trouvé votre ami, votre ami va bien. Sûrement. Mieux que si autre chose l'avait trouvé, du moins. Écoutez, ce n'est pas le moment de s'inquiéter pour une seule personne. Le froid calcul, pas vrai ? »

Elle passa dans la rue. Lobsang la suivit. Suzanne marchait comme si la rue lui appartenait. Elle parcourait des yeux chaque venelle, chaque embrasure de porte, mais pas à la façon d'une victime potentielle craignant des agresseurs. Lobsang la sentit comme déçue de ne rien trouver de dangereux dans l'obscurité.

Elle arriva à la boutique, y pénétra et marqua une pause, le temps d'observer la fleur de bris de verre en lévitation. Son expression donnait à penser qu'elle trouvait ça parfaitement normal et qu'elle avait déjà vu des spectacles beaucoup plus intéressants. Puis elle se remit en route et s'arrêta à la porte intérieure. Une lueur filtrait toujours par l'interstice, mais plus faible à présent.

« Ça se tasse, dit-elle. Devrait pas être trop grave… mais il y a deux personnes là-dedans.

— Qui donc ?

— Attendez, je vais ouvrir la porte. Et faites attention. »

La porte pivota tout doucement. Lobsang entra dans l'atelier à la suite de la jeune femme. Le tourniquet se mit à accélérer.

L'horloge luisait par terre au milieu du local. Elle faisait peine à voir.

Mais il la regarda quand même, les yeux écarquillés. « C'est... c'est exactement comme je l'imaginais, dit-il. C'est le moyen de...

— Ne vous en approchez pas, le prévint Suzanne. C'est une mort incertaine, croyez-moi. Faites bien attention. »

Lobsang battit des paupières. Les deux dernières pensées ne lui paraissaient pas sortir de son propre cerveau.

« Qu'est-ce que vous dites ?

— Je dis que c'est une mort incertaine.

— C'est pire qu'une mort certaine ?

— Bien pire. Regardez. » Suzanne ramassa un marteau qui traînait par terre et le tendit doucement vers l'horloge. Il lui vibra dans la main quand elle l'en approcha, et elle jura tout bas lorsqu'il lui fut arraché des doigts et qu'il disparut. Juste avant, un anneau se forma brièvement autour de l'horloge et se contracta, comme si on avait aplati au rouleau un marteau puis qu'on l'avait courbé en cercle.

« Vous avez une idée de ce qui s'est passé ? demanda-t-elle.

— Non.

— Moi non plus. Maintenant imaginez que vous ayez été ce marteau. Mort incertaine, vous voyez ? »

Lobsang examina les deux personnes statufiées. L'une, de taille moyenne, avait tous les appendices requis pour appartenir à l'espèce humaine et avait donc probablement droit au bénéfice du doute. Elle fixait l'horloge. Tout comme l'autre silhouette, celle d'un homme d'âge moyen au visage doux qui tenait une tasse

299

de thé et, pour autant que pouvait en juger Lobsang, un gâteau sec.

« Celui qui ne gagnerait pas un concours de beauté même s'il était le seul candidat est un Igor, expliqua Suzanne. L'autre, c'est le docteur Houblequin de la Guilde des Horlogers locale.

— On sait au moins qui a fabriqué l'horloge, alors, dit Lobsang.

— Je ne crois pas. L'atelier de monsieur Houblequin est à plusieurs rues d'ici. Et il fabrique des montres fantaisie pour une catégorie assez bizarre de clients délicats. C'est sa spécialité.

— Alors c'est le… Igor qui a dû la fabriquer, non ?

— Bon sang, non ! Les Igor sont des serviteurs professionnels. Ils ne travaillent jamais pour leur propre compte.

— Vous m'avez l'air d'en savoir long, dit Lobsang tandis que Suzanne tournait autour de l'horloge comme un lutteur cherchant une ouverture où placer sa prise.

— Oui, répondit-elle sans tourner la tête. J'en sais long. La première horloge s'est cassée. Celle-là tient le choc. Celui qui l'a fabriquée est un génie.

— Un génie malfaisant ?

— Difficile à dire. Rien ne le prouve.

— Comment ça ?

— Ben, s'il avait écrit "Hahaha !!!!!" sur le côté, on saurait à quoi s'en tenir, vous ne croyez pas ? répliqua Suzanne en roulant des yeux.

— Je vous gêne, c'est ça ? lança Lobsang.

— Non, pas du tout, dit la jeune femme en portant son attention sur l'établi. Bon, il n'y a rien ici. J'imagine qu'il aurait pu prévoir un minuteur. Une espèce de réveil… »

Elle s'interrompit, saisit un bout de tuyau en caoutchouc enroulé à un crochet près des bocaux de verre et l'examina soigneusement. Puis elle le jeta dans un angle et le regarda fixement comme si elle n'avait encore jamais rien vu de tel.

« Pas un mot, fit-elle à voix basse. Ils ont les sens très développés. Reculez doucement parmi ces grandes cuves de verre derrière vous et tâchez de ne pas vous faire remarquer. Et tout de suite. »

Le dernier mot résonnait d'étranges harmoniques, et Lobsang sentit ses jambes se mettre en branle presque malgré lui.

La porte pivota un peu et un homme entra.

Sa figure avait ceci de bizarre, se dit après coup Lobsang, qu'on l'oubliait facilement. Il n'avait jamais connu de visage aussi dépourvu de traits distinctifs. On y voyait un nez, une bouche, des yeux, tous sans grands défauts, mais, allez savoir pourquoi, ils ne faisaient pas un visage. Ce n'étaient que des composants qui ne formaient pas un tout dans les règles. Ou alors si, un visage de statue, distingué mais que rien ne distinguait.

Lentement, comme s'il devait piloter consciemment ses muscles, l'homme se tourna vers Lobsang.

Le jeune homme se sentit se ramasser pour découper le temps. Le tourniquet grommela un avertissement dans son dos.

« Ça suffit comme ça, je crois », dit Suzanne en s'avançant. Elle retourna l'homme. Elle lui expédia son coude dans le ventre, puis la paume de sa main le percuta si brutalement sous le menton qu'il décolla de terre pour aller s'écraser bruyamment contre le mur.

Alors qu'il retombait, Suzanne lui assena sur le crâne un coup de clé à écrous.

« Vaudrait mieux s'en aller, dit-elle comme si elle

301

venait de ranger de la paperasse en désordre. On n'a plus rien à faire ici.

— Vous l'avez tué !

— Certainement. Ce n'est pas un être humain. Je... sens ces choses-là. C'est comme qui dirait de famille. Tenez, allez ramasser le tuyau. Exécution. »

Vu qu'elle avait toujours la clé à la main, Lobsang obéit. Ou essaya d'obéir. Le tuyau qu'elle avait balancé dans l'angle avait des nœuds et il était emmêlé comme un spaghetti en caoutchouc.

« Malveillance, mon grand-père appelle ça, dit Suzanne. L'hostilité locale des objets envers les non-objets augmente toujours quand un Contrôleur traîne dans les parages. Ils ne peuvent pas s'en empêcher. Le test du tuyau d'arrosage est très fiable sur le terrain, selon un rat que je connais. »

Un rat, songea Lobsang, mais il demanda : « C'est quoi, un Contrôleur ?

— Et ils n'ont pas le sens de la couleur. Ils ne la comprennent pas. Regardez comment il est habillé. Un costume gris, une chemise grise, des chaussures grises, une cravate grise, tout gris.

— Euh... euh... c'était peut-être quelqu'un qui voulait se donner l'air décontracté, non ?

— Vous croyez ? Pas une grosse perte alors. N'importe comment, vous vous trompez. Regardez. »

Le Contrôleur se désintégrait. Le processus était rapide, assez propre, comme une espèce d'évaporation sèche. L'être se mua tout bonnement en poussière qui se dispersa dans l'air et disparut. Mais les toutes dernières poignées formèrent, l'espace d'un instant, une silhouette familière. Elle aussi disparut dans un soupçon de souffle de cri.

« C'était un *dhlang* ! fit Lobsang. Un esprit malin !

302

Les paysans de la vallée suspendent des charmes pour s'en protéger ! Mais je croyais que ce n'était qu'une superstition !

— Non, pas une superstition mais une infrastition, rectifia Suzanne. Je veux dire, ils sont réels, mais presque personne ne croit vraiment en eux. On croit la plupart du temps à ce qui n'est pas réel. Il se passe un truc étrange. Ces choses sont partout et elles habitent des corps. Ce n'est pas normal. Il faut trouver la personne qui a fabriqué l'horloge…

— Et… euh… vous êtes quoi, vous, mademoiselle Suzanne ?

— Moi ? Je suis… une institutrice. »

Elle suivit le regard du jeune homme vers la clé qu'elle tenait toujours à la main et haussa les épaules.

« Ça n'est pas toujours une partie de plaisir à l'heure de la récré, hein ? », dit Lobsang.

Il flottait une odeur suffocante de lait.

Lou-tsé s'assit tout droit.

Il se trouvait dans une grande salle, et on l'avait installé sur une table au milieu. Au toucher, il sut que sa surface était recouverte de métal. Des bidons s'empilaient le long du mur et de grandes cuvettes de métal étaient rangées près d'un évier de la taille d'une baignoire.

Derrière l'odeur de lait, on en devinait beaucoup d'autres : désinfectant, bois récuré à fond et faibles relents chevalins.

Des pas s'approchèrent. Lou-tsé se rallongea aussitôt et ferma les yeux.

Il entendit quelqu'un entrer. Qui sifflotait tout bas, donc forcément un homme car aucune femme – Lou-tsé le savait, fruit de sa longue expérience – ne sifflait de cette façon, chuintante et gazouillante. Le sifflement s'approcha de l'étal, resta un instant à la même place puis se détourna pour se diriger vers l'évier. Il fut remplacé par un bruit de poignée de pompe qu'on actionnait.

Lou-tsé ouvrit à demi un œil.

L'homme devant l'évier était assez petit, au point que le tablier réglementaire à rayures bleues et blanches qu'il portait traînait presque par terre. Visiblement, il lavait des bouteilles.

Lou-tsé balança les jambes hors de l'étal à petits mouvements furtifs auprès desquels un *ninja* de base aurait fait l'effet d'une fanfare et posa délicatement ses sandales par terre.

« On se sent mieux ? lança l'homme sans tourner la tête.

— Oh, euh… oui. Très bien, répondit Lou-tsé.

— Je me suis dit : ce gars-là m'a l'air d'un petit moine chauve, poursuivit l'homme en levant une bouteille à la lumière afin de l'examiner. Avec un truc à remontoir sur le dos, et qui traverse une mauvaise passe. Une tasse de thé, ça te dit ? La bouilloire est sur le feu. J'ai du beurre de yack.

— De yack ? Je suis toujours à Ankh-Morpork ? »
Lou-tsé baissa les yeux sur un râtelier de louches près de lui. L'homme ne s'était toujours pas retourné.

« Hmm. Question intéressante, fit le laveur de bouteilles. On pourrait dire qu'on est plus ou moins à Ankh-Morpork. Pas de lait de yack ? Je peux te proposer du lait de vache ou de chèvre, de brebis, de chamelle, de lama, de jument, de chatte, de chienne, de dauphin, de baleine ou d'alligator si tu préfères.

— Quoi ? Les alligators ne donnent pas de lait ! », objecta Lou-tsé en empoignant la plus grosse louche. Elle ne fit aucun bruit lorsqu'il l'ôta du crochet.

« Je n'ai pas dit que c'était facile. »

Le balayeur assura fermement sa prise. « Où on est, ici, l'ami ? demanda-t-il.

— Tu es à… la laiterie. »

L'homme devant l'évier lâcha le dernier mot comme s'il était aussi menaçant que « château de l'épouvante », posa une autre bouteille sur l'égouttoir et, le dos toujours tourné vers Lou-tsé, leva la main. Tous les doigts en étaient repliés sauf le médius, dressé bien droit.

« Tu sais ce que c'est, ça, le moine ? demanda-t-il.

— Ce n'est pas un geste amical, l'ami. » La louche avait l'air bien lourde. Lou-tsé s'était servi d'armes autrement pires que celle-ci.

« Oh, une interprétation superficielle. Tu es un vieillard, le moine. Je vois le poids des siècles sur toi. Dis-moi ce que c'est, ça, et devine qui je suis. »

La fraîcheur de la laiterie baissa de quelques degrés.

« C'est votre médius, dit Lou-tsé.

— Pouah ! fit l'homme.

— Pouah ?

— Oui, pouah ! Tu as une cervelle. Sers-t'en.

— Écoutez, c'est gentil de votre part de…

— Tu connais les sagesses secrètes que tout le monde cherche, le moine. » Le laveur de bouteilles marqua un temps. « Non, je te soupçonne même de connaître les sagesses explicites, celles qui sont cachées au vu de tous, que presque personne ne recherche. Qui suis-je ? »

Lou-tsé regarda le doigt solitaire. Les murs de la laiterie s'estompèrent. Le froid s'intensifia.

Son cerveau s'emballa, et le bibliothécaire de la mémoire prit les commandes.

Ce n'était pas un local ordinaire, ce n'était pas un homme ordinaire. Un doigt. Un seul doigt. Un des cinq doigts de la… Un sur cinq. Un sur cinq. De vagues échos d'une antique légende se signalèrent à son attention.

Cinq moins un, ça fait quatre.

Et un qui reste.

Lou-tsé, tout doucement, remit la louche à son crochet.

« Cinq moins un, dit-il. Quatre et un cinquième.

— Voilà. Je savais que tu avais de l'instruction.

— Vous êtes… vous êtes celui qui est parti avant qu'ils deviennent célèbres ?

— Oui.

— Mais… ici c'est une laiterie, et vous lavez des bouteilles !

— Et après ? Fallait bien faire quelque chose de mon temps.

— Mais… vous étiez le cinquième cavalier de l'Apocalypse ! dit Lou-tsé.

— Et je parie que tu ne te souviens pas de mon nom. »

Lou-tsé hésita. « Non, répondit-il. Je crois ne l'avoir jamais entendu. »

Le cinquième cavalier se retourna. Il avait les yeux noirs. Complètement noirs. Luisants, noirs sans blanc du tout. « Mon nom, dit le cinquième cavalier, c'est…

— Oui ?

— C'est Ronnie. »

306

L'éternité se développait comme de la glace. Les vagues gelaient sur la mer. Les oiseaux restaient cloués en vol. Le monde était immobile.

Mais pas silencieux. On entendait un bruit comme un doigt frottant le bord d'un très grand verre.

« Venez, dit Suzanne.

— Vous n'entendez pas ? demanda Lobsang en s'arrêtant.

— Mais ça ne nous sert à rien... »

Elle repoussa Lobsang dans l'ombre. La forme en robe grise d'un Contrôleur apparut dans l'espace plus loin vers le milieu de la rue et se mit à toupiller sur elle-même. L'air autour d'elle s'emplit de poussière qui devint un cylindre tournoyant puis, mal assuré sur ses jambes, quelque chose à l'air vaguement humain.

Il vacilla un instant d'avant en arrière, leva lentement les mains et les examina en les tournant d'un côté puis de l'autre. Alors il s'éloigna d'un pas décidé. Plus loin dans la rue, un autre déboucha d'une venelle et le rejoignit.

« Ça ne leur ressemble vraiment pas, dit Suzanne tandis que le duo bifurquait à un croisement. Ils mijotent quelque chose. On va les filer.

— Et Lou-tsé ?

— Et Lou-tsé ? Quel âge il a, vous m'avez dit ?

— D'après lui, huit cents ans.

— Pas facile à tuer, alors. Ronnie n'est pas dangereux si on fait attention et si on ne discute pas. Venez. »

Elle se mit en route.

Les Contrôleurs, rejoints par des congénères, se faufilèrent le long des rues entre les charrettes silencieuses et les passants immobiles vers, découvrirent les suiveurs, la place Sator, un des plus grands espaces en plein air de la ville. C'était jour de marché. Des silhouettes silencieuses et immobiles se pressaient devant les étals.

Mais parmi elles se déplaçaient à toute allure des formes grises.

« Ils sont des centaines, constata Suzanne. Tous d'apparence humaine, et on dirait qu'ils ont une réunion. »

Monsieur Blanc perdait patience. Jusqu'à ce jour il n'avait jamais eu conscience d'en avoir, parce qu'il n'avait été que patience, somme toute. Mais il la sentait maintenant s'évaporer. C'était une impression étrange et chaude dans sa tête. Comment une pensée pouvait-elle être chaude ?

La foule des Contrôleurs incarnés l'observait avec nervosité.

« Je suis monsieur Blanc ! », lança-t-il au nouveau Contrôleur malchanceux qu'on avait amené devant lui. Il frissonna d'étonnement en constatant qu'il avait employé la première personne du singulier et qu'il survivait. « Vous ne pouvez pas être aussi monsieur Blanc. Ce serait une source de confusion.

— Mais on manque de couleurs, intervint monsieur Violet.

— Ça ne se peut pas, répliqua monsieur Blanc. Le nombre des couleurs est infini.

— Mais il n'existe pas tant de noms que ça, dit mademoiselle Taupe.

— Impossible. Une couleur a forcément un nom.

— Nous n'en avons trouvé que cent trois pour le vert avant qu'il passe nettement au bleu ou au jaune, dit mademoiselle Cramoisi.

— Mais les nuances sont illimitées !

— Pas les noms, en tout cas.

— Voilà un problème qu'il faut résoudre. Ajoutez-le à la liste, mademoiselle Brun. Il faut donner un nom à chaque nuance possible. »

Une des Contrôleuses parut très surprise. « Je n'arrive pas à me souvenir de tout, dit-elle. Et je ne comprends pas non plus pourquoi vous donnez des ordres.

— En dehors du renégat, j'ai le plus d'ancienneté en tant qu'incarné.

— De quelques secondes, fit observer mademoiselle Brun.

— Sans importance. L'ancienneté, c'est l'ancienneté. C'est un fait. »

C'était un fait. Les Contrôleurs respectaient les faits. Et c'était également un fait, monsieur Blanc le savait, que plus de sept cents Contrôleurs se baladaient désormais d'un pas hésitant à travers la ville.

Monsieur Blanc avait mis un terme à l'augmentation implacable d'incarnations de ses congénères qui affluaient de plus en plus nombreux vers le point chaud. C'était trop dangereux. Le renégat avait démontré, fit-il remarquer, que l'enveloppe humaine forçait l'esprit à penser d'une certaine façon embarrassante. La plus grande prudence s'imposait. C'était un fait. Seuls ceux qui apportaient la preuve de leur capacité à survivre au processus devaient être autorisés à s'incarner et à terminer le travail. C'était un fait.

Les Contrôleurs respectaient les faits. Du moins jusqu'à ce jour. Mademoiselle Brun fit un pas en arrière.

« Tout de même, dit-elle, rester ici est dangereux. À mon avis, nous devrions nous désincarner. »

Monsieur Blanc découvrit que le corps qu'il habitait répondait tout seul. Qu'il laissait échapper une bouffée d'air. « Et rester dans l'ignorance ? répliqua-t-il. L'ignorance est dangereuse. Nous apprenons beaucoup.

— Ce que nous apprenons n'a pas de sens, objecta mademoiselle Brun.

— Plus nous apprendrons, plus nous y trouverons de sens. Il n'y a rien que nous ne puissions apprendre, dit monsieur Blanc.

— Je ne comprends pas pourquoi je me sens une envie de vous coller brutalement ma main sur la figure.

— C'est bien ce que je dis, fit monsieur Blanc. Vous ne comprenez pas, donc c'est dangereux. Passez à l'acte et nous en saurons davantage. »

Elle le frappa.

Il porta la main à sa joue. « Des pensées me viennent spontanément pour éviter que ça se reproduise, constata-t-il. Et une sensation de chaleur. C'est remarquable, on dirait que l'enveloppe charnelle pense d'elle-même.

— Pour ma part, fit mademoiselle Brun, les pensées qui me viennent spontanément sont des sentiments mêlés de satisfaction et d'appréhension.

— Nous en apprenons déjà davantage sur les humains.

— Ça nous avance à quoi ? rétorqua mademoiselle Brun dont le sentiment d'appréhension s'accroissait à la vue de la mine contractée de monsieur Blanc. Pour le but que nous poursuivons, ils n'ont plus de rôle à jouer. Le temps est arrivé à son terme. Ce sont des fossiles. Vous avez la peau sous votre œil qui tressaute.

— Vous êtes coupable de pensée déplacée, dit monsieur Blanc. Ils existent. Nous devons donc les étudier dans les moindres détails. J'ai envie de tenter une nouvelle expérience. Mon œil fonctionne à la perfection. »

Il saisit une hache à un éventaire du marché. Mademoiselle Brun fit un autre pas en arrière.

« Les pensées spontanées d'appréhension augmentent de manière sensible, fit-elle observer.

— Ce n'est pourtant qu'un banal bout de métal sur un morceau de bois, dit monsieur Blanc en soupesant la hache. Nous qui avons vu le cœur des étoiles, nous qui avons regardé les mondes se consumer, nous qui avons vu les tourments de l'espace… qu'y a-t-il dans cette hache qui puisse nous inquiéter ? »

Il balança le bras. L'attaque était maladroite et le cou humain beaucoup plus coriace qu'on le croit, mais celui de mademoiselle Brun explosa en grains colorés et la Contrôleuse s'écroula.

Monsieur Blanc fit du regard le tour des Contrôleurs les plus proches qui reculèrent tous.

« Quelqu'un d'autre veut tenter l'expérience ? », demanda-t-il.

Lui répondit un chœur de refus empressés.

« Bien, conclut monsieur Blanc. Nous apprenons déjà beaucoup. »

« Il lui a coupé la tête !

— Ne criez pas ! Et baissez donc la vôtre ! souffla Suzanne.

— Mais il...

— Je crois qu'elle sait ! De toute façon, ce n'est ni "il" ni "elle", ça n'a pas de genre. C'est comme ça.

— Qu'est-ce qui se passe ? »

Suzanne recula dans l'ombre. « Je ne suis pas... parfaitement sûre, répondit-elle, mais je crois qu'ils ont voulu se transformer en personnes humaines. Des copies pas mauvaises, d'ailleurs. Et maintenant... ils se conduisent en humains.

— Vous appelez ça se conduire en humain ? »

Suzanne posa sur Lobsang un regard peiné. « Vous ne sortez pas beaucoup, hein ? D'après mon grand-père, si un être intelligent prend forme humaine, il se met à penser en humain. La forme détermine la fonction.

— C'était une conduite d'être intelligent ? insista un Lobsang toujours en état de choc.

— Non seulement il ne sort pas beaucoup, mais il ne lit pas l'Histoire non plus, dit Suzanne d'un air triste. Est-ce que vous connaissez la malédiction des loups-garous ?

— Être un loup-garou, ce n'est pas déjà une malédiction ?

— Eux ne le pensent pas. Mais s'ils gardent leur forme de loup trop longtemps, ils restent loups. Le loup est... une forme très puissante, vous voyez ? Même si l'esprit est humain, le loup s'infiltre par le nez, les oreilles et les pattes. Connaissez-vous les sorcières ?

— On a... euh... volé le balai d'une d'entre elles pour venir ici, répondit Lobsang.

— Ah oui ? Une chance pour vous que la fin du monde soit arrivée, alors. Bref, certaines des meilleures sorcières ont une technique qu'elles appellent l'Emprunt. Elles peuvent entrer dans l'esprit d'un animal. Très utile. Mais le truc c'est de savoir quand en revenir. Un trop

312

long séjour dans un canard et on reste un canard. Un canard intelligent, peut-être, avec quelques souvenirs bizarres, mais quand même un canard.

— Le poète Hoha a un jour rêvé qu'il était un papillon, puis il s'est réveillé et a demandé : "Suis-je un homme qui a rêvé qu'il était un papillon ou suis-je un papillon qui rêve qu'il est un homme ?", dit Lobsang dans un effort pour apporter sa pierre.

— Ah bon ? fit Suzanne d'un ton brusque. Et il était lequel ?

— Quoi ? Ben... allez savoir.

— Comment est-ce qu'il a écrit ses poèmes ? demanda Suzanne.

— Avec un pinceau, évidemment.

— Il ne voletait pas en dessinant des motifs riches en informations et ne pondait pas non plus d'œufs sur les feuilles de chou ?

— Personne n'en a jamais parlé.

— Alors c'était sans doute un homme. Intéressant, mais ça ne nous avance pas beaucoup. On peut seulement dire que les Contrôleurs rêvent qu'ils sont humains et que le rêve est réel. Et ils n'ont pas d'imagination. Tout comme mon grand-père, d'ailleurs. Ils peuvent créer une copie parfaite de n'importe quoi mais ne savent rien faire de nouveau. Alors, à mon avis, voilà ce qui se passe : ils découvrent ce qu'être un humain veut réellement dire.

— Et c'est ?

— Qu'on tient moins les commandes qu'on se le figure. » Elle jeta un autre coup d'œil prudent à la foule sur la place. « Est-ce que vous avez des renseignements sur la personne qui a fabriqué l'horloge ?

— Moi ? Non. Enfin, pas vraiment...

— Alors comment avez-vous trouvé la ville ?

313

— Lou-tsé pensait que c'était ici qu'on fabriquait l'horloge.

— Ah bon ? Bien vu. Vous êtes même tombé sur la bonne maison.

— Je... euh... C'est moi qui l'ai trouvée. Elle... euh... Je savais que c'était là que je devais être. Ça paraît bête, hein ?

— Oh, oui. Cousu de fil blanc gros comme une maison. Mais c'est peut-être vrai. Moi aussi, je sais toujours où il faut que je sois. Et vous devriez être où, maintenant ?

— Minute, fit Lobsang. Vous êtes qui, d'abord ? Le temps s'est arrêté, les... contes de fées et les monstres ont pris possession du monde, et une maîtresse d'école se balade dans les rues ?

— Une maîtresse d'école, c'est précieux. Nous n'aimons pas la bêtise. De toute façon, je vous l'ai dit, j'ai hérité de certains talents.

— Comme vivre hors du temps ?

— Entre autres.

— Drôle de talent pour une institutrice !

— Mais pratique pour les corrections, fit tranquillement observer Suzanne.

— Vous êtes réellement humaine ?

— Hah ! Autant que vous ! Mais je ne dirai pas que je n'ai pas quelques squelettes dans le placard de la famille. »

Il y avait quelque chose dans le ton de sa phrase... « Ce n'était pas qu'une façon de parler, hein ? dit Lobsang tout net.

— Non, pas vraiment. Ce machin dans votre dos. Qu'est-ce qui se passe quand il s'arrête de tourner ?

— Je manquerai de temps, évidemment.

— Ah. Donc le fait qu'il a ralenti et s'est arrêté

314

là-bas quand le Contrôleur a donné son numéro à la hache n'a pas d'importance, alors ?

— Il ne tourne pas ? » Pris de panique, Lobsang voulut porter la main dans le creux de ses reins et pivota sur lui-même sous l'effort.

« On dirait que vous avez un talent caché, dit Suzanne en s'adossant contre le mur et en souriant.

— S'il vous plaît ! Remontez-moi !

— D'accord. Du cran...

— Ça n'était déjà pas drôle la première fois !

— D'accord, mon sens de l'humour laisse à désirer. »

Elle lui prit les bras tandis qu'il se démenait avec les sangles du tourniquet.

« Vous n'en avez pas besoin, compris ? dit-elle. C'est un poids mort, rien d'autre ! Faites-moi confiance ! Ne renoncez pas ! Vous fabriquez votre propre temps. Ne vous demandez pas comment ça se fait. »

Il la regarda fixement, l'air terrorisé. « Qu'est-ce qui se passe ?

— Tout va bien, tout va bien, fit Suzanne aussi patiemment qu'elle put. Ces histoires-là fichent toujours un choc. Quand ça m'est arrivé, je n'avais personne près de moi, alors estimez-vous heureux.

— Qu'est-ce qui vous est arrivé ?

— J'ai découvert qui était mon grand-père. Et ne me le demandez pas. Maintenant, concentrez-vous. Où est-ce que vous devriez être ?

— Euh... euh... » Lobsang regarda autour de lui. « Euh... par là-bas, je crois.

— Je ne tiens pas à vous demander comment vous le savez, dit Suzanne. Et ça nous éloigne de cette populace. »

Elle sourit. « Regardez le bon côté des choses,

ajouta-t-elle. On est jeunes, on a tout le temps du monde… » Elle se balança la clé sur l'épaule. « On va boulonner un peu. »

Si le temps avait encore été en activité, c'est quelques minutes après le départ de Suzanne et de Lobsang qu'une petite silhouette d'une quinzaine de centimètres de haut, vêtue d'une robe, aurait pénétré d'un air important dans l'atelier. Un corbeau la suivait, qui se percha sur la porte et observa l'horloge luisante d'un œil éminemment soupçonneux.

« M'a l'air dangereuse, dit-il.

— Couıı ? fit la Mort aux Rats en s'avançant vers l'horloge.

— Non, t'amuse pas à jouer les héros », le prévint Dit.

Le rat s'approcha du socle de l'horloge et leva sur elle un regard qui disait « plus c'est grand, plus dure est la chute » avant de lui donner des coups de sa faux.

Ou, du moins, d'essayer. Un éclair fulgura lorsque la lame entra en contact. L'espace d'un instant, la Mort aux Rats ne fut plus qu'une traînée floue en forme d'anneau noir et blanc autour de l'horloge, puis il disparut.

« J'te l'avais dit, lâcha le corbeau en se lissant les plumes. J'parie que tu fais moins le malin maintenant, pas vrai ? »

« … et alors je me suis dit : dans quelle branche a-t-on besoin d'un gars avec mes talents ? expliquait

Ronnie. Pour moi, le temps n'est qu'une direction comme une autre. Alors je me suis dit : tout le monde veut du lait frais, non ? Et tout le monde veut être livré tôt le matin.

— Ça doit être mieux que laveur de carreaux, dit Lou-tsé.

— J'ai aussi fait ça après l'invention des fenêtres. Et avant j'étais jardinier à la tâche. Encore un peu de beurre de yack rance ?

— S'il vous plaît », dit Lou-tsé en tendant sa tasse.

Lou-tsé avait huit cents ans, voilà pourquoi il s'accordait une pause. Un héros se serait levé d'un bond, se serait rué dans la ville silencieuse, et ensuite…

Et, là, ça coinçait. Ensuite un héros aurait été forcé de se demander ce qu'il devait faire. Huit siècles avaient appris à Lou-tsé que ce qui arrive reste arrivé. Ça peut rester arrivé dans un ensemble différent de dimensions, si on veut voir la chose sur le plan technique, mais on ne peut pas empêcher que ce soit arrivé. L'horloge avait sonné et le temps s'était arrêté. Plus tard, une solution allait se présenter d'elle-même. En attendant, une tasse de thé et une conversation avec son sauveur inespéré pouvaient accélérer le processus. Après tout, Ronnie n'était pas un laitier ordinaire.

Lou-tsé estimait depuis longtemps que tout arrive pour une raison précise, sauf peut-être au football.

« Ce n'est pas de la gnognote que vous avez là, Ronnie, dit-il en buvant une gorgée. Le beurre qu'on trouve de nos jours, on n'en voudrait pas pour graisser les charrettes.

— C'est la race, expliqua Ronnie. Je trouve ça auprès des troupeaux des hautes terres d'il y a six cents ans.

— À la vôtre, fit Lou-tsé en levant sa tasse. Drôle, tout de même. Je veux dire, si on apprenait aux gens qu'il y avait à l'origine cinq cavaliers de l'Apocalypse, que l'un d'eux est parti et qu'il fait le laitier, ben… ils seraient un peu étonnés. Ils se demanderaient pourquoi… »

L'espace d'un instant, les yeux de Ronnie flamboyèrent d'une lueur argentée.

« Divergences de fond, grogna-t-il. Une histoire d'ego. Certains pourraient dire… Non, je n'ai pas envie d'en parler. Je leur souhaite tout le bonheur du monde, évidemment.

— Évidemment, dit Lou-tsé en ne laissant rien voir sur son visage.

— Et j'ai suivi leurs carrières avec grand intérêt.

— J'en suis sûr.

— Tu sais qu'on a même effacé mon nom de l'Histoire officielle ? » Ronnie tendit le bras en l'air, et un livre lui apparut dans la main. Il avait l'air tout neuf.

« Ça, c'était avant, dit-il d'un ton amer. Le Livre d'Om, prophéties de Tobrun. Jamais vu ? Grand type, la barbe, toujours à glousser pour un rien ?

— Je n'étais pas né, Ronnie. »

Ronnie tendit le livre au moine. « Première édition. Essaye le chapitre deux, verset sept », dit-il.

Et Lou-tsé lut : "Et l'ange tout de blanc vestu ouvrit le Livre de Fer, alors surgit un cinquième cavalier dans un char de glace ardente, et les lois volèrent en éclats, les chaînes se brisèrent et la multitude s'écria : 'Oh, Dieu, on est dans le pétrin maintenant !'"

— C'était moi », dit fièrement Ronnie.

Les yeux de Lou-tsé s'égarèrent vers le verset huit : « "Et je vis comme qui dirait des lapins de toutes les couleurs, mais surtout à motifs de tartan, qui tournaient comme qui dirait en rond, et j'entendis comme qui dirait un bruit de grosses choses sirupeuses."

— Ce verset a été retranché dans l'édition suivante. Très sujet à toutes sortes de visions, le vieux Tobrun. Les pères de l'omnianisme pouvaient prendre et mélanger ce qu'ils voulaient. Évidemment, en ce temps-là, tout était nouveau. La Mort était la Mort, bien entendu, mais le reste se bornait à des éruptions cutanées, des pertes de récoltes et des échauffourées localisées.

— Et vous… ? hasarda Lou-tsé.

— Je n'intéressais plus le public, répondit Ronnie. Du moins, c'est ce qu'on m'a dit. À l'époque, on ne jouait que pour des audiences très réduites. Une invasion de sauterelles, l'assèchement du point d'eau d'une tribu, une éruption de volcan… N'importe quel engagement, on était contents. Il n'y avait pas la place pour cinq. » Il renifla. « C'est ce qu'on m'a dit. »

Lou-tsé reposa sa tasse. « Ma foi, Ronnie, ça me fait bien plaisir de bavarder avec vous, mais le temps… le temps ne file pas, voyez-vous.

— Ouais. J'en ai entendu parler. Les rues sont pleines de la Loi. » Les yeux de Ronnie s'embrasèrent à nouveau.

« La Loi ?

— *Dhlang*. Les Contrôleurs. Ils ont fait fabriquer une nouvelle fois l'horloge de verre.

— Vous savez ça ?

— Écoute, je ne fais peut-être pas partie des quatre cavaliers dans le vent, mais je garde les yeux et les oreilles ouverts.

— Mais c'est la fin du monde !

— Non, répliqua Ronnie d'un ton calme. Tout est encore là.

— Mais ça ne va nulle part !

— Ah, ben, ça n'est pas mon affaire, hein ? Moi, je suis dans le lait et les produits laitiers. »

319

Lou-tsé promena le regard sur la laiterie étincelante, les bouteilles miroitantes et les bidons reluisants. Un vrai boulot pour quelqu'un hors du temps. Le lait reste toujours frais.

Il regarda encore les bouteilles, et une pensée lui vint à l'esprit sans y être invitée.

Les Cavaliers avaient une apparence humaine et les hommes sont vaniteux. Savoir utiliser la vanité d'autrui était un art martial à part entière, et Lou-tsé le pratiquait depuis longtemps.

« Je parie que je peux deviner qui vous étiez, dit-il. Je parie que je peux deviner votre vrai nom.

— Hah. Aucune chance, le moine, fit Ronnie.

— Je ne suis pas un moine, seulement un balayeur, rectifia Lou-tsé d'une voix sereine. Seulement un balayeur. Vous les avez appelés la Loi, Ronnie. Il faut qu'il y ait une loi, pas vrai ? Ils imposent les règles, Ronnie. Et il faut des règles, je me trompe ?

— Je suis dans le lait et les produits laitiers, répéta Ronnie, mais un muscle se contracta sous son œil. Je fais aussi les œufs, sur demande. C'est un bon boulot. Stable. J'envisage de prendre davantage de personnel pour la boutique.

— Pourquoi ? demanda Lou-tsé. Ils n'auront rien à faire.

— Et développer le rayon fromages, ajouta Ronnie sans regarder le balayeur. Gros marché pour le fromage. Je me suis dit aussi que je pourrais avoir une adresse clic-clac, on pourrait me passer des commandes, ça serait un gros marché.

— Toutes les règles ont gagné, Ronnie. Plus rien ne bouge. Rien n'est inattendu parce qu'il ne se passe rien. »

Ronnie, immobile, avait le regard perdu dans le vide.

« À ce que je vois, vous avez trouvé votre créneau, alors, Ronnie, reprit Lou-tsé d'une voix apaisante. Et vous tenez vos locaux propres comme un sou neuf, pas de doute là-dessus. J'imagine que les autres gars seraient bien contents de savoir que... vous savez... que vous vous débrouillez bien. Juste une chose, euh... Pourquoi vous m'avez sauvé ?

— Quoi ? Ben, c'était pour moi un devoir charitable...

— Vous êtes le cinquième cavalier, monsieur Soak. Un devoir charitable ? » Sauf, songea Lou-tsé, que tu vis sous ton apparence humaine depuis longtemps. Tu as envie que je trouve... Tu en as envie. Des milliers d'années de cette vie. Elle t'a replié sur toi-même. Tu vas te défendre jusqu'au bout, mais tu as envie que je t'arrache ton nom.

Les yeux de Ronnie s'enflammèrent. « Je veille sur les miens, balayeur.

— Je suis l'un des vôtres, c'est ça ?

— Tu as... certains côtés intéressants. »

Ils se fixèrent du regard.

« Je vais te ramener là où je t'ai trouvé, dit Ronnie Soak. C'est tout. L'autre boulot, je n'y touche plus. »

Le Contrôleur gisait sur le dos, la bouche ouverte. De temps en temps, il lâchait un tout petit bruit comme un geignement de moucheron.

« Essayez encore, monsieur...

— Avocat foncé, monsieur Blanc.

— C'est une couleur, ça ?

— Oui, monsieur Blanc ! répondit monsieur Avocat foncé qui n'en était pas vraiment sûr.

— Essayez encore, alors, monsieur Avocat foncé. »

Monsieur Avocat foncé, avec beaucoup de réticence, baissa le bras vers la bouche de la forme étendue. Ses doigts étaient sur le point de la toucher lorsque, comme d'elle-même, la main gauche du gisant se déplaça à la vitesse de l'éclair et s'en saisit. On entendit un craquement d'os.

« Je ressens une grande douleur, monsieur Blanc.

— Qu'y a-t-il dans sa bouche, monsieur Avocat foncé ?

— On dirait un produit à base de céréales fermentées cuites, monsieur Blanc. La grande douleur persiste.

— Un aliment ?

— Oui, monsieur Blanc. Les sensations douloureuses sont maintenant très nettes.

— N'avais-je pas donné l'ordre de ne pas manger ni boire, ni se livrer à des expériences inutiles avec l'appareil sensoriel ?

— Effectivement, monsieur Blanc. La sensation de grande douleur dont j'ai déjà parlé est à présent vraiment très aiguë. Que dois-je faire ? »

Le concept d'« ordres » était lui aussi encore nouveau et extrêmement étrange pour les Contrôleurs. Ils avaient l'habitude de prendre des décisions en commission, seulement après épuisement des possibilités de ne rien faire pour résoudre le problème en cause. Les décisions prises par tout le monde revenaient à des décisions prises par personne, ce qui excluait donc tout risque de responsabilité.

Mais les enveloppes charnelles comprenaient les ordres. C'était manifestement une particularité qui rendait l'humanité humaine, aussi les Contrôleurs l'acceptaient-ils dans un esprit d'investigation. Ils n'avaient pas le choix, n'importe comment. Il leur venait toutes sortes de sensations quand ils recevaient des ordres d'un homme tenant une arme tranchante. C'était étonnant avec quelle douceur l'envie de se consulter et de discuter se muait en un désir pressant de faire ce que demandait l'arme.

« Ne pouvez-vous pas le persuader de lâcher votre main ?

— Il a l'air inconscient, monsieur Blanc. Il a les yeux injectés de sang. Il émet un petit bruit de soupir. L'organisme paraît cependant tenir à ce qu'on ne lui ôte pas le pain de la bouche. Puis-je une fois encore soulever la question de la douleur insoutenable ? »

Monsieur Blanc adressa un signe à deux autres Contrôleurs. Au prix d'un effort considérable, en faisant levier, ils libérèrent les doigts de monsieur Avocat foncé.

« Voilà une chose sur laquelle il nous faudra en apprendre davantage, dit monsieur Blanc. Le renégat en a parlé. Monsieur Avocat foncé ?

— Oui, monsieur Blanc ?

— La sensation de douleur persiste-t-elle ?

— Je sens ma main à la fois chaude et froide.

— Très curieux. À ce que je vois, il va nous falloir étudier la douleur plus en profondeur. » Monsieur Avocat foncé découvrit qu'une petite voix à l'arrière de son crâne hurlait à cette seule idée, tandis que monsieur Blanc poursuivait : « Quels sont les autres aliments existants ?

— Nous connaissons les noms de trois mille sept cent dix-neuf aliments », répondit monsieur Violet-Indigo en s'avançant.

Il était devenu un expert en la matière, et c'était encore une nouveauté pour les Contrôleurs. Ils n'avaient jamais eu d'experts jusque-là. Ce que l'un savait, les autres le savaient aussi. Savoir quelque chose que les autres ignoraient dénotait, dans une petite mesure, une individualité. Les individus pouvaient mourir. Mais ils acquéraient aussi pouvoir et valeur, ce qui voulait dire qu'ils ne mouraient peut-être pas si facilement. C'était un gros problème à résoudre, et, comme quelques autres Contrôleurs, monsieur Violet-Indigo était déjà affligé d'un certain nombre de contractions et de tics faciaux tandis que son esprit s'attelait à la tâche.

« Nommez-m'en un, dit monsieur Blanc.

— Fromage, répondit promptement monsieur Violet-Indigo. C'est une lactation bovine putréfiée.

— Nous allons trouver du fromage », dit monsieur Blanc.

Trois Contrôleurs passèrent.

Suzanne jeta un coup d'œil depuis une embrasure de porte. « Tu es sûr qu'on va dans la bonne direction ? demanda-t-elle. On s'éloigne du centre.

— C'est par là que je dois aller, répondit Lobsang.

— D'accord, mais je n'aime pas ces rues étroites. Je n'aime pas me cacher. Ce n'est pas mon genre.

— Oui, j'ai remarqué.

— C'est quoi, ce bâtiment là-bas ?

— C'est l'arrière du musée royal des beaux-arts. La Grand-Rue se trouve de l'autre côté, dit Lobsang. Et c'est par là qu'il faut aller.

— Tu te repères bien pour un gars des montagnes.

— J'ai grandi ici. Je connais aussi cinq manières différentes d'entrer en douce dans le musée. J'étais un voleur.

— Moi, je passais à travers les murs, dit Suzanne. J'ai l'impression de ne plus y arriver maintenant que le temps est arrêté. Je crois que ça annule le pouvoir d'une façon ou d'une autre.

— Vous pouviez réellement passer à travers un mur solide ?

— Oui. C'est une tradition dans la famille, dit sèchement Suzanne. Viens, on va traverser le musée. Au moins, on n'y croise jamais grand monde même en temps normal. »

Ankh-Morpork n'avait plus de roi depuis des siècles, mais les palais ont tendance à survivre. Une cité n'a peut-être pas besoin de roi, mais elle a toujours besoin de grandes salles et de grands murs souvent utiles, longtemps après que la monarchie n'est plus qu'un souvenir, et on renomme alors le bâtiment « monument à la gloire de l'industrie du peuple ».

Par ailleurs, bien que le dernier roi ait personnellement été aussi laid qu'un vieux tableau – surtout qu'on l'avait décapité, après quoi personne n'apparaît sous son meilleur jour, même un roi éclairé –, on lui reconnaissait d'avoir amassé quelques belles œuvres d'art. Même le petit peuple de la ville avait l'œil pour apprécier des œuvres comme *Trois grosses femmes roses et un morceau de gaze* de Caravati ou *L'homme à la grande feuille de vigne* de Mauvaise. Ajoutons qu'une ville à l'histoire aussi longue que celle d'Ankh-Morpork accumule toutes sortes de débris artistiques et qu'afin d'éviter l'encombrement des rues elle a besoin d'une espèce de grenier municipal où les remiser. Ainsi, pour un coût guère plus élevé que plusieurs kilomètres de cordon en peluche rouge et quelques vieillards en uniforme capables d'indiquer la direction de *Trois grosses femmes roses et un morceau de gaze,* le musée royal des beaux-arts était né.

Lobsang et Suzanne traversèrent en hâte les salles silencieuses. Comme au Gigott, il était difficile de savoir si le temps s'était arrêté ici. Son cours était de toute façon à peine perceptible. Pour les moines d'Oi Dong, c'était une ressource précieuse.

Suzanne s'arrêta, se retourna pour lever les yeux sur un immense tableau dans un cadre doré qui occupait tout un mur d'un long couloir et lâcha à voix basse : « Oh…

— Qu'est-ce que c'est ?

— *La bataille d'Ar-Gash* de Blitzt », répondit Suzanne.

Lobsang regarda la peinture sale qui s'écaillait et le vernis jaune marron. Les couleurs passées couvraient toute une palette de teintes boueuses, mais il s'en dégageait une impression de violence et de malveillance.

« C'est censé représenter l'Enfer ? demanda-t-il.

— Non, c'est une ancienne cité du Klatch il y a des milliers d'années. Mais, selon grand-père, les hommes en ont fait un enfer. Blitzt est devenu fou quand il l'a peinte.

— Euh… ses nuages d'orage sont quand même bien rendus, fit observer Lobsang en déglutissant. Et la lumière, euh… est superbe…

— Regarde ce qui sort des nuages », dit Suzanne.

Lobsang fouilla des yeux les cumulus encroûtés et les éclairs fossilisés. « Ah, oui. Les quatre cavaliers. On les voit souvent dans…

— Recompte », dit Suzanne.

326

Lobsang écarquilla les yeux. « Il y a deux…

— Ne sois pas ridicule, il y en a cin… »

Suzanne s'interrompit et suivit le regard du jeune homme. Il ne parlait pas du tableau.

Deux Contrôleurs s'éloignaient en hâte vers la salle des porcelaines.

« Ils nous fuient ! », dit Lobsang.

Suzanne lui saisit la main. « Pas vraiment ! dit-elle. Ils doivent toujours se consulter entre eux. Il faut qu'ils soient trois pour ça. Et ils vont revenir, alors amène-toi ! »

Elle lui reprit la main et l'entraîna dans la galerie suivante.

Il y avait des silhouettes grises à l'autre bout. Le couple fonça, passa devant des tapisseries encroûtées de poussière et s'engouffra dans une autre immense et antique salle.

« Bons dieux, il y a un tableau de trois grosses femmes roses avec seulement… eut à peine le temps de dire en passant devant la toile un Lobsang remorqué par Suzanne.

— Fais attention, tu veux ? La sortie, c'était de l'autre côté ! Le bâtiment grouille de Contrôleurs !

— Mais ce n'est qu'un vieux musée ! Il n'y a rien pour eux ici, quand même ? »

Ils s'arrêtèrent en dérapant sur les dalles de marbre. Un large escalier montait à l'étage suivant.

« On va se retrouver coincés là-haut, fit observer Lobsang.

— Il y a des balcons tout autour, dit Suzanne. Viens ! » Elle l'entraîna en haut des marches, s'engagea sous une voûte… et s'arrêta.

Les galeries se succédaient sur plusieurs étages. Depuis le premier, les visiteurs pouvaient embrasser du regard le rez-de-chaussée. Et, dans la salle en dessous, les Contrôleurs étaient très occupés.

« Et maintenant qu'est-ce qu'ils fichent, bon sang ? chuchota Lobsang.

— Je crois, répondit Suzanne d'un ton sinistre, qu'ils apprécient l'art. »

Mademoiselle Mandarine était embêtée. Le corps qu'elle occupait avait de curieuses exigences, et la tâche qu'on lui avait confiée se présentait mal.

Le cadre de ce qui avait autrefois été le *Chariot bloqué dans la rivière* de sire Robert Cuspidor était appuyé contre un mur devant elle, vide. La toile vierge était impeccablement roulée à côté. Devant le cadre, soigneusement rangés par ordre de taille, s'alignaient des tas de pigments. Plusieurs dizaines d'autres Contrôleurs les réduisaient à leurs composants moléculaires.

« Toujours rien ? demanda-t-elle en parcourant la rangée à grands pas.

— Non, mademoiselle Mandarine. Uniquement des molécules et des atomes connus pour l'instant, répondit un Contrôleur d'une voix un brin tremblante.

— Eh bien, c'est peut-être lié aux proportions, non ? À l'équilibre des molécules ? À la géométrie élémentaire ?

— Nous continuons de...

— Au travail ! »

Les autres Contrôleurs de la galerie, regroupés d'un air affairé devant ce qui avait jadis été une peinture – et le restait dans la mesure où aucune molécule qui le composait n'avait disparu –, levèrent la tête pour lui

328

jeter un coup d'œil puis se penchèrent à nouveau sur leur travail.

Mademoiselle Mandarine était d'autant plus furieuse qu'elle ne comprenait pas sa colère. Une des raisons, sûrement, c'était qu'en lui donnant ses tâches monsieur Blanc l'avait regardée d'un drôle d'air. Essuyer un regard extérieur était de toute façon une expérience inhabituelle pour un Contrôleur – aucun ne s'amusait à regarder très souvent ses semblables parce qu'ils se ressemblaient tous – et l'idée qu'on puisse exprimer quelque chose avec son visage leur était étrangère. Ou qu'on puisse même avoir un visage. Ou un corps qui réagissait curieusement à l'expression d'un autre visage appartenant, en l'occurrence, à monsieur Blanc. Quand il la regardait comme ça, elle se sentait l'envie pressante de lui labourer la figure avec les ongles.

Ce qui ne tenait pas debout. Aucun Contrôleur ne devait nourrir de tels sentiments envers un semblable. Aucun Contrôleur ne devait nourrir de tels sentiments envers quoi que ce soit. Aucun Contrôleur ne devait nourrir de sentiments.

Elle se sentait livide. Ils avaient tous perdu tant de pouvoirs. Il était ridicule de devoir communiquer en actionnant des bouts de chair, quant à la langue… *Beurkkk…*

À sa connaissance, dans toute l'existence de l'univers, aucun Contrôleur n'avait jamais éprouvé une sensation de *beurkkk*. Ce corps pitoyable ne manquait pas d'occasions de *beurkkk*. Elle pouvait le quitter quand elle le voulait, et pourtant… une partie d'elle-même s'y refusait. Elle subissait l'envie affreuse, seconde après seconde, de s'y accrocher.

Et elle ressentait la faim. Ça non plus ne tenait pas debout. L'estomac était une poche chargée de digérer les aliments. Il n'était pas censé donner d'ordres. Les Contrôleurs vivaient très bien en échangeant des molécules avec leur environnement et puisaient dans toutes les sources d'énergie locales. C'était un fait.

Essayez d'expliquer ça à l'estomac. Elle le sentait. Il passait son temps à grommeler. Elle était littéralement harcelée par ses organes internes. Pourquoi m... pourquoi m... pourquoi avait-on copié des organes internes ?

Beurkkk.

C'en était trop. Elle voulait... elle voulait... s'exprimer en criant des... des... des mots horribles...

« Discorde ! Confusion ! »

Les autres Contrôleurs se retournèrent, terrorisés.

Mais ces mots ne faisaient aucun effet à mademoiselle Mandarine. Ils n'avaient plus la même force. Il y avait forcément pire. Ah, oui...

« Organes ! braillat-t-elle, satisfaite de l'avoir enfin trouvé. Et qu'est-ce que vous regardez comme ça, espèces... d'organes ? ajouta-t-elle. Au travail ! »

« Ils mettent tout en pièces, souffla Lobsang.

— Les Contrôleurs sont ainsi, dit Suzanne. Pour eux, c'est de cette façon-là qu'on enrichit ses connaissances. Tu sais, je les hais. Vraiment. »

Lobsang lui jeta un coup d'œil en coin. Le monastère était une institution mixte. Ou plutôt non, seulement il ne s'était jamais considéré corporativement parlant comme opposé à la mixité parce que l'idée même de femmes travaillant dans son enceinte n'avait jamais effleuré des esprits capables de raisonner en seize dimensions. Mais la Guilde des Voleurs avait reconnu que les filles étaient au moins aussi compétentes que les garçons dans tous les secteurs de la filouterie – il gardait par exemple des souvenirs émus de sa camarade de classe Steff, capable de faucher de la monnaie dans une poche arrière et d'escalader mieux qu'un Assassin. Il se sentait à l'aise avec les filles.

Mais Suzanne lui flanquait une trouille monstre. Il devinait en elle comme une marmite bouillonnante de colère que les Contrôleurs faisaient déborder.

Il se souvint quand elle en avait frappé un de sa clé à écrous. Elle n'avait affiché qu'un léger froncement de sourcils, comme pour s'assurer que le travail était fait correctement.

« On s'en va ? hasarda-t-il.

— Regarde-les, poursuivit Suzanne. Il n'y a que les Contrôleurs pour mettre un tableau en pièces dans le but d'apprendre ce qui en fait une œuvre d'art.

— Il y a un gros tas de poussière blanche là-bas, signala Lobsang.

— *L'homme à la grande feuille de vigne,* répondit distraitement Suzanne sans quitter un instant des yeux les silhouettes grises. Ils démonteraient une horloge pour chercher le tic-tac.

— Comment vous savez que c'est *L'homme à la grande feuille de vigne* ?

— Il se trouve que je me souviens de son emplacement, voilà tout.

— Vous… euh… appréciez l'art ? risqua Lobsang.

— Je sais ce que j'aime, dit Suzanne qui fixait toujours les Contrôleurs. Et en ce moment j'aimerais disposer d'un stock d'armes.

— On ferait mieux de s'en aller…

— Les salauds t'entrent dans la tête si tu les laisses

faire, dit Suzanne sans bouger. Quand tu te surprends à penser "Il faudrait une loi" ou "Ce n'est pas moi qui établis les règles, après tout", ou…

— Je crois vraiment qu'on devrait ficher le camp, insista prudemment Lobsang. Et je le crois parce qu'il y en a plusieurs qui montent l'escalier. »

La tête de la jeune femme pivota d'un coup. « Pourquoi tu restes là planté comme un piquet, alors ? », lança-t-elle.

Ils franchirent en courant le passage voûté suivant, s'engouffrèrent dans une galerie de poteries et ne se retournèrent qu'une fois arrivés à l'autre bout. Trois Contrôleurs étaient à leurs trousses. Ils ne couraient pas, mais leur pas synchronisé attestait d'une volonté horrible de ne pas lâcher.

« D'accord, on file par là…

— Non, par là, dit Lobsang.

— Ce n'est pas de ce côté qu'il faut aller ! répliqua sèchement Suzanne.

— Non, mais l'écriteau là-haut dit : "Armes et armures" !

— Et alors ? Tu es un expert en armes ?

— Non ! répondit fièrement Lobsang qui s'aperçut alors qu'elle avait compris de travers. Vous voyez, on m'a appris à me battre sans…

— Il y aura peut-être une épée pour moi », grogna Suzanne avant de redémarrer d'un pas décidé.

Lorsque les Contrôleurs entrèrent dans la galerie, ils étaient plus de trois. La foule grise marqua un temps.

Suzanne avait trouvé une épée qui faisait partie d'une armure agatéenne en exposition. Elle était émoussée, faute d'avoir servi, mais la colère flamboya le long de la lame.

« On ne devrait pas se remettre à courir ? demanda Lobsang.

— Non. Ils nous rattraperont toujours. Je ne sais pas s'il est possible de les tuer ici, mais on peut leur faire regretter qu'on n'en soit pas capables. Tu n'as toujours pas d'arme ?

— Non, parce que, vous voyez, j'ai été formé pour...

— Ne reste pas dans mes jambes, alors, d'accord ? »

Les Contrôleurs avançaient prudemment, ce que Lobsang trouva bizarre. « On ne peut pas les tuer ? demanda-t-il.

— Ça dépend du degré de vie qu'ils se sont accordé.

— Mais ils ont l'air d'avoir la trouille.

— Ils ont une apparence humaine, lança Suzanne par-dessus son épaule. Ils occupent des corps humains. Des copies parfaites. Pendant des millénaires, les corps humains ont refusé de se faire couper en deux. Ça finit par filtrer dans le cerveau, tu ne crois pas ? »

Les Contrôleurs s'approchèrent alors en se déployant en cercle. Ils allaient bien entendu tous attaquer en même temps. Aucun ne voudrait être le premier.

Trois d'entre eux empoignèrent Lobsang.

Il aimait bien les combats dans les dojos d'entraîne-ment. Évidemment, tout le monde portait un plastron et personne n'essayait vraiment de tuer son adversaire, ce qui facilitait les choses. Mais Lobsang se débrouillait bien parce qu'il savait découper le temps. Il avait toujours cet atout en réserve. Et avec un atout pareil, on n'avait pas besoin d'un grand talent.

Il n'y avait pas d'atout ici. Il n'y avait pas de temps à découper.

Il adopta un mélange de *sna-fu*, d'*okidoki* et de tout ce qui marchait, parce qu'on mourait à coup sûr si on abordait un vrai combat comme ceux du dojo. Les hommes gris ne faisaient pas le poids, en tout cas. Ils cherchaient seulement à saisir et étreindre. Une grand-mère les aurait repoussés.

Il en envoya bouler deux et se tourna vers le troisième qui tentait de lui passer le bras autour du cou. Il se libéra de la prise, pivota pour porter un coup et hésita.

« Oh, bon sang », fit une voix.

La lame de Suzanne tournoya sous le nez de Lobsang.

La tête devant lui fut séparée du tronc dans une pluie, non de sang, mais de poussière colorée en suspension. Le corps s'évapora, devint un bref instant une forme en robe grise qui plana au-dessus d'eux puis disparut.

Lobsang entendit deux coups sourds derrière lui, puis Suzanne lui empoigna l'épaule.

« Tu n'es pas censé hésiter, tu sais ! dit-elle.

— Mais c'était une femme !

— Non ! Mais c'était le dernier. Maintenant filons avant que le reste s'amène. » Elle indiqua de la tête un deuxième groupe de Contrôleurs qui les observaient attentivement depuis l'autre bout de la salle.

« Ils n'étaient pas difficiles à battre, de toute façon, dit Lobsang en reprenant son souffle. Ils font quoi, ceux-là ?

— Ils apprennent. Tu sais te battre mieux que ça ?

— Évidemment !

— Tant mieux, parce que la prochaine fois ils seront aussi bons que tu l'as été tout à l'heure. On va où maintenant ?

— Euh... par là ! »

La salle suivante était pleine d'animaux empaillés. La taxidermie avait été en vogue quelques siècles plus tôt. Ceux-là n'avaient rien à voir avec de vieux trophées de chasse affligeants, ours ou tigres gériatriques dont les griffes avaient affronté un homme seulement armé de cinq arbalètes, aidé de vingt chargeurs et d'une centaine de rabatteurs. Certains de ces « animaux » étaient disposés en groupes. Des groupes assez réduits d'animaux relativement petits.

On y voyait des grenouilles attablées autour d'un dîner miniature. Des chiens en veste de chasse à la poursuite d'un renard coiffé d'un chapeau emplumé. Un singe jouant du banjo.

« Oh non, c'est un orchestre complet, dit Suzanne, à la fois surprise et horrifiée. Et regarde les chatons en train de danser…

— Affreux !

— Je me demande ce qui est arrivé quand le responsable de tout ça a rencontré mon grand-père.

— Il aurait pu rencontrer votre grand-père ?

— Oh oui, répondit Suzanne. Oh oui. Et mon grand-père aime beaucoup les chats. »

Lobsang s'arrêta au pied d'un escalier à demi dissimulé derrière un éléphant malchanceux. Un cordon rouge, désormais rigide comme une barre, laissait entendre que cette partie du musée n'était pas destinée au public. Un autre indice venait confirmer cette impression sous forme d'un écriteau qui disait : « Entrée strictement interdite. »

« Il faut que j'aille là-haut, dit-il.

— Ne traînons pas alors, hein ? », fit Suzanne en sautant par-dessus le cordon.

L'escalier étroit débouchait sur un vaste palier désert. Des caisses étaient empilées çà et là.

« Les greniers, dit Suzanne. Attends… à quoi sert ce panneau ?

— "Gardez votre gauche", lut Lobsang. Ben, s'ils doivent déplacer de gros objets…

— Regarde bien le panneau, tu veux ? Ne vois pas ce que tu t'attends à voir, mais vois ce que tu as sous les yeux ! »

Lobsang regarda.

« Quel panneau idiot, commenta-t-il.

— Hmm. Intéressant, c'est sûr, dit Suzanne. De quel côté est-ce qu'on doit aller, d'après toi ? Je ne crois pas qu'ils vont tarder à se décider à nous suivre.

— On est tout près ! Faut trouver un passage, n'importe lequel ! dit Lobsang.

— N'importe lequel, alors. » Suzanne se dirigea vers un espace étroit entre des caisses empilées.

Lobsang la suivit. « Comment ça "se décider" ? demanda-t-il tandis qu'ils s'enfonçaient dans la pénombre.

— Le panneau en bas de l'escalier disait que l'entrée était interdite.

— Vous voulez dire qu'ils vont désobéir ? » Lobsang s'arrêta.

« Au bout d'un moment, oui. Mais ils vont avoir l'affreuse impression qu'ils ne devraient pas. Ils obéissent aux règles. Ils sont les règles, d'une certaine manière.

— Mais on ne peut pas obéir au panneau "Gardez

336

votre gauche" qui part à droite, quoi qu'on fasse… Oh, je vois…

— C'est marrant d'apprendre, non ? Oh, en voici un autre. »

NE DONNEZ PAS À MANGER À L'ÉLÉPHANT

« Pas mal, ça, dit Suzanne. On ne peut pas obéir…

— … parce qu'il n'y a pas d'éléphant. Je crois que je commence à saisir…

— C'est un piège à Contrôleur, reprit Suzanne en examinant une caisse d'emballage.

— En voilà encore un bien », dit Lobsang.

IGNOREZ CE PANNEAU
C'est un ordre

« Joli, reconnut Suzanne, mais je me demande… qui a posé ces panneaux ? »

Ils entendirent des voix quelque part derrière eux. Elles parlaient tout bas, mais l'une d'elles s'éleva soudain.

« … dit de garder la gauche mais la flèche pointe à droite ! Ça n'est pas logique !

— C'est votre faute ! Nous avons désobéi au premier panneau ! Malheur à ceux qui s'égarent sur le chemin de l'irrégularité !

— Ne me raconte pas de salades, espèce de machin organique ! Je vais hausser le ton, espèce de… »

Suivirent un son léger, un bruit étouffé puis un hurlement dont l'effet Doppler se perdit dans le néant.

« Ils se battent entre eux ou quoi ? demanda Lobsang.

337

— C'est à souhaiter. On y va », dit Suzanne.

Ils reprirent leur progression à pas de loup en serpentant dans le labyrinthe d'espaces entre les caisses et passèrent devant un panneau qui disait :

PLONGEON

« Ah... ça devient métaphysique maintenant, dit Suzanne.

— Pourquoi plongeon ? s'étonna Lobsang.

— Oui, pourquoi ? »

Quelque part parmi les caisses, une voix arriva au bout de sa patience.

« Quel putain d'éléphant organique ? Où est l'éléphant ?

— Il n'y a pas d'éléphant !

— Pourquoi un panneau, alors ?

— C'est une... »

Une fois encore, le petit bruit étouffé et le cri qui s'évanouit. Puis... un bruit de course.

Suzanne et Lobsang reculèrent dans l'ombre. « Dans quoi j'ai mis le pied ? », demanda-t-elle alors.

Elle baissa la main et ramassa la saleté douce et poisseuse. Alors qu'elle se relevait, elle vit le Contrôleur déboucher au détour d'un angle.

Les yeux écarquillés, il était dans tous ses états. Il mit au point sur les deux fuyards, comme s'il cherchait à se rappeler qui et ce qu'ils étaient. Mais il tenait une épée, et correctement de surcroît.

Une silhouette se dressa dans son dos. Une main le saisit par les cheveux et lui bascula sèchement la tête en arrière. L'autre se plaqua sur sa bouche ouverte.

Le Contrôleur se débattit un moment puis se raidit. Après quoi il se désintégra, et d'infimes particules

338

s'égaillèrent en tourbillonnant avant de se volatiliser dans le néant.

L'espace d'un instant, les quelques poignées restantes tentèrent de composer dans l'espace une petite forme encapuchonnée. Puis elle aussi fut arrachée dans un cri minuscule qu'on ne perçut que par l'entremise des poils de la nuque.

Suzanne lança un regard mauvais à la silhouette devant elle. « Vous êtes un… Vous ne pouvez pas être un… Vous êtes quoi ? », demanda-t-elle.

La silhouette resta silencieuse. Peut-être parce qu'un tissu épais lui masquait le nez et la bouche. De gros gants lui recouvraient les mains. Ce qui était bizarre parce que en dehors de ça elle portait surtout une robe du soir à paillettes. Ainsi qu'une étole de vison. Et un sac à dos. Sans oublier une immense capeline ornée d'assez de plumes pour entraîner l'extinction de trois espèces rares.

La silhouette farfouilla dans le sac à dos puis tendit brusquement un morceau de papier brun foncé comme si elle présentait de saintes écritures. Lobsang le prit avec précaution.

« C'est écrit : "Assortiment luxe Higon & Melquin", dit-il. "Caramel croquant", "Surprise noisette"… Ce sont des chocolats ? »

Suzanne ouvrit la main et regarda le "Fondant fraise" qu'elle avait ramassé. Elle observa attentivement la silhouette.

« Comment vous saviez que ça marcherait ? demanda-t-elle.

— Je vous en prie ! Vous n'avez rien à craindre de moi, dit la voix assourdie à travers les bandages. Il ne me reste plus maintenant que ceux qui contiennent des noisettes, et ils ne fondent pas très vite.

— Pardon ? fit Lobsang. Vous venez de tuer un Contrôleur avec un chocolat ?

— Mon dernier "Crème orange", oui. Nous ne sommes pas en sécurité ici. Venez avec moi.

— Un Contrôleur... souffla Suzanne. Vous êtes aussi un Contrôleur. Pas vrai ? Pourquoi est-ce que je vous ferais confiance ?

— Il n'y a personne d'autre.

— Mais vous êtes l'un d'eux. Je le vois, même sous tous ces... ces machins !

— J'étais l'un d'eux, reconnut dame Ligion. Maintenant je dirais que je suis l'un de moi. »

Des gens vivaient dans le grenier. Toute une famille. Suzanne se demanda si leur présence était officielle, officieuse ou intermédiaire comme c'était monnaie courante à Ankh-Morpork qui souffrait d'un manque chronique de logements. Une grande partie de la vie de la cité se passait dans la rue parce qu'il n'y avait pas de place pour elle en intérieur. Des familles entières étaient élevées par roulement pour que le lit puisse servir vingt-quatre heures sur vingt-quatre. Manifestement, les concierges et autres gars qui connaissaient le chemin des *Trois grosses femmes et un morceau de gaze* de Caravati avaient emménagé avec toutes leurs familles dans les coins et recoins des greniers.

Leur sauveur avait tout bonnement emménagé par-dessus tout le monde. Une famille, du moins les membres dont c'était le tour, occupait des bancs autour de la table, figée dans le temps suspendu. Dame Ligion ôta son chapeau, l'accrocha sur la mère et s'ébouriffa les cheveux en secouant la tête. Puis elle défit les épais bandages qui lui couvraient le nez et la bouche.

« Nous sommes relativement en sécurité ici, dit-elle. Ils rôdent surtout dans les rues principales. Bon… jour. Je m'appelle dame Ligion. Je sais qui vous êtes, Suzanne Sto Hélit. Je ne connais pas le jeune homme, ce qui me surprend. J'imagine que vous êtes ici pour détruire l'horloge, non ?

— Pour l'arrêter, rectifia Lobsang.

— Attendez, attendez, fit Suzanne. Ça n'a pas de sens. Les Contrôleurs détestent tout ce qui se rattache à la vie. Et vous êtes bien un Contrôleur, non ?

— Je n'ai aucune idée de ce que je suis, soupira dame Ligion. Mais en ce moment je sais que je suis tout ce que ne devrait pas être un Contrôleur. Nous… ils… Nous devons être arrêtés !

— Avec du chocolat ? fit Suzanne.

— Le sens du goût est nouveau pour nous. Étranger. Nous n'avons pas de défenses.

— Mais… du chocolat ?

— Un gâteau sec a failli me tuer. Suzanne, pouvez-vous imaginer à quoi ça ressemble de faire l'expérience du goût pour la première fois ? Nous avons conçu nos enveloppes charnelles dans les règles. Oh, oui. Des tas de papilles. L'eau, c'est comme le vin. Mais le chocolat… Même l'esprit cesse de fonctionner. Il n'y a plus que le goût. » Elle soupira. « J'imagine que c'est une façon merveilleuse de mourir.

— Ça n'a pas l'air d'agir sur vous, fit observer Suzanne avec méfiance.

— Les bandages et les gants, expliqua dame Ligion. Malgré tout, je dois faire un effort pour ne pas céder. Oh, mais je manque à tous mes devoirs. Asseyez-vous donc. Prenez un petit enfant. »

Lobsang et Suzanne échangèrent un regard. Dame Ligion le remarqua. « Ai-je dit une bêtise ? demanda-t-elle.

— On ne se sert pas des gens comme mobilier, répondit Suzanne.

— Mais ils ne s'en rendront pas compte, tout de même ?

— Nous si, répliqua Lobsang. Toute la question est là.

— Ah. J'ai tant à apprendre. Le statut d'humain s'inscrit dans un… un contexte si ramifié, hélas. Vous, monsieur, est-ce que vous pouvez arrêter l'horloge ?

— Je ne sais pas comment m'y prendre, répondit Lobsang. Mais je… je crois que je devrais le savoir. Je vais essayer.

— Est-ce que l'horloger le saurait, lui ? Il est ici.

— Où ça ? demanda Suzanne.

— Un peu plus loin dans le couloir, répondit dame Ligion.

— Vous l'avez porté jusqu'ici ?

— Il arrivait à peine à marcher. Il a été gravement blessé dans la bagarre.

— Quoi ? s'étonna Lobsang. Comment pouvait-il marcher, même un peu ? On est en dehors du temps ! »

Suzanne prit une inspiration profonde. « Il transporte son propre temps tout comme toi, dit-elle. C'est ton frère. »

C'était un mensonge. Mais il n'était pas prêt à entendre la vérité.

Au vu de sa mine, il n'était pas prêt à entendre le mensonge non plus.

« Des jumeaux », dit madame Ogg. Elle prit le verre d'eau-de-vie, le regarda et le reposa. « Y avait pas qu'un enfant. Y avait des jumeaux. Deux garçons. Mais... »

Elle se tourna vers Suzanne et lui lança un regard mauvais comme une lance thermique. « Tu te dis que j'suis une vieille bique de sage-femme, fit-elle. Tu te dis : qu'est-ce qu'elle y connaît, hein ? »

Suzanne eut la politesse de ne pas mentir. « Une petite voix en moi se le dit, reconnut-elle.

– Bien répondu ! Des p'tites voix en nous s'disent toutes sortes de machins. Moi, une petite voix m'dit : qui c'est cette droyère aux grands airs qui m'cause comme à une gamine de cinq ans ? Mais une plus forte me dit : elle a des tas d'ennuis et elle a vu beaucoup d'choses qu'aucun homme ni aucune femme devraient voir. Remarque, une petite voix me dit qu'moi aussi. Voir des choses qu'aucun homme ni aucune femme devraient voir, c'est ce qui fait d'nous des hommes et des femmes. Bon, ma p'tite... si t'as un brin d'jugeote, une petite voix te dit : j'ai devant moi une sorcière qu'a vu souventes fois mon grand-père quand elle s'trouvait au chevet d'un lit d'souffrance qui devenait d'un coup un lit d'mort, et si elle est prête à lui cracher à la goule quand l'heure sera venue, elle pourrait bien maintenant me mener la vie dure si elle s'y décide. Compris ? On s'garde nos voix pour nous (elle adressa soudain un

343

clin d'œil à Suzanne), comme disait l'grand prêtre au
diplomate.

— Je suis absolument d'accord, dit Suzanne. Tota-
lement.

— Voilà, fit Nounou Ogg. Donc... des bessons...
Ben, c'était la première fois pour elle, et elle était pas
franchement habituée à la forme humaine, j'veux dire,
on a du mal à faire un acte naturel quand on est pas
vraiment naturel soi-même et... bessons, jumeaux...
c'est pas tout à fait les mots qui conviennent... »

« Un frère ? dit Lobsang. L'horloger ?

— Oui, fit Suzanne.

— Mais je suis un enfant trouvé !

— Lui aussi.

— Je veux le voir tout de suite !

— Ça n'est peut-être pas une bonne idée.

— Votre avis ne m'intéresse pas, merci. » Lobsang
se tourna vers dame Ligion. « Plus loin dans ce couloir ?

— Oui. Mais il dort. Je crois que l'horloge le travaille, et il a aussi été touché durant la bagarre. Il parle
dans son sommeil.

— Il dit quoi ?

— La dernière chose que je l'ai entendu dire avant
que je vienne vous trouver, c'était : "On est tout près !
Faut trouver un passage, n'importe lequel." » Sa Seigneurie regarda alternativement l'un puis l'autre.
« Ai-je dit une bêtise ? »

Suzanne se mit la main sur les yeux. Oh là là...

« C'est moi qui ai dit ça, expliqua Lobsang. Juste

344

après avoir monté l'escalier. » Il jeta un regard noir à Suzanne. « Jumeaux, c'est ça ? J'ai entendu parler de ces trucs-là ! Ce que l'un pense, l'autre le pense aussi ? »

Suzanne soupira. Des fois, songea-t-elle, je suis vraiment lâche. « Quelque chose dans ce goût-là, oui, dit-elle.

— Je vais le voir, alors, même si lui ne peut pas me voir ! »

Merde, songea Suzanne en se dépêchant de suivre Lobsang qui enfilait le couloir. L'ex-Contrôleuse leur emboîta le pas, l'air inquiet.

Jérémie gisait sur un lit qui n'était pas plus doux qu'autre chose dans ce monde hors du temps. Lobsang s'arrêta, les yeux écarquillés. « Il... me ressemble pas mal, dit-il.

— Oh oui, fit Suzanne.

— Plus mince peut-être.

— Possible, oui.

— Des... traits différents.

— Vous avez mené des vies différentes.

— Comment vous saviez pour lui et moi ?

— Mon grand-père, euh... s'intéresse à ces choses-là. J'en ai aussi découvert une bonne part moi-même.

— Pourquoi on intéresserait les gens ? On n'a rien de particulier.

— Ça risque d'être dur à expliquer. » Suzanne se tourna vers dame Ligion. « On est en sécurité ici ?

— Les panneaux les déconcertent, dit Sa Seigneurie. Ils les tiennent à l'écart. J'ai... comment dire ?... pris soin de ceux qui vous suivaient.

— Alors vaudrait mieux t'asseoir, monsieur Lobsang, fit Suzanne. Ça peut être utile que je te parle de moi.

— Alors ?

— Mon grand-père, c'est la Mort.

— C'est une drôle de chose à dire. La mort, c'est la fin de la vie, rien d'autre. Ce n'est pas un... une personne...

— PRÊTE-MOI ATTENTION QUAND JE TE PARLE... »

Un coup de vent soudain tourna autour du local et la lumière se modifia. Des ombres se formèrent sur le visage de Suzanne. Un léger trait bleu dessina sa silhouette.

Lobsang déglutit.

Le contour lumineux s'évanouit. Les ombres disparurent.

« Il existe un processus qui s'appelle la mort, et il existe une personne qui s'appelle aussi la Mort, dit Suzanne. C'est comme ça que ça marche. Et je suis la petite-fille de la Mort. Est-ce que je vais trop vite pour toi ?

— Euh... non, mais jusqu'à présent vous aviez l'air humaine, fit observer Lobsang.

— Mes parents étaient humains. Il n'y a pas qu'une seule génétique. » Suzanne marqua un temps. « Toi aussi, tu as l'air humain. L'apparence humaine est très courue dans le pays. Tu n'en reviendrais pas.

— Sauf que je suis effectivement humain. »

Suzanne se fendit d'un petit sourire qui, chez n'importe qui de moins maître de soi, aurait pu paraître un brin nerveux.

« Oui, dit-elle. Et non.

— Non ?

— Tiens, prends la Guerre, dit Suzanne en détournant la conversation. Costaud, gros rire, pète souvent après les repas. Aussi humain que le premier venu, dirais-tu. Mais le premier venu, c'est la Mort. Lui aussi

346

a une apparence humaine. Et c'est parce que les humains ont inventé l'idée de... de... d'idées et qu'ils pensent selon des critères humains...

— Revenez au "et non", vous voulez bien ?

— Ta mère, c'est le Temps.

— Personne ne sait qui est ma mère !

— Je vais te conduire à la sage-femme, dit Suzanne. Ton père a trouvé la meilleure possible. Elle t'a accouché. Ta mère, c'est le Temps. »

Lobsang s'assit, bouche bée.

« C'était plus facile pour moi, reprit Suzanne. Quand j'étais toute petite, mes parents m'emmenaient voir mon grand-père. Moi, je croyais que tous les grands-pères portaient une longue robe noire et montaient un cheval pâle. Puis ils ont trouvé que ce n'était peut-être pas le bon environnement pour un enfant. Ils s'inquiétaient de la façon dont j'allais grandir ! » Elle eut un rire sans joie. « J'ai reçu une éducation très étrange, tu sais ? Mathématiques, logique, ces choses-là. Puis, alors que j'étais un peu plus jeune que toi, un rat est apparu dans ma chambre et, d'un coup, tout ce que je croyais savoir ne collait plus.

— Je suis un être humain ! Je fais des choses humaines ! Je le saurais si...

— Il fallait que tu vives dans le monde. Sinon, comment pouvais-tu apprendre à être humain ? rétorqua Suzanne aussi gentiment qu'elle le put.

— Et mon frère ? Hein ? »

Nous y voilà, songea Suzanne. « Il n'est pas ton frère. J'ai un peu menti, avoua-t-elle. Pardon.

— Mais vous avez dit...

— Il fallait que j'amène le sujet en douceur. C'est une de ces questions qu'il faut aborder par petits bouts, malheureusement. Il n'est pas ton frère. Il est toi.

347

— Alors je suis qui, moi ? »

Suzanne soupira. « Toi. Vous deux… êtes toi. »

« J'étais là et elle était là, dit madame Ogg, et le bébé est sorti, pas de souci pour ça, mais c'est toujours un moment pénible pour la maman et on a eu… (la sorcière marqua un temps et son regard fouilla par les fenêtres de la mémoire) comme… comme l'impression que le monde avait bégayé : je tenais l'bébé, j'ai baissé les yeux et j'étais en train d'accoucher un p'tit, alors je m'suis regardée, moi… et moi je m'suis regardée, et je m'rappelle avoir dit "Tu parles d'une affaire, madame Ogg", et celle qui était moi a répondu : "Tu l'as dit, madame Ogg", ensuite tout est devenu bizarre et je m'suis retrouvée, rien qu'une seule moi, avec deux bébés dans les bras.

— Des jumeaux, fit Suzanne.

— On pourrait les appeler des jumeaux, oui, m'est avis. Mais j'ai toujours pensé que, des bessons, c'est deux p'tits êtres nés en même temps, pas un seul né deux fois. »

Suzanne attendit. Madame Ogg avait l'air d'humeur loquace.

« Alors j'y ai dit, au bonhomme : "Et maintenant ?" et il m'a répondu : "Ça vous regarde ?", alors j'y ai dit que ça m'regardait, parfaitement, qu'il pouvait bien m'fixer dans les yeux, et que j'dirais ce que j'pense à qui j'veux. Mais je m'disais : T'es dans l'pétrin maintenant, madame Ogg, parce que ça devient muthique.

— Mythique ? fit Suzanne l'institutrice.

— Ouaip. Avec du muthe en veux-tu en voilà. Et on

348

peut s'attirer de drôles d'ennuis avec le muthique. Mais le bonhomme a souri et a dit qu'il fallait l'élever en humain jusqu'à ce qu'il soye en âge, et j'ai pensé : Ouaip, c'est bien du muthique. J'voyais qu'il avait aucune idée de ce qu'il fallait faire ensuite et que ça allait être à moi de m'dépatouiller. »

Madame Ogg tira sur sa pipe et ses yeux pétillants se posèrent sur Suzanne à travers la fumée. « J'sais pas quelle expérience t'as dans ce genre d'affaire, ma fille, mais des fois, quand les très hauts et très puissants s'lancent dans des projets, ils réfléchissent pas toujours aux p'tits détails, pas vrai ? »

Oui, c'est ça, je suis un petit détail, songea Suzanne. Un jour, la Mort s'est mis dans le crâne d'adopter une orpheline, et je suis un petit détail. Elle hocha la tête.

« Je m'suis demandé : comment ça marche, muthiquement parlant ? poursuivit madame Ogg. J'veux dire, techniquement j'comprenais qu'on était dans l'cas où le prince est élevé comme porcher jusqu'à ce que son destin s'révèle, mais y a pas tant de boulot dans la branche cochonnière d'nos jours, et asticoter des gorets avec un bâton, c'est pas aussi folichon qu'on l'raconte, tu peux m'croire. Alors j'ai dit, ben, que les guildes dans les grandes villes recueillaient, paraît-il, des drôles abandonnés par charité, qu'elles s'occupaient d'eux plutôt bien, et que des tas d'hommes et d'femmes avec une bonne situation ont commencé dans la vie d'cette façon-là. Qu'y avait pas de honte à ça et qu'en plus, si l'destin se manifestait pas comme prévu, il aurait un bon métier dans les mains, ce qui serait une consolation. Alors que la porcherie, c'est que d'la porcherie. Tu m'regardes bien sévèrement, ma p'tite.

— Ben, oui. Une décision qui fait froid dans le dos, non ?

— *Quelqu'un devait la prendre, répliqua sèchement madame Ogg. Et puis ça fait un bail que j'roule ma bosse, et j'ai remarqué que ceux qui doivent briller brilleront à travers six couches de saleté, alors que ceux qui brillent pas brilleront jamais quand bien même on les astiquerait du matin au soir. T'es p't-être d'un autre avis, mais c'est moi qu'étais là-bas. »*

Elle sonda le fourneau de sa pipe avec une allumette.

Elle reprit enfin la parole. « Et c'est tout. J'serais bien restée, évidemment, vu qu'y avait même pas de berceau dans la maison, mais l'homme m'a éloignée, m'a dit merci et qu'il était temps d'partir. Pourquoi j'aurais discuté ? Y avait de l'amour dans cette maison. Ça se sentait. Mais j'dis pas que je m'demande pas des fois comment tout ça a fini. C'est vrai. »

Il y avait des différences, Suzanne devait le reconnaître. Deux vies distinctes avaient effectivement imprimé leurs traces uniques sur les visages. Quant aux personnalités, elles étaient nées à plus ou moins une seconde d'écart, et une grande partie de l'univers peut changer en l'espace d'une seconde.

Pense à des jumeaux identiques, se dit-elle. Mais ce sont deux personnalités différentes occupant des enveloppes qui, au moins, sont au départ identiques. Ce ne sont pas au départ des personnalités identiques.

« Il me ressemble beaucoup », dit Lobsang, et Suzanne battit des paupières.

Elle se pencha davantage sur la silhouette inconsciente de Jérémie. « Répète-moi ça, fit-elle.

— J'ai dit qu'il me ressemblait beaucoup », répéta Lobsang.

Suzanne lança un coup d'œil à dame Ligion qui confirma : « Je l'ai vu aussi, Suzanne.

— Qui a vu quoi ? demanda Lobsang. Qu'est-ce que vous me cachez ?

— Ses lèvres bougent toutes seules quand tu parles, répondit Suzanne. Elles essayent de former les mêmes mots.

— Il connaît mes pensées ?

— C'est plus compliqué que ça, à mon avis. » Suzanne prit une main flasque et pinça doucement la peau entre le pouce et l'index.

Lobsang grimaça et jeta un coup d'œil à sa propre main. Une petite surface de peau blanche reprenait de la couleur.

« Ça ne se situe pas qu'au niveau des pensées, dit Suzanne. Près de lui, tu ressens sa douleur. Ce que tu dis agit sur ses lèvres. »

Lobsang baissa les yeux sur Jérémie.

« Qu'est-ce qui va se passer, alors, dit-il lentement, quand il va revenir à lui ?

— Je me pose la même question. Tu ne devrais peut-être pas rester ici.

— Mais c'est ici qu'il faut que je sois !

— Nous, au moins, nous ne devrions pas rester ici, dit dame Ligion. Je connais mes congénères. Ils auront discuté de la marche à suivre. Les panneaux ne vont pas les retenir éternellement. Et je n'ai plus de chocolats fourrés.

— Qu'est-ce que tu es censé faire quand tu seras là où tu dois te trouver ? », demanda Suzanne.

Lobsang baissa la main et toucha celle de Jérémie du bout du doigt.

Le monde devint blanc.

Suzanne se demanda plus tard si le cœur d'une étoile ressemblait à ça. Ce ne serait pas jaune, on ne verrait pas de feu, il n'y aurait que la blancheur ardente de tous les sens exacerbés hurlant en chœur.

La blancheur s'estompa peu à peu, se mua en brume. Les murs de la salle apparurent, mais elle voyait au travers. Il y avait d'autres murs au-delà, et d'autres salles, d'une transparence de glace, visibles uniquement au niveau des angles et là où la lumière se reflétait. Dans chacune, une autre Suzanne se tournait vers elle.

Les salles se succédaient à l'infini.

Suzanne était raisonnable. Un grave défaut, elle le savait. Il ne faisait pas de vous une figure populaire ni un boute-en-train, ni même – ce qui lui paraissait le plus injuste – ne vous assurait d'avoir raison. Mais il donnait des certitudes, et elle était certaine que ce qui se passait autour d'elle n'était pas réel, dans aucun sens habituel du terme.

Ce n'était pas un problème en soi. La plupart des occupations humaines n'étaient pas réelles non plus. Mais les esprits logiques tombaient parfois sur une énormité tellement compliquée, tellement étrangère à toute compréhension, qu'ils préféraient se raconter des histoires. Puis, quand ils pensaient avoir compris l'histoire, ils pensaient avoir compris l'énormité. En l'occurrence, Suzanne le savait, son esprit se racontait des histoires.

On entendit ce qui ressemblait à de lourdes portes métalliques qu'on claquait l'une après l'autre, de plus en plus fort et de plus en plus vite…

L'univers prit une décision.

Les autres salles de verre s'évanouirent. Les murs se troublèrent. La couleur revint, d'abord en teintes pastel, puis de plus en plus foncée à mesure que refluait la réalité intemporelle.

Le lit était vide. Lobsang avait disparu. Mais il flottait des éclats de lumière bleue qui tournaient et virevoltaient comme des rubans dans une tempête.

Suzanne se souvint de respirer à nouveau. « Oh, dit-elle tout haut. Le destin. » Elle se tourna. Dame Ligion, débraillée, regardait toujours fixement le lit vide. « Il y a une autre sortie ?

— Un monte-charge au bout du couloir, Suzanne, mais qu'est-ce qui est arrivé à… ?

— Pas Suzanne, fit sèchement la jeune femme. C'est mademoiselle Suzanne. Suzanne, c'est seulement pour les amis et vous n'êtes pas du nombre. Je ne vous fais pas du tout confiance.

— Je ne me fais pas confiance non plus, dit d'une petite voix dame Ligion. Si ça peut arranger les choses.

— Montrez-moi ce monte-charge, vous voulez bien ? »

Il ne s'agissait en réalité que d'une grosse boîte de la taille d'un cagibi accrochée à un réseau de cordes et de poulies dans le plafond. On l'avait visiblement installé récemment afin de déplacer les grosses œuvres d'art. Des portes coulissantes occupaient la majeure partie d'une des parois.

« Il y a des cabestans à la cave pour le remonter, expliqua dame Ligion. Les descentes s'effectuent lentement, en toute sécurité, grâce à un mécanisme par lequel le poids du monte-charge descendant permet de pomper de l'eau jusque sur le toit dans des cuves à eau de pluie, puis de la relâcher dans un contrepoids creux qui aide à hisser des articles lourds…

— Merci, la coupa aussitôt Suzanne. Mais ce qu'il

lui faut vraiment pour descendre, c'est du temps. » Tout bas, elle ajouta : « Tu peux m'aider ? »

Les rubans de lumière bleue tournèrent autour d'elle comme des chiots impatients de jouer, puis dérivèrent vers le monte-charge.

« De toute façon, ajouta-t-elle, je crois que le Temps joue maintenant pour nous. »

Mademoiselle Mandarine était étonnée de la vitesse d'apprentissage du corps humain.

Jusqu'à présent, les Contrôleurs apprenaient en comptant. Tôt ou tard, tout revenait à des chiffres. Quand on connaissait tous les chiffres, on connaissait tout. Souvent, le « tard » était beaucoup trop tard, mais ça n'avait pas d'importance car, pour un Contrôleur, le temps n'était qu'un autre chiffre. Mais un cerveau, quelques livres de matière spongieuse, arrivait à compter les chiffres si vite qu'ils cessaient carrément d'être des chiffres. Elle s'étonnait de l'aisance avec laquelle il dirigeait la main pour attraper une balle au vol, calculait les positions à venir de la main et de la balle sans qu'elle en ait même conscience. Les sens avaient l'air d'agir et de lui apporter leurs conclusions avant qu'elle ait même le temps de réfléchir.

Pour l'instant, elle s'efforçait d'expliquer aux autres Contrôleurs que ne pas donner à manger à un éléphant quand il n'y avait pas d'éléphant à qui donner à manger n'était pas impossible. Mademoiselle Mandarine faisait partie des Contrôleurs qui apprenaient le plus vite et avait déjà mis dans le même sac des idées, des événe-

ments et des situations qu'elle qualifiait de « complètement idiots ».

Tout ce qui était « complètement idiot » pouvait être
écarté.

Certains de ses congénères avaient du mal à comprendre ça, mais elle s'interrompit soudain au beau
milieu de sa harangue en entendant le grondement du
monte-charge.

« Nous avons quelqu'un là-haut ? », demanda-t-elle.

Les Contrôleurs autour d'elle secouèrent la tête.
« IGNORER CE PANNEAU » avait causé trop de confusion.

« Alors quelqu'un descend ! dit mademoiselle Mandarine. Quelqu'un qui n'a pas sa place ici ! Qu'il faut
arrêter !

— Nous devons en discuter... commença un
Contrôleur.

— Fais ce que je dis, espèce d'organe organique ! »

« C'est une question de personnalité, dit dame
Ligion, tandis que Suzanne ouvrait d'une poussée une
porte dans le toit et sortait sur la couverture de plomb.

— Oui ? fit Suzanne en promenant un regard circulaire sur la ville. Je croyais que vous n'en aviez pas ?

— Ils en ont maintenant, répliqua dame Ligion en
grimpant à sa suite. Et les personnalités se définissent
en fonction d'autres personnalités. »

Suzanne, qui rôdait le long du parapet, réfléchit à
cette phrase curieuse. « Vous voulez dire qu'il va y
avoir de sacrées engueulades ? dit-elle.

— Oui. Nous n'avons jusqu'ici jamais eu d'ego.

355

— Eh bien, vous avez l'air de vous débrouiller, vous.

— Uniquement en devenant complètement, totalement folle », dit Sa Seigneurie.

Suzanne se retourna. Le chapeau et la robe de dame Ligion étaient à présent encore plus dépenaillés, et elle perdait ses paillettes. Il y avait aussi sa figure. Un masque délicat sur une structure osseuse comme de la porcelaine, maquillé par un clown. Un clown aveugle, sûrement. Et qui portait des gants de boxe. Dans le brouillard. Dame Ligion posait sur le monde des yeux de panda et son rouge à lèvres ne colorait sa bouche que par accident.

« Vous n'avez pas vraiment l'air folle, mentit Suzanne. Pas vraiment.

— Merci. Mais la santé mentale se définit par rapport à la majorité, je le crains. Est-ce que vous connaissez le dicton : "Le tout est plus grand que la somme de ses parties" ?

— Évidemment. » Suzanne passa en revue les toits, à la recherche d'un moyen de descendre. Elle n'avait pas besoin de ça. La... L'être paraissait vouloir discuter. Ou bavarder pour passer le temps.

« C'est une phrase insensée. Une absurdité. Mais je crois maintenant que c'est vrai.

— Bien. Le monte-charge devrait arriver en bas dans... maintenant. »

Des éclats de lumière bleue comme des truites filant dans le courant dansaient autour de la porte du monte-charge.

Les Contrôleurs se regroupèrent. Ils avaient appris. Un grand nombre d'entre eux s'étaient munis d'armes. Et certains avaient pris soin de ne pas communiquer aux autres qu'empoigner un objet offensif semblait un geste très naturel. Qui trouvait un écho tout au fond du cervelet.

Mal leur en prit donc lorsque deux d'entre eux ouvrirent la porte du monte-charge et virent, à moitié fondu par terre, un chocolat au kirsch.

L'odeur flotta jusqu'à leurs narines.

Il n'y eut qu'un survivant et, lorsque mademoiselle Mandarine mangea le chocolat, il n'y en eut plus du tout.

« Une des certitudes qu'on peut avoir dans la vie, dit Suzanne qui se tenait debout sur le bord du parapet du musée, c'est qu'il reste toujours un dernier chocolat caché au milieu des emballages vides. » Puis elle baissa la main et saisit le haut d'un tuyau de descente.

Elle n'était pas sûre de son coup. Si elle tombait… Mais allait-elle tomber ? Il fallait du temps pour tomber. Elle avait son temps personnel. En théorie – s'il existait quoi que ce soit d'aussi défini qu'une théorie dans un cas pareil – ça signifiait qu'elle pouvait planer jusqu'à terre. Mais on ne vérifiait de telles théories que lorsqu'on n'avait pas d'autre choix. Une théorie n'était qu'une idée, mais un tuyau de descente, c'était un fait.

La lumière bleue lui tremblota autour des mains.

« Lobsang ? lança-t-elle doucement. C'est toi, hein ? »

Pour nous, ce nom en vaut un autre. La voix ne dépassait pas le niveau du souffle.

« Ça peut paraître une question ridicule, mais où es-tu ? »

Nous ne sommes qu'un souvenir. Et je suis faible.

« Oh. » Suzanne glissa un peu plus bas.

Mais je vais reprendre des forces. Allez à l'horloge.

« Quel intérêt ? On n'a rien pu faire ! »

Les temps ont changé.

Suzanne prit contact avec le sol. Dame Ligion la suivait à mouvements maladroits. Sa robe du soir avait gagné quelques accrocs de plus.

« Je peux vous donner un conseil de mode ? dit Suzanne.

— Je ne demande pas mieux, répondit poliment Sa Seigneurie.

— Une longue culotte bouffante cerise avec cette robe… ce n'est pas une bonne idée.

— Non ? C'est coloré et c'est chaud. Qu'est-ce que j'aurais dû choisir, alors ?

— Avec cette coupe ? Autant dire rien.

— Ça aurait été convenable ?

— Euh… » Suzanne blêmit à l'idée d'exposer les lois complexes de la lingerie à une interlocutrice qui, estimait-elle, n'était même pas une personne. « Pour tous ceux un peu au courant, oui, conclut-elle. Ce serait trop long à expliquer. »

Dame Ligion soupira. « C'est toujours pareil. Même pour l'habillement. Des substituts de peau pour conserver la chaleur corporelle ? C'est tellement simple à dire. Mais il y a tant de règles et d'exceptions, c'est impossible de comprendre. »

Le regard de Suzanne parcourut la Grand-Rue sur sa longueur. L'artère était noire de circulation silencieuse, mais aucune trace nulle part d'un Contrôleur.

« On va en voir d'autres, dit-elle tout haut.

— Oui. Il y en aura au moins des centaines, confirma dame Ligion.

— Pourquoi ?

— Parce que nous nous sommes toujours demandé à quoi ressemblait la vie.

— Alors on va rue Zéphire, annonça Suzanne.

— Qu'est-ce que nous allons y trouver ?

— Wienrich et Boettcher.

— Qui sont-ils ?

— Je crois que les *Herr* Wienrich et *Frau* Boettcher d'origine sont morts il y a longtemps. Mais la boutique tourne toujours autant, dit Suzanne en traversant la rue en trombe. On a besoin de munitions. »

Dame Ligion saisit. « Oh. Ils fabriquent des chocolats ?

— Est-ce que les ours font caca dans les bois ? », répliqua Suzanne qui se rendit compte aussitôt de son erreur[1].

Trop tard. Dame Ligion parut un instant songeuse.

« Oui, finit-elle par répondre. Oui, je crois que la plupart des races défèquent effectivement comme vous le suggérez, du moins dans les zones tempérées, mais il en existe plusieurs qui…

— Je voulais dire que, oui, ils fabriquent des chocolats. »

Vanité, vanité, se répétait Lou-tsé tandis que la carriole du laitier bringuebalait dans la ville silencieuse.

1. L'enseignement prolongé à de jeunes enfants peut conduire à un tel vocabulaire.

Ronnie aurait pu être un dieu, et les individus de cet acabit n'aiment pas se cacher. Pas complètement. Ils aiment laisser un petit indice, une table d'émeraude quelque part, un code dans une tombe sous le désert, quelque chose pour dire au chercheur zélé : j'étais ici et j'étais important.

De quoi encore les premiers hommes avaient-ils eu peur ?

De la nuit, peut-être. Du froid. Des ours. De l'hiver. Des étoiles. Du ciel infini. Des araignées. Des serpents. De leurs semblables. Ils avaient tant de motifs de crainte.

Il plongea la main dans son sac pour y prendre son exemplaire délabré de la Voie qu'il ouvrit au hasard.

Koan 97 : « Fais à autrui ce que tu voudrais qu'il te fasse. » Hmm. Pas vraiment utile, ça. D'ailleurs, il se demandait parfois s'il l'avait correctement noté, ce précepte-là, même s'il s'était révélé juste. Il avait toujours laissé tranquilles les mammifères aquatiques, qui le lui avaient bien rendu.

Il essaya encore.

Koan 124 : « C'est étonnant ce qu'on voit quand on garde les yeux ouverts. »

« C'est quoi, ce bouquin, le moine ? demanda Ronnie.

— Oh… rien qu'un petit livre », répondit Lou-tsé. Il regarda autour de lui.

La carriole passait devant un funérarium. Le propriétaire avait investi dans une grande baie vitrée, quand bien même l'entrepreneur de pompes funèbres professionnel n'a en vérité pas grand-chose à vendre qui attire l'œil dans une vitrine et qu'il recourt le plus souvent à des tentures noires, voire à une urne de bon goût.

Et au nom du cinquième cavalier.

« Hah ! fit doucement Lou-tsé.

— Quelque chose de marrant, le moine ?

— Évident, quand on y réfléchit », dit Lou-tsé autant à lui-même qu'à Ronnie. Puis il se tourna sur son siège et tendit la main.

« Enchanté de vous connaître, dit-il. Laissez-moi deviner votre nom. »

Et il le lui dit.

Pour une fois, Suzanne avait fait preuve d'inexactitude. Qualifier Wienrich et Boettcher de « chocolatiers » revenait à traiter Léonard de Quirm de « bon peintre qui bricolait aussi à côté » ou la Mort de « quelqu'un qu'on n'aimerait pas croiser tous les jours ». C'était juste, mais ça ne disait pas tout.

D'abord, ils ne fabriquaient pas mais ils créaient. La différence est de taille[1]. Et leur petite boutique qui vendait lesdites créations ne cédait pas à la vulgarité d'en remplir la vitrine. Ce qui aurait dénoté… disons un trop grand empressement à vendre. Le plus souvent, W & B avaient un étalage de draperies en soie et en velours entourant, sur un petit guéridon, peut-être une de leurs dragées spéciales ou pas plus de trois de leurs fameux caramels glacés. Il n'y avait pas de prix affiché. Si on devait demander le prix des chocolats W & B, c'est qu'on ne pouvait pas se les payer. Et si on en goûtait et qu'on ne pouvait toujours pas se les payer, on économisait, on rabiotait, on volait, on vendait les vieux de sa famille pour encore une de ces bouchées qui

1. Jusqu'à dix piastres la livre, le plus souvent.

tombaient amoureuses de la langue et changeaient l'âme en crème fouettée.

Une rigole discrète fendait le trottoir au cas où les passants qui s'arrêtaient devant la vitrine baveraient trop.

Wienrich et Boettcher étaient bien entendu des étrangers et, selon la Guilde des Confiseurs d'Ankh-Morpork, ils ne comprenaient pas les spécificités des papilles gustatives de la cité.

Les habitants d'Ankh-Morpork, affirmait la Guilde, étaient des gens solides, pétris de bon sens, ils n'avaient aucune envie de chocolat fourré à la liqueur de cacao et n'avaient rien à voir avec ces étrangers mous et prétentieux qui voulaient de la crème dans tout. En réalité, ils préféraient des chocolats essentiellement à base de lait, sucre, graisse de rognon, sabots, babines, humeurs diverses, crottes de rat, plâtre, mouches, suif, fragments d'arbre, cheveux, ouate, araignées et cosses de cacao pulvérisées. Autant dire que, selon les normes alimentaires des grands centres chocolatiers de Boro-gravie et de Quirm, le chocolat morporkien appartenait officiellement à la catégorie des fromages et échappait de peu, n'étant pas de la couleur adéquate, à la quali-fication de « coulis de tuile ».

Suzanne s'offrait une de leurs boîtes les moins chères par mois. Et elle pouvait facilement s'arrêter à la pre-mière couche si elle le voulait.

« Vous n'êtes pas obligée d'entrer », dit-elle en ouvrant la porte de la boutique. Des clients à la mine sévère s'alignaient devant le comptoir.

« Appelez-moi Myria.

— Je ne crois pas que je…

— S'il vous plaît ? insista dame Ligion d'une petite voix. Un nom, c'est important. »

Soudain, contre toute attente, Suzanne se sentit un élan de sympathie pour cette créature.

« Oh, très bien. Myria, vous n'êtes pas obligée d'entrer.

— Je peux le supporter.

— Mais je croyais que le chocolat était une tentation dévorante, non ? s'étonna Suzanne en voulant faire preuve de fermeté.

— C'en est une. »

Elles regardèrent, les yeux écarquillés, les rayonnages derrière le comptoir.

« Myria... Myria, fit Suzanne en exprimant tout haut certaines de ses pensées. De l'éphébien *myrios* qui signifie "innombrable". Et Ligion, c'est comme "légion"... Oh là là.

— Nous avons pensé qu'un nom devait avoir un sens, dit Sa Seigneurie. Et les chiffres sont sûrs. Excusez-moi.

— Bon, ça, c'est l'assortiment de base, expliqua Suzanne en rejetant d'un geste de la main l'étalage de la boutique. Passons dans l'arrière-salle... Vous allez bien ?

— Ça va, ça va... murmura dame Ligion en vacillant.

— Vous n'allez pas vous goinfrer à mes frais, dites ?

— Nous... Je... connais la volonté. La chair a faim de chocolat mais non l'esprit. Du moins, c'est ce que je me dis. Et ça doit être vrai ! L'esprit peut dominer la chair ! Sinon, à quoi sert-il ?

— Je me suis souvent posé la question, répondit Suzanne en poussant une autre porte. Ah. La caverne du magicien...

— De la magie ? Ils se servent de magie, ici ?

— Presque. »

Dame Ligion s'appuya au chambranle de la porte, en quête de soutien, lorsqu'elle vit les tables.

« Oh, fit-elle. Euh... je devine... sucre, lait, beurre, crème, vanille, noisettes, amandes, noix, raisins secs, zeste d'orange, liqueurs diverses, pectine de citron, fraises, framboises, essence de violette, cerises, ananas, pistaches, oranges, citrons verts, citrons, café, cacao...

— Aucune raison d'avoir peur ici, hein ? dit Suzanne en passant en revue l'atelier afin d'y trouver des armes utiles. Le cacao n'est qu'une fève un peu amère, après tout.

— Oui, mais... (dame Ligion serra les poings, ferma les yeux et montra les dents) rassemblez-les, et ça fait...

— Du calme, du calme...

— La volonté peut dominer les émotions, la volonté peut dominer les instincts... psalmodia l'ex-Contrôleuse.

— Bien, bien, maintenant vous allez avancer jusque là-bas où c'est indiqué "chocolat", d'accord ?

— Ça sera dur ! »

Suzanne eut en fait l'impression, en passant devant les cuves et les comptoirs, que le chocolat perdait une partie de son attrait au stade de la fabrication, de même qu'il existait une différence entre le spectacle de petits tas de pigments et celui du tableau terminé. Elle choisit une seringue manifestement conçue pour des interventions très intimes sur les éléphants femelles, mais elle se dit que les ouvriers devaient s'en servir pour réaliser les petits tortillons décoratifs.

Et elle découvrit près d'elle une petite cuve de liqueur de cacao.

Elle regarda à la ronde, les yeux écarquillés, les rangées de plateaux garnis de fondants crème, de massepains et de caramels. Oh, et il y avait toute une table d'œufs du Gâteau de l'Âme. Mais rien de commun avec les cadeaux creux à goût de carton pour les enfants, oh non, ceux-ci étaient l'équivalent confiseur de la bijouterie fine et tarabiscotée.

Elle surprit un mouvement du coin de l'œil. Une des ouvrières statufiées, courbée sur son plateau de Rêves de Pralines, bougeait presque imperceptiblement.

Le temps affluait dans l'atelier. Une lumière bleu pâle brillait dans l'espace.

Elle se tourna et vit une silhouette vaguement humaine planer près d'elle, sans visage, d'une transparence de brume, mais qui lui dit dans la tête : *Je suis plus fort. Vous êtes mon ancre, mon lien avec ce monde. Avez-vous idée comme il est difficile de le retrouver parmi un si grand nombre ? Emmenez-moi à l'horloge...*

Suzanne pivota et mit de force la seringue dans les bras de Myria qui gémissait. « Attrapez ça. Et faites une espèce de... de baluchon, un truc dans le genre. Je veux que vous transportiez autant de ces œufs en chocolat que vous pourrez. Et des chocolats crème. Et des à la liqueur. Compris ? Vous allez y arriver ! »

Oh, bons dieux, il n'y avait pas le choix. La pauvre avait besoin d'une espèce de stimulant moral. « S'il vous plaît, Myria ? Et vous portez un nom ridicule ! Vous n'êtes pas une multitude, vous êtes une. D'accord ? Soyez... vous-même. Unité... voilà un joli nom. »

La nouvelle Unité releva une figure striée de mascara. « Oui, c'est vrai, c'est un joli nom... »

Suzanne rafla autant de friandises qu'elle pouvait en porter, consciente de froufrous dans son dos ; elle se retourna et découvrit une Unité au garde-à-vous qui tenait, à vue de nez, l'équivalent de toute une table de confiseries dans...

... une espèce de grand sac cerise.

« Oh. Bravo. Reconversion judicieuse des matériaux à disposition », dit Suzanne d'une petite voix. Puis l'institutrice en elle intervint et ajouta : « J'espère que vous en apportez assez pour tout le monde. »

○

« Vous avez été le premier, dit Lou-tsé. Vous avez pratiquement créé tout le truc. Vous étiez un innovateur.

— C'est vieux, tout ça, fit Ronnie Soak. Tout a changé depuis.

— Ça n'est plus comme avant, convint Lou-tsé.

— Prenez la Mort. Impressionnant, je vous l'accorde, seulement tout le monde a fière allure en noir. Mais, après tout, la Mort... C'est quoi, la mort ?

— Un grand sommeil, rien d'autre, dit Lou-tsé.

— Un grand sommeil, rien d'autre, répéta Ronnie Soak. Quant aux autres... La Guerre ? Si la guerre est tellement néfaste, pourquoi le monde continue de la faire ?

— Autant dire un passe-temps. » Lou-tsé entreprit de se rouler une cigarette.

« Autant dire un passe-temps. Pour ce qui est de la Famine et de la Pestilence, ben...

— Inutile d'aller plus loin, fit Lou-tsé d'un air compatissant.

— Exactement. Je veux dire, la Famine est une horreur, c'est sûr...

— ... dans une communauté paysanne, mais il faut évoluer avec son temps, renchérit Lou-tsé en se collant la roulée dans le bec.

— C'est ça. Il faut évoluer avec son temps. Je veux dire, est-ce que le citadin moyen craint la famine ?

— Non, il croit que les aliments poussent dans les magasins. » Lou-tsé commençait à goûter la conversation. Il bénéficiait de ses huit cents ans d'expérience à manœuvrer le raisonnement de ses supérieurs, et la plupart avaient été intelligents.

Il décida de pousser un peu plus loin le bouchon.

« Et le feu : les citadins craignent vraiment le feu, dit-il. C'est nouveau, ça. Le villageois primitif, il estimait que le feu était une bonne chose, non ? Repoussait les loups. S'il réduisait sa hutte en cendres, tant pis, les rondins et le chaume ne coûtent pas cher. Mais il vit aujourd'hui dans des rues où s'entassent des maisons en bois, et tout le monde fait sa cuisine chez soi, alors... »

Ronnie lançait des regards furibards.

« Le Feu ? Le Feu ? Rien qu'un demi-dieu ! Un petit chapardeur a barboté le feu aux dieux et le voilà d'un coup immortel ? Vous appelez ça de la formation et de l'expérience ? » Une étincelle fusa des doigts de Ronnie et alluma le bout de la cigarette de Lou-tsé. « Et pour ce qui est des dieux...

— Une bande de parvenus, s'empressa de dire Lou-tsé.

— Voilà ! Les gens se sont mis à les vénérer parce qu'ils avaient peur de moi. Vous saviez ça ?

— Non, pas possible ? », fit Lou-tsé d'un ton innocent.

Mais Ronnie s'affaissa sur son siège. « C'était dans le temps, évidemment. Aujourd'hui c'est différent. Je ne suis plus ce que j'étais.

— Non, non, c'est évident, admit Lou-tsé d'un ton apaisant. Mais tout ça n'est qu'une question de point de vue, je n'ai pas raison ? Alors, mettons qu'un homme... ou plutôt...

— Une personnification anthropomorphique. Mais j'ai toujours préféré le terme "avatar". »

Lou-tsé plissa le front. « Vous volez beaucoup ? demanda-t-il.

— Ça, c'est un aviateur.

— Pardon. Bon, mettons qu'un avatar, merci, qui était peut-être en avance sur son temps il y a des millénaires... bon, mettons qu'il ouvre aujourd'hui les yeux et regarde ce qui l'entoure, il pourrait bien découvrir que le monde est à nouveau mûr pour lui. »

Lou-tsé attendit. « Mon père supérieur... ben, à son avis, vous êtes le dessus du panier, dit-il pour enfoncer un peu le clou.

— Ah oui ? fit Ronnie d'un air méfiant.

— Le dessus du panier, le fond du cageot et l'ensemble de... la bourriche, termina Lou-tsé. Il a écrit des parchemins et des parchemins sur vous. D'après lui, vous êtes d'une importance capitale dans la compréhension du fonctionnement du monde.

— Ouais, mais... il est tout seul, objecta Ronnie Soak avec la réticence boudeuse de qui dorlote la hargne de toute une vie comme sa peluche préférée.

— Techniquement, oui, reconnut Lou-tsé. Mais c'est un père supérieur. Et intelligent. Il lui vient de telles pensées qu'il lui faudrait une deuxième vie rien que pour en voir le bout ! Que des tas de paysans craignent la famine, moi je dis, mais quelqu'un comme vous devrait viser la qualité. Et prenez les villes maintenant. Autrefois, ce n'étaient que des tas de briques en torchis qui portaient des noms comme Ur, Uh et Ugg. Aujourd'hui, des millions de gens vivent dans des villes. Des villes très, très compliquées. Réfléchissez à

ce qui leur fait vraiment, vraiment peur. Et la peur...
Ben, la peur, c'est la foi. Hmm ? »

Suivit un autre long silence.

« Ben, d'accord, mais... commença Ronnie.

— Évidemment, ils n'y vivront pas longtemps,
parce qu'une fois que les êtres gris auront fini de les
mettre en pièces pour voir comment ils marchent, il ne
restera plus de foi.

— Mes clients comptent sur moi... marmonna Ronnie Soak.

— Quels clients ? C'est Soak qui parle, là, dit Lou-
tsé. Ce n'est pas la voix de Kaos.

— Hah ! fit Kaos d'un ton amer. Vous ne m'avez
pas encore dit comment vous avez trouvé mon nom. »

Parce que je n'ai pas que trois neurones, que tu es
vaniteux, que tu as peint ton vrai nom à l'envers sur ta
carriole, consciemment ou non, qu'une vitrine sombre
est un vrai miroir et qu'un K et un S sont reconnais-
sables dans un reflet même écrits à l'envers, songea
Lou-tsé. Mais ce n'était pas la réponse à donner.

« C'était évident, dit-il. Votre personnalité transpa-
raît, si vous voulez. C'est comme couvrir d'un drap un
éléphant. On ne voit peut-être pas l'éléphant, mais on
est sûr qu'il est là. »

Kaos avait l'air déprimé. « Je ne sais pas, dit-il. Ça
fait longtemps...

— Oh ? J'ai cru vous entendre dire que vous étiez
le numéro un ? répliqua Lou-tsé en se décidant pour
une autre tactique. Pardon ! Enfin, j'imagine que ce
n'est pas votre faute si vous avez perdu quelques talents
au fil des siècles, avec tout ça...

— Perdu des talents ? cracha Kaos en agitant un
doigt sous le nez du balayeur. Je pourrais sûrement te
nettoyer complètement, espèce de petit asticot !

— Avec quoi ? Un yoghourt périmé ? », fit Lou-tsé en descendant de la carriole.

Kaos bondit à sa suite. « Jusqu'où crois-tu aller en me parlant comme ça ? », cracha-t-il.

Lou-tsé leva la tête. « Au coin de la rue des Marchands et de la Grand-Rue, dit-il. Et alors ? »

Kaos rugit. Il arracha son tablier rayé et sa casquette blanche. Il donna l'impression de grandir. De l'obscurité s'évaporait de sa personne comme de la fumée.

Lou-tsé joignit les mains et sourit. « Souvenez-vous de la règle numéro un, dit-il.

— Des règles ? Des règles ? Je suis Kaos !

— Qui a été le premier ?

— Oui !

— Créateur et destructeur ?

— Ça oui, alors !

— Un comportement apparemment embrouillé, désordonné, auquel on peut néanmoins donner une explication simple et déterministe et qui est la clé d'autres niveaux de compréhension de l'univers multidimensionnel ?

— Ne t'avise pas de croire le contraire... Quoi ?

— Faut vivre avec son temps, monsieur, faut rester dans le coup ! cria Lou-tsé d'une voix excitée en sautillant d'un pied sur l'autre. Vous êtes ce que les gens s'imaginent ! Et ils vous ont changé, vous ont converti ! J'espère que vous êtes bon en calcul !

— Tu ne vas pas me dire ce que je dois être ! rugit Kaos. Je suis Kaos, moi !

— Vous n'êtes pas d'accord ? Ben, votre grand retour ne va pas avoir lieu maintenant que les Contrôleurs ont pris le pouvoir ! Les règles, monsieur ! Voilà ce qu'ils sont ! Ils incarnent les règles froides, les règles de mort ! »

370

Un éclair argenté tremblota dans le nuage ambulant qui avait été Ronnie. Puis nuage, carriole et cheval disparurent.

« Ben, ç'aurait pu être pire, j'imagine, dit Lou-tsé à présent seul. Pas un gars très malin, en fait. Peut-être un peu trop vieux jeu. »

Il se retourna et découvrit une foule de Contrôleurs qui l'observaient. Par dizaines.

Il soupira et leur adressa son petit sourire penaud. Il en avait eu assez pour aujourd'hui. « Ben, je pense que vous avez entendu parler de la règle numéro un, vous, pas vrai ? », dit-il.

Ce qui parut les faire hésiter. « Nous connaissons des millions de règles, humain, dit l'un.

— Des milliards. Des milliards de milliards, renchérit un autre.

— Eh bien, vous ne pouvez pas me sauter dessus, dit Lou-tsé, à cause de la règle numéro un. »

Les Contrôleurs les plus proches tinrent conciliabule.

« Une histoire de gravitation, sûrement.

— Non, d'effets quantiques. C'est évident.

— Logiquement, il ne peut pas exister de règle numéro un parce qu'il n'y aurait pas alors de concept de pluralité.

— Mais s'il n'existe pas de règle numéro un, peut-il y en avoir d'autres ? S'il existe une règle numéro un, où est le numéro deux ?

— Il y a des millions de règles ! Elles ont forcément des numéros ! »

Formidable, songea Lou-tsé. Je n'ai plus qu'à attendre que leurs têtes fondent.

Mais un Contrôleur s'avança. Il avait le regard plus fou que ses congénères et il était beaucoup plus débraillé. Il tenait aussi une hache.

« Nous n'avons pas à discuter de ça ! cracha-t-il. Nous devons nous dire : Ce sont des bêtises, nous n'en discuterons pas !

— Mais qu'est-ce que c'est, la règle numéro... ? l'interpella un Contrôleur.

— Appelez-moi monsieur Blanc !

— Monsieur Blanc, qu'est-ce que c'est, la règle numéro un ?

— Je suis très mécontent que vous me posiez la question ! », hurla monsieur Blanc qui abattit sa hache. L'autre Contrôleur se désagrégea autour de la lame, se dissocia en grains aériens qui se dispersèrent en un nuage léger.

« D'autres questions ? », demanda monsieur Blanc en brandissant à nouveau sa hache.

Deux ou trois Contrôleurs, pas encore en phase avec les derniers développements de la situation, ouvrirent la bouche pour parler. Avant de la refermer.

Lou-tsé recula de quelques pas. Il s'enorgueillissait de son aptitude étonnamment affûtée à parvenir à ses fins et à se sortir de n'importe quelle situation par la parole, mais ça nécessitait qu'une entité passablement saine d'esprit prenne en charge l'autre moitié du dialogue.

Monsieur Blanc se tourna vers Lou-tsé. « Qu'est-ce que tu fais hors de chez toi, organique ? »

Mais Lou-tsé tendait l'oreille vers une autre conversation à voix basse. Elle venait de l'autre côté d'un mur voisin.

« *On se fout de ce qui est écrit !*

— *La précision est importante, Suzanne. Une description détaillée figure sur la petite carte sous le couvercle. Regardez.*

— *Et tu crois que ça va impressionner quelqu'un ?*

372

— Je vous en prie. Il faut faire les choses correcte-
ment.

— Oh, donne-moi ça, alors. »

Monsieur Blanc avança vers Lou-tsé, la hache bran-
die. « Il est interdit de... commença-t-il.

— Mangez... Oh, bon sang... Mangez... "un savou-
reux bonbon fondant crème et sucre parfumé d'un four-
rage à la framboise délicieusement goûteux et onctueux
dans sa robe de mystérieux chocolat noir"... espèces
de salopards gris ! »

Une pluie de petits objets crépita sur la chaussée.
Plusieurs s'ouvrirent sous le choc.

Lou-tsé entendit un grincement, ou plutôt le silence
dû à l'absence du grincement auquel il s'était habitué.

« Oh, non, je ne suis plus assez remon... »

Suivi d'une traînée de fumée, mais ressemblant à
nouveau davantage à un laitier – un laitier qui viendrait
de livrer une maison en flammes –, Ronnie Soak entra
en trombe dans sa laiterie.

« Il se prend pour qui, celui-là ? marmonna-t-il en
agrippant si fort le bord reluisant de propreté d'un
comptoir que le métal plia. Hah, oh oui, ils te rejettent,
mais quand ils veulent que tu reviennes... »

Sous ses doigts, le métal chauffa à blanc puis se mit
à goutter.

« J'ai des clients, moi. J'ai des clients, moi. Les gens
comptent sur moi. Ce n'est peut-être pas un boulot
brillant, mais les gens auront toujours besoin de lait... »

Il se frappa le front de la main. Là où il lui toucha
la peau, le métal en fusion s'évapora.

Le mal de tête était vraiment terrible.

Il se souvenait du temps où il n'y avait que lui. C'était dur de s'en souvenir, parce que... il n'y avait rien, pas de couleurs, pas de bruits, pas de pressions, pas de temps, pas de mouvement, pas de lumière, pas de vie...

Rien que Kaos.

Et une pensée lui vint : Est-ce que j'ai encore envie de ça ? De l'ordre parfait qui accompagne l'immuabilité ?

D'autres pensées suivaient comme de petites anguilles argentées dans son cerveau. Il était après tout un Cavalier, et ce depuis l'époque où les habitants des villes en torchis dans les plaines cuites par le soleil avaient émis la vague idée de Quelque Chose qui aurait existé avant tout le monde. Et un Cavalier relève les bruits qui circulent. Les habitants des villes en torchis et ceux des tentes de peau savaient d'instinct que le monde tournoyait dangereusement au sein d'un multivers intriqué autant qu'indifférent, que la vie se passait à une épaisseur de miroir du froid de l'espace et des abîmes de la nuit. Ils savaient que tout ce qu'ils appelaient la réalité, le réseau des règles qui rendaient la vie possible, n'était qu'une bulle au fil du courant. Ils craignaient le vieux Kaos. Mais aujourd'hui...

Il ouvrit les yeux et les baissa sur ses mains sombres et fumantes.

« Je suis qui, maintenant ? », lança-t-il à la cantonade.

Lou-tsé entendit sa voix reprendre de la vitesse à partir de rien : « ... nté...

374

— Si, vous êtes assez remonté », dit une jeune femme devant lui.

Elle recula pour le jauger d'un œil critique. Lou-tsé, pour la première fois en huit cents ans, se sentit comme pris en faute. C'était l'expression de la jeune femme qui voulait ça : inquisitrice, lui farfouillant dans le cerveau.

« Vous devez être Lou-tsé, alors, dit-elle. Je suis Suzanne Sto Hélit. Pas le temps de vous expliquer. Vous avez été absent… bah, pas longtemps. Il faut conduire Lobsang à l'horloge de verre. Vous êtes un as ? D'après Lobsang, vous êtes un brin imposteur.

— Un brin seulement ? Ça m'étonne. » Lou-tsé regarda autour de lui. « Qu'est-ce qui s'est passé ici ? »

La rue était déserte en dehors des sempiternelles statues. Mais des bouts de papier argenté et d'emballage coloré jonchaient le sol, et sur le mur derrière lui s'étalait une longue éclaboussure de ce qui ressemblait beaucoup à du glaçage au chocolat.

« Certains ont pris la fuite, dit Suzanne en ramassant ce qui n'était, espéra Lou-tsé, qu'une seringue à glaçage géante. Ils se sont surtout battus entre eux. Vous seriez prêt, vous, à mettre quelqu'un en pièces pour une crotte au café ? »

Lou-tsé la regarda dans les yeux. Au bout de huit cents ans, on savait lire dans les pensées des gens. Et Suzanne était une histoire qui remontait très loin. Elle devait même sûrement connaître la règle numéro un et s'en fichait complètement. C'était une personne à traiter avec respect. Mais ce n'était pas une raison pour lui passer tous ses caprices.

« Celle avec le grain de café sur le dessus ou la classique ? demanda-t-il.

— Celle sans le grain de café, je pense, répondit Suzanne en soutenant son regard.

— Nnn-on. Non. Non, je ne crois pas que je le ferais.

— Mais ils apprennent, dit une voix de femme derrière le balayeur. Certains ont résisté. Nous sommes capables d'apprendre. C'est ainsi que les humains sont devenus humains. »

Lou-tsé observa la femme. Elle avait l'air d'une dame du monde qui venait de passer une très sale journée dans une batteuse.

« J'ai bien compris ? dit-il en regardant tour à tour ses deux interlocutrices. Vous vous êtes battues contre les gris avec des chocolats ?

— Oui, répondit Suzanne en jetant un coup d'œil à l'angle de la rue. C'est l'explosion sensorielle. Ils perdent le contrôle de leur champ morphique. Vous pouvez lancer des projectiles ? Bien. Unité, donnez-lui autant d'œufs en chocolat qu'il peut en porter. Le secret, c'est de les balancer de toutes vos forces pour qu'ils se brisent avec un maximum d'éclats à l'atterrissage...

— Et où est Lobsang ?

— Lui ? On pourrait dire qu'il est avec nous en esprit. »

Des étincelles bleues planaient autour d'eux.

« Crise de croissance, à mon avis », ajouta Suzanne.

Des siècles d'expérience vinrent une fois de plus au secours de Lou-tsé. « Il m'a toujours fait l'effet d'un petit gars qui avait besoin de se trouver, dit-il.

— Oui, reconnut Suzanne. Et ça lui a fait un choc. Allons-y. »

La Mort baissa les yeux sur le monde. La suspension du temps avait maintenant atteint le Bord et se répandait dans l'univers à la vitesse de la lumière. Le Disque-monde était une sculpture de cristal.

Pas une apocalypse. Des apocalypses, il y en avait toujours eu beaucoup – de petites apocalypses, sans tout le tremblement, de fausses apocalypses : des apocalypses apocryphes. La plupart remontaient aux temps anciens, quand le monde – comme dans « fin du monde » – se limitait souvent objectivement à quelques villages et une clairière dans la forêt.

Et ces petits mondes avaient connu leur fin. Mais il y en avait toujours eu une autre part. L'horizon, déjà. Les réfugiés en fuite découvraient que le monde était plus vaste qu'ils n'avaient cru. Quelques villages dans une clairière ? Hah, comment avaient-ils pu être aussi bêtes ? Ils savaient désormais qu'il s'agissait de toute une île ! Évidemment, il y avait encore cet horizon...

Le monde avait épuisé ses horizons.

Au moment même où la Mort l'observait, le soleil s'immobilisa sur son orbite et sa lumière se fit plus terne, plus rouge.

Il soupira et donna un petit coup des talons à Bigadin. Le cheval avança dans une direction introuvable sur aucune carte.

Et le ciel se peupla de formes grises. Une ondulation se propagea dans les rangs des Contrôleurs lorsque le cheval pâle les fendit au petit trot.

L'un d'eux plana vers la Mort et se stabilisa non loin de lui.

Il dit : *Vous ne devriez pas effectuer une chevau-chée ?*

« Vous parlez au nom de tous ? »

Vous connaissez l'usage, dit la voix sous le crâne de la Mort. *Chez nous, l'un parle au nom de tous.*

« Ce qui se passe est une erreur. »

Cela ne vous regarde pas.

« NOUS SOMMES QUAND MÊME TOUS RESPONSABLES. »

L'univers durera éternellement, dit la voix. Tout sera conservé, en ordre, compris, légal, archivé... immuable. Un monde parfait. Achevé.

« NON. »

Il finira un jour, de toute façon.

« MAIS, LÀ, C'EST TROP TÔT. TOUT N'EST PAS ACHEVÉ. »

Quoi donc... ?

« TOUT. »

Dans un éclair de lumière apparut alors une silhouette toute de blanc vêtue qui tenait un livre à la main.

Son regard alla de la Mort aux rangs sans cesse plus nombreux des Contrôleurs, puis elle demanda : « Excusez-moi, c'est bien ici ? »

Deux Contrôleurs évaluaient le nombre d'atomes dans une dalle du sol.

Ils levèrent la tête en sentant un mouvement.

« Bonjour, dit Lou-tsé. Puis-je attirer votre attention sur l'écriteau que tient mon assistante ? »

Suzanne brandit l'écriteau. Il disait : « Il faut ouvrir la bouche. C'est un ordre. »

Et Lou-tsé ouvrit les mains. Chacune renfermait un caramel, et Lou-tsé savait viser.

Les bouches se refermèrent. Les visages devinrent impassibles. Puis un son entre le ronronnement et le gémissement monta avant de disparaître dans l'ultrason. Après quoi... les Contrôleurs s'évaporèrent doucement, d'abord en s'estompant sur les bords puis, à mesure que le processus s'accélérait, en se muant rapidement en un nuage qui se dispersa.

« Combat à bouche que veux-tu, dit Lou-tsé. Pourquoi ça ne fait pas cet effet aux humains ?

— Ça le fait presque », répliqua Suzanne. Et quand les deux autres la regardèrent avec de grands yeux, elle ajouta : « Aux débiles et aux faibles, en tout cas.

— Vous n'êtes pas obligés de vous concentrer pour garder la même apparence, vous, dit Unité. Et c'étaient les derniers caramels, à propos.

— Non, il en reste six dans un des Assortiments Or de W & B, rectifia Suzanne. Trois fourrés au chocolat blanc dans du chocolat noir et trois à la crème fouettée dans du chocolat au lait. Ce sont ceux dans l'emballage arg... Écoutez, il se trouve que j'ai mes renseignements, d'accord ? On continue, d'accord ? Et on ne parle plus de chocolats. »

Vous n'avez aucun pouvoir sur nous, dit le Contrôleur. *Nous ne sommes pas vivants.*

« MAIS VOUS FAITES PREUVE D'ARROGANCE, D'ORGUEIL ET DE BÊTISE. CE SONT DES ÉMOTIONS. JE DIRAIS QUE C'EST SIGNE DE VIE.

— Excusez-moi ? », fit la silhouette brillante vêtue de blanc.

Mais vous êtes tout seul ici !

« Excusez-moi ?

— OUI ? dit la Mort. DE QUOI S'AGIT-IL ?

— C'est l'Apocalypse, non ? fit la silhouette brillante avec humeur.

— ON DISCUTE.

— Oui, d'accord, mais est-ce que c'est l'Apocalypse ? La fin réelle de tout le monde réel ? »

Non, fit le Contrôleur.

« SI, fit la Mort. C'EST L'APOCALYPSE.

— Génial », fit la silhouette.

Quoi ? fit le Contrôleur.

« QUOI ? », fit la Mort.

La silhouette parut gênée. « Enfin, pas génial, évidemment. Ça n'est pas génial à proprement parler. Mais c'est pour ça que je suis ici, à vrai dire. » Il brandit le livre. « Euh… j'ai marqué la page. Hou-là ! Ça fait si longtemps, vous savez… »

La Mort jeta un coup d'œil au livre. La couverture et toutes les pages étaient en fer. Il finit par comprendre.

« VOUS ÊTES L'ANGE TOUT DE BLANC VÊTU DU LIVRE EN FER DONT PARLENT LES PROPHÉTIES DE TOBRUN, C'EST ÇA ?

— C'est ça ! » Les pages cliquetèrent lorsque l'ange les feuilleta à toute allure. « Et c'est "vestu", entre parenthèses, si vous n'y voyez pas d'objection. "Vessstu". Un détail, je sais, mais j'y tiens. »

Qu'est-ce qui se passe ici ? grogna le Contrôleur.

« JE NE SAIS PAS COMMENT VOUS LE DIRE, fit la Mort en ignorant l'interruption, MAIS VOUS N'ÊTES PAS OFFICIEL. »

Les pages cessèrent de cliqueter. « Comment ça ? demanda l'ange d'un air soupçonneux.

— LE LIVRE DE TOBRUN N'EST PAS CONSIDÉRÉ COMME DOGME RELIGIEUX OFFICIEL DEPUIS UN SIÈCLE. LE PROPHÈTE FRANGIN A RÉVÉLÉ QUE TOUT LE CHAPITRE N'ÉTAIT QUE LA MÉTAPHORE D'UNE LUTTE POUR LE POUVOIR AUX PREMIERS TEMPS DE L'ÉGLISE. IL NE FIGURE PLUS DANS

— Plus du tout ?

— JE REGRETTE.

— On m'a renvoyé ? Tout comme ces saletés de lapins et les gros machins sirupeux ?

— OUI.

— Même le passage où je joue de la trompette ?

— OH, OUI.

— Vous êtes sûr ?

— TOUJOURS.

— Mais vous êtes la Mort et c'est l'Apocalypse, non ? dit l'ange d'un air déprimé. Alors…

— OUI, MAIS, MALHEUREUSEMENT, VOUS NE JOUEZ PLUS OFFICIELLEMENT DE RÔLE DANS L'OPÉRATION. »

Du coin de l'esprit, la Mort observait le Contrôleur. Les Contrôleurs écoutaient toujours quand on parlait. Plus on parlait, plus leurs décisions se rapprochaient du consensus et moins chacun avait de responsabilités. Mais celui-là montrait des signes d'impatience et d'ennui…

Des émotions. Et les émotions faisaient qu'on était vivant. La Mort savait comment s'y prendre avec les vivants.

L'ange regarda l'univers autour de lui. « Alors qu'est-ce que je suis censé faire ? gémit-il. J'attendais ça, moi ! Depuis des milliers d'années ! » Il contempla le livre en fer. « Des milliers d'années sans intérêt, barbantes, gâchées… », marmonna-t-il.

Avez-vous terminé ? demanda le Contrôleur.

« Une seule grande scène. Je n'avais que ça. Le but de ma carrière. On attend, on répète… et puis on est mis sur la touche parce que le soufre n'est plus une couleur à la mode ? » L'amertume dans la voix de

381

l'ange avait des accents de colère. « Personne ne m'a rien dit, évidemment... »

Il jeta un regard noir aux pages rouillées. « Le suivant devrait être la Pestilence, marmonna-t-il.

— Je suis en retard, alors ? », fit une voix dans la nuit.

Un cheval s'avança. L'animal s'auréolait d'une lueur malsaine, comme une blessure gangrenée juste avant qu'on fasse venir le barbier chirurgien et sa scie à métaux pour une petite coupe d'entretien.

« Je croyais que tu ne venais pas, dit la Mort.

— Je ne voulais pas venir, exsuda la Pestilence, mais les humains contractent des maladies tellement intéressantes. Et ça me plairait bien aussi de voir ce que deviennent les martres. » Un œil encroûté cligna à l'adresse de la Mort.

« Vous voulez dire les dartres ? fit l'ange.

— Les martres, hélas, confirma la Pestilence. Les gens sont de plus en plus négligents avec cette histoire de bio-tripatouillage. Je parle de desquamations qui démangent à pleines dents. »

À deux, vous ne suffirez pas ! gronda le Contrôleur sous leurs crânes.

Un cheval émergea des ténèbres. Certains porte-toasts sont plus en chair.

« Je me suis dit, lança une voix, qu'il y a peut-être des choses pour lesquelles ça vaut la peine de se battre.

— Et c'est... ? demanda la Pestilence sans se retourner.

— Les sandwiches à la sauce salade. Imbattables. Ce petit goût piquant d'émulsifiants autorisés... Génial.

— Hah ! Vous êtes la Famine, alors ? », fit l'ange du Livre de Fer. Il se remit à feuilleter les lourdes pages.

C'est... C'est... C'est quoi ces bêtises de "sauce salade[1]" ? brailla le Contrôleur.

La colère, se dit la Mort. Une émotion forte.

« Est-ce que j'aime la sauce salade, moi ? », demanda une voix dans le noir.

Une deuxième voix, féminine, répondit : « Non, chéri, ça te donne de l'urticaire. »

Le cheval de la Guerre était gigantesque, rouge, et des têtes de guerriers morts pendouillaient au pommeau de la selle. Madame la Guerre se cramponnait à son époux, l'air revêche.

« Les quatre au complet. Bingo ! fit l'ange du Livre de Fer. Tant pis pour le synode d'Ee ! »

La Guerre portait une écharpe de laine autour du cou. Il jeta un regard penaud aux autres cavaliers.

« Faut pas qu'il se fatigue, prévint sèchement madame la Guerre. Et vous devez lui éviter tout ce qui est dangereux. Il est moins costaud qu'il le croit. Et il s'embrouille. »

Toute la bande est là, alors, dit le Contrôleur.

Suffisance, nota la Mort. Et contentement de soi.

On entendit cliqueter des pages métalliques. L'ange du Livre de Fer avait l'air déconcerté. « Franchement, je ne crois pas que ce soit tout à fait exact », dit-il.

Nul ne lui prêta attention.

Ça suffit, votre petite comédie, lança le Contrôleur.

Maintenant l'ironie et le sarcasme, songea la Mort. Ils doivent récupérer ça sur ceux qui sont en bas dans le monde.

Tous les petits détails qui finissent par composer une... personnalité.

---

1. Si vous vivez dans un pays où la tradition exige la mayonnaise, ne posez pas la question. Surtout pas.

Il passa en revue le rang de cavaliers. Leurs regards se croisèrent. La Famine et la Pestilence hochèrent imperceptiblement la tête.

La Guerre se retourna sur sa selle pour s'adresser à son épouse. « Pour l'instant, chérie, je ne m'embrouille pas du tout. Tu pourrais descendre, s'il te plaît ?

— Rappelle-toi ce qui s'est passé la fois où... fit madame la Guerre.

— Tout de suite, s'il te plaît, chérie, insista la Guerre dont la voix toujours calme et polie avait cette fois des accents d'acier et de bronze.

— Euh... oh. » Madame la Guerre se troubla soudain. « C'est exactement comme ça que tu parlais quand... » Elle se tut, rougit de contentement l'espace d'un instant puis se laissa glisser à terre.

La Guerre fit un signe de tête à la Mort.

Et maintenant vous devez tous aller semer la terreur, la destruction et ainsi de suite et tout le bazar, dit le Contrôleur. *Exact ?*

La Mort hocha la tête. L'ange du Livre de Fer qui flottait au-dessus de lui faisait claquer les pages d'avant en arrière dans un effort pour trouver ce qu'il cherchait.

« EXACT. SEULEMENT, S'IL EST VRAI QU'ON DOIT FAIRE NOTRE CHEVAUCHÉE, ajouta la Mort en tirant son épée, NULLE PART IL N'EST SPÉCIFIÉ CONTRE QUI. »

Qu'est-ce que vous voulez dire ? siffla le Contrôleur. Mais on devinait à présent une ombre de peur. Il ne comprenait pas tout ce qui se passait.

La Mort eut un grand sourire. Pour avoir peur, il fallait avoir un *moi*. Pourvu que rien ne m'arrive *à moi*. La chanson de la peur.

« Il veut dire, répondit la Guerre, qu'il nous a tous poussés à nous demander dans quel camp on est vraiment. »

Quatre épées furent dégainées, et on aurait dit que des flammes en parcouraient le fil. Quatre chevaux chargèrent.

L'ange du Livre de Fer baissa les yeux sur madame la Guerre. « Excusez-moi, dit-il, mais auriez-vous un crayon ? »

Suzanne jeta un coup d'œil au coin de la rue des Artisans et gémit.

« La rue en est pleine… et je crois qu'ils sont devenus fous. »

Unité jeta un coup d'œil à son tour. « Non. Ils ne sont pas devenus fous. Ils agissent en Contrôleurs. Ils prennent des mesures, ils évaluent et normalisent là où c'est nécessaire.

— Les voilà qui enlèvent les pavés, maintenant !

— Oui. Parce qu'ils sont d'une taille inadéquate, j'imagine. Nous n'aimons pas les irrégularités.

— C'est quoi, bon sang, une taille inadéquate pour un morceau de caillou ?

— Celle qui ne correspond pas à la moyenne, je regrette. »

Une brume bleue fulgura autour de Suzanne. La jeune femme eut fugitivement conscience d'une forme humaine, transparente, qui tournait doucement sur elle-même avant de s'évanouir à nouveau.

Mais une voix à son oreille, dans son oreille même, lui dit : *Presque assez fort. Pouvez-vous aller au bout de la rue ?*

« Oui. Tu es sûr ? Tu ne pouvais rien faire à l'horloge jusqu'ici ! »

Jusqu'ici, ce n'était pas moi.

Un mouvement dans les airs fit lever les yeux à Suzanne. L'éclair qui s'était figé au-dessus de la ville morte avait disparu. Les nuages bouillonnaient comme de l'encre versée dans de l'eau. Des éclairs les parcouraient, on y voyait des jaunes et des rouges sulfureux.

Les quatre cavaliers se battent contre les autres Contrôleurs, expliqua Lobsang.

« Est-ce qu'ils gagnent ? »

Lobsang ne répondit pas.

« J'ai demandé… »

Difficile à dire. Je vois… tout. Tout ce qui pourrait être…

Kaos comblait son retard en Histoire.

Il y entendait des mots nouveaux. Les mages et les philosophes avaient découvert le Chaos, à savoir un Kaos peigné et cravaté, et trouvé dans la quintessence du désordre un nouvel ordre insoupçonné. *Il existe différentes sortes de règles. Du simple naît le compliqué, et du compliqué naît un autre type de simplicité. Le Chaos, c'est l'ordre caché sous un loup…*

Le Chaos. Non pas l'ancien et mystérieux Kaos laissé à la traîne par l'univers en évolution, mais le nouveau Chaos, resplendissant, qui dansait au cœur de toute chose. Une idée étrangement attractive. Et une bonne raison pour continuer à vivre.

Ronnie Soak rajusta sa casquette. Ah, oui… une dernière chose.

Le lait était toujours délicieusement frais. Tout le monde en faisait la remarque. Évidemment, se trouver

partout à sept heures du matin ne lui posait aucun problème. Si même le père Porcher arrivait à descendre
dans toutes les cheminées du monde en une seule nuit,
effectuer une livraison de lait dans le plus gros de la
ville en une seconde n'avait rien d'un exploit.

En revanche, garder des produits au frais, c'en était
un. Mais il avait eu de la chance sur ce coup-là.

Monsieur Soak pénétra dans la chambre froide où
son haleine se mua en brouillard dans l'air glacial. Des
bidons étaient rangés par terre, couverts de paillettes
étincelantes. Des bacs de beurre et de crème s'entas-
saient sur des étagères luisantes de glace. On reconnaissait, mais à peine, des casiers d'œufs à perte de vue
à travers le givre. Il avait projeté de se lancer aussi dans
la crème glacée pour l'été. Une étape logique. Et puis
il lui fallait bien mettre à profit tout ce froid.

Un fourneau brûlait au centre du local. Monsieur
Soak achetait toujours du charbon de qualité aux nains,
et les plaques de fer luisaient d'un rouge ardent. Les
lieux, se disait-on, auraient dû ressembler à une four-
naise, mais un grésillement léger s'échappait du fourneau, là où le givre livrait bataille à la chaleur. Avec
le fourneau à plein régime, le local n'était qu'une gla-
cière. Sans lui...

Ronnie ouvrit la porte d'un placard frangé de blanc
et brisa la glace à l'intérieur à coups de poing. Puis il
y plongea la main.

Et en sortit, crépitante de flamme bleue, une épée.

Une véritable œuvre d'art, cette épée. Dotée d'une
vitesse fictive, d'une énergie négative et d'un froid
positif, un froid si froid qu'il rejoignait la chaleur dans
l'autre sens et lui prenait certaines de ses particularités.
Un froid brûlant. Il n'y avait jamais rien eu d'aussi froid

depuis avant le commencement de l'univers. Pour tout dire, tout depuis ce temps-là paraissait tiède au Chaos.

« Ben, me revoilà », dit-il.

Le cinquième cavalier se lança dans sa chevauchée, et une légère odeur de fromage le suivit.

Unité regarda les deux autres et la lueur bleue qui leur flottait toujours autour. Ils s'étaient mis à couvert derrière une voiture des quatre-saisons.

« Si je peux me permettre une suggestion, dit-elle, c'est que n... que les Contrôleurs supportent mal les surprises. Leur réaction est toujours de se consulter. Et ils présument toujours qu'il y aura un plan.

— Et alors ? fit Suzanne.

— Je suggère une action complètement folle. Je suggère que vous et... et le... jeune homme, vous filiez à la boutique pendant que j'attire l'attention des Contrôleurs. Je crois que ce vieillard devrait m'aider puisqu'il va bientôt mourir de toute façon. »

Un silence lui répondit.

« C'est exact, mais ce n'était pas la peine de le mentionner, fit Lou-tsé.

— Ça n'est pas poli ? demanda-t-elle.

— Vous auriez pu mieux vous y prendre. N'importe comment, n'est-il pas écrit : "Quand faut y aller, faut y aller" ? Et aussi qu'"il faut toujours porter des sous-vêtements propres parce qu'on ne sait jamais, on pourrait se faire renverser par une charrette" ?

— Ça peut nous aider ? fit Unité, déconcertée.

— C'est un des grands mystères de la Voie, répondit

Lou-tsé en hochant la tête d'un air pénétré. Qu'est-ce qu'il nous reste en chocolats ?

— Nous en sommes maintenant aux nougats, répondit Unité. Et, pour moi, c'est une horreur de cacher du nougat sous du chocolat, il peut surprendre l'amateur sans méfiance. Suzanne ? »

Suzanne fouillait la rue des yeux. « Mmm ?

— Il vous reste des chocolats ? »

Suzanne secoua la tête. « Mmm-mmm.

— Je croyais que vous aviez les fondants à la cerise ?

— Mmm ? »

Suzanne déglutit puis lâcha une toux qui exprimait de façon extrêmement précise à la fois l'embarras et la contrariété.

« Je n'en avais qu'un ! lança-t-elle sèchement. J'ai besoin de sucre, moi.

— Personne n'a dit que vous en aviez plus d'un, fit Unité d'une petite voix.

— On ne les a pas comptés, ajouta Lou-tsé.

— Si vous avez un mouchoir, dit Unité toujours avec diplomatie, je peux vous essuyer le chocolat qui a dû malencontreusement vous salir le tour de la bouche pendant la dernière bagarre. »

Suzanne la foudroya du regard et s'essuya du dos de la main.

« C'est uniquement pour le sucre, dit-elle. C'est tout. C'est de l'énergie. Et arrêtez avec ça ! Écoutez, on ne peut pas vous laisser mourir pour… »

Si, on peut, dit Lobsang.

« Pourquoi ? », demanda Suzanne d'un air scandalisé.

Parce que j'ai tout vu.

« Ça t'embêterait d'en faire profiter tout le monde ?

389

dit-elle en passant au sarcasme scolaire. On aimerait bien savoir comment tout ça finit ! »

Vous comprenez mal le sens de « tout ».

Lou-tsé farfouilla dans son sac de munitions et en sortit deux œufs en chocolat et un sachet en papier. Unité pâlit à la vue du sachet.

« Je ne savais pas que vous en aviez de ceux-là ! dit-elle.

— Sont bons, hein ?

— Grains de café enrobés de chocolat, souffla Suzanne. Ça devrait être interdit ! »

Les deux femmes fixèrent avec horreur Lou-tsé qui s'en fourrait un dans la bouche. Il leur jeta un regard surpris.

« Pas mal, mais je préfère à la réglisse, commenta-t-il.

— Vous voulez dire que vous n'en voulez pas un autre ? demanda Suzanne.

— Non, merci.

— Vous êtes bien sûr ?

— Oui. Mais j'aime bien la réglisse, alors si vous en avez...

— Vous avez suivi une formation de moine spéciale ?

— Ben, pas en combat au chocolat, non, répondit Lou-tsé. Mais n'est-il pas écrit : "Si tu en manges un autre, tu n'auras plus faim pour le dîner" ?

— Vous ne voulez pas prendre un deuxième chocolat au grain de café, c'est bien ça ?

— Non, merci. »

Suzanne regarda Unité qui tremblait derrière le moine. « Vous avez bien des papilles, non ? », fit-elle. Mais elle sentit qu'on lui serrait le bras et qu'on l'éloignait.

« Allez toutes les deux derrière la charrette là-bas et courez quand vous entendrez le signal, dit Lou-tsé. Allez-y maintenant !

— Quel signal ? »

On le saura, dit la voix de Lobsang.

Lou-tsé les regarda partir sans traîner. Puis il ramassa son balai d'une main et sortit au vu d'une rue peuplée d'êtres gris.

« Excusez-moi ? lança-t-il. Pourrais-je avoir votre attention, s'il vous plaît ?

— Qu'est-ce qu'il fait ? », demanda Suzanne en s'accroupissant derrière la charrette.

Ils se dirigent tous vers lui, dit Lobsang. *Certains ont des armes.*

« Ceux qui donnent les ordres », dit Suzanne.

Vous êtes sûre ?

« Oui. Ils ont appris ça des humains. Les Contrôleurs n'ont pas l'habitude de recevoir d'ordres. Il faut les convaincre. »

Il leur parle de la règle numéro un, et ça veut dire qu'il a un plan. Je crois que ça marche. Oui !

« Qu'est-ce qu'il a fait ? Qu'est-ce qu'il a fait ? »

Venez ! Pas de souci pour lui !

Suzanne se releva d'un bond. « Tant mieux ! »

Oui, ils lui ont coupé la tête...

Peur, colère, envie... Les émotions créent la vie, ce bref espace de temps qui précède la mort. Les formes grises fuyaient devant les épées.

Mais elles étaient des milliards. Et elles avaient leurs

propres modes de combat. Des modes passifs, tout en subtilité.

« C'est ridicule ! cria la Pestilence. Ils ne peuvent même pas attraper un vulgaire rhume !

— Pas d'âme à damner, pas de cul à botter ! dit la Guerre en donnant des coups de taille à des lambeaux gris qui s'écartaient de sa lame.

— Ils ont une espèce de faim, dit la Famine. Mais je n'ai aucun moyen d'agir dessus ! »

On ramena les chevaux au pas. Le mur gris qui flottait au loin recommença à se rapprocher.

« ILS RÉSISTENT, dit la Mort. VOUS NE LE SENTEZ DONC PAS ?

— Moi, je sens seulement qu'on est trop bêtes, dit la Guerre.

— ET D'OÙ VIENT CE SENTIMENT ?

— Est-ce que tu veux dire qu'ils influent sur nos esprits ? demanda la Pestilence. On est des Cavaliers ! Comment est-ce qu'ils peuvent nous faire ça ?

— ON EST DEVENUS TROP HUMAINS.

— Nous ? Humains ? Ne me fais pas ri…

— REGARDE L'ÉPÉE QUE TU TIENS, dit la Mort. TU NE REMARQUES RIEN ?

— C'est une épée. En forme d'épée. Et après ?

— REGARDE LA MAIN. QUATRE DOIGTS ET UN POUCE. UNE MAIN HUMAINE. LES HOMMES T'ONT DONNÉ CET ASPECT. ET C'EST LA VOIE D'ACCÈS. ÉCOUTEZ ! VOUS NE VOUS SENTEZ PAS PETITS DANS L'IMMENSITÉ DE L'UNIVERS ? C'EST CE QU'ILS PRÊCHENT. L'UNIVERS EST GRAND, ON EST PETITS, ON N'A RIEN AUTOUR DE SOI QUE LE FROID DE L'ESPACE ET ON SE SENT TOUT SEUL. »

Les trois autres Cavaliers parurent perturbés, nerveux.

« Ça vient d'eux ? demanda la Guerre.

— OUI. C'EST LA PEUR ET LA HAINE QUE LA VIE INSPIRE À LA MATIÈRE, ET ILS SONT LES PORTEURS DE CETTE HAINE.

— Qu'est-ce qu'on peut faire, alors ? demanda la Pestilence. Ils sont trop nombreux !

— C'EST TOI QUI AS PENSÉ ÇA OU BIEN EUX ? répliqua sèchement la Mort.

— Ils se rapprochent encore, dit la Guerre.

— ALORS ON FERA CE QU'ON POURRA.

— Quatre épées contre une armée ? Ça ne marchera jamais !

— TOUT À L'HEURE TU PENSAIS QUE SI. QUI PARLE PAR TA BOUCHE EN CE MOMENT ? LES HUMAINS NOUS ONT TOUJOURS AFFRONTÉS SANS JAMAIS SE RENDRE.

— Ben, oui, fit la Pestilence. Mais avec nous, ils pouvaient toujours espérer une rémission.

— Ou une trêve inopinée, renchérit la Guerre.

— Ou... » La Famine hésita et conclut : « Une pluie de poissons ? » Il regarda la mine que faisaient ses compagnons. « C'est réellement arrivé une fois, ajouta-t-il d'un air de défi.

— POUR QUE LA CHANCE TOURNE À LA DERNIÈRE MINUTE, IL FAUT ENCORE EN AVOIR À CE MOMENT-LÀ, dit la Mort. ON DOIT FAIRE CE QU'ON PEUT.

— Et si ça ne marche pas ? », demanda la Pestilence.

La Mort rassembla les rênes de Bigadin. Les Contrôleurs étaient beaucoup plus près maintenant. Il distinguait individuellement chacune des silhouettes identiques. Qu'on en ôte une, et une douzaine d'autres la remplaçaient.

« ALORS ON A FAIT CE QU'ON A PU, dit-il, JUSQU'À CE QU'ON NE PUISSE PLUS. »

Sur son nuage, l'ange tout de blanc vestu se débattait avec le Livre de Fer.

« De quoi ils parlent ? demanda madame la Guerre.

393

— Je n'en sais rien, je ne les entends pas ! Et ces deux pages sont collées ! », se plaignit l'ange. Il les tripota un moment en vain.

« Tout ça parce qu'il n'a pas voulu mettre son gilet, dit madame la Guerre avec fermeté. C'est le genre de chose que je... »

Elle dut s'interrompre car l'ange s'était arraché son halo de la tête et le passait en force sur le bord fondu des pages dans une gerbe d'étincelles et des crissements de chats glissant du haut en bas d'un tableau noir.

Les pages se séparèrent avec un bruit métallique.

« Bon, voyons... » Il passa en revue le texte fraîchement révélé. « Ça, oui... ça, oui... oh... » Il se tut et tourna une figure blême vers madame la Guerre.

« Oh, bon sang, dit-il, on est dans le pétrin maintenant. »

Une comète monta en flèche du monde en dessous, s'élargissant à vue d'œil tandis que parlait l'ange. Elle déchira le ciel dans un flamboiement. Des fragments incandescents s'en détachèrent, tombèrent et disparurent pour laisser apparaître, alors qu'elle se rapprochait des cavaliers, un char en feu.

Les flammes étaient bleues. Le Chaos carburait au froid.

La silhouette debout dans le char portait un casque intégral percé de deux trous pour la vue qui rappelaient vaguement les ailes d'un papillon et davantage les yeux d'une étrange créature d'une autre planète. Le cheval ardent, à peine en sueur, passa au trot puis s'immobilisa ; les autres montures, sans se soucier de leurs cavaliers, s'écartèrent pour lui faire de la place.

« Oh non, dit la Famine en agitant une main dégoûtée. Pas lui, en plus ! J'ai dit ce qui arriverait s'il revenait, non ? Vous vous rappelez la fois où il a balancé le ménestrel par la fenêtre de l'hôtel à Zok ? Je n'ai pas dit… ?

— LA FERME », dit la Mort. Il hocha la tête. « SALUT, RONNIE. RAVI DE TE VOIR. JE ME DEMANDAIS SI TU ALLAIS VENIR. »

Une main suivie d'une traînée de vapeur froide se leva et ôta le casque. « Salut les gars, lança le Chaos d'un ton enjoué.

— Tiens… un revenant », fit la Pestilence.

La Guerre toussa. « Paraît que tu te débrouilles bien, dit-il.

— Oui, c'est vrai, reconnut Ronnie d'une voix prudente. Il y a un grand avenir dans la branche du lait au détail et des dérivés laitiers. »

La Mort jeta un coup d'œil aux Contrôleurs. Ils n'avançaient plus mais ils tournaient autour des Cavaliers sans les quitter du regard.

« Ben, le monde aura toujours besoin de fromage, dit la Guerre à bout d'arguments. Haha.

— On dirait que ça va mal par ici, constata Ronnie.

— On peut s'en occ… commença la Famine.

— NON, ON NE PEUT PAS, le coupa la Mort. TU VOIS LA SITUATION, RONNIE. LES TEMPS ONT CHANGÉ. EST-CE QUE TU VEUX TE JOINDRE À NOUS ?

— Hé, on n'a pas discuté… » La Famine se tut devant le regard noir de la Guerre.

Ronnie Soak se recoiffa de son casque et le Chaos dégaina son épée. L'arme étincela et, comme l'horloge de verre, donna l'impression qu'un nouvel élément d'une beaucoup plus grande complexité venait de s'introduire dans le monde.

« Un petit vieux m'a dit qu'on apprend à tout âge, fit-il. Bon, j'ai pris de l'âge et j'ai appris que le fil d'une épée est très, très long. J'ai aussi appris à faire des yaourts succulents, même si ce n'est pas un talent dont je compte me servir aujourd'hui. On leur fait la peau, les gars ? »

Loin en dessous, dans la rue, quelques Contrôleurs s'avancèrent. « Qu'est-ce que c'est, la règle numéro un ? demanda l'un d'eux.

— Aucune importance. C'est moi, la règle numéro un ! » Un Contrôleur armé d'une grande hache les repoussa du geste. « L'obéissance est essentielle ! »

Les Contrôleurs hésitèrent, l'œil rivé sur le couperet. Ils avaient appris la douleur. Ils ne l'avaient jamais ressentie jusque-là, jamais en plusieurs milliards d'années. Ceux qui en avaient pris connaissance ne tenaient pas à renouveler l'expérience.

« Très bien, dit monsieur Blanc. Maintenant retournez... »

Un œuf en chocolat jaillit en tournoyant de nulle part et s'écrasa sur les pavés. La foule des Contrôleurs eut un mouvement pour se ruer, mais monsieur Blanc donna plusieurs coups de hache dans le vide.

« Reculez ! Reculez ! hurla-t-il. Vous trois ! Trouvez qui a jeté ça ! Ça vient de derrière cet étal ! Personne ne touche à cette matière marron ! »

Il se pencha prudemment et ramassa un gros éclat de chocolat sur lequel on devinait encore la silhouette d'un canard souriant en glaçage jaune. La main tremblante, la sueur lui perlant au front, il le tendit en l'air et brandit son hachoir d'un air triomphant. Un soupir collectif monta de la foule.

« Vous voyez ? cria-t-il. On peut dominer la chair !

Vous voyez ? On peut parfaitement arriver à vivre ! Si vous vous conduisez bien, vous aurez peut-être droit à la matière marron ! Si vous désobéissez, vous aurez sûrement droit au tranchant de la lame ! Ah... » Il baissa les bras alors qu'on traînait vers lui une Unité qui se débattait.

« L'éclaireur, dit-il, le renégat... »

Il s'approcha de la prisonnière. « Qu'est-ce que ce sera ? demanda-t-il. Le fendoir ou la matière marron ?

— Ça s'appelle du chocolat, cracha Unité. Je n'en mange pas.

— Nous verrons, fit monsieur Blanc. Ton associé a préféré la hache, on dirait ! »

Il pointa le doigt vers le cadavre de Lou-tsé.

Vers le carré de pavés désormais désert où s'était trouvé Lou-tsé.

Une main lui tapota l'épaule.

« Pourquoi, lui dit une voix à l'oreille, est-ce que personne ne croit jamais à la règle numéro un ? »

Au-dessus de lui, le ciel s'embrasa progressivement de bleu.

Suzanne fonçait dans la rue vers l'horlogerie.

Elle jeta un coup d'œil en coin, et Lobsang était là, qui courait à ses côtés. Il avait l'air... humain, sauf que peu d'humains sont auréolés d'une lueur bleue.

« Il y aura des hommes gris autour de l'horloge ! cria-t-il.

— Pour essayer de trouver ce qui la fait marcher ?

— Hah ! Oui !

— Qu'est-ce que tu vas faire ?
— La mettre en miettes !
— Ça va détruire l'Histoire !
— Et alors ? »

Il tendit la main et lui prit la sienne. Elle sentit une secousse lui remonter en flèche dans le bras.

« Pas la peine d'ouvrir la porte ! Pas la peine de vous arrêter ! Foncez droit sur l'horloge ! dit-il.

— Mais…
— Ne me parlez pas ! Il faut que je me souvienne !
— De quoi ?
— De tout ! »

Monsieur Blanc levait déjà la hache en se retournant. Mais on ne peut pas faire confiance à son corps. Il pense par lui-même. Quand il est surpris, il se lance dans un certain nombre de réactions avant même que le cerveau en soit informé.

La bouche s'ouvre, par exemple.

« Ah, parfait, dit Lou-tsé en levant sa main en coupe. Gobe ça ! »

La porte n'offrit pas plus de résistance qu'un rideau de brume. Il y avait effectivement des Contrôleurs dans l'atelier, mais Suzanne leur passa au travers comme un fantôme.

L'horloge luisait. Et elle s'éloigna lorsque la jeune femme se précipita dans sa direction. Le sol se déroulait devant ses pieds, la ramenait en arrière. L'horloge accéléra vers un lointain horizon des événements. En même temps elle grandissait mais perdait de sa substance, comme si la même quantité horlogère voulait se répandre dans un espace plus vaste.

Il se passait autre chose. Elle battit des paupières mais ne reconnut pas les habituels clignements noirs qui entrecoupent la vision. « Ah, se dit-elle, je ne vois donc pas par mes yeux. Et quoi encore ? Qu'est-ce qui m'arrive ? Ma main... m'a l'air normale, mais ça ne prouve rien. Je rapetisse ou je grandis ? Est-ce que... ?

— Vous êtes toujours comme ça ? fit la voix de Lobsang.

— Comme quoi ? Je sens ta main et j'entends ta voix – du moins je crois l'entendre, mais elle est peut-être seulement dans ma tête –, mais je ne me sens pas courir...

— Aussi... aussi analytique ?

— Évidemment. Qu'est-ce que je devrais me dire ? "Par mes pattes et mes moustaches" ? De toute façon, c'est tout simple. C'est métaphorique. Mes sens me racontent des histoires parce qu'ils ne peuvent pas faire face à ce qui se passe réellement...

— Ne me lâchez pas la main.

— Ça va, je ne te quitte pas.

— Je veux dire, ne me lâchez pas la main, parce que si vous la lâchez chacun de vos organes sera compressé dans un espace beaucoup, beaucoup plus petit qu'un atome.

— Oh.

— Et ne cherchez pas à imaginer à quoi ça ressemble vu de l'extérieur. Voilà l'horloooogggge... »

La bouche de monsieur Blanc se referma. Son expression de surprise vira à l'horreur, puis à la stupeur, puis au bonheur suprême, terrible, merveilleux.

Il commença à s'effriter. Il tomba en morceaux comme un grand puzzle alambiqué composé de toutes petites pièces, se désagrégeant doucement aux extrémités avant de s'évaporer. Il ne resta bientôt plus que les lèvres qui se volatilisèrent à leur tour.

Un grain de café enrobé de chocolat à demi mâché rebondit dans la rue. Lou-tsé se baissa aussitôt, ramassa la hache et la brandit en direction des autres Contrôleurs. Ils se penchèrent en arrière, hors de la trajectoire, hypnotisés par la marque de l'autorité.

« À qui ça appartient maintenant ? demanda-t-il. Allez, à qui est-elle ?

— Elle est à moi ! Je suis mademoiselle Taupe ! cria une femme en gris.

— Je suis monsieur Orange et elle m'appartient ! Personne n'est même sûr que taupe soit vraiment une couleur ! », brailla monsieur Orange.

Un Contrôleur dans la foule demanda d'un air songeur : « Est-il vrai, alors, que la hiérarchie est négociable ?

— Sûrement pas ! » Monsieur Orange faisait des bonds sur place.

« Il faut vous mettre d'accord entre vous », dit Lou-tsé. Il jeta la hache en l'air. Une centaine de paires d'yeux la suivirent dans sa chute.

Monsieur Orange fut sur place le premier, mais mademoiselle Taupe lui marcha sur les doigts. Après quoi, tout devint très animé et confus, et – à en juger par les sons qui s'échappaient de la mêlée de plus en plus collective – très, très douloureux aussi.

Lou-tsé prit le bras d'une Unité ahurie.

« On y va ? demanda-t-il. Oh, ne vous inquiétez pas pour moi. Je ne savais plus quoi faire, alors j'ai essayé un truc que j'ai appris d'un yéti. Ça pique un peu… »

Un cri monta de quelque part dans la cohue.

« La démocratie à l'œuvre », dit joyeusement Lou-tsé. Il leva la tête. Les flammes au-dessus du monde faiblissaient, et il se demanda qui avait gagné.

Il y avait une lumière d'un bleu éclatant devant, une autre d'un rouge sombre derrière, et Suzanne s'étonna de pouvoir distinguer les deux sans ouvrir les yeux ni tourner la tête. Les yeux ouverts ou les yeux fermés, elle ne se voyait pas. Tout ce qui lui affirmait qu'elle était davantage qu'un simple point de vue, c'était une pression légère sur ce qui était ses doigts, se rappelait-elle.

Et des éclats de rire tout près d'elle.

Une voix dit : « D'après le balayeur, tout le monde doit trouver un professeur et ensuite trouver sa voie.

— Et ? fit Suzanne.

— Ça, c'est ma voie. Celle qui me ramène chez moi. »

Après quoi, sur un bruit peu romantique rappelant beaucoup celui que produisait Jason en faisant vibrer une règle coincée sur le bord de son pupitre, le voyage s'acheva.

Il aurait parfaitement pu ne pas commencer. L'horloge de verre se dressait devant Suzanne à sa taille réelle, étincelante. Il n'y avait aucune lueur bleue à l'intérieur. Ce n'était qu'une horloge entièrement transparente qui égrenait son tic-tac.

La jeune femme parcourut du regard son bras puis remonta celui de son voisin jusqu'à Lobsang. Il lui lâcha la main.

« On y est, dit-il.

— Avec l'horloge ? », fit Suzanne. Elle se sentait haleter pour retrouver son souffle.

« Ce n'est qu'une partie de l'horloge, expliqua Lobsang. L'autre partie.

— Celle hors de l'univers ?

— Oui. L'horloge occupe beaucoup de dimensions. N'ayez pas peur.

— Je ne crois pas avoir jamais eu peur de quelque chose de toute ma vie, répliqua Suzanne en aspirant toujours des goulées d'air. Pas vraiment peur. Je me mets plutôt en colère. Et je la sens maintenant monter, pour tout dire. Tu es Lobsang ou Jérémie ?

— Oui.

— D'accord, je suis tombée dans le panneau. Tu es Lobsang et Jérémie ?

— Beaucoup mieux. Oui. Je me souviendrai toujours des deux. Mais je préfère que vous m'appeliez Lobsang. Lobsang a les meilleurs souvenirs. Je n'ai jamais aimé le prénom Jérémie, même quand j'étais Jérémie.

— Tu es vraiment les deux ?

— Je suis... tout ce qui en vaut la peine chez l'un et l'autre, j'espère. Ils étaient très différents, ils étaient moi tous les deux, nés à un instant d'écart, et aucun n'était heureux tout seul. À se demander ce que nous apporte l'astrologie, en fin de compte.

— Oh, dit Suzanne, elle nous apporte l'illusion, des désirs en place de la réalité et la crédulité.

— Vous ne lâchez donc jamais prise ?

— Ça ne m'est pas encore arrivé.

— Pourquoi ?

— J'imagine… parce que dans ce monde, quand tout le monde a paniqué, il faut toujours quelqu'un pour vider le pipi de la chaussure. »

L'horloge tictaquait. Le balancier allait et venait. Mais les aiguilles ne bougeaient pas.

« Intéressant, commenta Lobsang. Vous n'êtes pas une adepte de la voie de madame Cosmopilite, dites ?

— Je ne sais même pas ce que c'est, répondit Suzanne.

— Vous avez repris votre souffle maintenant ?

— Oui.

— On fait demi-tour, alors. »

Le temps personnel se remit en marche et une voix dans leur dos lança : « C'est à vous, ça ? »

Derrière eux montait un escalier de verre. En haut des marches se dressait un homme vêtu comme un moine de l'Histoire, le crâne rasé, en sandales. Les yeux étaient beaucoup plus révélateurs. Un jeune homme qui vivait depuis très longtemps, avait dit madame Ogg, et elle ne s'était pas trompée.

Il tenait par le col de sa robe la Mort aux Rats qui se débattait.

« Euh… il est son propre maître, répondit Suzanne tandis que Lobsang s'inclinait.

— Alors emmenez-le avec vous. Nous ne voulons pas l'avoir à courir partout. Bonjour, mon fils. »

Lobsang se dirigea vers lui et ils échangèrent une embrassade aussi brève que compassée.

« Père, dit Lobsang en se redressant, voici Suzanne. Elle… a été très utile.

— Bien entendu, fit le moine en souriant à la jeune femme. Elle est l'utilité personnifiée. » Il déposa la Mort aux Rats par terre et lui donna une petite poussée.

« Oui, on peut toujours compter sur moi, dit Suzanne.

— Et aussi remarquablement sarcastique, ajouta le moine. Je suis Wen. Merci de vous être jointe à nous. Et d'avoir aidé notre fils à se trouver. »

Suzanne regarda le père puis le fils. Les paroles et les gestes étaient empruntés et froids, mais une conversation avait cours à laquelle elle ne prenait pas part, qui se tenait à une vitesse bien supérieure au langage parlé.

« On n'est pas censés sauver le monde ? demanda-t-elle. Je ne veux presser personne, évidemment.

— Je dois faire quelque chose d'abord, dit Lobsang. Je dois voir ma mère.

— On a le te… ? » Suzanne s'interrompit avant d'ajouter :

« On l'a, non ? Tout le temps du monde.

— Oh, non. Bien plus que ça, dit Wen. Et puis on a toujours le temps de sauver le monde. »

Le Temps apparut. On eut à nouveau l'impression qu'une silhouette flottant en l'air, floue, se transformait en un million de grains de matière qui s'aggloméraient pour emplir une forme dans l'espace, d'abord lentement, puis… il y eut quelqu'un.

C'était une grande femme, assez jeune, brune, vêtue d'une longue robe rouge et noir. Vu sa tête, se dit Suzanne, elle avait pleuré. Mais elle souriait à présent.

Wen prit Suzanne par le bras et l'entraîna doucement à part. « Ils vont vouloir discuter, dit-il. On fait un tour ? »

Le local disparut. Ils étaient désormais dans un jardin avec des paons, des fontaines et un banc de pierre rembourré de mousse.

Des pelouses déroulaient leur tapis jusqu'aux bois irréprochables d'un domaine entretenu depuis des siècles afin qu'aucun végétal indésirable ni déplacé n'y pousse. Des oiseaux à longue queue, au plumage comme des joyaux vivants, passaient comme l'éclair d'un arbre à l'autre. Plus loin au fond de la sylve, d'autres oiseaux lançaient des appels.

Sous les yeux de Suzanne, un martin-pêcheur se posa sur le bord d'une fontaine. Il lui jeta un coup d'œil et s'envola dans un battement d'ailes rappelant le bruit sec de tous petits éventails.

« Écoutez, dit Suzanne, je ne... je ne suis pas... Écoutez, je comprends parfaitement ces histoires-là. Franchement. Je ne suis pas bête. Mon grand-père a un jardin où tout est noir. Mais Lobsang a fabriqué l'horloge ! Enfin, une partie de lui l'a fabriquée. Donc il sauve le monde et le détruit, les deux à la fois ?

— C'est de famille, répondit Wen. C'est ce que le Temps fait sans arrêt. »

Il lança à la jeune femme le regard d'un professeur face à un élève zélé mais un peu bête.

« Suivez-moi bien, reprit-il enfin. Imaginez *tout*. C'est un mot banal. Mais "tout", ça veut dire... tout. C'est un mot beaucoup plus grand qu'"univers". Et il contient tous les événements possibles susceptibles de se produire à toutes les époques possibles dans tous les mondes possibles. Ne cherchez pas de solutions définitives dans aucun d'eux. Tôt ou tard, tout est la cause de tout le reste.

— Vous prétendez qu'un seul petit monde n'est pas important, alors ? », demanda Suzanne.

Wen agita la main, et deux verres apparurent sur la pierre.

« Tout est aussi important que tout le reste », dit-il.

Suzanne grimaça. « Vous savez, c'est pour ça que je n'ai jamais aimé les philosophes. À les entendre, tout est formidable et simple, puis on débarque dans un monde farci de complications. Je veux dire, regardez autour de vous. Je parie qu'il faut désherber régulièrement ce jardin, qu'il faut déboucher les fontaines, que les paons perdent leurs plumes et retournent les pelouses… et s'ils ne le font pas, tout ça n'est que du faux-semblant.

— Non, tout est réel, dit Wen. Du moins, aussi réel que le reste. Mais nous vivons un instant idéal. » Il fit un autre sourire à Suzanne. « Contre un instant idéal, les siècles n'ont aucune prise.

— Je préférerais une philosophie plus explicite. » Suzanne goûta le vin. Il était idéal.

« Certainement. Je m'y attendais. Je constate que vous vous accrochez à la logique comme une bernique à son rocher pendant une tempête. Voyons… Défendre les petits espaces, ne pas courir avec des ciseaux et se rappeler qu'un chocolat peut souvent surgir à l'improviste », dit Wen. Il sourit. « Et ne jamais résister à un instant idéal. »

Une saute de vent fit, l'espace d'une seconde, déborder les fontaines de leurs bassins. Wen se leva.

« Je crois que ma femme et mon fils ont maintenant fini leur entretien », dit-il.

Le jardin s'estompa. Le banc de pierre s'évapora comme brume dès que Suzanne se mit debout, alors qu'il lui avait paru jusque-là aussi solide que… le roc, quoi. Le verre disparut de sa main, ne lui laissant qu'un souvenir de pression sur les doigts et un goût persistant dans la bouche.

Lobsang se tenait devant l'horloge. On ne voyait pas le Temps, mais la chanson qui serpentait dans les salles avait désormais d'autres accents.

« Elle est plus heureuse, dit Lobsang. Elle est libre maintenant. »

Suzanne se retourna. Wen avait disparu avec le jardin. Il n'y avait plus rien en dehors des salles de verre se succédant à l'infini.

« Tu ne veux pas parler à ton père ? demanda-t-elle.

— Plus tard. On aura tout le temps, répondit Lobsang. J'y veillerai. »

Le ton qu'il employa, en pesant soigneusement chaque mot, poussa la jeune femme à se tourner vers lui.

« Tu vas prendre la suite ? comprit-elle. C'est toi le Temps, maintenant ?

— Oui.

— Mais tu es surtout humain !

— Et alors ? » Le sourire de Lobsang rappelait celui de son père. Le sourire doux et, pour Suzanne, exaspérant d'un dieu.

« Qu'est-ce qu'il y a dans toutes ces pièces ? demanda-t-elle. Tu sais ?

— Un instant idéal. Dans chacune d'elles. Une foultitude de foultitudes.

— Je ne suis pas sûre qu'un instant authentiquement idéal ça existe, dit Suzanne. On peut rentrer maintenant ? »

Lobsang s'enveloppa le poing du bord de sa robe et frappa la façade en verre de l'horloge. Elle se brisa en morceaux et tomba par terre. « Quand nous serons de l'autre côté, ne vous arrêtez pas et ne regardez pas en

arrière, conseilla-t-il. Beaucoup d'éclats de verre vole-
ront.

— Je tâcherai de plonger derrière un établi, dit-elle.

— Ils ne seront sûrement plus là.

— Couii ? » La Mort aux Rats avait grimpé à toute
vitesse le long de l'horloge et leur jetait un coup d'œil
joyeux par-dessus le sommet.

« Qu'est-ce qu'on va faire de ça ? demanda Lobsang.

— Ça se débrouille tout seul, répondit Suzanne. Je
ne m'en occupe jamais. »

Lobsang hocha la tête. « Prenez ma main », dit-il.
Elle tendit la sienne.

De sa main libre, Lobsang empoigna le balancier et
arrêta l'horloge.

Un trou bleu-vert s'ouvrit dans le monde.

Le trajet du retour fut beaucoup plus rapide, mais,
quand le monde se remit à exister, Suzanne s'aperçut
qu'elle tombait dans l'eau. Une eau brune et boueuse
qui empestait les plantes crevées. La jeune femme
remonta à la surface, lutta contre ses jupes qui l'atti-
raient au fond et fit du surplace tandis qu'elle s'efforçait
de se repérer.

Le soleil paraissait cloué dans le ciel, l'atmosphère
était lourde et humide, et deux narines l'observaient
d'un peu plus loin.

On avait appris à Suzanne à faire preuve de sens
pratique, entre autres à prendre des cours de natation.
Le collège de jeunes filles de Quirm était très en avance
dans ce domaine, et ses professeurs estimaient qu'une
jeune fille incapable de nager deux longueurs de piscine
tout habillée ne faisait pas d'effort. Il faut dire à leur
honneur qu'à sa sortie de l'école, elle connaissait quatre
nages différentes, plusieurs techniques de secourisme,
et qu'elle se sentait dans l'élément liquide comme un

poisson dans l'eau. Elle connaissait aussi la nage à suivre quand on partageait le même plan d'eau qu'un hippopotame, à savoir en chercher un autre. Les hippopotames ne paraissent gros et câlins que de loin. De près, ils ne sont que gros.

Suzanne fit appel à tous les pouvoirs de la voix de mort dont elle avait hérité ainsi qu'à la terrible autorité scolaire et hurla : « VA-T'EN ! »

La bête pataugea follement dans un effort pour faire demi-tour, et la jeune femme se mit à nager vers le rivage. Ce n'était pas un rivage sûr, l'eau cédait la place à la terre ferme dans un enchevêtrement de bancs de sable, de vase noire gloutonne, de racines d'arbre pourries et de marécage. Des nuées d'insectes tournoyaient et...

... les pavés étaient couverts de boue sous ses pieds, et elle entendait des cavaliers dans la brume...

... de la glace s'entassait contre les arbres morts...

... et Lobsang lui prenait le bras.

« Je vous ai retrouvée, fit-il.

— Tu as détruit l'Histoire, dit Suzanne. Carrément mise en pièces ! »

L'hippopotame l'avait stupéfiée. Elle n'avait jamais soupçonné qu'une seule gueule puisse contenir autant de mauvaise haleine, ni qu'il puisse en exister d'aussi grandes et d'aussi profondes.

« Je sais. Il le fallait. Il n'y avait pas d'autre solution. Est-ce que vous pourriez retrouver Lou-tsé ? Je sais que la Mort peut localiser n'importe quel être vivant, et comme vous...

— D'accord, d'accord, je suis au courant », le coupa Suzanne d'un ton sinistre. Elle tendit la main et se concentra. Une image du compte-vie extrêmement lourd de Lou-tsé apparut et prit encore du poids.

« Il n'est qu'à une centaine de mètres par là, dit-elle en pointant le doigt vers une congère gelée.

— Et moi je sais quand, ajouta Lobsang. À soixante mille ans seulement. Alors… »

Lou-tsé, quand ils le retrouvèrent, regardait tranquillement un mammouth gigantesque au-dessus de lui. Sous l'immense front poilu, les yeux du pachyderme louchaient sous l'effort qu'il déployait à la fois pour voir le moine et pour battre le rappel de ses trois neurones avant de décider s'il devait le piétiner ou l'arracher du paysage gelé. Un neurone optait pour « arracher », un autre préférait « piétiner », mais le troisième était parti faire un tour et ne pensait qu'au sexe.

Au bout de la trompe, Lou-tsé disait : « Comme ça, tu n'as jamais entendu parler de la règle numéro un, alors ? »

Lobsang surgit du néant près de lui. « Il faut s'en aller, balayeur ! »

L'arrivée de son apprenti ne parut aucunement surprendre Lou-tsé, même si l'interruption, en revanche, l'agaçait.

« Pas d'urgence, petit génie, dit-il. J'ai la situation parfaitement en main…

— Où est la femme ? demanda Suzanne.

— Là-bas, près de la congère, répondit Lou-tsé en agitant le pouce sans cesser de vouloir faire baisser deux yeux distants d'un mètre cinquante l'un de l'autre. Quand ce bestiau s'est amené, elle a hurlé et s'est tordu la cheville. Écoute, tu vois bien que je l'ai énervé… »

Suzanne pataugea dans la congère et redressa Unité. « Allez, on s'en va, dit-elle d'un ton brusque.

— Il a été décapité, je l'ai vu ! bredouilla Unité. Puis, tout d'un coup, nous nous sommes retrouvés ici !

410

— Oui, ce sont des choses qui arrivent », dit Suzanne.

Unité la fixa, les yeux écarquillés.

« La vie est pleine de surprises », reprit Suzanne, mais le spectacle de la détresse de la créature la fit hésiter. D'accord, elle était l'un d'eux, un Contrôleur qui portait… Enfin, qui avait du moins commencé par porter une enveloppe charnelle comme on porte un manteau, mais aujourd'hui… Après tout, on pouvait en dire autant de tout le monde, non ?

Suzanne s'était même demandé si l'âme humaine dépourvue de l'ancre corporelle ne risquait pas de finir sous forme d'une espèce de Contrôleur. Pour être juste, ça voulait dire qu'Unité, de plus en plus attachée à son enveloppe charnelle à chaque instant qui passait, avait quelque chose d'humain. Voilà qui définissait également assez bien Lobsang. Tout comme Suzanne, d'ailleurs. Qui savait où commençait et où finissait l'humanité ?

« Venez, dit-elle. Il faut qu'on reste ensemble, pas vrai ? »

Comme des éclats de verre tournoyant dans l'espace, des fragments d'Histoire erraient, se percutaient et se croisaient dans le noir.

Il y avait cependant un phare. La vallée d'Oi Dong s'accrochait à sa journée sans cesse répétée. Dans la salle, presque tous les cylindres géants s'étaient tus, à court de temps. Certains s'étaient fendus en deux. D'autres avaient fondu. D'autres explosé. D'autres encore s'étaient tout bonnement volatilisés. Mais il en restait un qui tournait.

Le Gros Thanda, le plus grand et le plus ancien, grinçait lentement sur son palier de basalte, enroulait le temps d'un bout et le dévidait de l'autre, garantissait, comme l'avait décrété Wen, que la journée idéale ne finirait jamais.

Rambout Lacommode, tout seul dans la salle, assis à côté de la pierre en rotation à la lumière d'une lampe à beurre, jetait de temps en temps une poignée de graisse sur le palier.

Un tintement de caillou lui fit fouiller les ténèbres des yeux. Des ténèbres épaisses de fumée de roche frite.

Le bruit se répéta, suivi d'un grattement et de l'embrasement d'une allumette.

« Lou-tsé ? fit Rambout. C'est vous ?

— Je l'espère, Rambout, mais allez savoir, de nos jours. »

Lou-tsé s'avança dans la lumière et s'assit. « On vous donne toujours de quoi vous occuper, hein ? »

Lacommode bondit sur ses pieds. « C'est affreux, balayeur ! Tout le monde est dans la salle du Mandala ! C'est pire que la Grande Catastrophe ! Il y a des bouts d'Histoire partout et on a perdu la moitié des tourniquets ! On ne pourra jamais tout rem...

— Doucement, doucement, vous m'avez l'air d'avoir eu une journée bien remplie, le calma gentiment Lou-tsé. Pas beaucoup dormi, hein ? Je vais vous dire, je me charge de tout ça. Allez donc piquer un petit roupillon, d'accord ?

— On vous croyait perdu dans le monde, et... marmonna le moine.

— Et je suis maintenant revenu. » Lou-tsé sourit et lui tapota l'épaule. « Il y a toujours ce petit réduit après

412

le couloir où vous réparez les petits tourniquets ? Et il y a toujours les couchettes discrètes pour le service des équipes de nuit, quand on n'a besoin que de deux gars en surveillance ? »

Lacommode opina et prit un air coupable. Lou-tsé n'était pas censé connaître l'existence des couchettes.

« Filez, alors », dit le balayeur. Il regarda l'homme battre en retraite et ajouta tout bas : « Et si tu te réveilles, tu seras peut-être l'idiot le plus chanceux du monde. Alors, petit génie ? Ensuite ?

— On remet tout en place, dit Lobsang en sortant de l'ombre.

— Tu sais combien de temps ça nous a pris la dernière fois ?

— Oui, fit Lobsang qui jeta un regard circulaire sur la salle dévastée et se dirigea vers l'estrade. Je sais. Je ne crois pas que ça me prendra aussi longtemps.

— J'aimerais te sentir plus sûr de toi, dit Suzanne.

— Je suis... assez sûr de moi », répliqua Lobsang en faisant courir ses doigts sur les bobines du tableau.

Lou-tsé adressa de la main un geste d'avertissement à Suzanne. La tête de Lobsang était déjà en route pour ailleurs, et elle se demanda si elle occupait un grand espace. Il avait les yeux clos.

« Les... tourniquets qui restent... Est-ce que vous pouvez déplacer les connecteurs ? demanda-t-il.

— Je peux montrer aux femmes comment on s'y prend, dit Lou-tsé.

— N'y a-t-il donc pas de moines qui sachent le faire ? demanda Unité.

— Ce serait trop long. Je suis l'apprenti d'un balayeur. Ils se mettraient à courir partout en posant des questions, dit Lobsang. Vous pas.

— Très juste, reconnut Lou-tsé. Tout le monde se

413

mettra à demander "À quoi ça rime, tout ça ?", à réclamer "Ateau !" et on n'arrivera à rien. »

Lobsang baissa les yeux sur les bobines puis les releva sur Suzanne de l'autre côté. « Imaginez… un puzzle, tout en vrac. Mais… je suis très fort pour repérer les bords et les formes. Très, très fort. Et toutes les pièces sont en mouvement. Mais, parce qu'elles étaient autrefois liées les unes aux autres, elles gardent, de par leur nature, un souvenir de ce lien. Ce souvenir, c'est leur forme. Une fois certaines à leur place, c'est plus facile pour les autres. Oh, et imaginez tous les morceaux éparpillés dans l'ensemble des possibles, susceptibles de se mélanger au hasard avec des morceaux d'autres Histoires. Vous pouvez comprendre ça ?

— Oui. Je crois.

— Bien. Tout ce que je viens de dire, c'est n'importe quoi. Ça n'a rien à voir avec la vérité. Mais c'est un mensonge que vous pouvez… comprendre, je pense. Ensuite, après ça…

— Tu vas partir, hein ? », dit Suzanne. Ce n'était pas une question.

« Je n'aurai pas assez de pouvoir pour rester, répondit Lobsang.

— Tu as besoin de pouvoir pour rester humain ? » Suzanne n'avait pas pris conscience de l'élan de son cœur, un élan qui tournait soudain court.

« Oui. Même tâcher de réfléchir à quatre dimensions seulement est un effort terrible. Je regrette. Même garder à l'esprit le concept de ce qu'on qualifie de "maintenant" est difficile. Vous m'avez cru surtout humain. Je ne le suis surtout pas. » Il soupira. « Si seulement je pouvais vous expliquer comment tout m'apparaît… c'est si beau. »

Le regard de Lobsang restait perdu dans le vide au-dessus des petites bobines de bois. Des scintillements apparaissaient. Il voyait des courbes et des spirales tarabiscotées, étincelantes sur le fond de ténèbres.

C'était comme regarder une horloge en pièces détachées, rouages et ressorts soigneusement alignés dans le noir devant lui. Une horloge démontée, à sa main, dont il comprenait chacun des composants… mais un certain nombre de petits éléments, néanmoins importants, avaient sauté, *ping,* dans les angles d'une salle immense. À condition d'être très fort, on pouvait deviner où ils avaient atterri.

« Tu n'as en gros qu'un tiers des tourniquets, fit la voix de Lou-tsé. Les autres sont détruits. »

Lobsang ne le voyait pas. Il n'y avait que le spectacle scintillant devant lui.

« C'est… vrai, mais avant ils étaient intacts », dit-il. Il leva les mains et les abaissa sur les bobines.

Suzanne regarda autour d'elle en entendant soudain des crissements, et elle vit des rangées successives de colonnes se redresser dans la poussière et les débris. On aurait dit des soldats alignés desquels cascadaient des décombres.

« Joli coup ! brailla Lou-tsé à l'oreille de Suzanne par-dessus le grondement de tonnerre. Injecter du temps directement dans les tourniquets ! Théoriquement possible, mais on n'avait jamais réussi ce tour de force !

— Vous savez ce qu'il va faire ? cria à son tour Suzanne.

— Ouais ! Prélever le temps en surplus dans les fragments d'Histoire trop en avance et l'injecter dans ceux qui sont en retard !

— Ça paraît simple !

— Un seul problème ! »

— Quoi ?

— N'y arrivera pas ! Les pertes ! » Lou-tsé claqua des doigts dans son effort pour expliquer la dynamique temporelle à une non-initiée. « Les frictions ! Les divergences ! Toutes sortes de machins ! On ne peut pas générer du temps sur les tourniquets, seulement le déplacer… »

Une lueur d'un bleu éclatant entoura brusquement Lobsang. Elle tremblota au-dessus du tableau puis, dans un claquement, forma dans l'espace des arcs lumineux reliés à tous les procrastinateurs. Elle se faufila entre les symboles gravés et s'y fixa en une couche épaisse, comme du coton qui s'enroulerait sur un rouet.

Lou-tsé observa la lumière tourbillonnante et l'ombre à l'intérieur, presque perdue au milieu de la lueur éclatante.

« … du moins, ajouta-t-il, jusqu'à aujourd'hui. »

Les tourniquets atteignirent leur vitesse opérationnelle puis accélérèrent sous les coups de fouet de la lumière. Elle envahissait la caverne en un flot régulier, interminable.

Des flammes léchaient la base du cylindre le plus proche sur tout le pourtour. Cette base rougeoyait et le bruit du palier en pierre s'ajoutait au cri de plus en plus sonore de la roche torturée qui emplissait la caverne.

Lou-tsé secoua la tête. « Vous, Suzanne, des seaux d'eau au puits ! Vous, mademoiselle Unité, vous la suivez avec les seilles de graisse !

— Et vous, qu'est-ce que vous allez faire ? demanda Suzanne en empoignant deux seaux.

— Je vais me faire un sang d'encre, et ce n'est pas facile, croyez-moi ! »

De la vapeur se forma alors, et une odeur de beurre brûlé se répandit. Il n'y avait pas de temps à perdre, il

416

fallait cavaler des puits jusqu'au palier crachotant le plus proche puis recommencer l'opération, et le temps manquait même pour ça.

Les tourniquets tournaient d'avant en arrière. Plus besoin des connecteurs. Les tiges de cristal qui avaient survécu à la destruction pendaient, inutiles, à leurs crochets tandis que les arcs de temps reliaient les procrastinateurs les uns aux autres sous forme de lueurs rouges ou bleues dans l'espace. Un spectacle à faire tomber de trouille les *knoptas* de n'importe quel opérateur de tourniquet expérimenté, Lou-tsé le savait. On aurait dit une cascade prise de folie, mais on la sentait maîtrisée, comme si elle suivait un vaste scénario.

Les paliers hurlaient. Le beurre bouillonnait. Les bases de certains tourniquets fumaient. Mais l'ensemble tenait. Quelqu'un les tient, songea Lou-tsé.

Il leva les yeux vers les compteurs. Les panneaux claquaient d'avant en arrière, envoyaient des traits rouges, bleus ou couleur bois sur la paroi de la caverne. Un rideau de fumée blanche les entourait tandis que leurs propres paliers de bois se calcinaient doucement.

Avenir et passé sillonnaient l'espace. Le balayeur les sentait.

Sur l'estrade, Lobsang baignait dans la lueur. Plus rien n'actionnait les bobines. Tout se passait désormais à un autre niveau, un niveau qui n'avait pas besoin de l'intervention de vulgaires mécanismes.

Dompteur de lions, se dit Lou-tsé. Au début, il lui faut des chaises et des fouets, mais un jour, s'il est très fort, il peut entrer dans la cage et assurer le spectacle en ne recourant qu'à l'œil et à la voix. Mais uniquement s'il est assez fort, ce dont on n'est sûr que quand il ressort de la cage…

417

Il interrompit son inspection des alignements grondants parce qu'un changement s'opérait dans le bruit ambiant.

Un des plus grands tourniquets ralentissait. Il s'immobilisa sous les yeux du moine et ne repartit pas.

Lou-tsé fit à toutes jambes le tour de la caverne jusqu'à ce qu'il trouve Suzanne et Unité. Trois autres tourniquets s'arrêtèrent avant qu'il les rejoigne.

« Il va y arriver ! Il va y arriver ! Éloignez-vous ! », cria-t-il. Dans un sursaut tel que le sol en trembla, un autre tourniquet s'arrêta.

Tous trois foncèrent vers l'autre bout de la caverne où les petits procrastinateurs continuaient de tourner, mais l'immobilisation gagnait de plus en plus de terrain dans les rangs. Un à un, les tourniquets s'arrêtaient dans un claquement, et l'effet domino rattrapait les humains qui, en arrivant au niveau des petits cylindres de craie, eurent le temps de voir les derniers se figer lentement en crépitant.

Le silence tomba, uniquement troublé par le grésillement de la graisse et les claquements de la roche qui refroidissait.

« C'est fini ? », demanda Unité qui s'essuya la sueur du visage avec sa robe et laissa une traînée de paillettes.

Lou-tsé et Suzanne se tournèrent vers la lueur à l'autre bout de la salle puis échangèrent un regard.

« Je... ne... crois... pas », dit Suzanne.

Lou-tsé opina. « J'ai l'impression que c'est... », dit-il sans pouvoir aller plus loin.

Des barres de lumière verte bondissaient de tourniquet en tourniquet et restaient suspendues en l'air, aussi rigides que de l'acier. Elles s'allumaient et s'éteignaient entre les colonnes, emplissant la caverne de coups de

418

tonnerre. Des motifs d'aiguillages allaient et venaient avec des claquements secs.

Le rythme s'accéléra. Les coups de tonnerre se muèrent en un long roulement assourdissant. Les barres flamboyèrent, se dilatèrent, puis la caverne ne fut plus qu'une lumière éclatante...

Qui disparut. Le bruit cessa si brusquement que le silence tinta.

Le trio se releva lentement.

« Qu'est-ce que c'était ? demanda Unité.

— Je crois qu'il a effectué quelques changements », répondit Lou-tsé.

Les tourniquets étaient silencieux. Il faisait chaud. Vapeur et fumée tapissaient le plafond de la caverne.

Puis, en réponse à la lutte sempiternelle de l'humanité contre le temps, les tourniquets se mirent à récupérer la charge.

Elle arriva en douceur comme une brise légère. Et les tourniquets absorbèrent la tension, du plus petit au plus grand, et reprirent une fois encore leur rotation lente et solennelle.

« Parfait, dit Lou-tsé. Presque aussi bien qu'avant, je parie.

— Presque seulement ? fit Suzanne en s'essuyant le beurre de la figure.

— Ben, il est en partie humain », répondit le balayeur. Ils se tournèrent vers l'estrade et la découvrirent déserte. Suzanne ne s'en étonna pas. Il devait maintenant être à bout de forces. Évidemment, une telle épreuve avait de quoi mettre n'importe qui à plat. Évidemment, il devait avoir besoin de repos. Évidemment.

« Il est parti, dit-elle tout net.

— Qui sait ? fit Lou-tsé. Car n'est-il pas écrit : "On ne sait jamais ce que l'avenir nous réserve" ? »

419

Le grondement rassurant des procrastinateurs emplissait à présent les lieux. Lou-tsé sentait le temps s'écouler dans la caverne, tonifiant comme l'odeur de la mer. Je devrais passer davantage de temps ici, songea-t-il.

« Il a détruit l'Histoire et l'a réparée, dit Suzanne. La maladie et le remède. Ça n'a pas de sens !

— Non, pas dans quatre dimensions, fit Unité. Mais dans dix-huit, c'est parfaitement clair !

— Et maintenant puis-je conseiller à ces dames de partir par-derrière ? dit Lou-tsé. Du monde va débouler d'ici une minute et ça va beaucoup s'énerver. Vaut sans doute mieux que vous ne traîniez pas dans le coin.

— Et vous, qu'est-ce que vous allez faire ? demanda Suzanne.

— Mentir, répondit joyeusement Lou-tsé. Souvent ça marche, c'est étonnant. »

...ic

Suzanne et Unité sortirent par une porte taillée dans la roche. Un sentier menait hors de la vallée à travers des bosquets de rhododendrons. Le soleil touchait l'horizon et il faisait doux malgré les champs de neige non loin de là.

Au bord de la vallée, le cours d'eau plongeait du haut d'une falaise en une chute si longue qu'il arrivait en bas sous forme de pluie. Suzanne se hissa sur un rocher et s'installa pour attendre.

« C'est loin, Ankh-Morpork, dit Unité.

— On va nous emmener », la rassura Suzanne. Les premières étoiles faisaient déjà leur apparition.

« Les étoiles sont très jolies, dit Unité.

— Vous le pensez vraiment ?

420

— J'apprends. Pour les humains, elles sont jolies.

— Vous voyez, des fois on regarde l'univers, on se dit "Et moi alors ?", et on entend l'univers qui réplique : "Ben, et toi alors ?" »

Unité parut réfléchir à la remarque. « Ben, et vous alors ? », dit-elle.

Suzanne soupira. « Exactement. » Elle soupira encore. « On ne peut pas penser à une personne en particulier quand on sauve le monde. Il faut être un salaud calculateur et froid.

— On dirait que vous citez quelqu'un. Qui a dit ça ?

— Un parfait imbécile. » Suzanne s'efforça de penser à autre chose et ajouta : « On ne les a pas tous eus. Il reste des Contrôleurs quelque part par là.

— C'est sans importance, dit Unité d'une voix calme. Regardez le soleil.

— Et alors ?

— Il se couche.

— Et… ?

— Ça veut dire que le temps s'écoule dans le monde. L'organisme réclame son dû, Suzanne. Bientôt, mes… mes anciens collègues, désorientés et en pleine débandade, vont succomber à la fatigue. Ils devront dormir.

— Je vous suis, mais…

— Je n'ai plus ma raison. Je le sais. Mais la première fois que ça m'est arrivé, j'ai découvert une telle horreur que les mots me manquent pour en parler. Pouvez-vous imaginer à quoi ça ressemble ? Pour un esprit d'un milliard d'années dans une enveloppe charnelle qui est celle d'un primate sur le dos d'un rat issu d'un lézard ? Pouvez-vous imaginer ce qui sort malgré soi des coins d'ombre de l'esprit ?

— Qu'est-ce que vous racontez ?

— Ils mourront dans leurs rêves. »

Suzanne s'abîma dans ses réflexions. Des millions et des millions d'années de pensées précises, logiques... puis le passé trouble de l'humanité vous balance toutes ses terreurs d'un coup. Elle les plaignait presque. Presque.

« Mais vous n'êtes pas morte, vous, fit-elle observer.

— Non. Je crois que je dois être... différente. C'est horrible d'être différent, Suzanne. Est-ce que vous avez nourri des espoirs romantiques sur le jeune homme ? »

La question venait de nulle part et Suzanne n'avait aucun moyen de défense. Le visage d'Unité n'affichait rien en dehors d'une inquiétude nerveuse.

« Non », répondit Suzanne. Malheureusement, Unité ne semblait pas maîtriser les subtilités de la conversation humaine, par exemple quand une intonation suggère : « Si vous continuez sur ce terrain, que des rats énormes vous dévorent jour et nuit. »

« Moi, j'avoue avoir éprouvé des sentiments étranges envers... celui qui était l'horloger. Parfois, quand il souriait, il était normal. Je voulais l'aider, il avait l'air si renfermé et si triste.

— Vous n'êtes pas obligée d'avouer des choses pareilles, cracha Suzanne. Et même, comment est-ce que vous connaissez le mot "romantique" ? ajouta-t-elle.

— J'ai trouvé des livres de poésie. » Unité avait vraiment l'air gênée.

« Ah oui ? Ce mot-là ne m'a jamais inspiré confiance, à moi », répliqua Suzanne. Des rats énormes, géants, affamés.

« Ça m'a paru très curieux. Comment des mots sur du papier peuvent-ils exercer un tel pouvoir ? Il ne fait aucun doute qu'il est incroyablement difficile d'être

humain et que ça ne se maîtrise pas en une seule vie »,
dit Unité d'une voix triste.

Suzanne éprouva un sentiment de culpabilité. Ça
n'était pas la faute d'Unité, après tout. On apprend des
choses en grandissant, des choses écrites nulle part. Et
Unité n'avait jamais grandi.

« Qu'est-ce que vous allez faire maintenant ?
demanda-t-elle.

— J'ai des ambitions assez humaines, répondit
Unité.

— Ben, si je peux vous être utile... »

C'était, elle s'en aperçut plus tard, une de ces phrases
comme « Comment ça va ? ». On est censé comprendre
qu'il ne s'agit pas d'une vraie question. Mais Unité
n'avait pas appris ça non plus.

« Merci. Vous pouvez m'aider, en effet.

— Euh... très bien, si...

— Je veux mourir. »

Et, jaillissant au galop du coucher de soleil, des cavaliers approchaient.

Tac

De petits feux brûlaient dans les décombres, illumi-
nant la nuit. La plupart des maisons étaient complètement détruites, même si, songea Soto, « déchiquetées »
aurait beaucoup mieux convenu.

Assis au bord de la rue, il regardait de tous ses yeux,
sa sébile posée devant lui. Un moine de l'Histoire disposait bien entendu de moyens beaucoup plus passion-
nants et compliqués pour passer inaperçu, mais il
préférait la méthode de la sébile depuis le jour où Lou-
tsé lui avait montré qu'on ne voit jamais ceux qui vou-
draient qu'on leur donne de l'argent.

423

Il avait regardé les sauveteurs traîner les victimes hors de la maison. Ils avaient d'abord cru l'une d'elles atrocement mutilée dans l'explosion jusqu'au moment où elle s'était assise pour expliquer qu'elle était un Igor, et même un Igor en excellente forme. Soto avait reconnu dans l'autre rescapé le docteur Houblequin de la Guilde des Horlogers, miraculeusement indemne.

Mais Soto ne croyait pas aux miracles. Il avait aussi du mal à croire que la maison en ruine était pleine d'oranges, que le docteur Houblequin, d'après ce qu'il bredouillait, voulait en extraire la lumière du soleil et que, selon son petit abaque scintillant, un événement important s'était produit.

Il décida de faire un compte rendu et de voir ce qu'en disaient les gars d'Oi Dong.

Soto ramassa la sébile et se mit en route à travers le lacis de ruelles pour regagner sa base. Il ne cherchait plus trop à se dissimuler maintenant ; le séjour de Lou-tsé dans la ville avait tenu lieu de formation accélérée pour un grand nombre de citoyens du type rôdeur. La population d'Ankh-Morpork n'ignorait plus rien de la règle numéro un.

Du moins jusqu'à présent. Trois silhouettes sortirent en titubant de l'obscurité, et l'une d'elles maniait un lourd fendoir qui serait entré en contact avec sa tête si Soto ne s'était pas soudain baissé.

Il avait l'habitude de tels aléas, évidemment. On tombait régulièrement sur des gars qui pigeaient lente-ment, mais ils ne présentaient aucun danger dont une bonne découpe ne pouvait pas venir à bout.

Il se redressa, prêt à filer en vitesse, quand une épaisse mèche de cheveux bruns lui tomba sur l'épaule, glissa le long de sa robe et tomba mollement par terre. Elle ne fit guère de bruit, mais l'expression de la figure

424

de Soto lorsqu'il baissa les yeux avant de les relever fit reculer ses agresseurs.

Il voyait, à travers le rideau rouge de sa fureur, qu'ils portaient tous des robes grises tachées et qu'ils avaient l'air plus dingues que les malandrins habituels des ruelles ; on aurait dit des comptables pris de folie.

L'un d'eux tendit la main vers la sébile.

Tout le monde s'autorise une clause conditionnelle dans la vie, un petit codicille tacite aux règles, comme « sauf quand j'en ai vraiment besoin », « sauf si personne ne regarde » ou « sauf si le premier est au nougat ». Soto croyait depuis des siècles au caractère sacré de toute vie et à la vanité absolue de la violence, seulement sa clause conditionnelle personnelle était « mais pas les cheveux, on ne touche pas aux cheveux, d'accord ? ».

Malgré tout, chacun a droit à une petite chance.

Les agresseurs eurent un mouvement de recul lorsqu'il jeta la sébile contre le mur et que les lames cachées s'enfoncèrent dans le bois.

Elle se mit alors à égrener un tic-tac.

Soto repartit en sens inverse dans la ruelle à toutes jambes, vira en dérapage au croisement puis brailla : « Couchez-vous ! »

Hélas, trois fois hélas pour les Contrôleurs, sa mise en garde arriva une toute petite fraction de seconde trop tard…

Tic

Lou-tsé travaillait dans son jardin des Cinq Surprises quand des scintillements apparurent, se fragmentèrent et tournoyèrent pour composer une forme devant lui.

Il leva les yeux des soins qu'il prodiguait au phasme iodleur qui refusait de manger.

Lobsang se tenait sur le sentier. Le jeune homme portait une robe noire parsemée d'étoiles qui volait et claquait autour de lui par cette matinée sans vent comme s'il se trouvait pris dans une bourrasque. Ce qui, supposa Lou-tsé, était plus ou moins le cas.

« De retour, petit génie ? fit le balayeur.

— D'une certaine façon, je ne pars jamais, répondit Lobsang. Ça s'est bien passé pour vous ?

— Tu ne sais pas ?

— Je pourrais le savoir. Mais une partie de moi doit respecter la tradition.

— Eh bien, l'abbé est drôlement soupçonneux et des rumeurs étonnantes courent partout. Je n'ai pas dit grand-chose. Qu'est-ce que j'y connais, moi ? Je ne suis qu'un pauvre balayeur. »

Sur quoi Lou-tsé reporta son attention sur l'insecte malade. Il eut le temps de compter tout bas jusqu'à quatre avant que Lobsang demande : « S'il vous plaît ? Il faut que je sache. Je crois que, la cinquième surprise, c'est vous. J'ai raison ? »

Lou-tsé dressa la tête. Un bruit sourd qu'il entendait depuis si longtemps qu'il ne le percevait plus consciemment avait changé de tonalité. « Tous les tourniquets se dévident, dit-il. Ils savent que tu es là, mon gars.

— Je ne vais pas rester longtemps, balayeur. S'il vous plaît ?

— Tu veux juste connaître ma petite surprise ?

— Oui, je connais presque tout le reste.

— Mais tu es le Temps. Ce que je vais te dire à l'avenir, tu le sais déjà, non ?

— Mais je suis en partie humain. Et je veux le rester.

426

Ce qui implique de faire les choses dans les règles. S'il vous plaît ? »

Lou-tsé soupira et contempla un instant l'avenue de cerisiers en fleur. « Quand l'élève dépasse le maître, il n'y a rien que le maître puisse lui révéler, dit-il. Tu te souviens ?

— Oui.

— Très bien. Le dojo de Fer devrait être libre. »

Lobsang parut surpris. « Euh... le dojo de Fer... ce n'est pas celui avec toutes les piques acérées dans les murs ?

— Et au plafond, oui. Celui qui ressemble à un porc-épic géant retourné. »

Lobsang eut l'air horrifié. « Mais il n'est pas prévu pour l'entraînement ! Le règlement dit...

— C'est celui-là, le coupa Lou-tsé. Et moi je dis qu'on va s'en servir.

— Oh !

— Bien. Pas de discussion. Par ici, mon gars. »

Des fleurs cascadèrent des cerisiers à leur passage. Ils pénétrèrent dans le monastère et suivirent le même chemin qu'ils avaient emprunté une fois.

Ce qui les conduisit dans la salle du Mandala, où le sable se dressa comme un chien accueillant son maître et monta en spirales loin en dessous des sandales de Lobsang. Lou-tsé entendit les cris des gardiens derrière lui.

Les nouvelles de ce type se propageaient dans la vallée comme de l'encre dans l'eau. Lorsque le duo traversa les cours intérieures, des centaines de moines, d'apprentis et de balayeurs suivaient comme une queue de comète.

Pendant tout ce temps, des pétales de fleurs ne cessaient de tomber comme neige.

Lou-tsé finit par atteindre la haute porte ronde métallique du dojo de Fer. Le verrou se trouvait à plus de quatre mètres de haut. Ceux dont ce n'était pas la place n'étaient pas censés ouvrir la porte du dojo.

Le balayeur adressa un hochement de tête à son ancien apprenti. « Vas-y, toi, dit-il. Moi, je ne peux pas. »

Lobsang lui jeta un coup d'œil puis leva la tête vers le verrou en hauteur. Après quoi il appuya une main contre le fer.

De la rouille se répandit sous ses doigts. Des taches rouges s'élargirent sur l'ensemble de l'antique métal. La porte commença à se fendiller puis à s'effriter. Lou-tsé la tâta du bout du doigt à titre d'essai, et une plaque de métal pas plus solide qu'un gâteau sec bascula et s'écroula sur les dalles.

« Très impress… », allait-il dire. Un éléphant en caoutchouc lui rebondit sur la tête en couinant.

« Ateau ! »

La foule s'écarta. L'acolyte en chef arriva au pas de course, l'abbé dans les bras.

« Qu'est-ce que *veux ateau ATEAU* ça veut dire, tout ça ? Qui est *céqui le monsieur rigolo* cet homme, balayeur ? Les tourniquets font un numéro de danse dans leur salle ! »

Lou-tsé s'inclina.

« C'est le Temps, révérend abbé, comme vous l'aviez pressenti. » Toujours penché, il leva les yeux en coin vers Lobsang.

« Incline-toi ! », souffla-t-il.

Lobsang parut ne pas comprendre. « Je dois m'incliner, moi, maintenant ? dit-il.

— Incline-toi, espèce de petit *stonga*, ou je vais t'apprendre à obéir ! Fais preuve du respect qu'il

428

mérite ! Tu restes mon apprenti tant que je ne t'ai pas autorisé à partir ! »

Secoué, Lobsang s'inclina.

« Et pourquoi nous rends-tu visite dans notre vallée hors du temps ? demanda l'abbé.

— Réponds à l'abbé ! ordonna sèchement Lou-tsé.

— Je... Je veux savoir quelle est la cinquième surprise, répondit Lobsang.

— ... révérend abbé... souffla Lou-tsé.

— ... révérend abbé, conclut Lobsang.

— Tu viens nous voir uniquement pour connaître les facéties de notre astucieux balayeur ? s'étonna l'abbé.

— Oui, euh... révérend abbé.

— Malgré tout ce que le Temps peut faire, tu as envie de découvrir le tour d'un vieillard ? *Ateau !*

— Oui, révérend abbé. » Les moines ne quittaient pas Lobsang des yeux. Sa robe volait toujours en tous sens, prisonnière des mâchoires de la bourrasque impalpable, et les étoiles étincelaient en fonction de la lumière.

L'abbé se fendit d'un sourire angélique. « Nous devrions tous en faire autant, dit-il. Nul ne l'a jamais découvert, je crois. Aucun d'entre nous, malgré toutes nos cajoleries, n'a jamais pu le lui soutirer. Mais... c'est le dojo de Fer. Un dojo qui a son règlement ! On y entre à deux, mais un seul en ressort ! Ce n'est pas un dojo d'entraînement ! *Veux nénéphant !* Tu comprends ?

— Mais je ne veux pas... » Lobsang ne termina pas sa phrase car le balayeur lui avait expédié son coude dans les côtes.

« On dit "Oui, révérend abbé", grogna-t-il.

— Mais je n'ai jamais eu l'intention... »

Il reçut cette fois une claque derrière la tête.

« Ce n'est pas le moment de reculer ! dit Lou-tsé. C'est trop tard, petit génie ! » Il hocha la tête en direction de l'abbé. « Mon apprenti comprend, révérend abbé.

— Ton apprenti, balayeur ?

— Oh oui, révérend abbé. Mon apprenti. Jusqu'à ce que j'en décide autrement.

— Vraiment ? *Ateau !* Alors il peut entrer. Toi aussi, Lou-tsé.

— Mais je voulais seulement... protesta Lobsang.

— Entre ! rugit Lou-tsé. Tu tiens à me faire honte ? Tout le monde va croire alors que je ne t'ai rien appris ? »

L'intérieur du dojo était effectivement un dôme sombre hérissé de piques. Fines comme des aiguilles, elles recouvraient par dizaines de milliers les parois de cauchemar.

« Qui a pu construire un truc pareil ? fit Lobsang en levant les yeux sur les points luisants qui tapissaient même le plafond.

— Il enseigne les vertus de la furtivité et de la discipline, dit Lou-tsé en faisant craquer ses jointures. L'impétuosité et la précipitation peuvent être aussi dangereuses pour l'agresseur que pour l'agressé, comme tu vas peut-être l'apprendre. Une condition : on est tous humains ici. D'accord ?

— Évidemment, balayeur. On est tous humains ici.

— Et pas d'entourloupes, on est d'accord ?

— Pas d'entourloupes, dit Lobsang. Mais...

— On se bat ou on discute ?

— Mais, écoutez, si un seul peut ressortir, ça veut dire que je vais devoir vous tuer...

— Ou l'inverse, évidemment, le coupa Lou-tsé. C'est le règlement, oui. On y va ?

— Mais je ne savais pas ça, moi !

— Dans la vie, comme pour les céréales du petit déjeuner, il vaut toujours mieux lire le mode d'emploi sur le paquet. C'est le dojo de Fer, petit génie ! »

Il recula et s'inclina.

Lobsang haussa les épaules et s'inclina à son tour.

Lou-tsé recula de quelques pas. Il ferma un instant les yeux puis se lança dans une série de mouvements simples en guise d'exercices d'assouplissement. Lobsang grimaça en entendant craquer les articulations.

Autour de Lobsang se succédèrent des claquements secs, et il crut un instant qu'il s'agissait des os du vieux balayeur. Mais de tout petits panneaux sur l'ensemble de la paroi incurvée s'ouvraient en pivotant. Il distinguait des chuchotements tandis que les spectateurs se bousculaient pour prendre place. Et ses oreilles lui disaient qu'il y avait beaucoup de monde.

Il tendit les mains et s'éleva doucement dans les airs.

« Je croyais qu'on avait dit : pas d'entourloupes ? rappela Lou-tsé.

— Oui, balayeur, dit un Lobsang en vol stationnaire. Mais après je me suis dit : n'oublie pas la règle numéro un.

— Aha ! Bravo. Tu as appris quelque chose ! »

Lobsang se rapprocha en planant. « Ce que j'ai vu depuis notre dernière rencontre est incroyable, dit-il. Les mots ne peuvent pas le décrire. J'ai vu des mondes s'emboîter dans d'autres mondes comme ces poupées qu'ils fabriquent en Uberwald. J'ai entendu la musique des ans. J'en sais davantage que je n'en comprendrai jamais. Mais je ne connais pas la cinquième surprise. C'est une astuce, une devinette… une épreuve.

— Tout est épreuve, dit Lou-tsé.

— Alors montrez-moi la cinquième surprise et je promets de ne pas vous faire de mal.

— Tu promets de ne pas me faire de mal ?

— Je promets de ne pas vous faire de mal, répéta Lobsang d'un ton solennel.

— Bon. Il suffisait de demander, dit Lou-tsé en se fendant d'un grand sourire.

— Quoi ? Je vous l'ai déjà demandé, et vous avez refusé !

— Il suffisait de demander au bon moment, petit génie.

— Et maintenant c'est le bon moment ?

— Il est écrit "Rien ne vaut le moment présent", dit Lou-tsé. Attention, la cinquième surprise ! »

Il plongea la main dans sa robe.

Lobsang s'approcha encore.

Le balayeur sortit un masque de carnaval bon marché. Un de ceux qui consistent en une fausse paire de lunettes collées au-dessus d'un gros nez rose et que complète une paire d'épaisses moustaches noires.

Il se le mit sur la figure et agita deux ou trois fois les oreilles.

« Bouh, lança-t-il.

— Quoi ? fit un Lobsang ahuri.

— Bouh, répéta Lou-tsé. Je n'ai jamais dit que c'était une surprise très originale, pas vrai ? »

Il remua encore les oreilles, puis les sourcils.

« Pas mal, hein ? », dit-il en souriant.

Lobsang éclata de rire. Le sourire de Lou-tsé s'élargit davantage. Lobsang rit plus fort et se posa sur le tapis.

Les coups plurent de nulle part. Ils le frappèrent à l'estomac, sur la nuque, dans les reins et lui fauchèrent les jambes. Lobsang atterrit à plat ventre, et Lou-tsé

432

l'immobilisa au sol par une « chevauchée du poisson ». La seule façon de se dégager de cette prise, c'était en se déboîtant les épaules.

Les observateurs invisibles poussèrent une espèce de soupir collectif.

« *Déjà-fu !*

— Quoi ? lança Lobsang au tapis. D'après vous, aucun moine ne connaissait le *déjà-fu !*

— Je ne le leur ai jamais appris, c'est pour ça ! expliqua Lou-tsé. Promets-moi de ne pas me faire du mal, tu veux ? Merci infiniment ! Tu te rends ?

— Vous ne m'avez jamais dit que vous le connaissiez, vous ! » Les genoux de Lou-tsé, enfoncés dans les points de compression secrets, transformaient les bras de Lobsang en morceaux de viande impuissants.

« Je suis peut-être vieux mais pas idiot ! cria Lou-tsé. Tu ne t'imagines pas que je vais révéler un coup pareil, dis ?

— C'est déloyal... »

Lou-tsé se pencha jusqu'à ce que sa bouche soit tout près de l'oreille de Lobsang.

« Nulle part sur la boîte il n'est question de loyauté, mon gars. Mais tu peux gagner, tu sais. Tu pourrais me changer en poussière en un clin d'œil. Comment est-ce que je pourrais arrêter le Temps ?

— Je ne peux pas faire ça !

— Ou plutôt tu ne veux pas, et on le sait tous les deux. Tu te rends ? »

Lobsang sentait que certains de ses membres et organes voulaient mettre la clé sous la porte. Il avait les épaules en feu. Je peux désincarner, songea-t-il. Oui, je le peux, je pourrais le réduire en poussière rien que d'y penser. Et perdre. Je sortirais du dojo, il serait mort, et j'aurais perdu.

« Ne t'inquiète pas, petit, dit Lou-tsé d'une voix plus calme. Tu as juste oublié la règle numéro dix-neuf. Tu te rends ?

— La règle numéro dix-neuf ? fit Lobsang qui faillit se décoller du tapis jusqu'à ce qu'une douleur atroce le force à retomber. Qu'est-ce que c'est encore, cette foutue règle dix-neuf ? Oui, oui, je me rends, je me rends !

— "Se rappeler de ne jamais oublier la règle numéro un" », dit Lou-tsé. Il relâcha son étreinte. « Et demande-toi toujours : pourquoi a-t-on fait cette règle, hein ? »

Lou-tsé se releva et poursuivit : « Mais tu t'es bien acquitté de ton numéro, tout bien considéré, et donc, en tant que maître, je te recommande sans hésiter pour la robe jaune. Et puis... (il baissa la voix jusqu'au niveau du chuchotement) tous ceux qui reluquaient m'ont vu battre le Temps et c'est un détail qui va faire forte impression dans mon curriculum vitæ, si tu vois ce que je veux dire. Ça donnera un drôle de coup de fouet à cette bonne vieille règle numéro un. Je vais t'aider à te relever. »

Il baissa la main.

Lobsang allait la prendre quand il hésita. Lou-tsé sourit encore et le remit doucement debout.

« Mais un seul d'entre nous peut sortir, balayeur, lui rappela Lobsang en se frottant les épaules.

— Ah oui ? dit Lou-tsé. Mais participer au jeu modifie les règles. Et moi je dis : ça suffit comme ça. »

Les restes de la porte s'écartèrent sous la poussée d'un grand nombre de moines. On entendit quelqu'un recevoir un coup de yack en caoutchouc. « *Ateau !*

— ... Et l'abbé, je crois, est prêt à te remettre la robe, dit Lou-tsé. Évite de faire des réflexions s'il bave dessus, s'il te plaît. »

Ils sortirent du dojo et, suivis à présent de tous les résidents d'Oi Dong, se dirigèrent vers la grande terrasse.

Ce fut, le raconta plus tard Lou-tsé, une cérémonie sortant de l'ordinaire. L'abbé ne parut pas impressionné : c'est rarement le cas des bébés, qui sont prêts à vomir sur n'importe qui. En outre, si Lobsang était maître des abîmes du temps, l'abbé, lui, était maître de la vallée, et le respect se devait donc dans les deux sens.

Mais la remise de la robe avait été un moment difficile.

Lobsang l'avait refusée. Il était revenu à l'acolyte en chef de demander pourquoi tandis qu'une vague de murmures surpris parcourait la foule.

« Je n'en suis pas digne, monsieur.

— Lou-tsé a déclaré que vous avez achevé votre apprentissage, monseig... Lobsang Ludd. »

Lobsang s'inclina. « Alors je vais prendre le balai et la robe d'un balayeur, monsieur. »

Le courant était cette fois un raz de marée. Il s'abattit sur le public. Des têtes se détournèrent. On entendit des hoquets de surprise et deux ou trois rires nerveux. Mais dans les rangs des balayeurs auxquels on avait accordé une pause dans leurs tâches pour assister à l'événement régnait un silence attentif, vigilant.

L'acolyte en chef se passa la langue sur des lèvres soudain sèches. « Mais... mais... vous êtes l'incarnation du temps...

— Dans cette vallée, monsieur, répliqua Lobsang d'un ton ferme, je suis aussi estimable qu'un balayeur. »

L'acolyte en chef chercha autour de lui mais ne trouva aucun secours. Les autres personnages éminents du monastère n'avaient aucune envie de partager le gros nuage rose de sa confusion. L'abbé se contentait de faire des bulles et souriait tout seul de ce sourire entendu qu'affichent tous les bébés de l'univers.

« Est-ce qu'on a... euh... est-ce qu'on offre aux balayeurs... est-ce que par hasard... ? », marmonna l'acolyte.

Lou-tsé s'avança derrière lui. « Je peux vous aider, Votre Acolyteté ? demanda-t-il avec une espèce de servilité zélée, effrénée, qui tranchait avec son attitude habituelle.

— Lou-tsé ? Ah... euh... oui... euh...

— Je peux aller chercher une robe presque neuve, monsieur, et le petit peut avoir mon vieux balai si vous voulez bien me signer un bon pour que j'en récupère un nouveau à la réserve, monsieur », dit Lou-tsé en transpirant l'obligeance par tous les pores.

L'acolyte en chef, qui avait perdu pied et se noyait littéralement, s'agrippa à la proposition comme à une bouée de passage. « Oh, vous feriez ça, Lou-tsé ? Vous êtes bien aimable... »

Lou-tsé disparut comme une flèche, à une vitesse qui, une fois encore, surprit ceux qui croyaient le connaître.

Il réapparut avec son balai et une robe toute blanchie et usée à force d'avoir été souvent frappée sur les pierres de la rivière. Il les tendit d'un air solennel à l'acolyte en chef.

« Euh... ben, merci, euh... est-ce qu'il y a une cérémonie particulière pour le... pour le... euh... pour... euh... marmonna l'homme.

— Une cérémonie très simple, monsieur, dit Lou-tsé qui rayonnait toujours du désir de rendre service. La formulation est très informelle, monsieur, mais on dit en principe "Voici ta robe, prends-en soin, elle appartient au monastère" monsieur, et ensuite, pour le balai, on dit quelque chose comme : "Voici ton balai, traite-le bien, c'est ton ami, tu seras mis à l'amende si tu le perds, souviens-toi que ça ne pousse pas sur les arbres", monsieur.

— Euh… hum… ben… murmura l'acolyte en chef. Et est-ce que l'abbé…

— Oh, non, l'abbé ne ferait pas de cadeau à un balayeur, le coupa aussitôt Lou-tsé.

— Lou-tsé, qui fait le… euh… fait… euh… fait le… ?

— Le plus souvent un balayeur qui a de l'ancienneté, Votre Acolytilité.

— Oh ? Et, euh… par le plus grand des hasards, euh… est-ce que vous ne seriez pas… ? »

Lou-tsé se fendit d'une petite révérence. « Oh si, monsieur. »

Pour l'acolyte en chef qui pataugeait encore dans le flot de la marée descendante, c'était une nouvelle aussi agréable que la perspective imminente de fouler la terre ferme. Son visage s'épanouit en un large sourire dément.

« Je me demande… je me demande… je me demande, alors, si vous auriez l'amabilité, euh… alors, euh… de…

— J'en serais ravi, monsieur. » Lou-tsé pivota. « Tout de suite, monsieur ?

— Oh, s'il vous plaît, oui !

— Vous avez bien raison. Avance, Lobsang Ludd !

— Oui, balayeur ! »

Lou-tsé tendit la robe usagée et le vieux balai. « Balai ! Robe ! Ne les perds pas, on ne roule pas sur l'or ! déclara-t-il.

« — Je vous en remercie, dit Lobsang. Je suis très honoré. »

Il s'inclina. Lou-tsé s'inclina. Profitant de ce que leurs têtes étaient proches l'une de l'autre et au même niveau, le balayeur souffla : « Très surprenant.

— Merci.

— Joliment mythique, toute cette histoire, à figurer sûrement sur les parchemins, mais à la limite de la suffisance. Ne recommence pas.

— D'accord. »

Ils se relevèrent tous les deux.

« Et, euh… qu'est-ce qui se passe maintenant ? », demanda l'acolyte en chef. Il était fini, il le savait. Rien ne serait plus pareil après ça.

« Il ne se passe rien, répondit Lou-tsé. Les balayeurs reprennent leur balayage. Tu t'occupes de ce côté-là, petit, et moi de l'autre.

— Mais c'est le Temps ! dit l'acolyte en chef. Le fils de Wen ! On a tant de choses à demander !

— Il y en a tant que je ne dirai pas », répliqua Lobsang en souriant. L'abbé se pencha et bava dans l'oreille de l'acolyte en chef.

Lequel renonça. « Bien entendu, ce n'est pas à nous de vous poser des questions, dit-il en reculant.

— Non, fit Lobsang. C'est vrai. Je vous suggère de tous reprendre vos activités importantes, parce que cette terrasse va requérir toute mon attention. »

Les moines de haut rang agitèrent frénétiquement les mains et, peu à peu, à contrecœur, le personnel du monastère vida les lieux.

« Ils vont nous surveiller de toutes les cachettes qu'ils vont trouver, marmonna Lou-tsé une fois que les balayeurs furent seuls.

— Oh oui, dit Lobsang.

438

« — Alors comment vas-tu, dis ?

— Très bien. Et ma mère est heureuse ; elle va prendre sa retraite avec mon père.

— Quoi ? Une chaumière à la campagne, un truc du
genre ?

— Pas vraiment. Mais il y a quand même de ça. »

Pendant un moment, on n'entendit d'autre bruit que
les frottements de deux balais.

Puis Lobsang dit : « Je suis conscient, Lou-tsé, qu'il
est d'usage pour un apprenti de faire un petit cadeau
ou de laisser un souvenir à son maître à la fin de son
apprentissage.

— Possible, fit Lou-tsé en se redressant. Mais je
n'ai besoin de rien. J'ai ma natte, mon bol et ma Voie.

— Tout homme a envie de quelque chose.

— Hah ! Alors là, tu te trompes, petit génie. J'ai
huit cents ans. Ça fait un bail que j'ai satisfait toutes
mes envies.

— Oh là là. C'est dommage. J'espérais pouvoir
trouver quelque chose. »

Lobsang se redressa alors et se balança son balai sur
l'épaule. « N'importe comment, faut que je parte, dit-il.
Il y a encore tant à faire.

— J'en suis sûr, fit Lou-tsé. J'en suis sûr. Tout le
secteur sous les arbres, déjà. Et tant qu'on y est, petit
génie, est-ce que tu as rendu son balai à la sorcière ? »

Lobsang hocha la tête. « Disons que… j'ai tout remis
en place. Et il est beaucoup plus neuf qu'avant.

— Hah ! fit Lou-tsé en balayant d'autres pétales.
Pas plus difficile que ça. Pas plus difficile que ça. Un
voleur de temps n'a pas de mal à payer ses dettes ! »

Lobsang dut sentir le reproche dans le ton du moine.
Il baissa le nez. « Ben, peut-être pas toutes, je reconnais,
dit-il.

— Oh ? fit Lou-tsé qui avait toujours l'air fasciné par l'extrémité de son balai.

— Mais quand il faut sauver le monde, on ne peut pas penser à une seule personne, vous voyez, parce que cette personne fait partie du monde, poursuivit Lou-tsé.

— Ah oui ? Tu crois ? Tu as discuté avec des gens très bizarres, mon gars.

— Mais maintenant j'ai le temps, dit Lobsang d'un ton convaincu. Et j'espère qu'elle comprendra.

— C'est étonnant ce que comprend une dame quand on sait présenter les choses. Bonne chance, petit. Tu ne t'en es pas trop mal sorti, dans l'ensemble. Et n'est-il pas écrit : "Rien ne vaut le temps présent" ? »

Lobsang lui adressa un sourire et disparut.

Lou-tsé reprit son balayage.

Au bout d'un moment, un souvenir le fit sourire à son tour. L'apprenti donne un cadeau à son maître, hein ? Comme si Lou-tsé avait envie de ce que pouvait lui donner le Temps...

Il interrompit sa tâche, leva la tête et éclata d'un grand rire sonore.

Au-dessus de lui, se gonflant à vue d'œil, les cerises mûrissaient.

Tac

En un lieu qui n'existait pas jusque-là et n'existait à présent que dans ce but précis, se dressait une grande cuve luisante.

« Cinquante mille litres de bonne crème au sucre glace parfumée à l'essence de violette et mélangée à du chocolat noir, dit le Chaos. Il y a aussi des couches de pralin à la noisette dans une épaisse crème au beurre, et des éclats de caramel mou qui apportent ce petit goût spécial et délicieux.

— ALORS… D'APRÈS TOI, CETTE CUVE POURRAIT EXISTER QUELQUE PART DANS UN PARTOUT RÉELLEMENT INFINI, ET ELLE PEUT DONC EXISTER ICI ? dit la Mort.

— Exactement, confirma le Chaos.

— MAIS ELLE N'EXISTE PLUS LÀ OÙ ELLE DEVRAIT EXISTER.

— Non. Elle doit maintenant exister ici. Le calcul est simple.

— AH ? OUI, LE CALCUL, dit la Mort d'un air dédaigneux. LE PLUS SOUVENT JE NE VAIS GUÈRE PLUS LOIN QUE LA SOUSTRACTION.

— De toute façon, le chocolat n'est pas une matière première d'une grande rareté. Certaines planètes en sont recouvertes.

— AH BON ?

— Parfaitement.

— IL VAUDRAIT MIEUX QUE DES NOUVELLES PAREILLES NE S'ÉBRUITENT PAS. »

La Mort revint vers Unité qui attendait dans l'ombre.

« VOUS N'ÊTES PAS OBLIGÉE DE FAIRE ÇA, dit-il.

— Comment faire autrement ? répliqua-t-elle. J'ai trahi les miens. Et je suis atrocement folle. Je ne serai jamais chez moi nulle part. Et rester ici serait un vrai supplice. »

Elle plongea les yeux dans l'abîme chocolaté. Un saupoudrage de sucre scintillait en surface. Puis elle se glissa hors de sa robe. À son grand étonnement, elle se sentit gênée, mais elle se redressa quand même d'un air hautain.

« Cuiller », ordonna-t-elle. Elle tendit la main droite d'un geste impérieux. Le Chaos, d'un air théâtral, donna un dernier coup de chiffon à une louche en argent avant de la lui remettre.

« Au revoir, dit Unité. Transmettez mes amitiés à votre petite-fille. »

Elle revint quelques pas en arrière, se retourna, piqua un sprint et s'envola dans un saut de l'ange parfait.

Le chocolat se referma sur elle presque sans bruit. Puis les deux badauds attendirent que les rides grasses et indolentes aient disparu.

« Ça, c'était une dame qui avait de la classe, commenta le Chaos. Quel gâchis.

— OUI. JE PENSE AUSSI.

— Bon, on s'est bien amusés... jusqu'à présent, en tout cas. Maintenant, il faut que j'y aille.

— TU CONTINUES TES LIVRAISONS DE LAIT ?

— Tout le monde compte sur moi. »

La Mort parut impressionné. « ÇA VA ÊTRE... INTÉRESSANT DE T'AVOIR À NOUVEAU AVEC NOUS, dit-il.

— Ouais. C'est sûr, fit le Chaos. Tu ne viens pas ?

— JE VAIS ATTENDRE UN MOMENT ICI.

— Pourquoi ?

— AU CAS OÙ.

— Ah.

— OUI. »

Quelques minutes plus tard, la Mort fouilla dans sa robe et en sortit un petit compte-vie assez léger pour appartenir à une poupée. Il se retourna.

« Mais... je suis morte, fit l'ombre d'Unité.

— OUI, dit la Mort. C'EST MAINTENANT L'ÉTAPE SUIVANTE... »

Emma Robertson, assise dans la classe, le front plissé, mâchouillait son crayon. Puis, lentement, mais avec l'air de révéler de grands secrets, elle se mit au travail.

> *On est allés à Lankre où il y a des sorciaires gentilles qui font pousser des zerbes. On a vu une sorciaire elle était très rigolote elle a chanté une chnason de hériçon qui avait des mots difsiles. Jason a voulu donner un coup de pied à son chat mais le chat lui a couru après jusque dans un arbre. Je sais beaucou de choses maintenant sur les sorciaires elles ont pas de verrues elles nous mangent pas elles sont pareilles que nos mémés sauf que nos mémés elles connaissent pas des mots diffiles.*

À son bureau surélevé, Suzanne se détendit. Rien de tel qu'une classe de têtes penchées. Une bonne institutrice se servait de tout ce qu'elle avait sous la main, et emmener la classe voir Madame Ogg était un enseignement en soi. Deux enseignements.

Une classe qui marchait bien avait son odeur : un soupçon de copeaux de crayon, de gouache, de phasmes morts depuis longtemps, de colle et, bien sûr, les vagues relents de Guitou.

Elle avait eu une entrevue pénible avec son grand-père. Elle enrageait parce qu'il ne lui avait rien dit. Évidemment qu'il ne lui avait rien dit, avait-il répliqué. Si on révélait aux humains ce que leur réservait l'avenir, l'avenir ne le leur réserverait plus. Logique. Évidemment. Parfaitement logique. L'ennui, c'était que Suzanne n'était logique que la plupart du temps. La situation était donc maintenant revenue au stade habituel, celui des relations difficiles, un peu distantes, de leur petite famille à problèmes.

Peut-être, songea-t-elle, était-ce la norme pour toutes les familles. S'il fallait se pousser au derrière – merci, Madame Ogg, elle se souviendrait toujours de l'expression dorénavant –, ils compteraient spontanément l'un sur l'autre sans même réfléchir. En dehors de ça, ils éviteraient de se croiser.

Elle n'avait pas vu la Mort aux Rats depuis un certain temps. Il ne fallait pas espérer qu'il était mort. De toute manière, ce n'était pas le trépas qui l'avait gêné jusqu'à présent.

Ce qui la fit penser avec nostalgie au contenu de son bureau. Suzanne était très stricte sur la question de manger en classe et elle estimait, puisqu'il existait un règlement, qu'il devait s'appliquer à tout le monde, même à elle. Sinon, ce n'était que de la tyrannie. Mais peut-être le règlement visait-il à donner à réfléchir avant qu'on l'enfreigne.

Une demi-boîte de l'assortiment le moins cher de Higon & Melquin y était rangée parmi les livres et les papiers.

Soulever délicatement le couvercle et glisser la main dedans était un jeu d'enfant, tout comme garder en même temps une tête d'institutrice de circonstance. Les doigts fureteurs découvrirent un chocolat dans le nid d'emballages vides et lui apprirent que c'était une saleté de nougat. Mais elle se sentait déterminée. La vie était dure. On avait parfois du nougat.

Puis elle saisit soudain les clés et se dirigea vers le cagibi des fournitures d'un pas qu'elle espéra celui d'un magasinier décidé à vérifier le stock de crayons. Après tout, on ne savait jamais, avec les crayons. Il fallait les surveiller.

La porte cliqueta derrière elle, et un peu de lumière seulement passait par l'imposte. Elle se colla le chocolat dans la bouche et ferma les yeux.

Un léger bruit de carton les lui fit rouvrir. Les couvercles des boîtes d'étoiles se soulevaient doucement.

Les étoiles s'échappèrent et montèrent en tourbillon dans la pénombre du cagibi, brillantes sur le fond de ténèbres, galaxie en miniature tournant lentement sur elle-même.

Suzanne les observa un moment. « D'accord, fit-elle enfin, tu as attiré mon attention, qui que tu sois. »

Du moins, c'était ce qu'elle voulait dire. À cause du nougat qui lui collait aux dents, elle ne put qu'articuler : « Accol, hu ha a'ilé mon a'nen'on, hihehu hois. » Merde !

Les étoiles formèrent une spirale autour de sa tête, et l'intérieur du cagibi s'assombrit encore, vira au noir interstellaire. « Hi h'est hoi, la Mol aux Lats… prévint-elle.

— C'est moi », dit Lobsang.

Tac

Même avec du nougat, on peut connaître un instant idéal.

AINSI PREND FIN
« PROCRASTINATION »,
VINGT-SEPTIÈME LIVRE DES
ANNALES DU DISQUE-MONDE.

POCKET N° 7224

TERRY
PRATCHETT
LES ANNALES DU DISQUE-MONDE
**Allez
les mages!**

POCKET

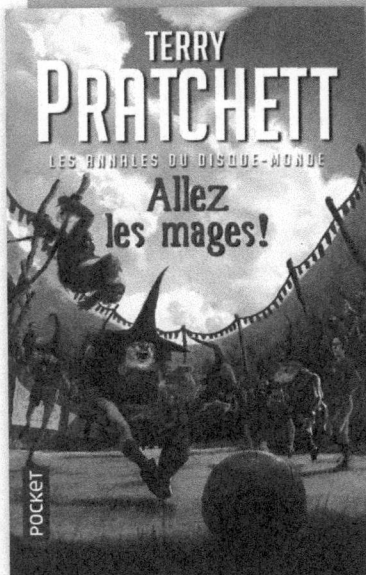

« *Une réussite
avec toujours cette
touche personnelle
de Pratchett qui
manie l'absurde et
le burlesque avec
brio.* »
ActuSF

**Terry PRATCHETT
ALLEZ LES
MAGES !**

À l'Université de l'Invisible, les mages coulent des jours tranquilles. Mais le Maître des traditions a retrouvé un point de règlement qui va les tirer de leur douce léthargie : pour bénéficier de leur legs avantageux et de neuf repas par jour, il va leur falloir disputer un match de fouteballe. Et non pas l'impétueuse empoignade à l'ancienne, mais sa version moderne, avec des règles et l'interdiction de recourir à la magie ! Les mages doivent enfiler leurs maillots. Mais ce qu'il faut savoir du fouteballe, c'est qu'il dépasse le cadre du fouteballe.

Retrouvez toute l'actualité de Pocket sur :
www.pocket.fr

POCKET N° 416

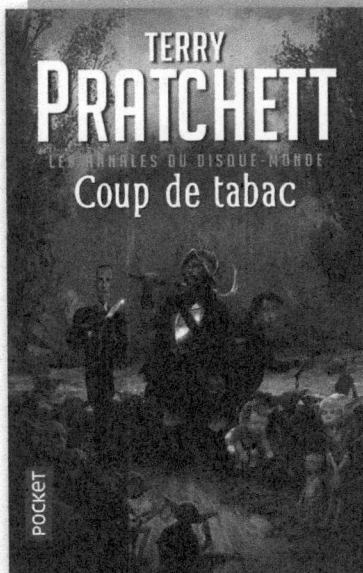

« *Chaque roman de Terry Pratchett aborde un problème de société, celui-ci ne déroge pas à la règle. Mais quand c'est fait avec autant de talent et d'humour décapant, on ne peut qu'adhérer.* »

ActuSF

Terry PRATCHETT
COUP DE TABAC

Commissaire divisionnaire d'Ankh-Morpork, c'est plus qu'un travail, un véritable sacerdoce, ce qui convient très bien à Samuel Vimaire. Moins à son épouse, Dame Sybil, qui lui a imposé des vacances à la campagne. Mais dans ces contrées bucoliques, les placards ne regorgent pas moins de cadavres que dans la foutraque capitale. Vimaire n'a pas ouvert ses valises qu'un corps lui tombe dessus. Seulement, peut-on parler de délit quand les victimes sont des gobelins ? C'est sans compter l'intégrité de Vimaire. Justice devra être rendue !

POCKET N°7211

« *La fascinante collaboration de deux géants de la SF.* »

The Guardian

Terry PRATCHETT
Steven BAXTER
LA LONGUE TERRE

Une boîte renfermant une pomme de terre, quelques composants électroniques, du fil de cuivre et un commutateur. C'est tout ce qu'il faut pour fabriquer un « passeur », cette étrange machine permettant de... glisser d'un monde à l'autre. Car il existe en fait d'innombrables Terres. Toutes vierges de présence humaine. Une expédition se prépare. Josué, membre de l'institut transTerre, et Lobsang, un distributeur de boissons doué d'intelligence, embarquent à bord d'un dirigeable jusqu'aux confins de la Longue Terre. Ainsi débute ce voyage vers tous les possibles...

Retrouvez toute l'actualité de Pocket sur :
www.pocket.fr

Pour plus d'information :

#lisez!
engagé
www.lisez.com

Imprimé sur du papier issu de forêts gérées durablement.

Achevé d'imprimer en janvier 2024 par
La Nouvelle Imprimerie Laballery
58500 Clamecy (Nièvre)
N° d'impression : 401054
Dépôt légal : novembre 2010

S20349/12

Pocket, 92 avenue de France, 75013 PARIS

Imprimé en France